Noites
Brancas
e outras histórias

Título original: *White Nights and Other Stories*
Tradução para o inglês por Constance Garnett
Copyright © Editora Lafonte Ltda., 2022

Todos os direitos reservados.
Nenhuma parte deste livro pode ser reproduzida sob quaisquer meios existentes sem autorização por escrito dos editores.

Edição Brasileira

Direção Editorial	*Ethel Santaella*
Tradução	*Luisa Facincani*
Revisão	*Rita del Monaco*
Diagramação	*Jéssica Diniz*
Textos de capa	*Dida Bessana*
Capa	*Alessandro Ziegler*
Imagens de capa	*Kozh / Shutterstock*

Dados Internacionais de Catalogação na Publicação (CIP)
(Câmara Brasileira do Livro, SP, Brasil)

```
Dostoiévski, Fiódor, 1821-1881
   Noites brancas : e outras histórias / Fiódor
Dostoiévski ; [tradução do inglês Luisa Facincani].
-- São Paulo : Lafonte, 2022.

   Título original: White nights and other stories
   ISBN 978-65-5870-276-4

   1. Ficção russa I. Título.

22-110686                                    CDD-891.73
```

Índices para catálogo sistemático:

1. Ficção : Literatura russa   891.73

Cibele Maria Dias - Bibliotecária - CRB-8/9427

Editora Lafonte

Av. Profª Ida Kolb, 551, Casa Verde, CEP 02518-000, São Paulo-SP, Brasil – Tel.: (+55) 11 3855-2100
Atendimento ao leitor (+55) 11 3855-2216 / 11 3855-2213 – atendimento@editoralafonte.com.br
Venda de livros avulsos (+55) 11 3855-2216 – vendas@editoralafonte.com.br
Venda de livros no atacado (+55) 11 3855-2275 – atacado@escala.com.br

DOSTOIÉVSKI

Noites Brancas
e outras histórias

Tradução
Luisa Facincani

Brasil, 2022
Lafonte

SUMÁRIO

7   Noites Brancas

59   Notas do Subsolo

167   Um Coração Fraco

211   Uma Árvore de Natal e um Casamento

221   Polzunkov

239   Um Pequeno Herói

277   Sr. Prohartchin

Noites Brancas

UMA HISTÓRIA SENTIMENTAL
DO DIÁRIO DE UM SONHADOR

PRIMEIRA NOITE

Era uma noite maravilhosa, dessas que só são possíveis quando somos jovens, caro leitor. O céu estava tão estrelado, tão brilhante, que, ao olhar para ele, alguém poderia se perguntar se pessoas mal-humoradas e caprichosas podiam viver sob um céu assim. Essa também é uma questão jovial, caro leitor, muito jovial, mas que o Senhor a coloque com mais frequência em seu coração! Por falar em pessoas caprichosas e mal-humoradas, não posso deixar de me lembrar da minha condição moral durante todo aquele dia. Desde o início da manhã eu tinha sido oprimido por uma estranha melancolia. De repente me pareceu que eu estava sozinho, que todos estavam me abandonando e se afastando de mim. É claro, qualquer um tem o direito de perguntar quem eram esses "todos". Pois, embora eu morasse há quase oito anos em São Petersburgo, eu mal tinha conhecido alguém. Mas o que eu queria com conhecidos? Eu estava familiarizado com toda a cidade de São Petersburgo como ela era; por isso senti como se todos tivessem me abandonado quando empacotaram tudo e foram embora para suas casas de veraneio. Tive medo de ser deixado sozinho, e por três dias inteiros vaguei pela cidade em um desânimo profundo, sem saber o que fazer comigo mesmo.

Ainda que eu andasse pela Avenida Neva, fosse aos Jardins de Peterhof ou passeasse pelo dique, não havia um rosto conhecido, daqueles que eu estava acostumado a encontrar na mesma hora e no mesmo local o ano todo. Eles, é claro, não me conheciam, mas eu os conhecia. Eu os conhecia intimamente, quase fizera um estudo dos seus rostos, e fico encantado quando estão felizes, e abatido quando eles estão desanimados. Quase iniciei uma amizade com um velho senhor que encontro todos os abençoados dias à mesma hora, no Fontanka. Possui um semblante sério e pensativo; está sempre sussurrando para si mesmo e brandindo o braço esquerdo, enquanto a mão direita segura uma longa bengala retorcida com uma empunhadura de ouro. Ele até me nota e tem um interesse afetuoso por mim. Se por acaso eu não estiver em determinado momento no mesmo local no Fontanka, tenho certeza de que ele se sente desapontado. É assim que nós quase nos curvamos um ao outro, especialmente quando estamos de bom humor. Um dia desses, quando não nos víamos há dois dias e nos encontramos no terceiro, estávamos, de fato, tocando nossos chapéus, mas, percebendo a tempo, abaixamos nossas mãos e passamos um pelo outro com um olhar de interesse.

Eu conheço as casas também. Conforme caminho, elas parecem correr à frente nas ruas para me olhar de todas as janelas e quase dizer: "Bom dia! Como você está? Eu estou muito bem, graças a Deus, e devo ganhar um novo piso em maio", ou "Como vai? Vou ser redecorada amanhã", ou "Eu quase peguei fogo e tive um susto enorme", e assim por diante. Eu tenho minhas favoritas entre elas, algumas são queridas amigas; uma delas pretende ser tratada pelo arquiteto neste verão. Irei todos os dias, de propósito, para ver que a operação não será um fracasso. Deus me livre! Mas nunca esquecerei de um incidente com uma linda casinha de cor rosa claro. Era uma casinha de tijolos tão charmosa, parecia-me tão hospitaleira e tão orgulhosa para seus vizinhos desajeitados, que meu coração se regozijava sempre que eu passava por ela. De improviso, na semana passada, eu caminhava pela rua e quando olhei para minha amiga ouvi uma lamentação, "Estão me pintando de amarelo!" Os vilões! Os bárbaros! Eles não tinham poupado nada, nem as colunas nem as cornijas, e minha pobre amiga estava amarela como um canário. Isso quase me deixou colérico! E até hoje eu não tive coragem para visitar minha pobre amiga desfigurada, pintada com a cor do Império Celestial. Agora você entende, leitor, em que senso eu estou familiarizado com toda a cidade de São Petersburgo.

Eu já mencionei que fiquei preocupado por três dias inteiros antes de adivinhar a causa do meu desconforto. E me senti pouco à vontade na rua – este tinha ido embora e aquele tinha sumido, e o que aconteceu com o outro? – e em casa eu também não me sentia como eu mesmo. Por duas noites fiquei pensando no que estava errado em meu quarto; por que eu me sentia tão desconfortável nele? E com perplexidade eu perscrutei minhas paredes verdes encardidas, meu teto coberto com teias de aranha, cujo crescimento Matrona encorajou com tanto êxito. Olhei para todos os meus móveis, examinei cada cadeira, perguntando-me se o problema estava ali (pois se uma cadeira não está na mesma posição em que estava no dia anterior, eu não sou eu mesmo). Eu olhei para a janela, mas foi tudo em vão... não fiquei nem um pouco melhor com isso! Até considerei mandar buscar a Matrona, e estava lhe dando algumas reprimendas paternais em relação às teias de aranha e ao desleixo em geral; mas ela apenas me olhou com espanto e foi embora sem dizer uma palavra, de modo que as teias estão confortavelmente penduradas em seus lugares até hoje. Somente esta manhã percebi o que estava errado. Ai! Ora, estão fugindo de mim e escapando para suas casas de veraneio! Perdoe a trivialidade da expressão, mas não estou com disposição para linguagem refinada... pois tudo o que existia em São Petersburgo tinha ido ou estava indo embora para aproveitar as férias; pois todo cavalheiro respeitável de aparência digna que pegava um táxi era imediatamente transformado, aos meus olhos, em um respeitável chefe de família, que após terminar suas tarefas diárias, estava a caminho do seio de sua família, da casa de verão; pois todos os transeuntes agora tinham um ar muito particular que parecia dizer a todos que encontravam: "Estamos aqui apenas por enquanto, cavalheiros, e em mais duas horas partiremos para a casa de veraneio".

Se uma janela se abrisse depois que dedos delicados, brancos como a neve, tivessem batido na vidraça e a cabeça de uma linda jovem aparecesse, chamando o vendedor ambulante com vasos de flores – uma vez, no local, imaginei que aquelas flores estavam sendo compradas não apenas para serem apreciadas junto com a primavera em habitações abafadas da cidade, mas porque todos logo estariam se mudando para o interior e poderiam levar as flores com eles. Além disso, fiz tanto progresso em meu novo tipo peculiar de investigação, que eu podia distinguir corretamente pelo mero ar de cada um em qual casa de veraneio ele estava morando. Os habitantes das ilhas Kamenny e Aptekarsky ou da Rua Peterhof foram marcados pela elegância estudada de seus modos, de seus elegantes trajes de verão e de suas carruagens requintadas que se dirigiam para a cidade. Os visitantes de Pargolovo e de lugares mais distantes impressionavam à primeira vista graças ao seu ar sensato e digno; os turistas da ilha Krestovsky podiam ser reconhecidos por seu semblante de alegria incontrolável. Se por acaso eu encontrasse uma longa procissão de carroceiros caminhando preguiçosamente com as rédeas em mãos ao lado de carroças carregadas de montanhas de móveis, mesas, cadeiras, otomanas, sofás e utensílios domésticos de todos os tipos, muitas vezes com uma cozinheira decrépita sentada no topo de tudo isso, guardando a propriedade do seu senhor como se fosse a menina dos seus olhos; ou se eu visse barcos carregados de bens domésticos se arrastando pelo Neva ou pelo Fontanka até o Rio Negro ou as Ilhas – as carroças e os barcos eram multiplicados por dez, por cem, aos meus olhos. Eu imaginava que tudo estava agitado e em movimento, tudo indo em caravanas regulares para as casas de veraneio. Parecia que São Petersburgo ameaçava tornar-se um deserto, de tal modo que, por fim, senti-me envergonhado, mortificado e triste por não ter nenhum lugar para ir durante as férias e nenhuma razão para ir embora. Eu estava pronto para ir embora com cada carroça, para fugir com cada cavalheiro de aparência respeitável que pegava um táxi; mas ninguém – absolutamente ninguém – me convidou; parecia que tinham me esquecido, como se eu fosse mesmo um estranho para eles! Fiz longas caminhadas, conseguindo, como sempre, esquecer por completo onde eu estava, quando eu de repente me vi nos portões da cidade. De imediato me senti alegre, e passei as barreiras e caminhei entre os campos cultivados e os prados, inconsciente da fadiga, sentindo apenas como se um fardo estivesse saindo da minha alma. Todos os transeuntes me davam olhares tão amistosos que pareciam quase me cumprimentar, todos pareciam muito satisfeitos com algo. Estavam todos fumando charutos, cada um deles.

    E me senti contente como nunca antes. Era como se eu me encontrasse de repente na Itália – tão forte era o efeito da natureza em um homem da cidade meio doente como eu, quase sufocando entre as paredes da cidade.

    Há algo inexprimivelmente tocante na natureza ao redor de São Petersburgo, quando na aproximação da primavera ela usa todas as suas forças, todos os poderes que lhe foram concedidos pelo Céu, quando ela irrompe em folhas e se enfeita com flores feito lantejoulas. De alguma forma, eu não posso deixar de me lembrar de uma garota frágil e tísica, a quem se olha com compaixão, às vezes com um amor simpático, que às vezes não é notada; embora, de repente, ela se torne, como se ao acaso, adorável e deslumbrante de forma inexplicável; e impressionado e inebriado, não se pode deixar de perguntar: que poder fez aqueles olhos tristes e pensativos se iluminarem com tal fogo? O que invocou o sangue para aquela face pálida e abatida? O que banhou com paixão aquelas feições suaves? O que fez aquele peito arfar? O que subitamente trouxe força, vida e beleza para o rosto da pobre jovem, fazendo-o brilhar com tal sorriso, acender com tal risada luminosa e cintilante? Você olha ao redor, procura por alguém, você conjetura. Mas o momento passa, e no dia seguinte você encontra, talvez, o mesmo olhar absorto e preocupado de antes, a mesma face pálida, os mesmos movimentos dóceis e tímidos, e até sinais de remorso, vestígios de uma angústia mortal e de um arrependimento pela distração fugaz. E você lamenta que a beleza momentânea tenha desaparecido tão cedo, para nunca mais voltar, que ela passou por você de forma tão traiçoeira, em vão; lamenta porque você não teve nem mesmo tempo para amá-la...

E ainda assim, minha noite foi melhor que o meu dia! Aconteceu da seguinte maneira.

Voltei para a cidade muito tarde, e já tinha batido 10 horas quando eu seguia em direção ao meu alojamento. Meu caminho ficava ao longo do dique do canal, onde a essa hora você nunca encontra vivalma. É verdade que eu vivo em uma parte muito remota da cidade. Eu caminho por ali cantando, pois quando estou feliz estou sempre cantarolando para mim, como todo homem feliz que não tem amigos ou conhecidos com quem dividir sua alegria. De improviso, tive uma aventura muito inesperada.

No parapeito do canal, uma mulher se apoiava no corrimão com os cotovelos. Ela, aparentemente, olhava com grande interesse para a água lamacenta do canal. Estava usando um chapéu amarelo muito encantador e um garboso capote preto. "É uma garota e com certeza é morena", pensei. Ela parecia não ouvir meus passos, e nem mesmo se mexeu quando passei com a respiração suspensa e o coração palpitante.

"Estranho", pensei, "ela deve estar muito absorta em algo", e em seguida parei como se estivesse petrificado. Ouvi um soluço abafado. Sim! Eu não estava enganado, a menina estava chorando, e um minuto depois ouvi soluços e mais soluços. Minha nossa!, meu coração se afundou. E mesmo tímido como eu era com mulheres, este foi um grande momento! Eu me virei, dei um passo em sua direção e, com certeza, teria pronunciado a palavra "Senhorita!", se eu não soubesse que essa exclamação havia sido proferida milhares de vezes em cada romance da sociedade russa. Foi apenas aquela reflexão que me impediu. Mas enquanto eu procurava uma palavra, a garota voltou a si, olhou ao redor, assustada, baixou os olhos e passou por mim ao longo do dique. Eu a segui de imediato; mas ela, prevendo isso, deixou o dique, atravessou a rua e caminhou pelo pavimento. Eu não ousei atravessar a rua atrás dela. Meu coração estava inquieto como um pássaro capturado. Mas, de repente, uma chance veio em meu auxílio.

Do mesmo lado do pavimento surgiu, não muito longe da garota, um cavalheiro em um traje de gala, de idade respeitável, embora de modos nada dignos; ele cambaleava e se apoiava com cuidado na parede. A garota passou direto como uma flecha, com a urgência tímida que se vê em todas as garotas que não desejam que ninguém se voluntarie para acompanhá-las até em casa à noite, e sem dúvida o cavalheiro não a teria perseguido, se a minha boa sorte não o tivesse incitado.

De repente, sem dizer uma palavra, o cavalheiro disparou a toda velocidade em busca da minha dama desconhecida. Ela corria como o vento, mas o cavalheiro cambaleante a estava ultrapassando – a ultrapassou. A garota proferiu um grito e... Abençoo minha sorte pela excelente bengala nodosa, que na ocasião estava na minha mão direita. Em um piscar de olhos, eu estava do outro lado da rua; e também em um piscar de olhos, o cavalheiro importuno parou, levou em conta meu argumento irresistível, recuou sem dizer uma palavra, e apenas quando estávamos muito distantes protestou contra minha ação em uma linguagem bastante vigorosa. Mas suas palavras mal chegaram até nós.

– Dê-me seu braço – eu lhe disse – E ele não se atreverá a nos incomodar mais.

Ela pegou meu braço em silêncio, ainda tremendo de emoção e medo. Ah, cavalheiro importuno! Como o abençoei naquele momento! Olhei-a de relance, ela era muito charmosa e morena – eu havia adivinhado corretamente.

Em seus cílios negros ainda cintilava uma lágrima – de seu recente terror ou de sua antiga tristeza, não sei. Mas já havia o vislumbre de um sorriso nos lábios. Ela também me olhou de relance, corou um pouco e baixou os olhos.

– Veja bem, por que me afastou? Se eu estivesse aqui, nada teria acontecido.

– Mas eu não o conhecia. Pensei que o senhor também...

– Ora, agora me conhece?

– Um pouco! Veja, por exemplo, por que está tremendo?

– Ah, acertou de primeira! – eu respondi, encantado por minha garota ter inteligência, ela nunca é inapropriada quando aliada à beleza – Sim, desde o primeiro olhar adivinhou o tipo de homem com quem tem de lidar. Exatamente, sou tímido com as mulheres, estou agitado, não nego, assim como a senhorita estava há um minuto quando o cavalheiro a assustou. Estou um tanto assustado agora. É como um sonho, e nunca imaginei, nem mesmo quando durmo, que eu falaria com qualquer mulher.

– O quê? De verdade?

– Sim, se meu braço treme é porque nunca foi segurado por uma mãozinha linda como a sua. Sou um completo estranho para as mulheres, isto é, nunca estive acostumado a elas. Veja, sou sozinho, eu não sei nem mesmo como falar com elas. E agora não sei se eu lhe disse alguma bobagem! Diga-me com sinceridade, eu lhe asseguro de antemão de que não me ofendo rápido...

– Não, não disse nada, nada, pelo contrário. E se insiste que eu seja sincera, eu lhe direi que as mulheres gostam de tal timidez, e se quer saber mais, eu também gosto e não lhe afastarei até chegar em casa.

– Fará com que eu perca minha timidez, e depois adeus à todas as minhas chances – eu disse, ofegando de alegria.

– Chances! Quais chances... de quê? Isso não é tão gentil.

– Perdoe-me, sinto muito, foi um engano. Mas como espera que alguém em tal momento não tenha nenhum desejo de...?

– De ser amado, sim?

– Bom, sim, mas, pelo amor de Deus, seja gentil. Pense no que eu sou! Veja, eu tenho 26 anos e nunca conheci ninguém. Como posso falar bem, com diplomacia, e direto ao ponto? Irá lhe parecer melhor quando eu lhe contar tudo mais abertamente... Eu não sei como ficar em silêncio quando meu coração está falando. Bem, não importa. Acredite em mim, nenhuma mulher, nunca, jamais! Nenhuma conhecida de qualquer tipo. E não faço nada além de sonhar todos os dias que, por fim, conhecerei alguém. Ah, se soubesse quantas vezes já estive apaixonado desta maneira...

– Como? Por quem?

– Ora, por ninguém, por um ideal, por aquela com quem sonho quando durmo. Eu crio romances regulares em meus sonhos. Ah, você não me conhece! É verdade, claro, que conheci duas ou três mulheres, mas que tipo de mulheres eram elas? Eram todas senhorias, que... Mas lhe farei rir se eu contar que já pensei várias vezes em falar, apenas falar, com alguma dama da aristocracia na rua, quando ela está sozinha, nem preciso dizer. Falar com ela, é claro, com timidez, respeito e paixão, dizer-lhe que estou padecendo na solidão, implorar-lhe que não me mande embora; dizer-lhe que não tenho chances de conhecer qualquer mulher, convencê-la de que é dever positivo para uma mulher não repelir uma súplica tão tímida de um homem tão desafortunado como eu. De fato, tudo o que peço é que ela diga duas ou três palavras fraternais com simpatia, não me rejeite à primeira vista, confie em mim e escute o que tenho para dizer, ria de mim se quiser, que me encoraje, e me diga duas palavras, apenas duas, mesmo que nunca mais nos vejamos depois! Mas está rindo. No entanto, é por isso que lhe contando...

– Não fique irritado, estou apenas rindo pelo senhor ser seu próprio inimigo, e se tivesse tentado teria tido sucesso, talvez, mesmo que fosse na rua; quanto mais simples, melhor. Nenhuma mulher bondosa, a menos que fosse estúpida ou, mais ainda, estivesse aborrecida com algo no momento, poderia lhe mandar embora sem as duas palavras pelas quais pede com tanta timidez... mas o que estou dizendo? É claro que ela lhe tomaria como louco. Estava julgando por mim mesma. Sei muito sobre a vida de outras pessoas.

– Ah, obrigado – respondi – não sabe o que fez por mim agora!

– Fico feliz! Fico contente! Mas me diga, como descobriu que eu era o tipo de mulher com quem... bem, a quem acha digna de atenção e amizade. Aliás, não uma senhoria como você diz? O que o fez decidir vir até mim?

– O que me fez...? A senhorita estava sozinha, e aquele cavalheiro era tão insolente. Está de noite. Deve admitir que era um dever.

– Não, não. Eu digo antes, do outro lado, sabe que pretendia se aproximar de mim.

– Do outro lado? Eu realmente não sei como responder, tenho receio de... sabe que fui feliz hoje? Eu caminhei cantando, fui para o campo. Nunca tive momentos tão felizes. A senhorita... talvez fosse imaginação minha... perdoe-me por comentar sobre isso, mas imaginei que estava chorando, e eu não suportaria ouvir isso, fez meu coração doer. Ah minha nossa! Certamente posso estar preocupado com a senhorita? Sem dúvida não houve mal algum em sentir compaixão fraterna por você. Desculpe-me, eu disse compaixão. Bem, em suma, decerto não se ofenderia pelo meu impulso involuntário de me aproximar?

– Pare, já é o bastante, não fale sobre isso – disse a garota, olhando para baixo e pressionando minha mão. – É culpa minha ter mencionado isso, mas estou feliz por não ter me enganado com o senhor. Mas estou em casa, devo descer esta esquina, são dois passos daqui. Adeus, obrigada!

– Certamente... certamente não quer dizer... que nunca mais nos veremos de novo. Será este o fim?

– Veja – disse a garota, rindo – de início o senhor queria apenas duas palavras, e agora... no entanto, não direi nada, talvez nos encontremos...

– Virei aqui amanhã – eu disse. – Ah, desculpe-me, já estou fazendo exigências...

– Sim, você não é muito paciente, está quase insistindo.

– Ouça-me, ouça-me! – eu a interrompi. – Perdoe-me se eu lhe disser algo mais. Digo-lhe o seguinte, não posso deixar de vir amanhã, eu sou um sonhador. Tenho tão pouca vida real, que considero momentos como este tão raros, que não posso evitar de revê-los em meus sonhos. Sonharei com você a noite toda, a semana toda, o ano inteiro. Eu certamente virei amanhã, a este mesmo lugar, nesta mesma hora, e ficarei feliz ao lembrar-me de hoje. Este lugar já me é querido. Já tenho outros dois ou três lugares assim em São Petersburgo. Uma vez derramei lágrimas por conta de memórias, assim como a senhorita. Quem sabe, talvez você estivesse chorando dez minutos atrás por conta de alguma memória. Mas, desculpe-me, eu me esqueci de novo, talvez você já tenha sido particularmente feliz aqui.

– Muito bem. – disse a garota – Talvez eu venha amanhã também, às 10 horas. Vejo que não posso lhe proibir. A verdade é que eu tenho de estar aqui. Não pense que estou marcando um encontro com você, já lhe digo que tenho de estar aqui por conta própria. Mas bem, eu lhe digo de forma direta, não me importo se o senhor vier. Antes de mais nada, algo desagradável pode acontecer como aconteceu hoje, mas não importa. Em suma, eu simplesmente gostaria de vê-lo para lhe dizer duas palavras. Mas, lembre-se, não deve pensar o pior de mim agora! Não pense que marco compromissos tão levianamente, eu não deveria fazer isso, só que... mas que este seja meu segredo! Apenas uma condição antes.

– Um acordo! Fale, diga-me tudo de antemão. Eu concordo com tudo, estou pronto para tudo – exclamei encantado – Respondo por mim mesmo, serei obediente, respeitoso... você me conhece.

— Somente porque o conheço que lhe peço para vir amanhã – disse a garota, sorridente. – Eu lhe conheço perfeitamente. Mas lembre-se da condição, em primeiro lugar (apenas seja bom, faça o que eu peço – veja, falo com sinceridade), você não se apaixonará por mim. É possível, eu lhe garanto. Eu estou pronta para a amizade; aqui está minha mão. Mas não deve se apaixonar por mim, eu lhe imploro!

— Prometo – respondi, segurando sua mão.

— Silêncio, não prometa, sei que está pronto para se incendiar como pólvora. Não pense mal de mim por dizer isso. Se soubesse... eu também não tenho ninguém a quem dirigir uma palavra, a quem pedir conselhos. É claro, não se busca um conselheiro nas ruas, mas você é uma exceção. Eu o conheço como se fôssemos amigos há vinte anos. Você não vai me enganar, vai?

— A senhorita verá... a única coisa é que não sei como sobreviverei as próximas vinte e quatro horas.

— Durma profundamente. Boa noite, e lembre-se de que eu já confio em você. Mas há pouco disse com tanta gentileza: "Certamente não se pode ser responsabilizado por cada sentimento, mesmo pela simpatia fraternal!" Sabia que isso foi tão bem falado, que a ideia de confiar em você me atingiu de imediato?

— Pelo amor de Deus, confidencie. Mas sobre o quê? O que é?

— Espere até amanhã. Enquanto isso, deixe que seja um segredo. Será ainda melhor para o senhor, isso lhe dará um leve sabor de romance. Talvez eu lhe diga amanhã, talvez não. Falarei um pouco mais com o senhor antes, nós nos conheceremos melhor.

— Sim, eu lhe contarei tudo sobre mim amanhã! Mas o que aconteceu? É como se um milagre tivesse acontecido comigo. Meu Deus, onde estou? Diga-me, você não está contente por não estar com raiva e por não ter me afastado no primeiro momento, como qualquer outra mulher teria feito? Em dois minutos, me fez feliz para sempre. Sim, feliz. Quem sabe, talvez tenha me reconciliado comigo mesmo, solucionado minhas dúvidas! Talvez tais momentos tenham me encontrado. Mas eu lhe contarei tudo sobre isso amanhã, saberá de tudo, tudo!

— Muito bem, eu aprovo. Deve começar.

— Combinado.

— Boa noite, até amanhã! – Até amanhã!

E nos separamos. Caminhei a noite toda, não consegui me convencer a ir para casa. Eu estava tão feliz. Amanhã!

SEGUNDA NOITE

— Bem, o senhor sobreviveu! – ela disse, apertando minhas mãos.
— Estou aqui há duas horas, não sabe em que estado estive o dia todo.
— Eu sei, eu sei. Mas vamos direto ao assunto. Sabe por que eu vim? Não foi para falar bobagens, como fiz ontem. Mas lhe direi uma coisa, devemos nos comportar com mais sensatez no futuro. Pensei muito sobre isso ontem à noite.
— De que maneira... no que devemos ser mais sensatos? Da minha parte, estou pronto, mas, de verdade, nada mais sensato ocorreu comigo na vida do que isso, agora.
— Mesmo? Em primeiro lugar, peço que não aperte tanto minhas mãos; segundo, devo lhe dizer que passei um bom tempo pensando em você e me sentindo em dúvida hoje.
— E a que resultado chegou?
— Resultado? O resultado foi que devemos começar tudo de novo, porque a conclusão a que cheguei hoje foi de que eu não o conheço nem um pouco. Comportei-me como uma criança na noite passada, como uma menininha e, é claro, o fato é que deve culpar meu coração mole, ou seja, exaltei minhas virtudes, como sempre se faz no fim, quando se analisa uma conduta. E, por isso, para corrigir meu erro, decidi descobrir tudo a seu respeito, minuciosamente. Mas como não tenho ninguém de quem possa descobrir informações, o senhor mesmo deverá me contar tudo. Bem, que espécie de homem é você? Ande, apresse-se, comece, conte-me toda a sua história.
— Minha história! – exclamei alarmado – Minha história! Mas quem lhe disse que eu tenho uma história? Não tenho história.
— Então como viveu, se não tem história? – ela me interrompeu, rindo.
— Absolutamente sem história alguma! Eu vivi, como dizem, concentrando-me em mim mesmo, ou seja, completamente só, sozinho, muito sozinho. Sabe o que significa estar sozinho?

– Mas como sozinho? Quer dizer que nunca conheceu ninguém?
– Ah, não. Eu conheço pessoas, é claro, mas ainda estou sozinho.
– Ora, nunca conversa com ninguém?
– Em rigor, com ninguém.
– Quem o senhor é então? Explique-se! Espere, vou adivinhar. É provável que, como eu, você tenha uma avó. Ela é cega e nunca me deixa ir a nenhum lugar, de modo que quase esqueci como falar; e quando preguei algumas peças dois anos atrás, e ela viu que não havia como me segurar, chamou-me e prendeu meu vestido ao dela. Desde então nos sentamos juntas assim por dias; ela tricota uma meia, embora seja cega, e eu me sento ao seu lado, costuro ou leio em voz alta para ela. É um hábito tão estranho, estar há dois anos presa a ela.
– Minha nossa! Que tristeza! Mas não, não tenho uma avó como essa.
– Bem, se não tem por que fica em casa?
– Ouça, a senhorita gostaria de saber que espécie de homem eu sou?
– Sim, sim!
– No sentido estrito da palavra?
– No sentido mais estrito da palavra.
– Muito bem, eu sou um tipo.
– Tipo, tipo! Que espécie de tipo? – exclamou a garota, sorrindo, como se não tivesse tido a chance de rir durante um ano inteiro. – Sim, é muito divertido falar com você. Veja, ali há um banco, vamos nos sentar. Ninguém está passando por aqui, ninguém nos ouvirá, e comece sua história. Pois não adianta dizer que não, eu sei que tem uma história, só a está escondendo. Para começar, o que é um tipo?
– Um tipo? Um tipo é um original, é uma pessoa ridícula! – eu disse, contagiado por sua risada infantil. – É uma qualidade. Escute, sabe o que significa um sonhador?
– Um sonhador! De fato, deveria pensar que sei. Eu mesma sou uma sonhadora. Às vezes, quando sento com minha avó, todo tipo de pensamento me vem à cabeça. Ora, quando se sonha, a imaginação corre solta, ela... certa vez, casei-me com um príncipe chinês! Embora, às vezes, seja uma coisa boa sonhar! Mas, só Deus sabe! Especialmente quando se tem algo a pensar além dos sonhos – acrescentou a garota, desta vez um pouco séria.
– Excelente! Se já foi casada com um imperador chinês, vai me entender. Ouça... mas espere um pouco, eu não sei o seu nome ainda.

– Finalmente! Não teve pressa alguma de pensar nisso!
– Ah, minha nossa! Nunca passou pela minha cabeça, senti-me muito feliz do jeito que estava.
– Meu nome é Nastenka.
– Nastenka! E nada mais?
– Nada mais! Ora, não lhe é suficiente, pessoa insaciável?
– Suficiente? Pelo contrário, é muito, muito mesmo, Nastenka. Você é uma garota gentil, é para mim Nastenka desde o início.
– Isso mesmo! E então?
– Muito bem, ouça, Nastenka, esta história absurda.

Sentei-me ao seu lado, assumi uma atitude séria e pedante, e comecei como se lesse de um manuscrito:

– Existem, Nastenka, embora possa não saber, recantos estranhos em São Petersburgo. Parece que o mesmo sol que brilha para todas as pessoas em São Petersburgo, não brilha nesses lugares, mas sim um outro sol novo, feito por encomenda para esses recantos, que lança uma luz diferente sobre tudo. Nessas esquinas, querida Nastenka, vive-se uma vida diferente, bem diferente da que essa surgindo ao nosso redor, mas tal qual talvez exista em algum reino desconhecido, não entre nós em nossa época séria, muito séria. Bem, essa vida é uma mistura de algo puramente fantástico, fervorosamente ideal, com algo (ai de mim, Nastenka!) sombriamente prosaico e comum, para não dizer incrivelmente vulgar.

– Puxa! Céus! Que prefácio! O que estou ouvindo?

– Ouça, Nastenka. (Parece-me que nunca me cansarei de chamá-la de Nastenka.) Deixe-me contar que nesses lugares vivem pessoas estranhas: os sonhadores. O sonhador, se você deseja uma definição exata, não é um ser humano, mas uma criatura de uma espécie intermediária. Na maior parte do tempo, ele se instala em algum canto inacessível, como se estivesse se escondendo da luz do dia. Uma vez que se arrasta para esse local, ele cresce como um caracol ou, de qualquer forma, ele é, nesse aspecto, muito parecido com aquela criatura notável, que é um animal e uma casa ao mesmo tempo, e que se chama tartaruga. Por que você supõe que ele tem tanta afeição por suas quatro paredes, que são sempre verdes, sujas, tristes e cheiram, de maneira imperdoável, a fumaça de tabaco? Por que é que quando este cavalheiro ridículo recebe a visita de um de seus poucos conhecidos (e acaba por se livrar de todos os seus amigos), por que este senhor ridículo o encontra com tanta vergonha, mudando de semblante e sendo tomado por uma desorientação, como se tivesse acabado de cometer um crime dentro de suas quatro paredes; como se estivesse forjando notas falsas, ou como se estivesse escrevendo versos para serem enviados a uma publicação com uma carta anônima, na qual afirma que o verdadeiro poeta está morto e que seu amigo pensa que é seu dever sagrado publicar suas coisas? Diga-me, Nastenka, por que a conversa não é fácil entre os dois amigos? Por que não há risadas? Por que nenhuma palavra viva sai da boca do perplexo recém-chegado, que em outros tempos pode gostar muito de risadas, palavras animadas, conversas sobre o sexo frágil e outros assuntos alegres? E por que este amigo, talvez um novo amigo em sua primeira visita, pois dificilmente haverá uma segunda, e o amigo nunca mais voltará, por que o próprio amigo está tão confuso, tão sem fala, apesar de sua sagacidade (se é que tem alguma), ao olhar para o rosto abatido de seu anfitrião, que, por sua vez, fica totalmente desamparado e sem saber o que fazer após gigantescos, mas infrutíferos, esforços para amenizar as coisas e animar a conversa, para mostrar seu conhecimento da alta sociedade, para falar também do sexo frágil, e por meio de um esforço tão humilde, para agradar ao pobre homem, que como um peixe fora d'água veio visitá-lo por engano? Por que o cavalheiro, ao lembrar-se de repente de alguns negócios muito necessários que nunca existiram, agarra seu chapéu e sai apressado, tirando a mão do aperto afetuoso de seu anfitrião, que estava tentando ao máximo mostrar seu pesar e recuperar a posição perdida? Por que este amigo dá uma risada quando sai pela porta, e promete nunca mais voltar para ver esta criatura estranha de novo, embora a criatura seja realmente um bom colega, e ao mesmo tempo, ele não recusa à sua imaginação a pequena diversão de comparar o semblante do colega estranho durante a conversa com a expressão de um gatinho infeliz capturado de maneira traiçoeira, tratado com grosseria, assustado e submetido a todo tipo de humilhações por crianças, até que, totalmente abatido, ele se esconde deles sob uma cadeira no escuro, e lá deve, a seu bel-prazer, erguer-se, cuspir e limpar o focinho insultado com ambas as patas, e muito tempo depois olhar com raiva para a vida e a natureza, e até mesmo para os pedaços salvos para ele do jantar do mestre pela simpática governanta?

– Ouça – interrompeu Nastenka, que havia me escutado o tempo todo com espanto, abrindo os olhos e a pequena boca. – Ouça, eu não sei mesmo porque isso aconteceu ou porque você me faz perguntas tão absurdas; tudo o que eu sei é que essa aventura deve ter lhe acontecido palavra por palavra.

— Sem dúvida — respondi, com a face mais séria.

— Bem, já que não há dúvidas sobre isso, continue — disse Nastenka — porque quero muito saber como irá terminar.

— A senhorita quer saber, Nastenka, o que o nosso herói, ou seja, eu, pois o herói da história toda era meu humilde ser, fiz no meu recanto? Quer saber por que perdi a cabeça e fiquei chateado o dia inteiro com a visita inesperada de um amigo? Quer saber por que eu estava tão surpreso, por que eu corei quando a porta do meu quarto foi aberta, por que eu não fui capaz de entreter meu visitante e por que fui esmagado pelo peso da minha própria hospitalidade?

— Ora, sim, sim! — respondeu Nastenka — esse é o objetivo. Veja. Você descreveu tudo de forma esplêndida, mas não poderia, talvez, descrever um pouco menos esplendidamente? O senhor fala como se estivesse lendo de um livro.

— Nastenka — respondi com uma voz firme e digna, mal conseguindo conter uma risada —, querida Nastenka, eu sei, eu descrevo de forma esplêndida, mas, desculpe-me, não sei como fazer de outro modo. Neste momento, querida Nastenka, neste momento sou como o espírito do Rei Salomão quando, após ter vivido mil anos sob sete selos em sua urna, enfim rompeu esses selos. Neste momento, Nastenka, quando finalmente nos encontramos, depois de uma longa separação, pois eu a conheço há anos, Nastenka, porque tenho procurado alguém há séculos, e isso é um sinal de que era você que eu estava procurando, e foi ordenado que nos encontrássemos agora, neste momento, milhares de válvulas se abriram em minha mente, e devo deixar fluir um rio de palavras ou engasgarei. Então lhe imploro que não me interrompa, Nastenka, mas escute com humildade e obediência, ou ficarei em silêncio.

— Não, não, não! De jeito nenhum. Continue! Não direi uma palavra!

— Eu continuarei. Há, minha amiga Nastenka, uma hora do meu dia de que eu gosto muito. É a hora em que quase todos os negócios, trabalhos e deveres terminam, e todos correm para casa para jantar, para deitar, para descansar e, no caminho, todos estão pensando em outros assuntos mais alegres, relacionados aos seus entardeceres, suas noites e o resto de seu tempo livre. A essa hora, nosso herói, e permita-me, Nastenka, contar minha história em terceira pessoa, pois sinto-me envergonhado de contá-la em primeira pessoa, e então, nessa hora, nosso herói, que também tinha o seu trabalho, estava caminhando junto aos outros. Mas uma estranha sensação de prazer fez seu rosto pálido, e um tanto enrugado, trabalhar. Ele não olhou com indiferença para o brilho noturno que desaparecia lentamente no céu gelado de São Petersburgo. Quando digo que ele olhou, estou mentindo. Ele não olhou para o céu, mas o viu como se não percebesse, como se estivesse cansado ou preocupado com outro assunto mais interessante, de tal maneira que mal podia dar uma olhada no que estava sobre ele. Ele estava satisfeito porque até o dia seguinte estava livre de um trabalho que lhe era enfadonho, e sentia-se feliz como um garotinho que saíra da sala de aula para brincar e fazer travessuras. Dê uma olhada nele, Nastenka. Verá de imediato que aquela emoção alegre já teve um efeito em seus nervos fracos e em sua imaginação morbidamente animada. Pode-se ver que ele está pensando em algo... no jantar, você imagina? Ou no entardecer? Para o que ele está olhando assim? É para aquele cavalheiro de aparência digna que está se curvando tão pitorescamente para a dama que passa em uma carruagem puxada por cavalos saltitantes? Não, Nastenka, o que são todas aquelas trivialidades para ele agora! Ele está rico agora com a própria vida individual. Ele tornou-se rico de repente, e não é por acaso que o pôr do sol derrama seus raios de despedida com tanta felicidade diante dele e invoca um enxame de sensações de seu coração afetuoso. Agora ele mal nota a estrada, da qual os mínimos detalhes em outros tempos o atingiriam. A "Deusa da Fantasia" (se já leu Zhukovsky, querida Nastenka) já teceu, com uma mão fantástica, sua urdidura dourada e começou a compor sobre ela padrões de vida mágica maravilhosa, e quem sabe, talvez suas mãos fantásticas o tenham carregado ao sétimo céu de cristal, bem longe do excelente pavimento de granito em que ele caminhava? Tente pará-lo agora, pergunte-lhe onde ele está, por quais ruas está passando, ele provavelmente não se lembrará de nada, nem para onde está indo nem onde está agora, e diante do vexame, com certeza dirá alguma mentira para manter as aparências. É por isso que ele se assusta, quase grita, e começa a olhar em volta horrorizado quando uma senhora respeitável o detém, com educação, no meio da calçada e lhe pede passagem. Ele avança com a testa franzida de vergonha, quase não notando que mais de um transeunte sorri e se vira para cuidar dele, e que uma garotinha, saindo do seu caminho alarmada, ri alto, olhando de olhos bem abertos para o seu largo sorriso meditativo e para seus gestos. Mas a fantasia apanha em seu voo brincalhão a senhora, o transeunte curioso, a criança risonha, e os camponeses que passam as noites em seus barcos no Fontanka (nosso herói, vamos supor, está caminhando ao longo do canal neste momento), e com capricho tece tudo e todos no tecido como uma mosca em uma teia de aranha. E só depois que o estranho colega retorna à sua toca confortável com novas provisões para sua mente trabalhar, senta-se e termina o jantar, que ele volta a si, quando a Matrona que o espera, sempre pensativa e deprimida, limpa a mesa e lhe dá seu cachimbo; ele volta a si, então, e se lembra com surpresa que jantou, embora não tenha noção alguma de como aconteceu. Já escureceu no quarto; sua alma está triste e vazia; o reino inteiro das fantasias cai aos pedaços sobre ele, cai aos pedaços sem deixar rastros, sem fazer barulho, flutua para longe como um sonho, e ele mesmo não pode se lembrar do que estava sonhando. Mas uma vaga sensação agita levemente seu coração e o faz doer, algum desejo novo faz cócegas e anima sua imaginação de forma tentadora, e suscita imperceptivelmente uma séria de novos fantasmas. A quietude reina no pequeno quarto; a imaginação é estimulada pela solidão e pelo ócio; ela está ardendo de leve, como a água com a qual a velha Matrona está fazendo seu café enquanto se move com calma pela cozinha e por perto. Então ela irrompe com um espasmo, e o livro, escolhido sem motivo e ao acaso, cai da mão do sonhador antes de ter chegado à terceira página. Sua imaginação está novamente agitada e trabalhando, e mais uma vez um novo mundo, uma nova vida fascinante abre perspectivas diante dele. Um novo sonho, uma nova felicidade! Uma nova onda de um veneno delicado e voluptuoso! O que é a vida real para ele! Aos seus olhos corrompidos nós vivemos, você e eu, Nastenka, de forma tão entorpecida, devagar, insípida; aos seus olhos estamos todos tão insatisfeitos com nosso destino, tão exaustos de nossa vida! E, de verdade, veja como à primeira vista tudo é frio, melancólico, como que mal-humorado entre nós "Pobres criaturas!", pensa nosso sonhador. E não é de admirar que ele pense assim! Olhe para esses mágicos fantasmas, que, com tanto encanto, capricho, descuido e liberdade, se agrupam diante dele em uma imagem muito mágica e animada, na qual o personagem mais eminente em primeiro plano é, sem dúvida, ele mesmo, nosso sonhador, em sua preciosa pessoa. Veja quantas aventuras variadas, quantos enxames infinitos de sonhos estáticos. Você se pergunta, talvez, com o que ele está sonhando. Por que perguntar isso? Ora, sonha com tudo... com a sina do poeta, de início não reconhecido, depois coroado de louros; com a amizade de Hoffmann, com a Noite de São Bartolomeu, com Diana Vernon, em ser o herói na tomada de Cazã por Ivan, o Terrível; com Clara Mowbray, com Effie Deans, com o conselho dos prelados e Huss diante deles, com a ressurreição dos mortos em Roberto, o Diabo (lembra-se da música? Cheira a cemitério!), com Minna e Brenda, com a Batalha de Berezina, com a leitura de um poema na casa da Condessa V.D., com Danton, com Cleópatra e seus amantes, com uma casinha em Kolomna, com um pequeno lar próprio e, ao lado, uma querida mulher que me escutasse em uma noite de inverno, abrindo a boca e os olhos como você está fazendo agora, meu anjo. Não, Nastenka, o que há ali, o que há ali para ele, preguiçoso voluptuoso, nesta vida, pela qual eu e você temos tanto desejo? Ele pensa que esta é uma vida pobre e lamentável, sem prever que para ele também, talvez, em algum momento, a hora do pesar possa chegar, quando por um dia dessa vida miserável, ele daria todos os seus anos de fantasia, e os daria não apenas por alegria e felicidade, mas sem se importar em fazer distinções naquela hora de tristeza, remorso e luto sem controle. Mas até agora essa ameaça não chegou; ele não deseja nada, porque é superior a todo desejo, porque ele tem tudo, porque está saciado, porque é o artista da própria vida e a cria para si mesmo a cada hora para satisfazer seu último capricho. E sabe-se que este mundo fantástico dos contos de fada é criado com tanta facilidade, com tanta naturalidade. Como se não fosse uma ilusão! De fato, ele está pronto para acreditar em alguns momentos que toda sua vida não é sugerida por sentimentos, não é uma miragem, uma ilusão da imaginação, mas que é concreta, real, substancial! Por que, Nastenka, por que em tais momentos prende-se a respiração? Por que, por qual feitiçaria, através de qual capricho incompreensível o pulso se acelera, uma lágrima surge no olho do sonhador, enquanto sua face úmida e pálida brilha, enquanto todo o seu ser é inundado por uma sensação indescritível de consolação? Por que é que noites sem dormir passam como um clarão em alegria e felicidade inesgotáveis, e quando o amanhecer brilha rosado na janela e a aurora inunda o quarto sombrio com uma luz incerta e fantástica, como em São Petersburgo, nosso sonhador, esgotado e exausto, atira-se e sua cama e adormece com emoções de deleite em seu espírito morbidamente agitado e com uma fatigada dor doce em seu coração? Sim, Nastenka, a pessoa se engana e inconscientemente acredita que a verdadeira paixão está lhe despertando a alma; a pessoa acredita de forma inconsciente que há algo vivo e tangível em seus sonhos imateriais! E é uma ilusão? Aqui, o amor, por exemplo, está atrelado a toda a sua alegria insondável, a todas as suas agonias torturantes em seu peito. Apenas olhe para ele, e se convencerá! Acreditaria, olhando para ele, querida Nastenka, que ele nunca conheceu aquela que ama em seus sonhos extáticos? Será que ele só a viu em visões sedutoras e que essa paixão não é nada além de um sonho? Com certeza eles devem ter passado anos de mão dadas, sozinhos os dois, livrando-se do mundo todo e cada um unindo sua vida à do outro? Certamente quando chegou a hora de partir, ela deve ter soluçado e sofrido no peito dele, indiferente à tormenta enfurecida sob o céu taciturno, indiferente ao vento que arrebata e carrega as lágrimas de seus cílios pretos? Pode tudo isso ter sido um sonho... aquele jardim, abatido, abandonado, selvagem, com seus pequenos caminhos cheios de musgo, solitário, sombrio, onde costumavam caminhar tão felizes juntos, onde esperaram, sofreram, amaram, amaram um ao outro por tanto tempo, "por tanto tempo e com tanto carinho?" E aquela estranha casa ancestral onde ela passou tantos anos sozinha e triste com seu velho marido mal-humorado, sempre silencioso e rabugento, que os assustava, enquanto eles escondiam o seu amor um pelo outro como crianças tímidas? Que tormentos eles sofreram, que agonias de terror, como era inocente, puro o amor deles, e como (não preciso nem dizer, Nastenka) as pessoas eram maliciosas! E, meu Deus!, ele a encontrou depois, bem longe de suas terras nativas, sob céus estrangeiros, no sul quente na eterna cidade divina, no esplendor deslumbrante de um baile com música ao fundo, em um palácio (tem que ser em um palácio), mergulhado em um mar de luzes, no terraço, envolto em murtas e rosas, onde, reconhecendo-o, ela remove a máscara com rapidez e sussurra: "Estou livre", joga-se em seus braços e com um choro de êxtase, agarrados um ao outro, em um instante eles esquecem sua tristeza e sua despedida e todas as suas agonias, e a casa sombria e o velho e o jardim triste naquela terra distante, e o assento em que, com um último beijo apaixonado, ela se afasta dele entorpecida de angústia e desespero. Ah, Nastenka, deve admitir que alguém se assustaria, deixaria transparecer confusão e coraria como um garotinho que acabou de enfiar no bolso uma maçã roubada do jardim do vizinho, quando seu visitante indesejado, um sujeito saudável e esguio, uma alma festiva que gosta de piadas, abre a porta e grita como se nada estivesse acontecendo: "Meu querido amigo, cheguei neste minuto de Pavlovsk". Minha nossa! O velho conde está morto, a felicidade indescritível está ao alcance das mãos... e pessoas chegam de Pavlovsk!

Ao terminar meu patético monólogo, fiz uma pausa dramática. Lembrei-me de que tinha um desejo intenso de me forçar a rir, pois estava sentindo que um demônio maligno se agitava dentro de mim, que havia um caroço na minha garganta, que meu queixo estava começando a tremer e que meus olhos estavam ficando cada vez mais úmidos.

Esperava que Nastenka, que havia me escutado com seus olhos sagazes bem abertos, irrompesse com sua risada infantil e incontrolável; e eu já me arrependia de ter ido tão longe, de ter descrito sem necessidade o que há tempos fervia dentro do meu coração, sobre o que eu podia falar como se fosse de um relato escrito, porque há muito tempo eu havia me julgado e agora não podia resistir a lê-lo, fazendo minha confissão, sem esperar ser compreendido. Mas para minha surpresa ela ficou em silêncio, esperando um pouco, e então ela pressionou minha mão levemente e com uma simpatia tímida perguntou:

– É verdade que senhor viveu assim a vida toda?

– A vida toda, Nastenka – respondi – a vida toda, e me parece que continuarei assim até o fim.

– Não, não é possível – ela disse incomodada –, não pode ser assim; então talvez eu passe toda a minha vida ao lado da minha avó. Você sabe que não é nada bom passar a vida dessa maneira?

– Eu sei, Nastenka, eu sei! – lamentei-me, incapaz de conter meus sentimentos por mais tempo. – E percebi agora, mais do que nunca, que eu perdi todos os meus melhores anos! E sei e sinto mais dolorosamente por reconhecer que Deus a enviou para mim, meu bom anjo, para me dizer e para me mostrar isso. Agora que me sento ao seu lado e converso com você é estranho pensar no futuro, pois no futuro há solidão outra vez; novamente essa vida estagnada e inútil. E com o que sonharei quando estive tão feliz na realidade com você? Seja abençoada, querida menina, por não ter me afastado de início, por me permitir dizer que, pelo menos por duas noites, eu vivi.

– Não, não – exclamou Nastenka, e lágrimas cintilaram em seus olhos. – Não, não precisa ser mais assim; não podemos nos separar dessa forma! O que são duas noites?

– Ah, Nastenka, Nastenka! A senhorita sabe o quanto me reconciliou comigo mesmo? Sabe que agora não pensarei tão mal de mim, como tenho pensado em alguns momentos? Sabe que talvez eu deixe de lamentar o crime e o pecado da minha vida? Pois tal vida é um crime e um pecado. E não pense que eu tenho exagerado em alguma coisa, pelo amor de Deus não pense isso, Nastenka, pois às vezes essa miséria toma conta de mim, tal miséria. Porque começa me parecer em tais momentos que eu sou incapaz de iniciar uma vida na realidade, porque me parece que eu perdi todo o contato, todo o instinto para o verdadeiro, o real; porque me amaldiçoei afinal; porque depois das minhas noites fantásticas, tenho momentos em que a sobriedade retorna, que são terríveis! Enquanto isso, ouve-se o turbilhão e o ruído da multidão no vórtice da vida ao redor; ouve-se, veja bem, homens vivendo na realidade; você vê que a vida para eles não é proibida, que a vida deles não flutua como um sonho, como um visão; que a vida deles é eternamente renovada, jovem, e nenhuma hora dela é igual a outra; enquanto a fantasia é tão desanimada, monótona à vulgaridade e facilmente assustada, escrava das sombras, da ideia, escrava da primeira nuvem que esconde o sol e encobre com depressão o verdadeiro coração de São Petersburgo tão devotado ao sol – e o que é fantasia na depressão! Sente-se que essa fantasia inesgotável está, por fim, cansada e desgastada com o exercício contínuo, porque se está crescendo, superando velhos ideais; eles estão sendo partidos em fragmentos, em pó; se não há outra vida, deve-se construir uma a partir dos fragmentos. E, enquanto isso, a alma anseia e deseja algo mais! E, em vão, o sonhador remexe seus velhos sonhos, como se procurasse uma faísca entre as cinzas, para reavivá-los, para aquecer seu coração gelado com o fogo reacendido, e para despertar de novo nele tudo o que era tão doce, que tocava seu coração, que fervia seu sangue, que trazia lágrimas aos olhos e o enganava tão luxuosamente. Sabe, Nastenka, a que ponto cheguei? Sabe que sou forçado agora a celebrar o aniversário das minhas sensações, o aniversário daquilo que já foi tão doce, que nunca existiu na realidade, pois esse aniversário é mantido na memória daqueles mesmos sonhos tolos e sombrios, e a fazer isso porque esses sonhos tolos não existem mais, porque não tenho nada a ganhar com eles; a senhorita sabe que mesmo os sonhos não vêm à toa! Sabe que eu amo agora recordar e visitar, em certas datas, os lugares onde eu já fui feliz à minha maneira? Amo construir meu presente em harmonia com o passado irrevogável, e muitas vezes perambulo como uma sombra, sem rumo, triste e abatido, pelas ruas e travessas tortuosas de São Petersburgo. Que memórias elas são! Lembrar, por exemplo, que aqui apenas um ano atrás, nesta época, a esta hora, nesta calçada, eu perambulei tão solitário, tão abatido quanto hoje. E me lembro de que naquela época os sonhos eram tristes, e embora o passado não seja melhor, sinto como se, de alguma forma, tivesse sido melhor, e a vida era mais pacífica, que eu era livre dos pensamentos sombrios que me assombram agora; era livre da corrosão da consciência, a corrosão melancólica que não me dá descanso nem de dia nem de noite. E não me pergunto onde estão os sonhos. E não balanço a cabeça e digo "como os anos passaram rápido!" E de novo me pergunto o que fiz com esses anos. Onde enterrou os seus melhores dias? Viveu ou não? Veja, diz para si mesmo, como o mundo está se tornando frio. Mais alguns anos se passarão e depois deles virá a solidão lúgubre; então a velhice virá tremendo em sua bengala, e depois a miséria e a desolação. O seu mundo fantástico se tornará pálido, seus sonhos se esvanecerão e morrerão e cairão como as folhas amarelas das árvores. Ah, Nastenka, você sabe que será triste ficar sozinha, totalmente sozinha, e não ter nada nem mesmo para se lamentar. Nada, absolutamente nada... Pois tudo o que se perdeu, tudo aquilo, não era nada, uma nulidade estúpida e simples, não houve nada além de sonhos!

— Por favor, não mexa ainda mais com meus sentimentos — disse Nastenka, enxugando uma lágrima que lhe escorria pela bochecha — Agora acabou. Agora estaremos juntos. Aconteça o que acontecer comigo, nunca nos separaremos. Ouça, eu sou uma moça simples, não tive muita educação, embora minha avó tenha arranjado um professor para mim, mas eu realmente o entendo, pois tudo o que você descreveu aconteceu comigo, quando vovó me prendeu ao seu vestido. É claro, eu não teria descrito tão bem como o senhor; não sou educada — acrescentou com timidez, pois ela ainda estava sentindo uma espécie de respeito por minha eloquência patética e meu estilo elevado –, mas estou muito feliz que tenha sido bastante sincero comigo. Agora eu o conheço bem, por inteiro. E sabe de uma coisa? Eu que lhe contar a minha história também, sem ocultar nada, e depois você deve me aconselhar. É um homem muito inteligente, promete que me dará conselhos?

– Ah, Nastenka – eu respondi –, embora nunca tenha dado conselhos, ainda mais conselhos sensatos, vejo agora que se continuarmos assim sempre, será muito sensato, e que cada um de nós dará ao outro muitos conselhos sensatos! Bem, minha linda Nastenka, que tipo de conselhos a senhorita deseja? Diga-me com sinceridade. Neste momento estou tão contente e feliz, tão corajoso e racional, que não será difícil para mim encontrar palavras.

– Não, não! – Nastenka me interrompeu, rindo. – Eu não quero apenas conselhos sensatos, quero conselhos fraternais afetuosos, como se tivesse gostado de mim a vida toda!

– Combinado, Nastenka, combinado! – eu exclamei encantado – E se eu tivesse gostado da senhorita por vinte anos, não poderia gostado mais do que gosto agora.

– Sua mão – disse Nastenka.

– Aqui está ela – respondi, entregando-lhe minha mão. – Então vamos começar minha história!

A HISTÓRIA DE NASTENKA

— Metade da minha história você já sabe, isto é, sabe que eu tenho uma avó...
— Se a outra metade for tão breve como essa... — eu a interrompi, rindo.
— Fique quieto e ouça. Antes de tudo, deve concordar em não me interromper, caso contrário, talvez eu me confunda! Escute-me em silêncio. Eu tenho uma avó. Cheguei a ela quando era uma garotinha, pois meu pai e minha mãe morreram. Deve-se supor que vovó já foi rica, por agora se lembra de dias melhores. Ela me ensinou francês e depois me arranjou um professor. Quando eu tinha 15 anos (e tenho agora 17), desistimos de ter aulas. Foi nessa época que me meti em problemas. O que eu fiz não contarei, basta que lhe diga que não foi muito importante. Mas vovó chamou-me uma manhã e disse que, como era cega, não podia cuidar de mim. Ela pegou um alfinete e prendeu meu vestido ao dela, e disse que deveríamos sentar daquela maneira pelo resto de nossas vidas se, é claro, eu não me tornasse uma garota melhor. De fato, no início era impossível fugir dela: eu tinha que trabalhar, ler e estudar junto da vovó. Tentei enganá-la uma vez e persuadi Fyokla a sentar-se em meu lugar. Fyokla é nossa arrumadeira, ela é surda. Fyokla sentou-se lá em vez de mim; vovó estava dormindo em sua poltrona na época, e eu saí para ver um velho amigo ali perto. Bem, isso terminou em problemas. A vovó acordou enquanto eu estava fora e fez algumas perguntas. Ela pensou que eu ainda estava sentada em silêncio no meu lugar. Fyokla percebeu que vovó estava lhe perguntando algo, mas não sabia dizer o que era; ela se perguntou o que fazer, desprendeu o alfinete e fugiu.

Neste ponto, Nastenka parou e começou a rir. Eu ri junto. Ela parou imediatamente.

— Eu lhe digo isso, não ria da vovó. Eu rio porque é engraçado. O que posso fazer, já que a vovó é desse jeito, mas ainda assim gosto dela de certa maneira. Bem, fui pega daquela vez. Tive de sentar no meu lugar na hora, e depois disso não tinha permissão de me mexer. Ah, esqueci de falar que a casa nos pertence, isto é, à vovó; é uma casinha de madeira com três janelas tão velhas quanto ela, com um pequeno andar superior. Bem, para lá se mudou um novo inquilino.

– Então você tinha um velho inquilino – observei com casualidade.

– Sim, é claro – respondeu Nastenka – e um que soube segurar a língua melhor do que você. Na verdade, ele mal falava. Era um senhorzinho surdo, cego, aleijado e ressequido, de modo que não pôde mais viver e morreu; então tivemos de encontrar um novo inquilino, pois não podíamos viver sem um. O aluguel, junto com a pensão da vovó, era quase tudo o que tínhamos. Mas o novo inquilino, por sorte, era um rapaz, um estranho que não era da cidade. Como ele não negociou o aluguel, vovó o aceitou, e apenas depois me perguntou: "Diga-me, Nastenka, como é nosso inquilino, é jovem ou velho?" Eu não quis mentir, então disse a vovó que ele não era exatamente novo e que não era velho. "E ele tem uma aparência agradável?", perguntou vovó.

– De novo, eu não quis contar uma mentira: "Sim, tem aparência agradável, vovó", eu disse. E ela falou: "Ah, que incômodo, que incômodo! Eu lhe digo isso, neta, que não pode ficar olhando para ele. Que tempos são esses! Ora essa, um reles inquilino como esse, e tem uma aparência agradável também, era muito diferente no passado".

– A vovó estava sempre se lamentando sobre os velhos tempos: ela era mais jovem antigamente, o sol era mais quente e o creme não ficava tão azedo, eram sempre os velhos tempos. Eu me sentava quieta e segurava minha língua, pensando comigo mesma: "Por que a vovó me sugeriu isso? Por que perguntou se o inquilino era jovem e bonito?" Mas foi só isso, eu apenas pensei, depois comecei a contar meus pontos de novo, continuei a tricotar minha meia e esqueci tudo isso.

Bem, uma manhã o inquilino veio nos ver; perguntou sobre uma promessa de renovar os papéis de parede do quarto. Uma coisa levou à outra. A vovó estava tagarela e disse: "Vá ao meu quarto, Nastenka, e me traga o ábaco". Eu me levantei de uma vez; corei por completo, não sei por quê, e esqueci que estava presa à vovó; em vez de me desprender em silêncio, para que o inquilino não visse, eu levantei tão rápido que a cadeira da vovó se mexeu. Quando percebi que o inquilino sabia tudo sobre mim no momento, eu corei, fiquei parada como se tivesse sido atingida e de repente comecei a chorar, eu me senti tão envergonhada e miserável naquele minuto que não sabia para onde olhar! A vovó me chamou: "O que está esperando?", e eu continuei, pior do que antes. Quando o inquilino viu que eu estava envergonhada por causa dele, curvou-se e foi embora imediatamente!

Depois disso me senti pronta para morrer ao ouvir menor som na passagem. "É o inquilino", eu pensava; e furtivamente desprendia o alfinete por garantia. Mas acabou por não acontecer, ele nunca veio. Uma quinzena se passou; o inquilino mandou um recado através da Fyokla de que tinha vários livros em francês, e que eram todos bons livros que eu poderia ler, então a vovó não gostaria que eu os lesse para que não ficasse entediada? Vovó concordou com gratidão, mas continuou perguntando se eram livros de moral, pois se fossem livros imorais estariam fora de questão, o mal poderia ser aprendido com eles.

"E o que devo aprender, vovó? O que está escrito neles?"

"Ah", ela disse, "o que está descrito neles é como homens jovens seduzem garotas virtuosas; como eles a levam das casas de seus pais, com a desculpa de que querem se casar com elas; como depois abandonam essas tristes garotas à própria sorte, e elas padecem da maneira mais lamentável. Eu li muitos livros", disse vovó, "e é tão bem escrito que as pessoas se sentam a noite toda e os leem às escondidas. Portanto, cuidado para não os ler, Nastenka", ela disse. "Quais livros ele mandou?"

"São todos romances de Walter Scott, vovó."

"Romances de Walter Scott! Mas diga, não há nenhum truque nisso? Veja, ele não enfiou uma carta de amor entre eles?"

"Não, vovó", eu disse, "não há uma carta de amor."

"Mas olhe debaixo da encadernação; eles, às vezes, a enfiam embaixo da encadernação, os malandros!"

"Não, vovó, não há nada debaixo da encadernação."

"Bem, tudo bem."

Então começamos a ler Walter Scott e, em mais ou menos um mês, tínhamos lido quase a metade. Em seguida, ele nos enviou mais e mais. Nos enviou Pushkin também; de modo que eu, por fim, não podia ficar sem um livro e deixei de pensar em como seria bom casar com um príncipe chinês.

Era como as coisas estavam quando um dia encontrei com o inquilino nas escadas. Vovó tinha me mandado buscar algo. Ele parou, eu corei e ele também; ele sorriu, no entanto, e disse bom dia para mim, perguntou sobre a vovó e falou: "E então, leu os livros?" Eu respondi que sim. "De qual gostou mais?", perguntou. Eu disse, "Ivanhoe, e Pushkin é o melhor de todos", e assim terminou nossa conversa naquele momento.

Uma semana depois, encontrei-o novamente nas escadas. Desta vez a vovó não tinha me mandado, eu queria buscar algo para mim. Já passava das duas, e o inquilino costumava voltar para casa naquele horário. "Boa tarde", disse. Eu disse boa tarde também.

"A senhorita não fica entediada", perguntou, "de ficar sentada o dia todo com sua avó?"

Quando ele me perguntou isso, eu corei, não sei por quê; senti-me envergonhada e outra vez ofendida, suponho que porque outras pessoas começaram a me perguntar sobre isso. Eu queria ir embora sem lhe responder, mas não tive forças.

"Ouça", ele disse, "a senhorita é uma boa garota. Perdoe-me por falar assim, mas lhe asseguro que desejo seu bem-estar tanto quanto sua avó. Você não tem amigas que possa visitar?"

Eu lhe respondi que não tinha nenhuma, não tinha ninguém além da Mashenka, e ela tinha ido embora para Pskov.

"Ouça", ele disse, "gostaria de ir ao teatro comigo?"

"Ao teatro. Mas e minha avó?"

"Mas deve ir sem que sua avó saiba", ele respondeu.

"Não", eu disse, "não quero enganar minha avó. Adeus."

"Bem, adeus", respondeu, e não disse mais nada.

Apenas depois do jantar ele veio nos ver; sentou-se por muito tempo conversando com a vovó; perguntou-lhe se ela alguma vez saía, se tinha conhecidos, e disse de repente: "Eu comprei um camarote na ópera para esta noite; estão apresentando *O Barbeiro de Sevilha*. Meus amigos deveriam ir, mas depois recusaram, então o bilhete ficou comigo".

"*O Barbeiro de Sevilha*", exclamou vovó, "ora, o mesmo que costumavam encenar nos velhos tempos?"

"Sim, o mesmo barbeiro", ele respondeu e olhou para mim. Eu percebi o que isso significava e fiquei vermelha, e meu coração começou a palpitar de suspense.

"Então com certeza conheço", disse vovó, "eu interpretei o papel da Rosina nos velhos tempos, em uma apresentação privada!"

"Então não gostaria de ir esta noite?", disse o inquilino. "Ou meu bilhete será desperdiçado."

"Por favor, deixe-nos ir", disse vovó, "por que não deveríamos? E minha Nastenka nunca foi ao teatro."

– Meu Deus, que alegria! Nos arrumamos imediatamente, colocamos nossas melhores roupas e saímos. Embora a vovó fosse cega, ela ainda queria ouvir a música; além disso, é uma velha alma gentil, o que ela mais queria era que eu me divertisse, nós nunca teríamos ido por conta própria.

– Quais foram as minhas impressões de *O Barbeiro de Sevilha* não lhe direi; mas durante toda a noite nosso inquilino me olhou com tanta gentileza, conversou tão educadamente, que percebi que ele pretendia me testar pela manhã quando propôs que eu deveria ir sozinha com ele. Bem, foi uma alegria! Fui para a cama tão orgulhosa, tão alegre, meu coração batia tanto que eu estava um pouco febril, e a noite toda louvei sobre *O Barbeiro de Sevilha*.

– Esperava que ele viesse nos ver com mais frequência depois disso, mas não foi assim de modo algum. Ele deixou de vir quase totalmente. Só vinha cerca de uma vez por mês, e apenas para nos convidar para o teatro. Fomos outras duas vezes. No entanto, eu não estava satisfeita com isso; percebi que ele estava apenas com pena de mim porque eu era tratada de maneira dura pela vovó, e era só isso. Com o passar do tempo, tornei-me cada vez mais inquieta, não conseguia ficar parada, não conseguia ler, nem trabalhar; às vezes, eu ria e fazia algo para irritar a vovó, outras vezes eu chorava. Por fim, emagreci e quase fiquei doente. A temporada de ópera havia terminado, e nosso inquilino mal ia nos ver; sempre que nos encontrávamos, na mesma escada, é claro, ele se curvava em silêncio, como se não quisesse conversar, e descia até a porta da frente, enquanto eu continuava de pé na escada, vermelha como uma cereja, pois todo o sangue subia à minha cabeça ao vê-lo.

Agora, o fim está próximo. Apenas um ano atrás, em maio, o inquilino veio até nós e disse à vovó que havia terminado seus negócios aqui, e que devia voltar para Moscou por um ano. Quando ouvi aquilo, afundei em uma cadeira, desfalecida; vovó não notou nada, e tendo nos informado de que nos deixaria, ele se curvou e foi embora.

O que eu deveria fazer? Eu pensei e pensei e me martirizei e martirizei, e por fim, tomei uma decisão. No outro dia ele iria embora, e eu decidi que também me mudaria naquela noite, quando vovó fosse dormir. E assim aconteceu. Eu arrumei minhas roupas em um embrulho, toda a roupa que eu precisava, e com o pacote em minhas mãos, mais morta do que viva, subi para o andar do nosso inquilino. Acredito que fiquei uma hora na escada. Quando abri sua porta, ele se assustou ao me ver. Pensou que eu fosse um fantasma e correu para me oferecer água, pois eu mal podia ficar em pé. Meu coração batia com tanta violência que minha cabeça doía, e eu não sabia o que estava fazendo. Quando me recuperei, comecei colocando o embrulho em cima da cama, sentei-me ao lado dele, escondi o rosto nas mãos e derramei uma enchente de lágrimas. Acho que ele entendeu tudo na hora, e olhou para mim com tanta tristeza que meu coração ficou devastado.

"Ouça", ele começou, "ouça, Nastenka, não posso fazer nada. Eu sou um homem pobre, não tenho nada, nem mesmo um emprego decente. Como poderíamos viver, se eu a desposasse?"

Conversamos por muito tempo, mas, no fim, fiquei muito agitada, e disse que não poderia continuar vivendo com vovó, que eu deveria fugir dela, que não queria estar presa a ela, e que iria para Moscou se quisesse, pois não poderia viver sem ele. Vergonha e orgulho e amor estavam clamando em mim ao mesmo tempo, e caí na cama quase em convulsão, eu tinha tanto medo de uma rejeição.

Ele sentou-se por alguns minutos em silêncio, depois se levantou, veio até mim e pegou-me pela mão.

"Ouça, minha querida Nastenka, ouça; eu juro que se estiver algum dia em condições de me casar, a senhorita fará minha felicidade. Eu lhe asseguro que, agora, é a única que poderia me fazer feliz. Ouça, estou indo para Moscou e ficarei por lá apenas um ano; espero estabelecer minha posição. Quando eu voltar, se ainda me amar, juro que seremos felizes. Agora é impossível, não sou capaz, não tenho o direito de prometer nada. Eu repito, se não for dentro de um ano, certamente será em algum momento; isto é, claro, se não preferir ninguém mais, pois não posso e nem ouso prendê-la com qualquer tipo de promessa.

Isso foi o que ele me disse, e no dia seguinte partiu. Concordamos juntos em não dizer nada à vovó, esse era o desejo dele. Bem, minha história está quase terminando. Apenas um ano se passou. Ele chegou. Está aqui há três dias e...e...

– E o quê? – perguntei, impaciente para ouvir o final.

– E até agora não apareceu! – respondeu Nastenka, reunindo toda sua coragem. – Não há sinal, nem som dele.

Aqui ela parou, fez uma pausa, abaixou a cabeça e cobrindo o rosto com as mãos irrompeu em soluços que causaram uma pontada no meu coração ao escutá-los. Não esperava de forma alguma tal desfecho.

– Nastenka – comecei a falar timidamente com uma voz agradável – Nastenka! Pelo amor de Deus, não chore! Como você sabe? Talvez ele não esteja aqui ainda.

– Ele está, ele está – Nastenka repetia – Ele está aqui e eu sei disso. Nós fizemos um acordo na época, naquela noite, antes de ele partir. Quando dissemos tudo o que lhe contei e chegamos a um entendimento, saímos para caminhar aqui neste dique. Eram dez da noite, nos sentamos neste banco. Eu não estava chorando no momento; foi doce ouvir o que ele disse... e ele disse que viria até nós assim que chegasse, e se eu não o rejeitasse, então contaríamos tudo à vovó. Agora ele está aqui, eu sei disso, e ainda não veio!

E ela novamente irrompeu em lágrimas.

– Santo Deus, posso fazer algo para lhe ajudar em sua tristeza? – exclamei saltando do banco em desespero. – Diga-me, Nastenka, não seria possível que eu fosse até ele?

– Isso seria possível? – ela perguntou de repente, levantando a cabeça.

– Não, com certeza não – disse me erguendo – mas lhe digo o seguinte, escreva uma carta.

– Não, é impossível, não posso fazer isso – ela respondeu decidida, abaixando a cabeça sem me olhar.

– Como impossível? Por que é impossível? – continuei, agarrado à minha ideia. – Mas Nastenka, depende do tipo de carta, há cartas e cartas e... Ah, Nastenka, estou certo. Confie em mim, confie em mim, eu não lhe darei conselhos ruins. Tudo pode ser arranjado! Você deu o primeiro passo. Por que não agora?

– Não posso. Não posso. Pareceria que estou me forçando a ele.

– Ah, minha pequena Nastenka – eu disse, mal conseguindo esconder um sorriso – não, não, você tem um direito a isso, na verdade, porque ele lhe fez uma promessa. Além disso, posso ver, por tudo isso, que ele é um homem de sentimentos delicados; que se comportou muito bem – continuei, sendo levado cada vez mais pela lógica dos meus argumentos e convicções – Como ele se comportou? Ele se comprometeu a uma promessa: disse que caso se casasse, não casaria com ninguém além de você. Deu-lhe liberdade total de recusá-lo. Sob tais circunstâncias, a senhorita pode dar o primeiro passo. Tem o direito, está na posição privilegiada, se, por acaso, quisesse libertá-lo de sua promessa.

– Como você escreveria?

– Escreveria o quê?

– Essa carta.

– Eu lhe digo como escreveria: "Prezado Senhor..."

– Devo realmente começar assim, "Prezado Senhor"?

– Claro que deve! Embora, afinal, eu não saiba, imagino.

– Bem, muito bem, e depois?

– "Prezado Senhor, devo me desculpar por..." Não, não há por que se desculpar; o próprio fato justifica tudo. Escreva apenas: "Estou lhe escrevendo. Perdoe-me pela minha impaciência, mas estive feliz por um ano com esperança; sou culpada por não aguentar um dia de dúvida agora? Agora que você voltou, talvez tenha mudado de ideia. Se assim for, esta carta é para lhe dizer que eu não me lamento ou o culpo. Não o culpo porque não tenho poder sobre o seu coração, esse é o meu destino! O senhor é um homem honrado. Não sorrirá ou se irritará com estas linhas impacientes. Lembre-se, são escritas por uma pobre garota, que está sozinha, não tem ninguém para guiá-la, ninguém para aconselhá-la, e que ela mesma jamais poderia controlar seu coração. Mas perdoe-me se uma dúvida tomou, ainda que apenas por um instante, meu coração. Você não será capaz de insultar, mesmo em pensamento, aquela que tanto o amou e que tanto o ama.

– Sim, sim, é exatamente o que eu estava pensando! – choramingou Nastenka, e seus olhos brilharam de alegria. – Ah, você resolveu minhas dificuldades. Deus o enviou para mim! Obrigada, obrigada!

– Pelo quê? Pelo quê? Por Deus ter me enviado? – eu respondi, olhando encantado para o seu rosto alegre.

– Ora, sim, por isso também.

– Ah, Nastenka! Agradecemos algumas pessoas por estarem vivas ao mesmo tempo que nós; eu lhe agradeço por ter me encontrado, por ser capaz de lembrar-me de você por toda minha vida!

– Bem, basta, basta! Mas agora lhe digo, ouça: fizemos um acordo na época que assim que ele chegasse, ele me avisaria deixando uma carta com algumas pessoas simples que eu conheço e que não sabem nada a respeito disso; ou, se fosse impossível me escrever uma carta, pois uma carta nem sempre diz tudo, ele estaria aqui às 10 horas no dia que chegasse, onde combinamos de nos encontrar. Eu sei que ele já chegou, mas hoje é o terceiro dia e não há sinal dele, nem da carta. É impossível fugir da minha avó de manhã. Dê minha carta amanhã para aquelas pessoas gentis de quem lhe falei, elas a enviarão para ele, e se houver uma resposta, traga-me amanhã às dez.

– Mas a carta, a carta! Veja bem, deve escrever a carta antes! Então talvez deva ser no dia depois de amanhã.

– A carta... – disse Nastenka, um pouco confusa – a carta, mas...

Mas ela não terminou. Primeiro, virou o rosto na outra direção, corou como uma rosa e, de repente, senti em minhas mãos uma carta que havia sido evidentemente escrita há muito tempo, toda pronta e selada. Uma lembrança doce e familiar flutuou pela minha mente.

– Ro...si...na – comecei.

– Rosina! – ambos murmuramos juntos; eu quase a abraçando com alegria, enquanto ela corava como se só ela pudesse fazer isso, e rimos juntos através das lágrimas que brilhavam como pérolas em seus cílios pretos.

– Bem, basta, basta! Adeus – ela disse, falando com rapidez. – Aqui está a carta, aqui o endereço para onde deve levá-la. Adeus, nós nos veremos de novo! Até amanhã! – ela pressionou minhas mãos calorosamente, acenou com a cabeça e desceu como uma flecha pela rua lateral. Permaneci parado por muito tempo seguindo-a com os olhos.

– Até amanhã! Até amanhã! – soava em meus ouvidos enquanto ela desaparecia da minha vista.

TERCEIRA NOITE

O dia está nublado e chuvoso, sem um raio de sol, como a velhice diante de mim. Sou oprimido por pensamentos tão estranhos, sensações tão deprimentes; questões ainda muito obscuras para mim estão se aglomerando em minha mente, e pareço não ter nem poder nem força de vontade para resolvê-las. Não cabe a mim resolver tudo isso!

Hoje não vamos nos encontrar. Ontem, quando dissemos adeus, as nuvens começaram a se juntar-se no céu e uma névoa surgiu. Eu disse que amanhã seria um dia ruim; ela não me respondeu, não queria falar contra sua vontade; pois para ela o dia estava claro e limpo, nenhuma nuvem deveria obscurecer sua felicidade.

"Se chover, não nos veremos", ela disse, "eu não virei".

Pensei que ela não notaria a chuva de hoje, no entanto, ela não veio.

Ontem foi nosso terceiro encontro, nossa terceira noite branca...

Mas como a alegria e a felicidade tornam belo um homem! Como transborda de amor o coração! Como se desejasse derramar todo seu coração; quer que tudo seja feliz, tudo seja motivo para sorrir. E como a alegria é contagiosa! Havia tanta suavidade em suas palavras, um sentimento tão gentil em seu coração por mim ontem. Tão atenciosa e amigável ela era. Como tentou carinhosamente me dar coragem! Ah, a coqueteria da felicidade! Enquanto eu... eu tomei tudo aquilo como genuíno, pensei que ela...

Mas, meu Deus, como pude pensar nisso? Como pude ser tão cego, quando tudo já havia sido tomado por outro, quando nada era meu; quando, na verdade, sua ternura, sua ansiedade, seu amor... sim, seu amor por mim não era nada além de alegria de ver outro homem em breve, o desejo de me incluir também em sua felicidade? Quando ele não veio, quando esperamos em vão, ela franziu o cenho, ficou tímida e desencorajada. Seus movimentos, suas palavras, não estavam mais tão leves, tão divertidas, tão alegres; e, estranho dizer, mas ela redobrou sua atenção para mim, como se instintivamente desejasse esbanjar em mim o que ela queria para si mesma com tanta ansiedade, caso seus desejos não fossem realizados. Minha Nastenka estava tão cabisbaixa, tão entristecida, que penso que finalmente percebeu que eu a amava, e sentia pena do meu pobre amor. Quando estamos infelizes, sentimos mais a tristeza dos outros; o sentimento não é destruído, mas concentrado...

Fui ao seu encontro com o coração cheio, e estava todo impaciente. Não tive nenhum pressentimento de que me sentiria como me sinto agora, que nem tudo terminaria bem. Ela estava radiante de prazer; estava esperando uma resposta. A resposta era ele mesmo. Ele viria, atenderia ao seu chamado. Ela chegou uma hora antes de mim. No início, ria de tudo, de cada palavra que eu dizia. Eu comecei a falar, mas recaí no silêncio.

– Sabe por que estou tão feliz – ela disse – tão feliz de olhá-lo? Por que eu gosto tanto de você hoje?

– Pois bem? – eu perguntei, meu coração começando a palpitar.

– Gosto de você porque não se apaixonou por mim. Sabe que alguns homens em seu lugar teriam me importunado e me preocupado, ficariam suspirando e estariam miseráveis, enquanto você é muito amável!

Então ela apertou minha mão tão forte que eu quase chorei. Ela riu.

– Minha nossa, que amigo você é! – ela começou seriamente um minuto depois. – Deus o enviou para mim. O que teria me acontecido se não estivesse comigo agora? Como você está desinteressado! Como se importa mesmo comigo! Quando eu for casada, seremos grandes amigos, mais do que irmão e irmã; eu me importarei com você assim como me importo com ele.

Senti-me terrivelmente triste naquele momento, no entanto, algo como uma risada se agitava na minha alma.

– Você está muito chateada – eu disse – está assustada, pensa que ele não virá.

– Ah, querido! – ela respondeu – se eu estivesse menos feliz, acredito que choraria por sua falta de fé, por suas repreensões. Contudo, fez-me pensar e me deu muito sobre o que pensar; mas o farei mais tarde, agora reconhecerei que você está certo. Sim, de alguma forma não sou eu mesma; estou ansiosa e sinto tudo como se fosse muito leve. Mas silêncio! Já falamos demais sobre sentimentos.

Nesse momento ouvimos passos, e na escuridão vimos uma figura caminhar em nossa direção. Nós nos sobressaltamos; ela quase chorou; soltei sua mão e fiz um movimento como se fosse me afastar. Mas estávamos enganados, não era ele.

– Do que tem medo? Por que soltou a minha mão? – ela perguntou, dando-a para mim de novo. Venha, o que foi? Nós o encontraremos juntos; quero que ele veja o quanto gostamos um do outro.

– O quanto gostamos um do outro – exclamei. ("Ah, Nastenka, Nastenka", pensei, "o quanto me disse nessa frase!" Tanto carinho em certos momentos torna o coração gelado e a alma pesada. Sua mão é fria, a minha queima como fogo. Como é cega, Nastenka! Ah, como é insuportável, às vezes, uma pessoa feliz! Mas eu não poderia ficar bravo com você!)

Por fim meu coração transbordava.

– Ouça, Nastenka – eu disse – Sabe como foi para mim o dia todo?

– Ora, como, como? Diga-me logo. Por que não me disse nada esse tempo todo?

– Para começar, Nastenka, quando realizei todas as suas solicitações, entreguei a carta, encontrei com seus bons amigos depois... depois voltei para casa e fui dormir.

– Isso é tudo? – ela me interrompeu, rindo.

– Sim, quase tudo – eu respondi me contendo, pois, tolas lágrimas já brotavam em meus olhos. – Eu acordei uma hora antes do nosso encontro e, no entanto, por assim dizer, não estava dormindo. Não sei o que aconteceu comigo. Vim para lhe falar tudo sobre isso, sentindo como se o tempo estivesse parado, como se uma sensação, um sentimento daquele tempo devesse permanecer comigo para sempre; sentindo como se um minuto tivesse de continuar por toda a eternidade, e como se a vida tivesse chegado a um impasse para mim. Quando acordei, parecia que um motivo musical há muito familiar, escutado em algum lugar no passado, esquecido e voluptuosamente doce, tivesse voltado para mim agora. Parecia-me que estava clamando em meu coração a vida toda, e só agora...

– Ah meu Deus, meu Deus – Nastenka interrompeu – o que tudo isso significa? Eu não entendo uma palavra.

– Ah, Nastenka, queria lhe transmitir, de alguma forma, aquela estranha impressão... – comecei a falar com uma voz melancólica, na qual ainda havia uma esperança, embora muito tênue.

— Basta! Quieto! — ela disse, e em um instante a espertinha tinha adivinhado.

De repente, ela se tornou extraordinariamente loquaz, alegre, provocadora; ela tomou meu braço, riu e queria que eu risse também, e cada palavra confusa que eu proferia evocava dela uma prolongada risada ressonante. Eu fiquei irritado que ela havia começado a paquerar de repente.

— Sabe — ela começou — que eu me sinto um pouco incomodada por você não estar apaixonado por mim? Não há como compreender a natureza humana! Mas, mesmo assim, sr. inacessível, não pode me culpar por ser tão simples; eu lhe conto tudo, tudo, qualquer pensamento tolo que passa pela minha cabeça.

— Ouça! São 11 horas, acredito — eu disse, enquanto a badalada lenta de um sino soava de uma torre distante. Ela imediatamente parou, deixou de rir e começou a contar.

— Sim, são 11 horas — disse, por fim, com uma voz tímida e incerta.

Lamentei imediatamente tê-la assustado, fazendo-a contar as badaladas, e me amaldiçoei por meu impulso maldoso; senti pena dela, e não sabia como reparar o que tinha feito.

Comecei a confortá-la, procurando razões para a ausência dele, antecipando vários argumentos, provas. Ninguém poderia ter sido mais fácil de enganar do que ela naquele momento; e, de fato, qualquer um em tal momento escuta com prazer a qualquer conforto, não importa qual seja, e fica radiante se uma sombra de desculpas puder ser encontrada.

— E, de fato, é uma coisa absurda. — eu comecei, entusiasmado com a minha missão e admirando a clareza extraordinária do meu argumento — Ora, ele não poderia ter vindo; você me atrapalhou e confundiu, Nastenka, então eu também perdi a noção da hora. Pense: ele pode nem ter recebido a carta ainda; supondo que não possa ter vindo, supondo que vá responder a carta, não poderia vir antes de amanhã. Irei atrás de saber disso assim que raiar o dia e a deixarei saber de uma vez. Considere que há milhares de possibilidades; talvez não estivesse em casa quando a carta chegou, e pode não ter lido até agora! Tudo pode acontecer, você sabe.

— Sim, sim! — disse Nastenka. — Não pensei nisso. É claro que tudo pode acontecer — ela continuou em um tom que não oferecia oposição, embora outros pensamentos distantes pudessem ser ouvidos como uma discordância vexatória nele. — Eu lhe direi o que deve fazer; — disse — Deve ir o mais cedo possível, amanhã de manhã, e se souber de qualquer coisa, deixe-me saber de uma vez. Sabe onde moro, não sabe?

E ela começou a repetir o endereço para mim.
E, então, imediatamente tornou-se tão gentil, tão solícita comigo. Parecia ouvir com atenção o que eu lhe dizia; mas quando lhe fiz uma pergunta, ela permaneceu calada, ficou confusa e virou o rosto. Eu olhei em seus olhos, sim, ela estava chorando.
– Como pode? Como pode? Ah, que criança você é! Que infantilidade... Venha, venha...
Ela tentou sorrir, acalmar-se, mas seu queixo tremia e seu peito ainda arfava.
– Estive pensando em você – ela disse depois de um minuto de silêncio. – É tão gentil que eu seria uma pedra se não sentisse isso. Sabe o que me ocorreu agora? Estava comparando os dois. Por que ele não é você? Não é bom assim, embora o ame mais.
Eu não respondi. Ela parecia esperar que eu dissesse algo.
– É claro, pode ser que eu ainda não o entenda por completo. Sabe, eu sempre tive certo medo dele; ele era sempre tão sério, como se fosse orgulhoso. Claro que sei que ele só parece ser assim, sei que há mais ternura em seu coração do que no meu... lembro-me de como ele olhava para mim quando fui até ele. Lembra-se? Com meu embrulho; porém, ainda assim, eu o respeito demais, e isso não mostra como não somos iguais?
– Não, Nastenka, não – eu respondi – mostra que você o ama mais do que tudo no mundo, e mais do que a si mesma.
– Sim, suponho que seja assim – respondeu Nastenka, ingenuamente.
– Mas sabe o que me impressiona? Não estou falando dele agora, mas de modo geral; tudo isso passou pela minha cabeça um tempo atrás. Diga-me, como é que não podemos ser todos irmãos, juntos? Por que é que até mesmo o melhor dos homens sempre parece estar escondendo algo de outras pessoas ou guardando algo para si? Por que não dizer de uma vez o que está em seu coração, quando se sabe que não está falando em vão? Como é, todos parecerem ser mais severos do que são, como se tivessem medo de cometer injustiças contra seus sentimentos, ao serem muito rápidos em expressá-los.
– Ah, Nastenka, o que você diz é verdade; mas há muitas razões para isso – interrompi, suprimindo mais do que nunca meus sentimentos naquele momento.
– Não, não – ela respondeu com profundo sentimento. – Você, por exemplo, não é como as outras pessoas! Eu realmente não sei como lhe

dizer o que sinto; mas me parece que você, por exemplo... no presente momento... me parece que está sacrificando algo por mim – ela acrescentou, timidamente, com um olhar breve para mim – Perdoe-me por dizer assim, eu sou uma garota simples, você sabe. Vi muito pouco da vida, e às vezes não sei como dizer as coisas – continuou, com uma voz que tremia com algum sentimento escondido, enquanto tentava sorrir – mas só queria lhe dizer que sou grata, por sentir tudo isso também. Ah, que Deus lhe dê felicidade por isso! O que me contou sobre o sonhador é quase mentira agora, isto é, digo, não é verdade para você. Está se recuperando, é um homem bem diferente daquele que descreveu. Se algum dia se apaixonar por alguém, que Deus lhe dê felicidade com ela! Não desejarei nada a ela, pois será feliz com o senhor. Eu sei, eu mesma sou uma mulher, então deve acreditar em mim quando lhe digo isso.

Ela parou de falar e pressionou minha mão afetuosamente. Eu também não podia falar sem me emocionar. Alguns minutos passaram.

– Sim, está claro que ele não virá hoje à noite – disse, por fim, levantando a cabeça. – Está tarde.

– Ele virá amanhã – eu disse no tom mais firme e convincente.

– Sim. – ela acrescentou sem nenhum sinal de sua antiga tristeza – Vejo por mim mesma agora que ele não poderia vir até amanhã. – Bem, boa noite, até amanhã! Se chover, talvez eu não venha. Mas, no dia depois de amanhã, eu virei. Eu virei, com certeza, aconteça o que acontecer; esteja aqui, quero lhe ver e lhe contarei tudo.

E então quando nos separamos, ela me deu a mão e disse, olhando me com candura:

– Estaremos sempre juntos, não estaremos?

Ah, Nastenka, Nastenka! Se apenas soubesse como estou solitário agora!

Assim que bateu 9 horas não pude ficar em casa, mas vesti minhas roupas e saí, apesar do tempo. Eu estava lá, sentado em nosso banco. Fui até sua rua, mas me senti envergonhado, e voltei sem olhar para suas janelas, quando estava a dois passos da porta. Fui para casa mais deprimido do que jamais havia estado. Que dia úmido e monótono! Se tivesse sido bom, eu teria caminhado a noite toda...

Mas amanhã, amanhã! Amanhã ela me contará tudo. A carta não chegou hoje, no entanto. Mas já era de se esperar. Eles estão juntos agora...

QUARTA NOITE

Meu deus, como tudo terminou! No que tudo isso terminou! Eu cheguei às 9 horas. Ela já estava lá. Eu a notei de longe; estava em pé, como na primeira noite, com os cotovelos no corrimão, e não ouviu eu me aproximando dela.

— Nastenka! — chamei-a, reprimindo minha agitação com esforço.

Ela se virou para mim rapidamente.

— E então? — perguntou. — Se apresse!

Olhei para ela perplexo.

— Bem, onde está a carta? Trouxe a carta? — ela repetiu segurando-se no corrimão.

— Não, não há carta — eu disse finalmente. — Ainda não se encontraram?

Ela ficou assustadoramente pálida e olhou-me por muito tempo sem se mexer. Eu havia despedaçado sua última esperança.

— Bem, Deus esteja com ele — disse, por fim, com a voz entrecortada — Deus esteja com ele se ele me deixar assim.

Baixou os olhos, depois tentou me olhar e não conseguiu. Ela lutou com suas emoções por vários minutos. E de uma vez se virou, apoiando os cotovelos no corrimão e irrompendo em lágrimas.

— Ah, não, não! — eu comecei; mas, olhando-a, não tive coragem de continuar. E o que diria a ela?

— Não tente me consolar — ela disse — não fale sobre ele; não me diga que ele virá, que ele não me descartou com tanta crueldade e de forma tão desumana como o fez. Para quê? Para quê? Pode ter sido algo na minha carta, aquela carta infeliz?

Naquele momento os soluços sufocaram sua voz; meu coração se despedaçou ao olhá-la.

– Como é desumanamente cruel! – ela recomeçou. – E nem uma linha, nem uma linha! Ele poderia ao menos ter escrito que não me quer, que me rejeita, mas nem uma linha por três dias! Como é fácil para ele ferir, insultar uma pobre garota indefesa, cujo único crime é amá-lo! Ah, o que sofri durante estes três dias! Céus! Quando penso que fui a primeira a ir até ele, que eu me humilhei diante dele, chorei, que lhe implorei um pouco de amor!... e depois!

– Ouça – ela disse se virando, e seus olhos pretos brilharam –, não é assim! Não pode ser assim; não é natural. Ou você está enganado ou eu; talvez ele não tenha recebido a carta? Talvez ele ainda não saiba nada sobre isso? Como alguém pode... julgue por si mesmo, diga-me, pelo amor de Deus me explique, não consigo entender, como alguém pode se comportar com tanta grosseria e barbaridade como ele se comportou comigo? Nem uma palavra! Ora, a mais baixa das criaturas na Terra é tratada com mais compaixão. Talvez ele tenha ouvido algo, talvez alguém tenha lhe contado algo sobre mim – ela chorou, virando-se para mim inquisitivamente – O que acha disso?

– Ouça, Nastenka, irei até ele amanhã em seu nome.

– Irá?

– Eu lhe questionarei sobre tudo; eu lhe direi tudo.

– Sim, sim?

– Escreva uma carta. Não diga não, Nastenka, não diga não! Eu o farei respeitar sua ação, ele ouvirá tudo sobre isso, e se...

– Não, meu amigo, não – ela me interrompeu. – Basta! Nem mais uma palavra, nem mais uma frase minha, basta! Eu não o conheço; não o amo mais. Eu o... o esquecerei.

Ela não conseguiu continuar.

– Acalme-se, acalme-se! Sente-se aqui, Nastenka – eu disse, fazendo-a se sentar no banco.

– Estou calma. Não se incomode. Não é nada! São apenas lágrimas, logo secarão. Acha que me livrarei de mim mesma, que eu me jogarei no rio?

Meu coração estava transbordando: Tentei falar, mas não consegui.

– Ouça – ela disse ao pegar minha mão. – Diga-me, não teria se comportado assim, teria? Não teria abandonado uma garota que veio ao seu encontro por vontade própria, não teria jogado em sua cara um insulto despudorado ao seu fraco e tolo coração. Teria tomado conta dela? Teria percebido que ela estava sozinha, que não sabia tomar conta de si mesma, que não podia impedir a si mesma de amá-lo, que não é culpa dela, culpa dela, que ela não tinha feito nada... Oh, céus, céus!

– Nastenka – exclamei finalmente, incapaz de controlar minhas emoções. – Nastenka, você me tortura! Machuca meu coração, está me matando, Nastenka! Não posso ficar calado! Devo falar, expressar o que está crescendo no meu coração!

Ao dizer isso, levantei-me do banco. Ela pegou minha mão e me olhou com surpresa.

– O que há de errado? – perguntou, por fim.

– Ouça. – eu disse com firmeza – Ouça-me, Nastenka! Tudo o que vou lhe dizer agora é tolice, impossível, estúpido! Sei que nunca poderá acontecer, mas não posso ficar calado. Em nome de tudo o que está sofrendo agora, eu lhe imploro que me perdoe de antemão!

– O que é? O que é? – ela disse secando as lágrimas e olhando para mim intensamente, enquanto uma estranha curiosidade brilhava em seus olhos espantados. – Qual é o problema?

– É impossível, mas eu amo você, Nastenka! É isso! Agora tudo foi dito – eu disse com um aceno de mão – Agora verá se consegue continuar falando comigo como fez há pouco, se consegue escutar tudo o que vou lhe dizer...

– Bem, e então? – Nastenka me interrompeu – O que é que tem? Eu sabia que me amava há muito tempo, mas sempre pensei que era por gostar muito de mim... Ah meu Deus, meu Deus!

– De início, era um simples gostar, Nastenka, mas agora... estou na mesma posição em que a senhorita estava quando foi até ele com seu embrulho. Estou em uma posição pior do que a sua, Nastenka, porque ele não se importava com mais ninguém, diferente da senhorita...

– O que está me dizendo? Eu não o entendo nem um pouco. Mas diga-me, para que serve isso; não digo para quê, mas por que você tão de repente... Meu Deus, estou falando bobagens! Mas você...

E Nastenka ficou confusa. Suas bochechas ficaram em chamas, seus olhos baixaram.

– O que deve ser feito, Nastenka, o que eu devo fazer? Sou culpado. Abusei de sua... mas não, não sou culpado. Eu sinto isso, eu sei disso, porque meu coração me diz que estou certo, pois não posso machucá-la, não posso feri-la. Eu era seu amigo, mas ainda o sou, não traí sua confiança. Minhas lágrimas estão caindo, Nastenka. Deixe que caiam, deixe que caiam, elas não machucam ninguém. Logo secarão, Nastenka.

– Sente-se aqui, sente-se. – ela disse, fazendo eu me sentar no banco. – Ah, meu Deus!

– Não, Nastenka, não me sentarei; não posso mais ficar aqui, não pode me ver de novo; eu lhe direi tudo e irei embora. Eu só que lhe dizer que nunca descobriria que eu a amei. Devia ter mantido meu segredo. Eu não a teria preocupado neste momento com meu egoísmo. Não! Mas não pude resistir; você mesma falou disso, é culpa sua, sua e não minha. Não pode me afastar...

– Não, eu não o afasto, não! – disse Nastenka, escondendo sua confusão o melhor podia, pobre garota.

– Não me afastará? Não! Mas eu mesmo queria fugir de você. Partirei, mas primeiro lhe direi tudo, pois quando estava se lamentando aqui, eu não podia simplesmente ficar sentado, imóvel, quando chorava, quando estava torturando por ter sido... por ter sido... falarei disso, Nastenka, por ter sido abandonada, pelo seu amor ter sido repelido, eu sentia que no meu coração havia tanto amor por você, Nastenka, tanto amor! E parecia tão angustiante não poder lhe ajudar com meu amor, que meu coração se partia, e eu... não pude ficar calado, eu tive de falar, Nastenka, tive de falar!

– Sim, sim! Diga-me, fale comigo – disse Nastenka com um gesto indescritível. – Talvez pense que é estranho que eu lhe fale dessa maneira, mas... diga! Eu lhe contarei depois! Eu lhe contarei tudo.

– Sente pena de mim, Nastenka, simplesmente sente pena de mim, minha querida amiga! O que está feito não pode ser remendado. O que foi dito não pode ser retirado. Não é assim? Bem, agora você sabe. Esse é o ponto de partida. Muito bem. Agora está tudo bem, apenas ouça. Quando estava chorando, pensei comigo mesmo "ah, deixe que eu lhe diga o que estava pensando!", pensei que "claro que não pode ser, Nastenka", eu pensei que... pensei que você de alguma maneira... independentemente de mim, havia deixado de amá-lo. Então, eu pensei isso ontem e no dia anterior, Nastenka, então eu teria, com certeza, conseguido que me amasse; sabe, você mesma disse, Nastenka, que quase me amou. E agora? Bem, isso é quase tudo o que eu queria dizer; tudo o que restou para dizer é como seria se me amasse, apenas isso, nada além! Ouça, minha amiga, pois, de qualquer forma, é minha amiga. Eu sou, é claro, um homem pobre e humilde, sem importância; mas essa não é a questão (não pareço ser capaz de dizer o que quero, Nastenka, estou tão confuso), e, sim, que eu a amaria, a amaria tanto, que mesmo que a senhorita ainda o amasse, mesmo que continuasse amando o homem que não conheço, nunca sentiria que meu amor lhe era um fardo. Apenas sentiria a cada minuto que ao seu lado batia um coração grato, agradecido, um coração caloroso pronto para lhe fazer bem. Ah... Nastenka, Nastenka! O que fez comigo?

– Não chore, não quero que chore – disse Nastenka levantando-se rapidamente do banco. – Vamos, levante-se, venha comigo, não chore, não chore, – ela disse, secando as próprias lágrimas com o lenço – vamos embora, talvez eu lhe conte algo. Se ele me abandonou agora, se me esqueceu, embora eu ainda o ame, não quero lhe enganar... mas ouça, responda-me. Se eu amasse você, por exemplo, isto é, se eu apenas... ah, meu amigo, meu amigo! E pensar, e pensar como lhe feri, quando ri do seu amor, quando o elogiei por não se apaixonar por mim. Céus! Como não previ isso, como não previ, como pude ser tão tola? Mas bem, eu me decidi, e lhe direi.

– Veja, Nastenka, sabe de uma coisa? Eu vou embora, é isso o que farei. Eu apenas lhe atormento. Está arrependida de ter rido de mim, e não quero que, além do seu sofrimento, você... a culpa é minha, Nastenka, mas adeus!

– Fique, escute-me, pode esperar?
– Para quê? Como?
– Eu o amo, mas vou superá-lo, devo superar, não posso falhar; estou superando, sinto isso. Quem sabe? Talvez tudo termine hoje à noite, eu o odeio, pois tem rido de mim, enquanto você tem chorado aqui comigo, pois não me afastou como ele, pois me amou, ao contrário dele, pois, de fato, eu mesma amo você... sim, eu amo você! Assim como me ama; eu lhe disse antes, você mesmo ouviu – eu o amo porque é melhor do que ele, é mais nobre do que ele, porque, porque ele...

As emoções da pobre garota estavam tão violentas que ela não podia dizer mais nada, apoiou a cabeça no meu ombro, depois no meu peito e chorou copiosamente. Eu a confortei, eu a persuadi, mas ela não podia parar de chorar; continuava apertando minha mão e dizendo entre soluços:

— Espere, espere, acabará em um minuto! Quero lhe dizer... não deve pensar que essas lágrimas... não é nada, é fraqueza, espere até que acabe.

Por fim, deixou de chorar, secou os olhos e andamos novamente. Eu queria falar, mas ela ainda me pedia para esperar. Estávamos em silêncio. Finalmente criou coragem e começou a falar.

— É assim, — ela começou com uma voz fraca e trêmula, na qual, no entanto, havia uma nota que perfurava meu coração com uma doce pontada — não pense que sou tão frívola e inconstante, não pense que posso esquecer e mudar tão rápido. Eu o amei durante um ano inteiro, e juro por Deus que nunca, nunca, nem mesmo em pensamento lhe fui infiel... ele me desprezou, tem rido de mim, Deus o perdoe! Mas ele me insultou e machucou meu coração. Eu... eu não o amo, pois posso apenas amar o que é magnânimo, o que me entende, o que é generoso; pois eu mesma sou assim, e ele não é digno de mim, bem, basta dele. Ele fez melhor do que se tivesse enganado minhas expectativas mais tarde, e me mostrasse depois quem ele era. Bem, acabou! Mas, quem sabe, meu querido amigo — ela continuou, pressionando minha mão — quem sabe, talvez o meu amor fosse um sentimento equivocado, uma ilusão. Talvez tenha começado como uma travessura, uma tolice, porque eu era mantida de forma rigorosa pela minha avó? Talvez eu deva amar outro homem, e não ele, um homem diferente, que tivesse compaixão por mim e... e...

Mas não falemos mais disso. — Nastenka rompeu, ofegante de emoção — Eu apenas queria lhe dizer... queria lhe dizer que se, embora eu o ame (não, amava), se, apesar disso, o senhor ainda diz...se ainda sente que seu amor é tão grande, que poderia finalmente tirar do meu coração o velho sentimento, se tiver compaixão por mim, se não quiser abandonar-me à minha própria sorte, sem esperança, sem consolação, se estiver pronto para me amar como sempre o fez, eu lhe juro gratidão... que meu coração será, enfim, digno do seu amor. Aceitará minha mão?

— Nastenka! — chorei ofegante entre soluços. — Nastenka, ah, Nastenka!

— Basta, basta! Bem, já é o bastante — disse ela, quase incapaz de se controlar. — Bem, agora tudo já foi dito, não foi! Não foi? Você está feliz, eu estou feliz também. Nem mais uma palavra sobre isso, espere; dê-me outra coisa sobre o que falar, pelo amor de Deus.

— Sim, Nastenka, sim! Já chega disso, agora estou feliz. Eu... sim, Nastenka, sim, vamos falar de outras coisas, vamos nos apressar e conversar. Sim! Estou pronto.

E não sabíamos o que dizer: rimos, choramos, dissemos milhares de coisas sem sentido e incoerentes; em certo momento, caminhamos ao longo da calçada, e então, de repente, nós nos viramos e atravessamos a rua; depois paramos e voltamos para o dique; estávamos felizes como crianças.

— Eu vivo sozinho agora, Nastenka — comecei a dizer — mas amanhã! É claro que sabe, Nastenka, sou pobre, tenho apenas 1.200 rublos, mas isso não importa...

— Não importa, e vovó tem sua pensão, então ela não será uma responsabilidade. Devemos levar a vovó.

— É claro que devemos levá-la. Mas ainda há a Matrona.

— Sim, e também temos Fyokla!

— Matrona é uma boa mulher, mas tem um defeito: não tem imaginação, Nastenka, absolutamente nenhuma, mas isso não importa.

— Tudo bem, elas podem viver juntas; mas deve se mudar amanhã para nossa casa.

— Para a sua casa? Como? Tudo bem, estou pronto.

— Sim, pode alugar um quarto conosco. Temos um andar superior, está vazio. Tínhamos uma senhora se hospedando ali, mas ela foi embora; e eu sei que a vovó gostaria de ter um jovem cavalheiro. Eu perguntei a ela: "Por que um jovem cavalheiro?", e ela respondeu: "Ah, porque sou velha; mas não imagine, Nastenka, que o quero como seu marido". Então suponho que seja por essa ideia.

— Ah, Nastenka! — e nós dois rimos.

— Bem, já é o bastante, já é o bastante. Mas onde você mora? Eu me esqueci.

— Por ali, perto da ponte, residência Barannikov.

— É aquela casa grande?

— Sim, aquela casa grande.

— Ah, eu sei, bela casa; mas deve sair de lá e vir até nós assim que possível.

— Amanhã, Nastenka, amanhã; devo um pouco pelo aluguel, mas não importa. Logo devo receber meu salário.

— E sabe, talvez eu possa dar aulas; eu aprenderei algo e darei aulas.

– Excelente! E em breve receberei uma gratificação.
– Então amanhã você será meu inquilino.
– E nós iremos assistir *O Barbeiro de Sevilha*, pois logo o apresentarão novamente.
– Sim, iremos – disse Nastenka – mas melhor vermos outra coisa e não *O Barbeiro de Sevilha*.
– Muito bem, outra coisa. É claro que será melhor, não pensei...

Enquanto falávamos assim, caminhamos em uma espécie de delírio, de embriaguez, como se não soubéssemos o que estava acontecendo conosco. Em certo momento, paramos e conversamos por muito tempo no mesmo lugar; depois continuamos, e só Deus sabe onde fomos; e de novo lágrimas e risadas. Subitamente Nastenka quis ir para casa e eu não ousei detê-la, mas gostaria de acompanhá-la até lá, e em cerca de quinze minutos nos encontramos no dique junto ao nosso banco. Então ela suspirou e lágrimas brotaram em seus olhos de novo; eu fiquei arrepiado de consternação. Mas ela apertou minha mão e forçou-me a andar, a falar, a tagarelar como antes.

– É hora de voltar, finalmente, para casa, deve ser muito tarde – Nastenka disse, por fim. – Devemos deixar de ser infantis.
– Sim, Nastenka, mas não vou dormir hoje à noite; não vou para casa.
– Eu também penso que não dormirei, mas me acompanhe até em casa.
– Com certeza, acompanho.
– Mas desta vez realmente precisamos ir para casa.
– Devemos, devemos.
– Palavra de honra? Pois precisamos ir para casa em algum momento!
– Palavra de honra – eu respondi rindo.
– Vem, vamos!
– Vamos! Olhe para o céu, Nastenka. Veja! Amanhã será um dia adorável; que céu azul, que lua! Veja, aquela nuvem amarelada está cobrindo-a agora, veja, veja! Não, agora já passou. Veja, veja!

Mas Nastenka não olhou para a nuvem; ela ficou muda como uma pedra; um minuto depois, se aconchegou timidamente em mim. Sua mão tremia na minha; olhei para ela. Ela se aproximou ainda mais de mim.

Nesse momento, um jovem passou por nós. Ele parou imediatamente, olhou-nos com atenção e então deu alguns passos. Meu coração começou a latejar.

– Quem é, Nastenka? – perguntei-lhe em voz baixa.

– É ele – respondeu num sussurro, aconchegando-se em mim, ainda mais perto, ainda mais trêmula. Eu mal podia ficar de pé.

– Nastenka, Nastenka! É você!

Ouvi uma voz atrás de nós e no mesmo momento o jovem deu vários passos em nossa direção.

Meu Deus, como ela gritou! Como se assustou! Como se soltou dos meus braços e correu para encontrá-lo. Eu fiquei e olhei para eles, totalmente destruído. Mas ela mal havia dado a mão para ele, mal havia se arremessado em seus braços, quando virou-se para mim novamente; num piscar de olhos estava ao meu lado, e antes que eu soubesse o que estava acontecendo, ela jogou os braços ao redor do meu pescoço e me deu um beijo caloroso e delicado. E então, sem me dizer uma palavra, correu até ele de novo, pegou sua mão e puxou-o.

Eu permaneci ali por muito tempo olhando para eles. Por fim, os dois sumiram da minha vista.

MANHÃ

Minha noite terminou com a manhã. Era um dia úmido. A chuva caía e batia desconsoladamente na vidraça. Estava escuro no quarto e cinza lá fora. Minha cabeça doía e eu estava zonzo; a febre estava tomando conta dos meus membros.

– Há uma carta para o senhor, o carteiro a trouxe – Matrona disse, parando diante de mim.

– Uma carta? De quem? – exclamei saltando da cadeira.

– Eu não sei, senhor, melhor olhar, talvez esteja escrito lá de onde ela vem.

Rompi o lacre. Era dela!

*

Perdoe-me, perdoe-me! Peço de joelhos que me perdoe! Enganei você e a mim mesma. Era um sonho, uma miragem... meu coração dói ao pensar em você, perdoe-me, perdoe-me!

Não me culpe, pois não mudei em relação a você. Eu disse que o amaria, e eu amo você agora. Sinto mais do que amor. Ah, meu Deus! Se eu apenas pudesse amar os dois ao mesmo tempo! Se você fosse ele!

["Se ele fosse você", ecoou em minha mente. Eu me lembro de suas palavras, Nastenka!]

Deus sabe o que eu faria por você agora! Sei que está triste e deprimido. Eu o machuquei, mas sabe que, quando se ama, um erro é logo esquecido! E você me ama.

Obrigada, sim, obrigada por esse amor! Pois viverá em minha memória como um doce sonho que perdura após despertar; pois me lembrarei para sempre daquele instante quando você abriu seu coração para mim como um irmão e tão generosamente aceitou meu coração despedaçado para cuidar, nutrir e curá-lo. Se me perdoar, a sua memória será exaltada por um sentimento de gratidão eterna que nunca será apagado da minha alma. Eu estimo essa memória: serei fiel a ela, não o trairei, não trairei meu coração, ele é constante demais. Ontem ele retornou tão rápido para quem pertencia.

Nós nos encontraremos, você virá até nós, não nos deixará, será para sempre nosso amigo, um irmão para mim. E quando vier, você me dará a mão... sim? Me dará a mão, você me perdoou, não perdoou? Você me ama como antes?

Ah, me ame, não se esqueça de mim, porque eu amo você neste momento, porque sou digna do seu amor, porque eu o mereço, meu querido! Na próxima semana eu me casarei com ele. Ele voltou apaixonado, nunca me esqueceu. Não ficará irritado porque escrevo sobre ele. Mas quero vê-lo com ele; você gostará dele, sim?

Perdoe-me, lembre-se e ame sua
"Nastenka".

✳

Li aquela carta várias e várias vezes por muito tempo; as lágrimas jorravam dos meus olhos. Finalmente ela caiu das minhas mãos, e eu escondi o rosto.

– Querido! Querido! – Matrona começou.
– O que foi, Matrona?
– Eu tirei todas as teias de aranha do teto; o senhor pode fazer um casamento ou dar uma festa.

Olhei para Matrona. Ela ainda era uma senhora saudável e jovial, mas não sei por que de repente a imaginei com um olhar inexpressivo, enrugada, curvada, decrépita. Não sei por que imaginei meu quarto envelhecendo como a Matrona. As paredes e o chão pareciam descoloridos, tudo parecia sujo, as teias de aranha pareciam mais grossas do que nunca. Não sei por que, mas quando olhei pela janela, pareceu-me que a casa da frente também estava velha e suja, que o reboco nas colunas se descascava e se esfarelava, que as cornijas estavam rachadas e escurecidas, e que as paredes, de um amarelo vivo e profundo, estavam manchadas.

Ou os raios de sol, que espreitavam das nuvens, por um momento haviam se escondido de novo atrás de um véu de chuva e tudo se tornara lúgubre novamente diante dos meus olhos; ou então toda a perspectiva do meu futuro passou diante de mim tão triste e ameaçadora, e me vi como estava agora, quinze anos depois, envelhecido, no mesmo quarto, ainda solitário, com a mesma Matrona, que em todos esses anos não se tornara mais sábia.

Mas imaginar que eu lhe guardaria rancor, Nastenka! Que eu lançaria uma nuvem negra sobre sua felicidade serena e despreocupada; que por minhas amargas reprovações eu causaria sofrimento ao seu coração, o envenenaria com um remorso secreto e o forçaria a palpitar de angústia no momento de êxtase; que eu esmagaria uma única flor daquelas que você trançará em seu cabelo preto quando for para o altar com ele. Ah, nunca, nunca! Que seu céu esteja limpo, que seu doce sorriso seja radiante e despreocupado, e que seja abençoada por esse momento de felicidade bem-aventurada que você dá a outro coração solitário e agradecido!

Meu Deus, um momento todo de felicidade! Isso não é o suficiente para a vida toda de um homem?

Notas do Subsolo

O autor do diário e o próprio diário são, naturalmente, imaginários. No entanto, é claro que tais pessoas, como o escritor dessas notas, não só podem, mas devem existir em nossa sociedade, quando consideramos as circunstâncias em meio às quais a nossa sociedade é formada. Tentei expor ao público de forma mais distinta do que normalmente se faz, um dos personagens do passado recente. Ele é um dos representantes de uma geração que ainda vive. Neste fragmento, intitulado "Subsolo", essa pessoa se apresenta e expõe seus pontos de vista e, por assim dizer, tenta explicar as causas pelas quais ela apareceu e foi obrigada a aparecer em nosso meio. No segundo fragmento são acrescentadas as verdadeiras notas dessa pessoa a respeito de certos eventos em sua vida. – Nota do autor.

PARTE I
SUBSOLO

I

Sou um homem doente. Sou um homem rancoroso. Não sou atraente. Acho que estou com problemas no fígado. No entanto, não sei nada sobre a minha doença e não sei ao certo o que me aflige. Não consulto um médico para saber, e nunca consultei, embora tenha respeito pela medicina e pelos médicos. Além disso, sou extremamente supersticioso, ou pelo menos o suficiente para respeitar a medicina (tenho instrução o bastante para não ser supersticioso, mas sou.) Não, eu me recuso a consultar um médico por despeito. Isso vocês não compreenderão. Mas eu compreendo. É claro, não posso explicar quem exatamente estou humilhando nesse caso com meu despeito: estou muito consciente de que não posso "afetar" os médicos ao não os consultar; sei muito bem que ao fazer isso estou apenas prejudicando a mim mesmo e a mais ninguém. Mesmo assim, se eu não consulto um médico é por despeito. Meu fígado está ruim, bem... deixe que piore.

Faz muito tempo que vivo assim – vinte anos. Agora tenho 40. Eu trabalhava no serviço público, mas já não trabalho mais. Era um funcionário maldoso. Era rude e tinha prazer em ser assim. Não aceitava subornos, veja bem, então era obrigado a me recompensar assim, pelo menos. (Uma piada ruim, mas não vou apagá-la. Escrevi-a pensando que soaria muito espirituosa; mas agora percebi que queria apenas me exibir de uma maneira desprezível, não a apagarei de propósito!)

Quando os requerentes vinham pedir informações à mesa em que eu me sentava, eu costumava ranger meus dentes para eles, e sentia uma felicidade intensa quando conseguia deixar alguém infeliz. Eu quase sempre conseguia. Em sua maioria eram pessoas tímidas, é claro, como são os requerentes. Mas entre os arrogantes havia um oficial em particular que eu não suportava. Ele simplesmente não era humilde, e batia o sabre de uma maneira asquerosa. Eu tive uma rixa com ele durante dezoito meses por conta daquele sabre. Por fim, levei a melhor. E ele parou de batê-lo. Mas isso aconteceu na minha juventude.

Mas vocês sabem, senhores, qual era o ponto principal do meu rancor? Ora, a questão toda, o verdadeiro motivo estava no fato de que continuamente, mesmo no momento de maior mau-humor, eu estava consciente, e com vergonha, de que eu não era rancoroso, e nem mesmo um homem amargurado, eu simplesmente assustava pardais de forma aleatória e me divertia com isso. Eu posso estar espumando pela boca, mas traga-me algum brinquedo, ou me dê uma xícara de chá com açúcar, e talvez eu me acalme. Posso até ficar genuinamente comovido, embora eu cerre os dentes depois e não durma de vergonha durante meses. É o meu jeito.

Eu estava mentindo há pouco quando disse que era um funcionário maldoso. Eu estava mentindo de raiva. Estava simplesmente me divertindo com os requerentes e com o oficial e, na verdade, eu nunca me tornei rancoroso. Sempre percebi em mim muitos elementos totalmente contrários a isso. Eu os sentia se espalhando em mim, esses elementos opostos. Sabia que eles tinham se aglomerado em mim a vida toda, buscando uma saída, mas eu não os deixaria ir, não os deixaria sair de propósito. Eles me atormentaram até eu ficar envergonhado: me causaram convulsões e enfim me deixaram doente; como eles me deixaram doente! Não lhes parece, senhores, que estou expressando remorso por algo, que estou pedindo perdão por alguma coisa? Tenho certeza de que estão pensando nisso. No entanto, garanto-lhes que não me importo se estiverem...

Não apenas não pude me tornar maldoso, como não sabia como me tornar qualquer coisa: nem maldoso, nem gentil, nem malandro, nem honesto, nem um herói e nem um inseto. Agora, vivo minha vida no meu canto, zombando de mim mesmo com a consolação maldosa e inútil de que um homem inteligente não pode se tornar alguém sério, é apenas o tolo que se torna algo. Sim, um homem no século XIX tem o dever e a obrigação moral de ser, por excelência, uma criatura ordinária; um homem de caráter, um homem ativo é preeminentemente uma criatura limitada. Esta é a minha convicção de quarenta anos. Eu tenho 40 anos agora, e você sabe que quarenta anos é uma vida inteira; sabe que é velhice extrema. Viver mais de quarenta anos é má-educação, é vulgar, imoral. Quem vive além dos quarenta? Responda, com sinceridade e honestidade. Eu lhes digo quem vive: tolos e sujeitos inúteis. Eu direi isso a todos os idosos, na cara deles, a todos esses respeitáveis idosos, aos veneráveis idosos de cabelos brancos. Direi isso a todo mundo! Tenho o direito de dizer, pois eu mesmo continuarei a viver até os sessenta. Os setenta! Os oitenta! Esperem, deixe-me recuperar o fôlego...

Vocês imaginam, sem dúvida, senhores, que quero entretê-los. Estão enganados sobre isso também. Não sou de forma alguma uma pessoa alegre como vocês imaginam, ou como podem imaginar; no entanto, irritados com toda essa conversa fiada (e eu sinto que estão irritados), pensam que estão prontos para me perguntar quem eu sou – então minha resposta é: sou um assessor-colegial. Eu trabalhava para ter algo para comer (e apenas por essa razão), mas quando um parente distante me deixou 6 mil rublos em seu testamento, eu me aposentei imediatamente e me instalei no meu canto. Eu costumava viver aqui antes, mas agora me estabeleci. Meu quarto é miserável e horrendo, e fica nos arredores da cidade. Minha empregada é uma velha camponesa, mal-humorada devido à ignorância, além disso, há sempre um cheiro desagradável nela. Já me disseram que o clima de São Petersburgo é ruim para mim, e que, com meus escassos meios, é muito caro viver aqui. Sei de tudo isso melhor do que todos esses conselheiros e observadores sábios e experientes. Mas permaneço em São Petersburg; não irei embora daqui! Não vou embora porque... Ora, não importa se vou embora ou se fico.

Mas do que um homem decente pode falar com mais prazer? Resposta: dele mesmo. Pois bem, então falarei de mim.

II

Quero lhe falar, senhores, caso queiram ouvir ou não, do porquê não pude nem mesmo me tornar um inseto. Digo-lhe solenemente que tentei várias vezes me tornar um inseto. Mas nem isso consegui. Juro, senhores, que ser consciente demais é uma doença, uma doença completa. Para as necessidades cotidianas do homem, seria suficiente ter a consciência humana comum, ou seja, metade ou um quarto da quantidade que cabe ao homem culto do nosso infeliz século XIX, especialmente aquele que tem a fatal má sorte de morar em São Petersburgo, a cidade mais teórica e proposital de todo o globo terrestre. (Há cidades propositais e não propositais.) Bastaria, por exemplo, ter a consciência com a qual vivem todas as pessoas diretas e os homens de ação, como são assim chamados. Aposto que pensam que estou escrevendo isso por presunção, para ser sagaz à custa de homens de ação; e ainda por cima, que por uma presunção mal-educada, estou batendo meu sabre como meu oficial. Mas, senhores, quem pode se orgulhar de suas doenças e até mesmo se vangloriar delas?

Embora, no final das contas, todos façam isso; as pessoas se orgulham de suas doenças, e eu também, talvez mais do que qualquer um. Nós não discutiremos; minha alegação é absurda. Mas ainda estou firmemente convencido de que uma grande quantidade de consciência, todo tipo de consciência, na verdade, é uma doença. Insistirei nisso. Mas vamos deixar isso de lado por um segundo. Diga-me: por que no momento, sim, no momento exato em que sou mais capaz de perceber cada sutileza de tudo o que é "bom e sublime", como costumavam dizer, eu não só sentiria, como se por desígnio, mas também faria coisas tão feias, coisas tão... Muito bem, em suma, ações que todos, talvez, cometam; mas que, como se propositalmente, ocorriam comigo no mesmo instante em que eu estava mais consciente de que não deveriam ser cometidas. Quanto mais consciente eu era da bondade e de tudo o que era "bom e sublime", mais eu me afundava na lama e mais preparado eu estava para chafurdar por completo nela. Mas o ponto principal era que tudo isso não ocorria, por assim dizer, por acidente comigo, na verdade parecia destinado a ser assim. Era como se fosse minha condição mais normal, e não uma doença ou vício, de modo que, por fim, todo o desejo em mim de lutar contra esse vício passou. Passou por eu quase acreditar (talvez realmente acreditar) que essa era minha condição normal.

Mas a princípio, no início, quantas agonias eu suportei nessa luta! Eu não acreditava que era assim com outras pessoas também, e durante toda minha vida eu escondi esse fato sobre mim como um segredo. Eu estava envergonhado (talvez mesmo agora eu sinta vergonha): cheguei ao ponto de sentir uma espécie de prazer secreto, anormal e infame ao retornar para casa, para o meu canto, em alguma noite nojenta de São Petersburgo, plenamente consciente de que havia cometido de novo uma ação abominável, que o que havia sido feito não poderia ser desfeito, e de secretamente, me roer internamente por isso, me rasgar e me consumir até que a amargura se transformasse em uma espécie de doçura vergonhosa e maldita e, por fim, em um prazer positivo e real. Sim, em prazer, em prazer! Eu insisto nisso. Eu falei disso porque continuo querendo saber se, de fato, outras pessoas sentem tal prazer. Vou explicar; o prazer vinha da consciência intensa da própria degradação; vinha da sensação de que tinha atingido a última barreira, o que era horrível, mas que não poderia ser de outra forma; que não havia escapatória; que nunca poderia se tornar um homem diferente; que mesmo com tempo e fé para se transformar em algo diferente, você provavelmente não desejaria se transformar; ou mesmo se desejasse, ainda assim você não faria nada; porque, talvez, na realidade não houvesse no que se transformar.

E o pior de tudo era, e também a raiz disso, que tudo estava de acordo com as leis fundamentais e normais da "superaguçada" consciência, e com a inércia que era o resultado direto de tais leis; consequentemente, não só não se pode mudar, como não pode fazer absolutamente nada. Assim, como resultado da consciência aguçada, conclui-se que ninguém é culpado por ser um canalha; como se servisse de consolo para o canalha saber que é um canalha. Mas chega. Já disse muita bobagem, mas o que é que eu expliquei? Como se explicar o prazer nisso? Mas eu explicarei. Vou até o final! É por isso que devo pegar minha pena...

Eu, por exemplo, tenho muito amor-próprio. Sou desconfiado e muito propenso a ofender-me, como um corcunda ou um anão. Mas, juro, já tive momentos em que, se tivesse levado um tapa no rosto, talvez ficasse realmente satisfeito com isso. Digo, com sinceridade, que até nisso eu seria capaz de descobrir uma espécie de prazer – o prazer, é claro, do desespero; mas é no desespero que se encontram os mais intensos prazeres, especialmente quando se está muito consciente da falta de esperança na própria situação. E quando se leva um tapa no rosto... sim, somos dominados pela percepção de que fomos esmagados. O pior de tudo é que, por mais que se reflita, ainda assim, sempre sou o culpado de tudo. E o que é mais humilhante, não por culpa minha, mas, por assim dizer, pelas leis da natureza. Em primeiro lugar, sou culpado por ser mais inteligente do que qualquer uma das pessoas ao meu redor. (Eu sempre me considerei mais inteligente do que as pessoas que me rodeiam, e às vezes, acredite ou não, já me envergonhei disso. De qualquer forma, a vida toda, por assim dizer, eu sempre desviei os olhos e nunca consegui encarar as pessoas.) Por fim, sou culpado porque, mesmo se houvesse em mim generosidade, eu apenas sofreria mais com a percepção de sua inutilidade. Eu certamente nunca seria capaz de usar minha generosidade para nada, nem para perdoar, pois o agressor talvez me batesse por causa das leis da natureza, e não se pode perdoar as leis da natureza; nem para esquecer, pois mesmo se fosse devido às leis da natureza, é um insulto da mesma forma. Finalmente, mesmo se eu não quisesse ser generoso, e, ao contrário, quisesse me vingar do agressor, eu não conseguiria me vingar, de nada e de ninguém, porque eu certamente não me convenceria a fazer nada, mesmo se eu fosse capaz. E por que eu não me convenceria? Sobre isso em particular, gostaria de dizer algumas palavras.

III

Como fazem as pessoas que sabem se vingar e se defender de modo geral? Ora, quando estão possuídos, vamos supor, pelo sentimento de vingança, naquele momento, nada mais resta em seu ser do que aquele sentimento. Tal sujeito corre em direção ao seu objeto como um touro enfurecido com os chifres abaixados, e nada pode pará-lo, a não ser uma parede. (A propósito: quando em frente ao muro, tais sujeitos, ou seja, as pessoas "diretas" e de ação, se rendem. Para eles, uma parede não é uma evasão, como para nós, que pensamos e não fazemos nada; não é uma desculpa para se desviarem, uma desculpa pela qual ficamos sempre muito contentes, embora dificilmente acreditemos nela, via de regra. Não, eles se rendem de forma sincera. O muro para eles tem algo de tranquilizador, moralmente reconfortante, definitivo – talvez até mesmo misterioso... mas falarei do muro mais tarde.)

Bem, uma pessoa tão direta eu considero como o verdadeiro homem normal, do jeito que sua terna mãe natureza gostaria de vê-lo quando ela graciosamente o trouxe à terra. Invejo um homem como esse até o último fio de cabelo. Ele é estúpido. Não estou contestando isso, mas talvez o homem normal devesse ser estúpido, quem é que sabe? Talvez seja até bonito, na verdade. E estou mais convencido dessa suspeita, se assim podemos assim chamá-la, pelo fato de que se tomarmos, por exemplo, a antítese do homem normal, ou seja, o homem de consciência aguçada, que veio, é claro, não da natureza, mas de uma retorta (isto é quase misticismo, senhores, mas também suspeito disso), esse homem de retorta, às vezes, rende-se tanto na presença de sua antítese que, com toda a sua consciência exagerada, ele se considera um rato e não um homem. Pode ser um rato extremamente consciente, mas é um rato, enquanto o outro é um homem, e, portanto, etc., etc. E o pior de tudo é que ele mesmo, seu próprio eu, olha para si mesmo como um rato; ninguém lhe pede que faça isso; e esse é um ponto importante. Vejamos agora esse rato em ação. Vamos supor, por exemplo, que ele também se sinta ofendido (e quase sempre se sente assim) e também queira vingança. Pode até haver um acúmulo maior de raiva nele do que em um *l'homme de la nature et de la vérité*. O desejo vil e sórdido de extravasar essa raiva em seu agressor talvez o corroa mais sordidamente do que ao *l'homme de la nature et de la vérite*. Pois, em razão de sua estupidez inata, vê sua vingança como uma simples justiça; ao passo que, devido à sua consciência aguçada, o rato não acredita na justiça nessa situação. E chega, finalmente, à própria ação, ao próprio ato de vingança. Além da maldade fundamental, o azarado rato consegue criar em torno dele muitas outras maldades em forma de dúvidas e questões; acrescenta à questão inicial tantas outras questões pendentes que, inevitavelmente, gera ao seu redor uma espécie de mistura fatal, uma bagunça fétida, feita de suas dúvidas, emoções, e das cusparadas dos homens de ação que estão solenemente ao seu redor como juízes e árbitros, rindo dele até doerem suas bochechas saudáveis. Obviamente a única coisa que lhe resta é desconsiderar tudo isso com um aceno de pata e, com um suposto sorriso de desprezo no qual ele mesmo nem sequer acredita, rastejar humilhado de volta ao seu buraco. Lá, em seu buraco nojento, fétido e subterrâneo, o nosso rato insultado, esmagado e ridicularizado prontamente é absorvido pelo rancor frio, maligno e, acima de tudo, eterno. Durante quarenta anos ele se recordará de sua ofensa, até nos mínimos e mais vergonhosos detalhes, e acrescentará sempre, por conta própria, detalhes ainda mais vergonhosos, provocando e atormentando a si mesmo com a sua imaginação. Ele se envergonhará de suas fantasias, mas ainda assim se lembrará de tudo, repassará cada detalhe, inventará coisas inéditas sobre si mesmo, fingindo que essas coisas podem acontecer, e não perdoará nada. Talvez comece a se vingar também, mas, por assim dizer, aos poucos, de formas triviais, por trás do fogão, escondido, sem acreditar no próprio direito à vingança, ou no sucesso da sua vingança, sabendo que, com todos esses esforços de vingança, ele sofrerá cem vezes mais do que aquele de quem se vingará, enquanto este, atrevo-me a dizer, nem sequer se coçará. No seu leito de morte, ele se lembrará de tudo, com juros acumulados ao longo dos anos e...

Mas é nesse estado frio e repugnante, que é em parte desespero, em parte crença, nesse consciente enterrar-se por tristeza no submundo por quarenta anos, nessa desesperança reconhecida e, em parte, duvidosa de sua situação, nesse inferno de desejos insatisfeitos que carrega dentro de si, nessa febre de oscilações, de decisões que são tomadas para sempre e das quais no minuto seguinte se arrepende de novo – que se encontra a essência do estranho prazer do qual falei anteriormente. É tão sutil, tão difícil de analisar, que as pessoas que são um pouco limitadas, ou mesmo pessoas de nervos fortes, não entenderão um único átomo dele. "Possivelmente", vocês acrescentarão por conta própria, com um sorriso, "as pessoas que nunca receberam um tapa na cara também não entenderão", e, dessa maneira, indicarão educadamente que eu talvez tenha tido a experiência de levar uma bofetada na vida, e por isso eu falo como alguém que sabe. Aposto que estão pensando isso. Mas se acalmem, senhores, não recebi um tapa na cara, embora seja absolutamente indiferente para mim o que pensem sobre isso. Talvez eu mesmo me arrependa de não ter dado mais bofetadas durante a minha vida. Mas já chega... nem mais uma palavra desse assunto que tanto lhes interessa.

Eu continuarei a falar, com calma, das pessoas com nervos fortes que não entendem um certo refinamento do prazer. Embora em certas circunstâncias esses senhores gritem como touros, e isso lhes conceda, suponhamos, uma grande honra, ainda assim, como eu já disse, quando se veem diante do impossível, eles cedem de uma vez. O impossível significa a parede de pedra! Que parede de pedra? Ora, é claro, as leis da natureza, as inferências da ciência natural, a matemática. Assim que lhe provarem, por exemplo, que você é descendente de um macaco, não adianta fazer cara feia, aceite isso como um fato. Quando provarem a você, que na realidade, uma gota de sua gordura deve lhe ser mais cara do que centenas de milhares de seus semelhantes, e que essa conclusão é a solução final para todas as chamadas virtudes e obrigações e todos esses preconceitos e fantasias, então você deve apenas aceitá-la, não há o que fazer, pois dois e dois são quatro, é uma lei da natureza. Apenas tente refutar.

"Dou a minha palavra", eles gritarão para vocês, "não adianta protestar: dois e dois são quatro! A natureza não pede permissão, ela não tem nada a ver com seus desejos, e quer você goste de suas leis ou não, você é obrigado a aceitá-la como ela é e, consequentemente, todas as suas conclusões. Uma parede, veja bem, é uma parede... e assim por diante."

Santo Deus! Mas o que me importam as leis da natureza e da aritmética, quando, por alguma razão, não gosto dessas leis e do fato de que dois mais dois são quatro? É claro que não posso quebrar o muro batendo com a cabeça nele se não tenho, de fato, a força para derrubá-lo, mas não vou me conformar simplesmente porque é uma parede de pedra e não tenho força.

Como se uma parede de pedra fosse realmente um alívio e contivesse alguma palavra de conciliação, simplesmente porque é tão verdadeiro quanto dois e dois são quatro. Ah! Absurdo dos absurdos! Como é melhor entender tudo, reconhecer tudo, todas as impossibilidades e a parede de pedra; não se conformar com as impossibilidades e a parede se isso lhe desagrada; por meio das combinações mais inevitáveis e lógicas, chegar às mais revoltantes conclusões sobre o tema eterno, de que até para a parede de pedra você é culpado de alguma forma, embora seja tão claro quanto o dia que você não é culpado de nada, e, em consequência disso, rangendo os dentes em uma impotência silenciosa e afundando na inércia luxuosa, pensar no fato de que não há nem mesmo alguém contra quem possa ser vingativo, de que você não tem, e talvez nunca tenha, um objeto para direcionar sua raiva, que existe um truque, um malabarismo, uma trapaça, que é apenas uma bagunça, não se sabe do que ou de quem, mas apesar de todas essas incertezas e truques, ainda há uma dor em você, e quanto menos você sabe, maior é a dor.

IV

"Ha, ha, ha! Você encontrará prazer na dor de dente em seguida", vocês exclamam, com uma gargalhada.

"E por que não? Até mesmo na dor de dente há prazer", eu respondo. Tive dor de dente durante um mês e sei que há. Nesse caso, é claro, as pessoas não são maldosas em silêncio, elas gemem; mas não são gemidos ingênuos, são gemidos malignos, e a maldade é o ponto principal. O prazer do sofrimento encontra expressão nesses gemidos; se ele não sentisse prazer neles, não gemeria. Esse é um bom exemplo, senhores, e vou explicá-lo melhor. Esses gemidos expressam, em primeiro lugar, toda a falta de propósito da sua dor, o que é muito humilhante para sua consciência; toda a legitimidade do sistema da natureza no qual você cospe com desdém, é claro, mas com o qual sofre da mesma forma, enquanto ela não. Eles expressam a consciência de que você não tem nenhum inimigo para punir, mas que você sente dor; a consciência de que, apesar de todos os possíveis Wagenheims, você é escravo dos seus dentes; de que se alguém desejar, seus dentes vão parar de doer, e se não o desejarem, eles continuarão doendo por mais três meses; e de que, por fim, se você ainda continuar a ser contumaz e a protestar, tudo o que lhe resta para sua satisfação é se bater ou acertar a parede de pedra com seu punho, o mais forte que puder, e absolutamente nada mais. Bem, é desses insultos mortais, desses escárnios por parte de um desconhecido, que surge, finalmente, o prazer que às vezes atinge o mais alto grau de voluptuosidade. Peço a vocês, senhores, que escutem, às vezes, os gemidos de um homem culto do século XIX que sofre de dor de dente, no segundo ou terceiro dia de tormento, quando ele está começando a gemer, não como gemeu no primeiro dia, ou seja, não apenas porque tem dor de dente, não como qualquer camponês grosseiro, mas como um homem afetado pelo progresso e pela civilização europeia, um homem que está "divorciado do solo e dos elementos nacionais" como dizem hoje em dia. Seus gemidos se tornam desagradáveis, repugnantemente malignos, e continuam por dias e noites inteiras. E é claro que ele sabe que não está fazendo nenhum bem a si mesmo com seus gemidos; ele sabe melhor do que ninguém que só está dilacerando e assediando a si mesmo e aos outros por nada; ele sabe que, mesmo o público perante o qual está fazendo seus esforços e toda a sua família, que o escutam com repugnância, não lhe dão crédito e, em seu interior, acreditam que ele poderia gemer de forma diferente, de forma mais simples, sem gorjeios e floreios, e que ele só está se divertindo assim por mal humor, por maldade. É justamente em todos esses reconhecimentos e descréditos que reside um prazer voluptuoso. Como se ele dissesse: "eu estou preocupando vocês, estou dilacerando seus corações, eu estou mantendo todos na casa acordados. Pois bem, então fiquem acordados, sintam cada minuto a dor de dente que eu tenho. Não sou um herói para vocês agora, como tentei parecer antes, mas simplesmente uma pessoa desagradável, um impostor. Que assim seja, então! Estou muito feliz por me entenderem. É desagradável para vocês ouvirem os meus gemidos desprezíveis: bem, que sejam desagradáveis; agora vou lhes dar um floreio ainda pior em um minuto..." Mesmo agora vocês não entendem, senhores? Não, parece que nosso desenvolvimento e nossa consciência devem ir além para entender todas as complexidades desse prazer. Vocês riem? Fico encantado. As minhas piadas, senhores, são de mau gosto, estúpidas, complicadas, expressam minha falta de autoconfiança. Mas é claro que isso se deve ao fato de eu não me respeitar. Pode um homem consciente ter algum respeito próprio?

V

Pode um homem que tenta encontrar prazer no próprio sentimento de sua degradação ter uma centelha de respeito por si mesmo? Não estou dizendo isso agora por nenhum tipo de remorso sentimental. E, de fato, eu nunca suportei dizer: "Perdoe-me, papai, não farei de novo", não porque era incapaz de dizer isso, pelo contrário, talvez porque fosse capaz até demais. Como se de propósito, eu costumava ter problemas nos casos em que eu não era culpado de forma alguma. Essa era a pior parte de tudo. Ao mesmo tempo, eu ficava genuinamente tocado e arrependido, costumava derramar lágrimas e, é claro, me iludia, embora eu não estivesse fingindo nem um pouco, e houvesse uma sensação de mal-estar em meu coração na época. Nesse caso, não se poderia culpar nem mesmo as leis da natureza, embora as leis da natureza tenham me ofendido continuamente mais do que qualquer coisa durante toda minha vida. É repugnante lembrar disso tudo, mas mesmo na época já era repugnante. É claro que, um minuto depois, mais ou menos, eu perceberia irritado que era tudo uma mentira, uma mentira revoltante, uma mentira dissimulada, isto é, toda essa penitência, essa emoção, esses votos de mudança. Vocês perguntarão por que eu me preocupei com tais estripulias: resposta, porque era muito chato sentar-se com as mãos cruzadas, e então comecei com essas travessuras. É isso. Observem-se com mais cuidado, senhores, então compreenderão que é assim. Eu inventei aventuras para mim e criei uma vida, pelo menos para viver de alguma forma. Quantas vezes já me aconteceu de, por exemplo, simplesmente me ofender de propósito, por nada; e eu sabia, é claro, que não estava ofendido com nada, que estava fingindo, no entanto, levava tão a sério, que chegava ao ponto de ficar realmente ofendido. A vida toda tive um impulso de pregar essas peças, de modo que no final não conseguia controlá-lo. Em outra ocasião, por duas vezes na verdade, esforcei-me muito para me apaixonar. Eu também sofri, senhores, garanto a vocês. No fundo do meu coração não havia fé em meu sofrimento, apenas uma leve centelha de zombaria, mas ainda assim eu sofri, e da maneira real, ortodoxa; eu estava com ciúme, estava fora de mim... e tudo isso por tédio, senhores, por tédio; a inércia tomou conta de mim. Você sabe que o fruto direto e legítimo da consciência é a inércia, ou seja, sentar-se com as mãos cruzadas, de forma consciente. Já me referi a isso. Repito, repito e enfatizo: todas as pessoas "diretas" e os homens de ação são ativos apenas porque são estúpidos e limitados. Como explicar isso? Eu lhes direi: em consequência de sua limitação, eles consideram causas imediatas e secundárias como principais, e dessa forma se convencem, com mais rapidez e facilidade do que outras pessoas, de que eles encontraram um fundamento infalível para suas ações, e suas mentes se tranquilizam e vocês sabem que isso é o mais importante. Para começar a agir, vocês sabem, primeiro a mente deve estar totalmente calma e sem nenhum vestígio de dúvida nela. Ora, como eu, por exemplo, tranquilizaria minha mente?

Onde estão as causas principais sobre as quais devo construir? Onde estão meus fundamentos? De onde os obterei? Faço uma reflexão e, consequentemente, em mim, cada causa principal arrasta de imediato atrás de si outra ainda mais importante, e assim por diante, até o infinito. Essa é precisamente a essência de todo tipo de consciência e reflexão. Deve ser um caso das leis da natureza de novo. Qual o resultado disso no fim? Ora, o mesmo. Lembrem-se de que falei que vingança agora mesmo. (Aposto que não absorveram nada.) Eu disse que um homem se vinga porque vê justiça nesse ato. Portanto, ele encontrou uma causa principal, ou seja, a justiça. E por isso ele está tranquilo de modo geral, e consequentemente, leva adiante sua vingança com calma e êxito, convencendo-se de que está fazendo algo justo e honesto. Mas eu não vejo justiça nisso, também não vejo nenhum tipo de virtude e, por consequência, se eu tentar me vingar, será apenas por rancor. O rancor, é claro, pode superar tudo, todas as minhas dúvidas, e assim, poderia servir, com êxito, como causa principal, precisamente porque não é uma causa. Mas o que deve ser feito se eu nem sequer tenho rancor? (Comecei assim agora mesmo.) Mais uma vez, por causa dessas malditas leis da consciência, a raiva em mim está sujeita à desintegração química. Quando você olha, o objeto voa no ar, suas razões se evaporam, o criminoso não é encontrado, o dano deixa de ser um dano e se torna uma ilusão, algo parecido com uma dor de dente, da qual ninguém é culpado, e, assim sendo, resta apenas a mesma saída de novo, ou seja, para bater na parede de pedra o mais forte que puder. Então você desiste com um aceno da mão porque não encontrou um motivo fundamental. E tenta se deixar levar pelos seus sentimentos, cego, sem reflexão, sem uma causa principal, repelindo a consciência pelo menos por um tempo; ódio ou amor, apenas para não se sentar de braços cruzados. Depois de amanhã, no máximo, você começará a se desprezar por ter se enganado conscientemente. Resultado: uma bolha de sabão e inércia. Ah, senhores, sabem, talvez eu me considere um homem inteligente, só porque a vida toda não fui capaz de começar nem de terminar nada. Admito que sou um tagarela, um tagarela inofensivo e vexatório, como todos nós. Mas o que fazer se a única vocação de toda pessoa inteligente é ser tagarela, isto é, tampar o sol com uma peneira?

VI

Oh, se eu não tivesse feito nada simplesmente por preguiça! Céus, como eu me respeitaria, então? Eu me respeitaria porque seria, pelo menos, capaz de ser preguiçoso; haveria, ao menos, uma qualidade positiva em mim, por assim dizer, na qual eu mesmo poderia ter acreditado. Pergunta: Quem é ele? Resposta: um preguiçoso; como teria sido agradável ouvir isso de si mesmo. Significaria que fui definido positivamente, significaria que havia algo a dizer sobre mim. "Preguiçoso", ora, é um chamado e uma vocação, é uma carreira. Não brinquem, é verdade. Eu deveria ser então um membro do melhor clube, por direito, e minha única ocupação seria respeitar-me continuamente. Eu conheço um cavalheiro que se orgulhou a vida toda de ser um conhecedor de Lafitte. Ele considerava isso uma virtude positiva, e nunca duvidou de si mesmo. Morreu não apenas com a consciência tranquila, mas triunfante, e com toda razão. Então eu deveria ter escolhido uma carreira para mim, deveria ter sido um preguiçoso e um glutão, mas não um simples, um que gostasse de tudo o que é bom e sublime, por exemplo. Que tal? Há muito tempo penso nisso. Esse "bom e sublime" pesa muito em minha mente aos 40 anos. Mas isso é aos quarenta... Ah, mas naquela época seria diferente! Encontraria uma forma de atividade condizente com isso, para ser mais preciso, beberia à saúde de tudo o que é "bom e sublime". Aproveitaria todas as oportunidades para deixar cair uma lágrima na minha taça e depois a esvaziaria em tudo o que é "bom e sublime". Transformaria tudo em bom e sublime; procuraria o bom e o sublime até mesmo nos lixos mais nojentos e inquestionáveis. Deixaria escorrer minhas lágrimas como uma esponja molhada. Um artista, por exemplo, pinta um quadro digno de Gay.

Imediatamente bebo à saúde do artista que pintou um quadro digno de Gay, porque amo tudo o que é "bom e sublime". Um autor escreve como agrada a cada um: de imediato bebo à saúde de "cada um" porque amo tudo o que é "bom e sublime".

Exigiria respeito por fazer isso. Perseguiria qualquer um que não me respeitasse. Viveria com tranquilidade, morreria com dignidade, ora, é encantador, perfeitamente encantador. E que bela barriga redonda eu teria, que queixo triplo eu arrumaria, que nariz de vermelho eu pintaria para mim, de modo que todos diriam, ao olhar para mim: "isso é que é um homem distinto! Aqui está algo real e sólido!". E diga o que quiser, é muito agradável escutar tais comentários sobre si mesmo nessa nossa era negativa.

VII

Mas esses são todos sonhos dourados. Ah, diga-me, quem foi o primeiro a anunciar, o primeiro a proclamar, que o homem só faz coisas desagradáveis pois não conhece os próprios interesses; e que, se ele fosse esclarecido, se seus olhos estivessem abertos para seus reais interesses, o homem deixaria de fazer coisas desagradáveis de uma vez, se tornaria bom e nobre, pois, ao ser instruído e ao compreender sua real vantagem, ele veria a vantagem no bem e em mais nada, e todos nós sabemos que nenhum homem pode, conscientemente, agir contra os próprios interesses, então, consequentemente, por assim dizer, por necessidade, ele começaria a fazer o bem? Ah, a criança! Ah, a criança pura e inocente! Ora, em primeiro lugar, quando foi que, em milhares de anos passados, o homem agiu apenas pelo próprio interesse? O que fazer com os milhões de fatos que atestam que os homens conscientemente, ou seja, compreendendo seus reais interesses, deixaram-nos em segundo plano e se precipitaram por outro caminho, buscando o perigo e o risco, sem terem sidos obrigados por nada e por ninguém, mas, por assim dizer, simplesmente por não gostarem do caminho tradicional, e têm obstinadamente, de forma teimosa, aberto outro caminho difícil e absurdo, procurando-o quase na escuridão? Então, suponho que essa obstinação e teimosia foram mais agradáveis para eles do que qualquer vantagem. Vantagem! O que é a vantagem?

E você se encarregará de definir com perfeita precisão no que consiste a vantagem humana? E se acontecer que a vantagem de uma pessoa, às vezes, não só possa, mas deva consistir, em certos casos, em seu desejo pelo que é prejudicial a si mesmo e não vantajoso? E se assim for, se houver tal caso, todo o princípio transforma-se em pó. O que acham – existem tais casos? Vocês riem; riem à vontade, senhores, mas me respondam: as vantagens humanas foram estimadas com absoluta certeza? Não haverá algumas que não só não foram incluídas, mas que não podem ser incluídas em nenhuma classificação? Vejam, os senhores, pelo que sei, tiraram todo o seu registro das vantagens humanas das médias dos dados estatísticos e das fórmulas político-econômicas. Suas vantagens são prosperidade, riqueza, liberdade, paz – e assim por diante, e assim por diante. De modo que o homem que fosse abertamente contrário a tudo desta lista, por exemplo, seria aos seus olhos, e aos meus também, é claro, um obscurantista ou um louco absoluto, não seria? Mas é isso que é surpreendente: por que todos esses estatísticos, sábios e amantes da humanidade, quando consideram as vantagens humanas, sempre deixam uma de fora? Eles nem sequer a levam em conta da maneira que deveria ser levada, e todo o cálculo depende disso. Não seria uma grande questão, eles simplesmente teriam de aproveitá-la e acrescentá-la à lista. Mas o problema é que essa estranha vantagem não se enquadra em nenhuma classificação e não está em nenhuma lista. Tenho um amigo, por exemplo. E, senhores, mas é claro que ele também é seu amigo, e, na verdade, não há ninguém de quem ele não seja amigo. Quando ele se prepara para qualquer tarefa, este senhor explica a vocês logo de imediato, com elegância e clareza, exatamente como deve agir de acordo com as leis da razão e da verdade. Além disso, falará com vocês com entusiasmo e paixão sobre os verdadeiros interesses humanos; com ironia ele repreenderá os tolos de visão limitada que não entendem os próprios interesses, nem o real significado da virtude; e, dentro de quinze minutos, sem qualquer provocação externa repentina, mas simplesmente através de algo dentro dele que é mais forte que todos os seus interesses, ele seguirá um rumo totalmente diferente – ou seja, agirá contra o que acabou de falar sobre si mesmo, em oposição às leis da razão, à própria vantagem, na verdade, em oposição à tudo. Devo adverti-los que meu amigo é uma personalidade coletiva, e por isso é difícil culpá-lo como indivíduo. O fato é, senhores, parece que realmente existe algo que é mais precioso para quase todos os homens do que suas maiores vantagens, ou (para não ser irracional) existe uma vantagem ainda mais vantajosa (aquela da qual falamos agora mesmo) que é mais importante e mais vantajosa do que todas as outras, pela qual um homem, se necessário, está pronto para agir contra todas as leis; ou seja, em oposição à razão, à honra, à paz, à prosperidade – na verdade, contra todas aquelas coisas excelentes e úteis, se apenas ele puder alcançar aquela vantagem fundamental e mais vantajosa que lhe é mais preciosa do que todas. "Sim, mas é uma vantagem mesmo assim", vocês irão replicar. Perdoe-me, vou esclarecer a questão, e não é um caso de brincar com as palavras. O que importa é que essa vantagem é notável pelo fato de que derruba todas as nossas classificações e continuamente destrói todo o sistema construído pelos amantes da humanidade para o benefício desta. Na verdade, ela estraga tudo. Mas antes de mencionar essa vantagem para vocês, quero me comprometer pessoalmente, e, portanto, declaro de forma corajosa que todos esses belos sistemas, todas essas teorias para explicar à humanidade os seus verdadeiros interesses, a fim de que, ao se esforçar para buscar esses interesses, eles podem se tornar bons e nobres de imediato – são, na minha opinião, até agora, meros exercícios de lógica! Sim, exercícios lógicos. Ora, manter esta teoria da regeneração da humanidade por meio da busca da própria vantagem é para mim quase a mesma coisa que... que afirmar, por exemplo, seguindo Buckle, que através da civilização a humanidade se torna mais branda e, consequentemente, menos sedenta de sangue e menos inclinada à guerra. Parece que foi essa a sua conclusão pela lógica. Mas o homem tem tal predileção por sistemas e deduções abstratas que está disposto a distorcer a verdade intencionalmente, está disposto a negar a evidência de seus sentidos apenas para justificar sua lógica. Tomo este exemplo porque é o mais evidente deles.

Olhe ao seu redor: sangue está sendo derramado em torrentes, e da forma mais alegre, como se fosse champanhe. Considerem o século XIX inteiro, no qual Buckle viveu. Vejam Napoleão – tanto o Grande quanto o atual. Vejam a América do Norte – a eterna união. Vejam a farsa de Schleswig-Holstein... e o que é que a civilização abranda em nós? O único benefício da civilização para a humanidade é a maior capacidade de sentir uma variedade de sensações – e nada além disso. E através do desenvolvimento dessa versatilidade, o homem pode vir a encontrar prazer no derramamento de sangue. Na verdade, isso já aconteceu. Vocês já notaram que os senhores mais civilizados foram os mais sutis assassinos, de quem os Átilas e Stenka Razins não chegam aos pés? E se eles não se destacam como Átila e Stenka Razin é simplesmente porque eles aparecem com frequência e são muito comuns, tornando-se familiares para nós. De qualquer forma, se a civilização tornou a humanidade, se não mais sanguinária, pelo menos mais vil e mais odiosa. Nos velhos tempos, ela via a justiça no derramamento de sangue e, com a sua consciência em paz, exterminava aqueles que considerava apropriados. Agora pensamos que o derramamento de sangue é abominável e, no entanto, nos envolvemos nessa abominação, com mais energia do que nunca. O que é pior? Decidam vocês mesmos. Dizem que Cleópatra (desculpem-me pelo exemplo da história romana) gostava muito de espetar alfinetes de ouro nos seios de suas escravas e sentia prazer com seus gritos e contorções. Vocês dirão que isso ocorreu em tempos relativamente bárbaros; que esses também são tempos bárbaros porque, ao compararmos, alfinetes ainda são espetados; que embora o homem tenha aprendido a ver com mais clareza do que nos tempos bárbaros, ele ainda está longe de ter aprendido a agir como a razão e a ciência ditam. Mas vocês estão totalmente convencidos de que ele aprenderá quando se livrar de certos hábitos ruins, e quando o senso comum e a ciência tiverem reeducado a natureza humana, direcionando-a para um sentido normal. Vocês estão confiantes de que esse homem deixará de errar de forma intencional e não será, por assim dizer, compelido a colocar sua vontade contra seus interesses normais. Isso não é tudo; em seguida, vocês dirão, a própria ciência ensinará o homem (embora para mim seja um luxo supérfluo) que ele nunca teve realmente qualquer capricho ou vontade própria, e que ele próprio é uma espécie de uma tecla de piano ou uma parada de órgão, e que há, além disso, coisas chamadas leis da natureza; de modo que tudo o que ele faz não é feito por sua vontade, mas é feito por si mesmo, pelas leis da natureza. Por conseguinte, temos apenas de descobrir essas leis da natureza, e o homem não terá mais de responder por suas ações, e a vida se tornará extremamente fácil para ele. Todas as ações humanas serão, então, tabuladas de acordo com essas leis, matematicamente, como tabelas de logaritmos até 108.000, e inseridas em um índice; ou, melhor ainda, serão publicadas certas obras edificantes parecidas com os léxicos enciclopédicos, em que tudo será tão claramente calculado e explicado, que não haverá mais incidentes ou aventuras no mundo.

Então – e isso são vocês que dizem – novas relações econômicas serão estabelecidas, todas prontas e elaboradas com exatidão matemática, de modo que todas as possíveis perguntas desaparecerão num piscar de olhos, simplesmente porque todas as respostas para ela serão fornecidas. Então o "Palácio de Cristal" será construído. Então... bem, na verdade, esses serão dias tranquilos. É claro que não há garantia (isso sou eu que digo) de que não será, por exemplo, muito monótono (pois o que será necessário fazer quando tudo for calculado e tabulado?), mas por outro lado tudo será extraordinariamente racional. Claro que o tédio pode levá-los a qualquer coisa. É o tédio que leva alguém a espetar alfinetes de ouro nas pessoas, mas tudo isso não terá importância. O que é ruim (e esta é outra opinião minha) é que as pessoas serão gratas pelos alfinetes de ouro, ouso dizer.

O homem é de uma estupidez, você sabe, fenomenal; ou melhor, ele não é nada estúpido, mas é tão ingrato, que não se pode encontrar outro como ele em toda a criação. Eu, por exemplo, não ficaria nem um pouco surpreso se de repente, sem motivo algum, em meio à prosperidade geral, um cavalheiro com um semblante ignóbil, ou melhor, reacionário e irônico, colocasse as mãos na cintura e dissesse a todos nós: "eu digo, senhores, não seria melhor dar um pontapé em todo esse bom senso e espalhar o racionalismo aos quatro ventos, para mandar ao inferno esses logaritmos, para que possamos viver outra vez de acordo com nossa estúpida vontade?" Isso também não teria importância; mas o que é irritante é que ele com certeza encontraria seguidores – tal é a natureza do homem. E tudo isso pela mais ridícula razão, que, se pensarmos, não valeria a pena mencionar: isto é, que o homem em todos os lugares e em todos os momentos, seja ele quem for, preferiu agir como quis e não como a sua razão e vantagem lhe ditaram. E pode-se escolher o que é contrário aos próprios interesses e, às vezes, até se deve escolher (essa é a minha ideia). A própria escolha, livre e sem limites, o próprio capricho, por mais selvagem que seja, a própria fantasia instigada, às vezes, ao frenesi – é essa "vantagem mais vantajosa" que nós ignoramos, que não está sob nenhuma classificação e contra a qual todos os sistemas e teorias se chocam e se desmancham até virarem pó. E como esses sabichões sabem que o homem deseja uma escolha normal e virtuosa? O que os fez pensar que o homem precisa obrigatoriamente de uma escolha racional e vantajosa? O que o homem quer é simplesmente uma escolha independente, custe ela o que custar e onde quer que ela leve. E escolha, claro, só o Diabo sabe qual é a escolha...

VIII

"Ha, ha, ha! Mas você sabe que, na realidade, não existe escolha, diga o que quiser", vocês irão interpor com uma risada. "A ciência conseguiu analisar o homem a tal ponto que já sabemos que a escolha e o que chamamos de livre arbítrio nada mais é do que..."

Um momento, senhores, eu queria mesmo começar falando disso. Confesso que estava bastante assustado. Eu ia dizer que o Diabo só sabe do que a escolha depende, e que talvez isso fosse uma coisa muito boa, mas lembrei-me do ensino da ciência... e me detive. E então vocês começaram a falar. De fato, se algum dia encontrarem a fórmula para todos os nossos desejos e caprichos, isto é, do que eles dependem, de quais leis eles surgem, quais seus objetivos em um caso ou outro e assim por diante, ou seja, uma fórmula matemática real – então, muito provavelmente, o homem deixará de ter desejos, aliás, com certeza deixará. Pois quem gostaria de escolher seguindo uma tabela? Além disso, ele deixará de um ser humano e se transformará em um pedal de órgão ou algo do tipo; pois o que é um homem sem desejos, sem livre arbítrio, e sem escolhas, se não um pedal de órgão? O que pensam disso? Vamos analisar as chances – isso pode acontecer ou não?

"Hum...", vocês decidem. "Nossas escolhas são geralmente equivocadas devido a uma visão falsa de nossas vantagens. Às vezes escolhemos absurdos completos porque, em nossa estupidez, vemos naquele absurdo a maneira mais fácil de obtermos uma suposta vantagem. Mas quando tudo o que é explicado e calculado no papel (o que é perfeitamente possível, pois é desprezível e sem sentido supor que algumas leis da natureza o homem nunca vai entender), então, certamente, os chamados desejos deixarão de existir. Porque se um desejo entrar em conflito com a razão, vamos então raciocinar e não desejar, pois será impossível, ao manter nossa razão, desejar algo sem sentido, agindo assim conscientemente contra a razão e desejando algo que possa nos ferir. E como todas as escolhas e raciocínios poderão ser realmente calculados, pois algum dia serão descobertas as leis de nosso chamado livre arbítrio, então, brincadeiras à parte, pode haver algum dia algo como uma tabela, para que possamos realmente escolher de acordo com ela. Se, por exemplo, algum dia eles calcularem e me provarem que eu fiz um gesto obsceno para alguém porque eu tinha de fazer isso e deveria ser exatamente dessa forma, que liberdade eu tenho, especialmente se eu sou um homem instruído e me formei em algum lugar? Então eu deveria ser capaz de calcular toda a minha vida com trinta anos de antecedência. Em suma, se isso pudesse ser organizado, não restaria mais nada para fazermos; de qualquer forma, teremos de aceitar. E, de fato, devemos repetir incansavelmente para nós mesmos que, em tal e tal momento e em tais e tais circunstâncias, a natureza não pede licença; que temos de aceitá-la como ela é e não a moldar para que se adeque à nossa fantasia, e se nós realmente almejamos fórmulas e tabelas de regras, e até mesmo... à retorta química, não há como evitar, temos de aceitar a retorta também, ou então ela será aceita sem o nosso consentimento..."

Sim, mas aqui devo parar! Senhores, desculpem-me por ser filosófico demais; é o resultado de quarenta anos no subsolo! Permitam-me satisfazer a minha fantasia. Vejam, senhores, a razão é uma coisa excelente, não há como negar, mas a razão é apenas razão e satisfaz apenas o lado racional da natureza do homem, enquanto a vontade é uma manifestação de vida como um todo, ou seja, de toda a vida humana, incluindo a razão e todos os impulsos. E, embora a nossa vida, nesta manifestação, seja muitas vezes miserável, ainda assim é vida e não simplesmente a extração de raízes quadradas. Eu, por exemplo, naturalmente quero viver a fim de satisfazer todas as minhas capacidades de vida, e não apenas a minha capacidade de raciocínio, ou seja, não só um vigésimo da minha capacidade de viver. O que sabe a razão? A razão só sabe o que conseguiu aprender (algumas coisas, talvez, nunca aprenderá; este é um conforto precário, mas por que não dizê-lo francamente?), enquanto a natureza humana age como um todo, com tudo o que tem, consciente ou inconscientemente, e mesmo que dê errado, ela vive. Suspeito, senhores, que estão me olhando com compaixão; dizem-me mais uma vez que um homem instruído e desenvolvido, tal como será o homem do futuro, não pode desejar conscientemente nada desvantajoso para si mesmo, que isso pode ser provado pela matemática. Concordo plenamente, pode ser provado – pela matemática. Mas eu repito pela milésima vez, há um caso, apenas um, quando o homem, conscientemente, de propósito, desejar o que é prejudicial para si mesmo, o que é estúpido, muito estúpido – simplesmente para ter o direito de desejar para si mesmo até mesmo o que é muito estúpido e não estar comprometido por uma obrigação a desejar apenas o que é sensato. É claro, essa coisa estúpida, esse capricho nosso, pode ser, na realidade, senhores, mais vantajoso para nós do que qualquer outra coisa na terra, especialmente em certos casos. E, em particular, pode ser mais vantajoso do que qualquer vantagem, mesmo quando nos causa danos óbvios e contradiz as conclusões mais sólidas da nossa razão a respeito de nossa vantagem – pois, em qualquer circunstância preserva para nós o que é mais precioso e mais importante – ou seja, a nossa personalidade, a nossa individualidade.

Alguns, como podem ver, sustentam que isso é realmente a coisa mais preciosa para a humanidade; a escolha pode, naturalmente, se assim desejar, estar de acordo com a razão; e especialmente se esse acordo for mantido dentro dos limites. É útil e, às vezes, até louvável. Mas muitas vezes, e na maioria dos casos, a escolha é completamente contrária à razão... e... e... vocês sabem que isso também é útil, às vezes até louvável? Senhores, suponhamos que o homem não é estúpido. (De fato, não se pode rejeitar essa suposição, pelo menos por essa única consideração, pois se o homem é estúpido, então quem é sábio?) Mas se ele não é estúpido, ele é ingrato de maneiras monstruosas. Ingrato de uma forma fenomenal. Na verdade, acredito que a melhor definição de homem é bípede ingrato. Mas isso não é tudo, este não é o seu pior defeito; o seu pior defeito é a sua eterna obliquidade moral, perpétua – desde os dias do Dilúvio até ao período da Schleswig-Holstein. A obliquidade moral e, por consequência, a falta de bom senso; pois há muito tempo se aceita que a falta de bom senso se deve apenas à obliquidade moral. Façam um teste e lancem seus olhares sobre a história da humanidade. O que verão? É um imenso espetáculo? Grandioso, se preferirem. O Colosso de Rodes, por exemplo, vale alguma coisa. Com razão, o sr. Anaevsky afirma que alguns dizem que ele é uma obra humana, enquanto outros sustentam que foi criado pela própria natureza. A humanidade é multicolorida? Talvez seja multicolorida: se tomarmos os uniformes de gala, de civis e militares, de todos os povos de todas as idades – que por si só valem alguma coisa, e se vocês considerarem os uniformes de trabalho, nunca chegarão ao fim; nenhum historiador seria páreo para o trabalho. É monótona? Talvez seja monótona também: batalhas e batalhas; estão batalhando agora, batalharam antes e continuarão depois – vocês podem admitir, é quase monótono demais. Em suma, pode-se dizer qualquer coisa sobre a história do mundo – qualquer coisa que possa surgir na imaginação mais desordenada. A única coisa que não se pode dizer é que é racional. A própria palavra fica na garganta. E, de fato, esta é a coisa estranha que continua acontecendo: estão surgindo continuamente na vida pessoas sensatas, racionais, sábias e amantes da humanidade que têm como objetivo viver suas vidas da maneira mais moral e racional possível, para ser, por assim dizer, uma luz para seus vizinhos, simplesmente para mostrar-lhes que é possível viver de maneira sensata e racional neste mundo. No entanto, todos sabemos que essas mesmas pessoas, mais cedo ou mais tarde, traíram a si mesmas, pregando peças, muitas vezes até impróprias. Agora lhes pergunto: o que se pode esperar do homem, sendo ele um ser dotado de tão estranhas qualidades? Derrame sobre ele toda a bênção terrestre, afogue-o em um mar de felicidade, de modo que só bolhas de alegria possam ser vistas na superfície; dê a ele prosperidade econômica, de modo que não lhe reste outra coisa a fazer senão dormir, comer bolos e ocupar-se com a continuação da espécie, e mesmo assim, por pura ingratidão, puro rancor, o homem lhe pregaria peças maldosas. Ele arriscaria até os seus bolos e deliberadamente desejaria o mais fatal dos absurdos, o mais antieconômico, apenas para introduzir em todo este bom senso positivo seu elemento fantástico fatal. Ele desejará manter seus sonhos fantásticos, sua loucura vulgar, para provar a si mesmo – como se fosse tão necessário – que os homens ainda são homens e não teclas de um piano, que as leis da natureza ameaçam controlar tão completamente, que em breve não se poderá desejar nada fora do calendário. E isso não é tudo: mesmo que o homem realmente não fosse nada além de uma tecla de piano, mesmo que isso lhe fosse provado pelas ciências naturais e pela matemática, mesmo assim ele não se tornaria razoável, mas faria algo perverso de propósito, por pura ingratidão, simplesmente para vencer. E se ele não encontrar meios, ele causará a destruição e o caos, causará sofrimentos de todos os tipos, só para vencer! Ele lançará uma maldição sobre o mundo, e como só o homem pode amaldiçoar (é o seu privilégio, a distinção primária entre ele e outros animais), talvez apenas por sua maldição ele alcance o seu objeto – isto é, convencer-se de que ele é um homem e não uma tecla de piano! Se você disser que tudo isso também pode ser calculado e tabulado – caos, trevas e maldições, de modo que a mera possibilidade de calcular tudo isso de antemão acabaria com tudo, e a razão se reafirmaria, então o homem enlouqueceria de forma proposital para se livrar da razão e vencer! Acredito nisso, respondo por isso, pois todo o trabalho do homem parece consistir somente em provar a si mesmo a cada minuto que ele é um homem e não uma tecla de piano! Pode ser arriscando sua pele, pode ser por canibalismo! E sendo assim, será que alguém pode evitar a tentação de alegrar-se por isso ainda não ter acontecido, e de que esse desejo ainda dependa de algo que não conhecemos?

Vocês gritarão comigo (isto é, se ainda o quiserem fazê-lo) dizendo que ninguém está interferindo no meu livre arbítrio, estão preocupados que minha vontade por si só, por sua própria iniciativa, coincida com meus interesses normais, com as leis da natureza e da aritmética.

Minha nossa, senhores, que tipo de livre arbítrio resta quando chegamos à tabulação e à aritmética, quando tudo será um caso de dois mais dois são quatro? Dois mais dois são quatro sem a minha vontade. Como se o livre arbítrio fosse isso.

IX

Senhores, estou brincando, e eu mesmo sei que minhas piadas não são brilhantes, mas vocês sabem que não se pode levar tudo na brincadeira. Talvez eu esteja brincando contra a corrente. Senhores, sou atormentado por questões; respondam-nas para mim. Vocês, por exemplo, querem curar os homens de seus velhos hábitos e reformar sua vontade de acordo com a ciência e o bom senso. Mas como vocês sabem não só que é possível, mas que também é conveniente, reformar o homem dessa maneira? E o que leva vocês à conclusão de que as inclinações do homem precisam de reforma? Em suma, como sabem que tal reforma será benéfica para o homem? E para ir à raiz da questão, por que estão tão convencidos de que não agir contra seus reais interesses normais garantidos pelas conclusões da razão e da aritmética é certamente sempre vantajoso para o homem e deve ser para sempre uma lei para a humanidade? Até agora, como sabem, esta é apenas a suposição dos senhores. Pode ser a lei da lógica, mas não a lei da humanidade. Acham, senhores, que estou louco? Permitam-me que eu me defenda. Concordo que o homem é preeminentemente um animal criativo, predestinado a lutar conscientemente por um objetivo e a envolver-se na engenharia – isto é, na criação de novos caminhos, de forma incessante e eterna, onde quer que eles o levem. Mas a razão pela qual ele, às vezes, quer ir por uma tangente talvez seja porque ele está predestinado a abrir esse caminho, e talvez, por mais estúpido que seja o homem prático e "direto", às vezes lhe ocorre que o caminho quase sempre leva a algum lugar, e que para onde vai é menos importante do que o processo de abri-lo, e que o objetivo principal é impedir a criança bem-comportada de desprezar a engenharia e assim dar lugar à ociosidade fatal, que, como todos sabemos, é a mãe de todos os vícios. O homem gosta de abrir e criar estradas, isso é um fato indiscutível. Mas por que ele tem um amor tão forte pela destruição e pelo caos também? Diga-me! Mas quanto a isso, eu gostaria de dizer algumas palavras. Será que ele ama o caos e a destruição (não pode haver dúvidas de que ele às vezes ama) porque está instintivamente com medo de alcançar seu objetivo e concluir o edifício que ele está construindo? Quem sabe, talvez ele só ame esse edifício a distância, e não esteja apaixonado por ele de perto; talvez ele ame construí-lo e não queira viver nele, mas vai deixá-lo, quando concluído, para que seja utilizado pelos animais domésticos – como as formigas, as ovelhas, e assim por diante. Mas as formigas têm um gosto completamente diferente. Elas têm uma construção maravilhosa daquele padrão que dura para sempre: o formigueiro.

Com o formigueiro a raça respeitável das formigas se originou e com o ele provavelmente se extinguirá, o que confere grande honra à sua perseverança e bom senso. Mas o homem é uma criatura frívola e incongruente e, talvez, como um jogador de xadrez, ame o processo do jogo, não o seu fim. E quem sabe (não há como dizer com certeza), talvez o único objetivo na terra pelo qual a humanidade se esforce encontre-se nesse incessante processo de alcançar, em outras palavras, na própria vida, e não na coisa a ser alcançada, que deve sempre ser expressa como uma fórmula, tão certa quanto dois e dois são quatro, e isso, meus senhores, não é a vida, mas o começo da morte. De qualquer forma, o homem sempre teve medo dessa certeza matemática, e eu tenho medo dela agora. Podemos supor que o homem não faz outra coisa senão buscar essa certeza matemática, atravessando oceanos e fazendo sacrifícios nessa jornada, mas encontrá-la, de verdade, juro que isso o apavora. Ele sente que quando a encontrar não haverá mais nada para procurar. Quando os trabalhadores terminam o seu trabalho pelo menos recebem seu salário, vão a um bar, e depois são levados para a delegacia – têm ocupação por uma semana. Mas para onde pode ir o homem? De qualquer forma, pode-se observar certo constrangimento nele quando alcança tais objetivos. Ele ama o processo de alcançar, mas não gosta muito de ter alcançado, e isso, é claro, é muito absurdo. Na verdade, o homem é uma criatura cômica; parece haver uma espécie de brincadeira em tudo isso.

Mas, ainda assim, a certeza matemática é, apesar de tudo, algo insuportável. Dois mais dois são quatro me parece simplesmente um pedaço de insolência. Dois mais dois são quatro é um ser petulante que fica de pé com as mãos na cintura, barrando seu caminho e cuspindo. Admito que dois mais dois são quatro é uma coisa excelente, mas se quisermos dar a tudo o seu devido crédito, dois mais dois são cinco é, às vezes, uma coisa muito charmosa também.

E por que estão convencidos, assim de forma tão firme e triunfante, de que apenas o normal e o positivo – em outras palavras, apenas o que é propício ao bem-estar – é vantajoso para o homem? A razão não está errada no que diz respeito à vantagem? O homem não ama, talvez, algo além do bem-estar? Quem sabe ele também goste do sofrimento? Quem sabe o sofrimento seja um benefício tão grande para ele quanto o seu bem-estar? O homem às vezes está extraordinariamente apaixonado pelo sofrimento, e isso é um fato. Não há necessidade de apelar para a história universal para provar isso; apenas pergunte a si mesmo, se você é um homem e já viveu um pouco. No que diz respeito à minha opinião, cuidar apenas do bem-estar parece-me muito grosseiro. Bom ou ruim, às vezes é muito agradável quebrar coisas. Não defendo nem o sofrimento nem o bem-estar. Eu defendo o meu... capricho, e que ele me seja garantido quando necessário. O sofrimento ficaria deslocado em *vaudevilles*, por exemplo; eu sei disso. No "Palácio de Cristal" é impensável; sofrimento significa dúvidas, negação e do que adiantaria um palácio de cristal se houvesse qualquer dúvida sobre ele? No entanto, penso que o homem jamais renunciará ao verdadeiro sofrimento, ou seja, à destruição e ao caos. Ora, o sofrimento é a única origem da consciência. Embora eu tenha dito no início que a consciência é o maior infortúnio do homem, sei que o homem a valoriza e não a renunciaria em troca de outra satisfação. A consciência, por exemplo, é infinitamente superior a dois mais dois são quatro. Uma vez que você tenha a certeza matemática, não há mais nada a se fazer ou a entender. Não restará nada a não ser reprimir os seus cinco sentidos e mergulhar na contemplação. Ao passo que, com a consciência, embora o mesmo resultado seja alcançado, você pode ao menos se fustigar às vezes, e isso irá animá-lo, apesar de tudo. Por mais reacionário que seja, o castigo corporal é melhor do que nada.

X

Você acredita em um palácio de cristal que nunca pode ser destruído – um palácio no qual não se poderá mostrar a língua ou fazer gestos obscenos às escondidas. E talvez seja por isso que eu tenho medo dessa construção, que ele é de cristal e nunca pode ser destruído, e que não se pode mostrar a língua ali, mesmo às escondidas.

Vejam, se não fosse um palácio, mas um galinheiro, eu poderia entrar nele para evitar ficar molhado, e ainda assim não o chamaria de palácio por gratidão a ele por me manter seco. Vocês riem e dizem que em tais circunstâncias um galinheiro é tão bom quanto uma mansão. Sim, eu respondo, se alguém tivesse de viver simplesmente para se proteger da chuva.

Mas o que deve ser feito se eu tiver colocado na cabeça que aquele não é o único objetivo da vida, e que se for para viver, melhor que seja em uma mansão. Essa é a minha escolha, o meu desejo. Você só o erradicará quando mudar minha preferência. Bem, mude-me, encante-me com outra coisa, dê-me outro ideal. Mas, por enquanto, não aceitarei um galinheiro como mansão. O palácio de cristal pode ser um sonho frívolo, pode ser que seja inconsistente com as leis da natureza e que eu o tenha inventado apenas por minha estupidez, pelos velhos hábitos irracionais da minha geração. Mas o que importa para mim que seja inconsistente? Isso não faz diferença, uma vez que existe nos meus desejos, ou melhor, existe enquanto os meus desejos existem. Talvez vocês estejam rindo outra vez? Podem rir; vou tolerar qualquer zombaria em vez de fingir que estou satisfeito quando estou com fome. Sei, de qualquer maneira, que não me deixarei levar por um acordo, por um zero recorrente, simplesmente porque é compatível com as leis da natureza e realmente existe. Não vou aceitar como a coroa dos meus desejos um bloco de edifícios com cortiços para pessoas pobres com contratos de aluguel de mil anos, e talvez com uma placa de dentista pendurada.

Destrua meus desejos, erradique meus ideais, mostre-me algo melhor e eu o seguirei. Você dirá, talvez, que não vale a pena o esforço; mas nesse caso posso dar-lhe a mesma resposta. Estamos discutindo coisas com seriedade, mas se não se dignar a me dar sua atenção, cortarei relações com você. Posso voltar para o meu buraco subterrâneo.

Mas enquanto eu viver e tiver desejos, preferiria que a minha mão atrofiasse a levar um tijolo a tal edifício! Não me lembrem que acabei de rejeitar o palácio de cristal apenas porque não se pode mostrar a língua nele. Eu não disse por que gosto tanto de mostrar a língua. Talvez o que mais me ressentiu foi que, de todos os seus edifícios, não havia um em que não se pudesse pôr a língua para fora. Ao contrário, eu deixaria minha língua ser cortada por gratidão se as coisas pudessem ser arranjadas de forma que eu perdesse todo o desejo de mostrá-la. Não é culpa minha que as coisas não possam ser arranjadas assim, e que se deva ficar satisfeito com apartamentos-modelo. Então por que sou feito com tais desejos? Posso ter sido construído simplesmente para chegar à conclusão de que toda a minha construção é uma fraude? Pode ser este todo o meu propósito? Não acredito nisso.

Mas saibam de uma coisa: estou convencido de que nós, os subterrâneos, devemos ser mantidos na sarjeta. Embora possamos ficar quarenta anos no subsolo sem falar, quando saímos à luz do dia e os libertamos, nós falamos, falamos e falamos...

XI

Resumindo, senhores, é melhor não fazer nada. É melhor a inércia consciente! E viva o subsolo! Embora eu tenha dito que invejo o homem normal até o último fio de cabelo, ainda assim eu não queria estar em seu lugar, tal como ele está agora (embora eu não deixe de invejá-lo). Não, não; seja como for, a vida subterrânea é mais vantajosa. Ali, de qualquer foram, pode-se... Ah, mas mesmo agora estou mentindo! Estou mentindo porque eu sei que não é o subsolo que é melhor, mas algo diferente, bem diferente, pelo qual estou sedente, mas que não consigo encontrar! Maldito subsolo!

Vou lhes contar outra coisa que seria melhor, isto é, se eu mesmo acreditasse em algo do que acabei de escrever. Juro a vocês, senhores, não há uma coisa, nenhuma palavra do que escrevi em que eu realmente acredite. Quer dizer, talvez eu acredite, mas ao mesmo tempo sinto e suspeito que estou mentindo como um sapateiro.

"Então porque escreveu isso tudo?", vocês perguntarão.

"Eu deveria colocá-los no subsolo por quarenta anos sem nada para fazer e então ir até vocês em seus buracos, para descobrir em que estágio vocês chegaram! Como pode um homem ficar sem nada para fazer durante quarenta anos?"

"Isso não é vergonhoso? Não é humilhante?", vocês dirão, talvez, balançando a cabeça com desdém. "Você tem sede de vida e tenta resolver os problemas da vida por um emaranhado lógico. E como são persistentes, como são insolentes suas investidas, e, ao mesmo tempo, como você está em pânico! Você fala bobagens e fica satisfeito com isso; diz coisas atrevidas e está sempre alarmado e se desculpando por elas. Declara que não tem medo de nada e, ao mesmo tempo, tenta se agradar com nossa boa opinião. Declara que está a ranger os dentes e, ao mesmo tempo, tenta ser espirituoso para nos divertir. Sabe que seus gracejos não são espirituosos, mas você está evidentemente satisfeito com seu valor literário. Você pode, talvez, ter realmente sofrido, mas você não tem respeito pelo próprio sofrimento. Pode ser sincero, mas não é modesto; você expõe sua sinceridade da mais mesquinha vaidade à publicidade e à ignomínia. Sem dúvida, você pretende dizer alguma coisa, mas esconde sua última palavra por medo, porque não tem a resolução de pronunciá-la, só tem um descaramento covarde. Você se gaba da consciência, mas não tem certeza de sua base, pois embora sua mente funcione, ainda assim seu coração está escurecido e corrompido, e você não pode ter uma consciência plena, genuína, sem um coração puro. E como você é intrusivo, como insiste e faz caretas! Mentiras, mentiras, mentiras!"

É claro que eu mesmo inventei tudo o que vocês disseram. Isso também é coisa do subsolo. Há quarenta anos que os ouço através de uma fenda sob o chão. Eu mesmo as inventei, não havia mais nada que eu pudesse inventar. Não é de admirar que eu as tenha decorado e que tenha tomado uma forma literária...

Mas vocês podem ser tão crédulos a ponto de pensar que as publicarei e lhes darei para ler também? E outro problema: por que lhes chamo de "senhores", por que me dirijo a vocês como se realmente fossem meus leitores? As confissões que pretendo fazer nunca são impressas nem dadas a outras pessoas para serem lidas. De qualquer forma, não sou forte o suficiente para isso, e não vejo por que deveria ser. Mas vocês veem que uma fantasia me ocorreu e quero realizá-la a todo custo. Deixa-me explicar.

    Todo homem tem reminiscências que não contaria a todos, mas apenas a seus amigos. Ele tem outros assuntos em sua mente que não revelaria nem mesmo para seus amigos, mas apenas para si mesmo, e isso em segredo. Mas há outras coisas que o homem tem medo de dizer até para si mesmo, e todo homem decente tem uma série de coisas dessas armazenadas em sua mente. Quanto mais decente ele é, maior será o número dessas coisas em sua mente. De qualquer forma, apenas nos últimos dias decidi lembrar-me de algumas das minhas primeiras aventuras. Até então eu sempre as tinha evitado, mesmo com certo mal-estar. Agora, quando não apenas estou relembrando, mas realmente decidi escrever um relato delas, quero experimentar se alguém pode, mesmo consigo mesmo, ser perfeitamente honesto e não ter medo de toda a verdade. Faço a observação, entre parênteses, que Heine diz que uma autobiografia verdadeira é quase impossível, e que o homem está fadado a mentir sobre si mesmo. Ele considera que Rousseau certamente contou mentiras sobre ele mesmo em suas confissões, e até mesmo mentiu intencionalmente, por vaidade. Estou convencido de que Heine está certo; compreendo perfeitamente como, às vezes, alguém pode, por pura vaidade, atribuir a si mesmo crimes normais, e, de fato, posso muito bem conceber esse tipo de vaidade. Mas Heine julgou as pessoas que fizeram as suas confissões ao público. Escrevo apenas para mim, e quero declarar de uma vez por todas que, se escrevo como se estivesse me dirigindo a leitores, é simplesmente porque é mais fácil para mim escrever dessa forma. É uma forma, uma forma vazia – nunca terei leitores. Já deixei isso bem claro...

    Não quero ser prejudicado por quaisquer restrições na compilação das minhas notas. Não vou tentar nenhum sistema ou método. Vou anotar as coisas à medida que me lembrar delas.

    Mas aqui, talvez, alguém vai entender a palavra e me perguntar: se você realmente não conta com leitores, por que faz tais acordos com você mesmo – e no papel também – ou seja, que você não tentará nenhum sistema ou método, que você anotará coisas à medida que se lembrar delas, e assim por diante? Por que está explicando? Por que se desculpa?

Bem, aí está, eu respondo.

Há, no entanto, toda uma psicologia em tudo isso. Talvez seja simplesmente porque sou um covarde. E talvez que eu imagine, de propósito, uma plateia diante de mim, para que eu possa ser mais digno enquanto escrevo. Talvez haja milhares de razões. Mais uma vez, qual é o meu objetivo precisamente ao escrever? Se não é para benefício do público, por que não simplesmente me recordo desses incidentes na minha mente, sem colocá-los no papel?

É verdade, mas ainda assim é mais imponente no papel. Há algo mais impressionante nele; serei mais capaz de me criticar e melhorar o meu estilo. Além disso, talvez eu consiga obter um alívio real escrevendo. Hoje, por exemplo, estou particularmente oprimido por uma memória de um passado distante. Veio-me de maneira vívida à mente há alguns dias, e continuou a me assombrar como uma melodia irritante da qual não conseguimos nos livrar. E, no entanto, preciso me livrar dela de alguma forma. Eu tenho centenas de reminiscências como essa; mas, às vezes, alguma se destaca entre elas e me oprime. Por alguma razão, acredito que, se eu a escrever, devo me livrar dela. Por que não tentar?

Além disso, estou entediado e nunca tenho nada para fazer. Escrever será uma espécie de trabalho. Dizem que o trabalho torna o homem bondoso e honesto. Bem, aqui está uma oportunidade para mim, de qualquer maneira.

A neve está caindo hoje, amarela e suja. Caiu ontem também e há alguns dias. Acho que foi a neve úmida que me lembrou daquele incidente do qual não posso me livrar agora. Então que seja uma história a respeito da neve que cai.

PARTE II
A RESPEITO DA NEVE ÚMIDA

Quando das trevas da ilusão,
Com minhas palavras de convicção apaixonada,
Libertei tua alma caída,
E contorcendo-se em tua angústia,
Lembraste e amaldiçoaste,
O vício que te envolveu:
E quando, com tua consciência adormecida, preocupada
Com a chama torturante da lembrança,
Revelaste-me o cenário hediondo
Do curso da tua vida antes que eu viesse;
Quando de repente te vi adoecer,
E, às lágrimas, esconder o rosto angustiado,
Revoltado, enlouquecido, horrorizado,
Nas memórias da infame desgraça.

Nekrassov
(traduzido para o inglês por Juliet Soskice).

I

Naquela época eu tinha apenas 24 anos. Mesmo naquela época minha vida era sombria, mal regulada e tão solitária quanto a de um selvagem. Não tinha amizade com ninguém e evitava conversar, e me enterrava cada vez mais no meu buraco. No trabalho, na repartição, nunca olhava para ninguém, e estava muito ciente de que meus colegas me viam, não apenas como um colega esquisito, mas até me olhavam – sempre imaginei isso – com uma espécie de aversão. Eu às vezes me perguntava por que é que ninguém além de mim imagina que é observado com aversão? Um dos funcionários tinha um rosto muito repulsivo, com marcas de catapora, que parecia extremamente vil. Creio que não me atrevi a olhar para ninguém com um semblante tão feio. Outro tinha um uniforme tão sujo que exalava um odor desagradável quando se aproximava. No entanto, nenhum desses senhores mostrou a mínima autoconsciência – nem sobre as suas roupas, nem sobre o seu semblante ou caráter de qualquer forma. Nenhum deles jamais imaginou que fossem observados com repulsa; se tivessem imaginado, não se importariam – desde que seus superiores não olhassem para eles dessa maneira. É claro para mim agora que, em razão da minha vaidade sem limites e do alto padrão que estabeleci para mim mesmo, muitas vezes me olhava com um descontentamento furioso, que beirava a aversão, e, por isso, atribuía interiormente o mesmo sentimento a todos. Odiava a minha cara, por exemplo: achava-a repugnante, e até suspeitava que havia algo de vil em minha expressão, e assim, todos os dias, quando aparecia no escritório, tentava comportar-me da forma mais independente possível, e assumia uma expressão altiva, para não ser suspeito de ser desprezível. "Meu rosto pode ser feio", pensava, "mas que seja altivo, expressivo, e, acima de tudo, extremamente inteligente." Mas eu tinha uma certeza absoluta e dolorosa de que era impossível para meu semblante expressar tais qualidades. E o que era pior de tudo, eu pensava que ele realmente tinha um ar estúpido, e teria ficado bastante satisfeito se eu pudesse parecer inteligente. Na verdade, até teria aturado parecer vil se, ao mesmo tempo, o meu rosto pudesse ser considerado extremamente inteligente.

 É claro, eu odiava todos os meus colegas, e desprezava todos, mas ao mesmo tempo eu tinha, por assim dizer, medo deles. Na verdade, às vezes tinha mais respeito por eles do que por mim. De alguma forma, aconteceu de repente de alternar entre desprezá-los e achá-los superiores a mim. Um homem culto e decente não pode ser vaidoso sem estabelecer um padrão assustadoramente elevado e sem desprezar e quase odiar a si mesmo em certos momentos. Mas, quer os desprezasse ou os achasse superiores, eu quase sempre baixava os olhos quando encontrava alguém. Até fiz experimentos para testar se conseguia encarar fulano e beltrano olhando para mim, e era sempre o primeiro a baixar os olhos. Isso me preocupava demais. Eu também tinha um pavor doentio de ser ridículo, e por isso tinha uma paixão servil pelo convencional em tudo o que era externo. Eu adorava cair na rotina comum, e sentia um terror incondicional de qualquer tipo de excentricidade em mim. Mas como eu poderia viver à altura disso? Eu era morbidamente sensível, como um homem da nossa época deve ser. Eles eram todos estúpidos, e tão parecidos uns com os outros quanto ovelhas. Talvez eu fosse o único no escritório que achava que era um covarde e um escravo, e só achava isso porque eu era mais altamente desenvolvido. Mas eu não apenas achava isso, era realmente assim. Eu era um covarde e um labutador. Digo isso sem o menor constrangimento. Todo homem decente da nossa época deve ser covarde e labutador. Essa é a sua condição normal. Disso estou fortemente convencido. Ele é feito e construído para esse fim. E não apenas no presente, em razão de algumas circunstâncias casuais, mas sempre, em todos os momentos, um homem decente está fadado a ser um covarde e um labutador. É a lei da natureza para todas as pessoas decentes em todo o mundo. Se acontecer de um deles ser corajoso sobre alguma coisa, ele não precisa ser consolado e nem levado por aquilo; ele mostraria a pena branca da mesma forma diante de algo. É assim que acaba invariável e inevitavelmente. Apenas burros e mulas são corajosos, e só até serem empurrados contra a parede. Não vale prestar atenção neles, pois eles realmente não têm importância.

Outra circunstância também me preocupava naqueles dias: que não havia ninguém como eu e eu era diferente de qualquer outra pessoa. "Estou sozinho e eles são todo mundo", eu pensava e ponderava.

A partir disso, é evidente que eu ainda era um jovem.

O oposto acontecia de vez em quando. Às vezes era repugnante ir à repartição; as coisas chegavam a tal ponto que, muitas vezes, eu voltava para casa doente. Mas, de repente, sem motivo algum, viria uma fase de ceticismo e indiferença (tudo acontece em fases para mim), e eu riria de mim mesmo por minha intolerância e meticulosidade, e me censuraria por ser romântico. Em certos momentos eu não estava disposto a falar com ninguém, enquanto em outros não só falava, como chegava ao ponto de pensar em fazer amizade com eles. Toda a minha meticulosidade desapareceria de repente, sem nenhuma razão. Quem sabe, talvez eu nunca a tivesse tido de verdade, e simplesmente tivesse sido afetado pelos livros, de onde ela devia ter saído. Ainda não decidi essa questão. Uma vez fiz amizade com eles, visitei as suas casas, joguei por simpatia, bebi vodca, falei de promoções. Mas aqui vou fazer uma digressão.

Nós, os russos, de um modo geral, nunca tivemos aqueles tolos "românticos" transcendentais – como os alemães, e mais ainda os franceses – sobre os quais nada tem qualquer efeito; se houvesse um terremoto, se toda a França perecesse nas barricadas, eles ainda seriam os mesmos, não teriam sequer a decência de fazer uma mudança, mas continuariam cantando suas canções transcendentais até a hora de sua morte, porque são tolos. Nós, na Rússia, não temos tolos; isso já se sabe. É isso o que nos distingue das terras estrangeiras. Consequentemente essas naturezas transcendentais não são encontradas entre nós em sua forma pura. A ideia de que são deve-se aos nossos jornalistas e críticos "realistas" da época, sempre buscando os Kostanzhoglos e os tios Pyotr Ivanitchs e aceitando-os tolamente como nosso ideal; eles difamaram nossos românticos, considerando-os tão transcendentais como os da Alemanha e da França. Pelo contrário, as características dos nossos "românticos" opõem-se de forma absoluta e direta ao tipo transcendental europeu, e nenhum padrão europeu pode ser aplicado a eles. (Permitam-me fazer uso desta palavra "romântico" – uma palavra antiquada e muito respeitada, que fez um bom serviço e é familiar a todos). As características do nosso romântico são: entender tudo, ver tudo e ver, muitas vezes, incomparavelmente com mais clareza do que as nossas mentes mais realistas veem; recusar-se a aceitar qualquer um ou qualquer coisa, mas ao mesmo tempo não desprezar nada; para dar lugar, para ceder de forma diplomática; nunca perder de vista um objetivo prático e útil (como aposentos gratuitos do governo, pensões, condecorações), manter seus olhos no objetivo através de todos os entusiasmos e os volumes de poemas líricos, e ao mesmo, tempo preservar "o bom e o sublime" inviolados dentro deles até a hora de sua morte, e também preservar a si mesmo, aliás, como uma joia preciosa envolta em algodão apenas para o benefício de "o bom e o sublime." O nosso "romântico" é um homem de grande amplitude e o maior vigarista de todos os nossos vigaristas, garanto a vocês. Posso garantir por experiência própria. Claro, se ele for inteligente. Mas o que estou dizendo? O romântico é sempre inteligente, e eu só queria observar que embora tenhamos tido românticos tolos, eles não contam, e surgiram apenas porque na flor de sua juventude eles se transformaram em alemães, e a fim de preservar sua joia preciosa mais confortavelmente, estabeleceram-se em algum lugar por lá – de preferência em Weimar ou na Floresta Negra.

Eu, por exemplo, desprezo de forma genuína meu trabalho oficial, mas não reclamo abertamente dele porque estou lá e recebo um salário por ele. De qualquer forma, tome nota, eu não reclamava abertamente dele. Nosso romântico preferiria enlouquecer – uma coisa, no entanto, que muito raramente acontece – a reclamar de forma aberta, a menos que tivesse outra carreira em vista; e ele nunca é expulso. No máximo, eles o levariam para o manicômio como "o rei de Espanha", se ele ficasse muito louco. Mas são apenas as pessoas esbeltas e loiras que enlouquecem na Rússia. Inúmeros "românticos" alcançam, mais tarde na vida, uma posição considerável no serviço. A sua versatilidade é notável! E que capacidade eles têm para as mais contraditórias sensações! Fui consolado por esse pensamento mesmo naquela época, e ainda hoje tenho a mesma opinião. É por isso que há tantas "naturezas abrangentes" entre nós que nunca perdem o seu ideal, mesmo nas profundezas da degradação; e embora nunca movam um dedo pelo seu ideal, embora sejam ladrões e cafajestes, ainda assim eles apreciam com lágrimas o seu primeiro ideal e são extraordinariamente honestos de coração. Sim, é apenas entre nós que o mais incorrigível vigarista pode ser totalmente, e de forma louca, honesto de coração sem deixar de ser um vigarista. Repito, os nossos românticos, com frequência, tornam-se malandros tão realizados (eu uso o termo "malandros" carinhosamente), e de repente, apresentam tal senso de realidade e conhecimento prático que os seus superiores desnorteados e o público em geral só podem exclamar de espanto.

A sua versatilidade é realmente incrível, e sabe-se lá o que pode se tornar mais tarde, e o que o futuro nos reserva. Não se trata de um material pobre! Não digo isso por nenhum patriotismo tolo ou arrogante. Mas tenho a certeza de que estão imaginando outra vez que estou brincando. Ou talvez seja o contrário, e vocês estão convencidos de que realmente penso assim. Seja como for, senhores, receberei ambos os pontos de vista como uma honra e um favor especial. E perdoem a minha digressão.

É claro que não mantive relações amistosas com os meus colegas e, logo estava em desacordo com eles, e na minha juventude e inexperiência até desisti de me curvar a eles, como se tivesse cortado todas as relações. No entanto, isso só me aconteceu uma vez. Via de regra, eu estava sempre sozinho.

Em primeiro lugar, passava a maior parte do meu tempo em casa, lendo. Eu tentava sufocar tudo o que estava continuamente brotando dentro de mim por meio de impressões externas. E o único meio externo que tinha era a leitura. Ler, é claro, foi de grande ajuda – entusiasmava-me, dando-me prazer e dor. Mas às vezes aborrecia-me terrivelmente. Ansiava por movimento apesar de tudo, e mergulhava de uma vez em um vício sombrio, subterrâneo e repugnante, um vício do tipo mais mesquinho. Minhas paixões miseráveis eram agudas, ressentidas, devido à minha irritabilidade contínua e doentia. Eu tinha impulsos histéricos, com lágrimas e convulsões. Não tinha nenhum recurso exceto a leitura, ou seja, não havia nada em meu entorno que eu pudesse respeitar e que me atraísse. Fui esmagado pela depressão; eu tinha um desejo histérico pela incongruência e pelo contraste, e por isso me jogava no vício. Não disse tudo isso para me justificar. Não! Estou mentindo. Eu quis me justificar. Faço essa pequena observação para meu benefício, senhores. Não quero mentir. Prometi a mim mesmo que não o faria.

E assim, de maneira furtiva, tímida, na solidão, à noite, eu me entregava a um vício imundo, com um sentimento de vergonha que nunca me abandonava, mesmo nos momentos mais repugnantes, e que nesses momentos quase me faziam praguejar. Já nessa época eu tinha o meu mundo subterrâneo na minha alma. Tinha medo de ser visto, de ser encontrado, de ser reconhecido. Visitava vários locais obscuros.

Uma noite, enquanto passava por uma taverna, vi por uma janela iluminada alguns cavalheiros brigando com tacos de bilhar, e vi um deles ser atirado pela janela. Em outros momentos, teria me sentido muito enojado, mas eu estava com tal humor que, na verdade, invejei o cavalheiro jogado pela janela – e o invejei tanto que até entrei na taverna e na sala de bilhar. "Talvez", pensei, "eu também tenha uma briga e eles me joguem pela janela." Eu não estava bêbado – mas o que é que se pode fazer – a depressão pode levar um homem a tal histeria! Mas nada aconteceu. Parecia que eu nem sequer estava à altura de ser atirado pela janela e fui embora sem brigar.

Um oficial colocou-me em meu lugar desde o primeiro momento.

Eu estava de pé perto da mesa de bilhar, bloqueando o caminho na minha ignorância, e ele queria passar; pegou-me pelos ombros e, sem uma palavra, sem aviso ou explicação, moveu-me de onde eu estava para outro lugar e passou como se não tivesse me notado. Eu poderia perdoar golpes, mas não podia perdoar ele ter me movido sem me notar.

Só Deus sabe o que eu teria dado por uma verdadeira briga comum – uma mais decente, uma mais literária, por assim dizer. Fui tratado como uma mosca. Aquele oficial tinha mais de 1,80 metro, enquanto eu era um rapaz magrelo. Mas a briga estava em minhas mãos. Só precisava protestar e certamente seria atirado pela janela fora. Mas mudei de ideia e preferi bater em retirada, ressentido.

Saí da taverna direto para casa, confuso e perturbado, e na noite seguinte saí de novo com as mesmas intenções obscenas, de maneira ainda mais furtiva, desprezível e miserável do que antes, com lágrimas nos olhos, mas mesmo assim saí. Não imagine, no entanto, que foi a covardia que fez eu me afastar do oficial: nunca fui um covarde de coração, embora sempre tenha sido um covarde para agir. Não se apressem em rir – eu garanto a vocês que posso explicar tudo.

Ah, se ao menos aquele oficial fosse do tipo que aceita ter um duelo! Mas não, ele era um daqueles cavalheiros (infelizmente há muito extintos!) que preferia lutar com tacos, ou como o Tenente Pirogov de Gogol, a apelar para a polícia. Eles não duelavam e considerariam um duelo com um civil como eu um procedimento totalmente impróprio em qualquer caso – e viam o duelo como algo impossível, algo livre de pensamento e francês. Mas estavam prontos para intimidar, especialmente quando tinham mais de 1,80 de altura.

Não me afastei por covardia, mas por uma vaidade sem limites. Não estava com medo de sua altura, nem de levar uma surra e ser jogado pela janela; eu teria tido coragem física o suficiente, garanto-lhes, mas não tinha coragem moral. O que eu temia era que cada um dos presentes, do insolente marcador até o mais baixo e fedorento escrivão de colarinho engordurado, zombasse de mim e não entendesse quando eu começasse a protestar e a me dirigir a eles usando linguagem literária. Pois por questão de honra – não por honra, mas por questão de honra (*point d'honneur*) – não se pode falar entre nós exceto em linguagem literária. Não se pode aludir à "questão de honra" em linguagem comum. Eu estava totalmente convencido (o sentido da realidade, apesar de todo o meu romantismo!) que todos se dividiriam em risadas, e que o oficial não iria simplesmente me bater, isto é, sem me insultar, mas certamente me daria uma joelhada nas costas, me chutaria ao redor da mesa de bilhar, e talvez só então, teria piedade e me jogaria pela janela.

É claro, esse incidente trivial não poderia terminar assim comigo. Encontrei-me muitas vezes com aquele oficial na rua e o observei com muito cuidado. Não tenho certeza de que ele me reconheceu, imagino que não; julgo por alguns sinais. Mas eu, eu o olhava com rancor e ódio e assim continuou... por vários anos! O meu ressentimento tornou-se ainda mais profundo com o passar dos anos. No início, comecei a fazer perguntas furtivas sobre aquele oficial. Foi difícil para mim, pois eu não conhecia ninguém. Mas um dia, ouvi alguém gritar seu sobrenome na rua enquanto eu o seguia a distância, como se estivesse atado a ele – e assim aprendi seu sobrenome. Outra vez o segui até seu apartamento, e por 10 copeques descobri com o porteiro onde ele vivia, em que andar, se vivia sozinho ou com outros, e assim por diante – de fato, tudo o que se podia aprender com um porteiro. Uma manhã, embora eu nunca tivesse escrito nada, de repente ocorreu-me escrever uma sátira sobre aquele oficial na forma de um romance que iria desmascarar sua vilania. Escrevi o romance com prazer. Eu desmascarei sua vilania, até a exagerei; de início, eu mal alterei o sobrenome, de forma que poderia facilmente ser reconhecido, mas ao pensar melhor, mudei-o e enviei a história para a *Otetchestvenniye Zapiski*. Mas naquela época tais ataques não estavam na moda e minha história não foi publicada. Foi um grande aborrecimento para mim.

Às vezes, sentia-me sufocado de ressentimento. Por fim, decidi desafiar o meu inimigo para um duelo. Escrevi-lhe uma carta esplêndida e encantadora, implorando que se desculpasse comigo, e insinuando claramente que haveria um duelo em caso de recusa. A carta foi tão bem redigida que, se o oficial tivesse o menor conhecimento do bom e do sublime, ele certamente teria se atirado em meu pescoço e me oferecido sua amizade. E como teria sido bom! Como nos daríamos bem! "Ele podia ter me protegido com a sua patente mais elevada, enquanto eu podia ter aprimorado sua mente com a minha cultura, e, bem... as minhas ideias e todo tipo de coisas poderiam ter acontecido." Imagine, isso foi dois anos depois de ter me insultado, e meu desafio teria sido um anacronismo ridículo, apesar de toda a engenhosidade da minha carta em disfarçar e explicar o anacronismo. Mas graças a Deus (até hoje agradeço ao Todo

Poderoso com lágrimas nos olhos), não lhe enviei a carta. Arrepios frios me passaram pelas costas quando pensei no que poderia ter acontecido se eu a tivesse enviado.

E de repente me vinguei da maneira mais simples, mas um golpe de gênio! Um pensamento brilhante me ocorreu. Às vezes, nos feriados, passeava pelo lado ensolarado do Neva por volta das 4 da tarde. Embora dificilmente fosse um passeio, mas sim uma série de inúmeras misérias, humilhações e ressentimentos; mas, sem dúvida, isso era exatamente o que eu queria. Eu costumava me esquivar de uma forma muito inadequada, como uma enguia, movendo-me continuamente para o lado para abrir espaço para generais, para oficiais da guarda e para os hussardos, ou para damas. Em tais minutos, costumava sentir uma pontada convulsiva no meu coração, e eu sentia um calor nas costas só de pensar na miséria do meu traje, na miséria e na abjeção da minha pequena figura apressada. Esse era um martírio regular, uma humilhação contínua e intolerável perante a ideia, que se transformou em uma sensação incessante e direta, de que eu era uma mera mosca aos olhos de todo mundo, uma mosca desagradável, repugnante – mais inteligente, mais desenvolvida, mais refinada em relação a sentimentos de que qualquer um deles, é claro, mas uma mosca – que estava continuamente abrindo caminho para todos, insultada e ferida por cada um. Por que infligia essa tortura a mim mesmo, por que ia ao Neva, não sei. Sentia-me simplesmente atraído para lá em todas as oportunidades possíveis.

Já naquela época comecei a experimentar uma onda de prazer da qual falei no primeiro capítulo. Depois da minha questão com o oficial, senti-me ainda mais atraído do que antes: era no Neva que eu o encontrava com mais frequência, lá eu podia admirá-lo. Ele também ia, principalmente nos feriados. Ele também abria caminho para os generais e pessoas de alta patente, e também se esquivava deles como uma enguia; mas das pessoas como eu, ou melhor ainda, vestidos como eu, ele simplesmente continuava em frente, passando direto, como se não houvesse nada além de um espaço vazio diante dele, e nunca, sob quaisquer circunstâncias, se desviava. Eu me regozijava com o ressentimento ao observá-lo e... sempre abria caminho para ele com rancor. Exasperava-me que, mesmo na rua, eu não pudesse estar em pé de igualdade com ele.

"Por que você deve invariavelmente ser o primeiro a se desviar?" Continuava me perguntando com uma raiva histérica, acordando às vezes às três da manhã. "Por que é você e não ele? Não há regulamentação a respeito disso, não há lei escrita. Que o abrir caminho seja igual normalmente é quando pessoas refinadas se encontram: ela se move metade do caminho e você se move metade do caminho; e vocês se cruzam com respeito mútuo."

Mas isso nunca acontecia, e eu sempre me afastava, enquanto ele nem reparava em mim a abrir caminho para ele. E eis que me ocorreu uma ideia brilhante! "E se", pensei, "eu o encontrar e não me mover para o lado? E se eu não desviar de propósito, mesmo que eu trombe com ele? Como seria?" Essa ideia audaciosa tomou conta de mim de tal maneira que não me deu paz. Eu estava sonhando com isso de forma contínua, horrível, e propositalmente ia com mais frequência ao Neva, a fim de imaginar com mais clareza como eu deveria fazê-lo quando o fizesse. Estava encantado. Essa intenção me parecia cada vez mais prática e possível.

"É claro que não o empurrarei de verdade", pensei, já mais bem-humorado. "Simplesmente não me afastarei, trombarei com ele, sem muita violência, mas apenas ombro com ombro – tanto quanto a decência permitir. Não esbarrarei nele com mais força do que ele em mim." Por fim, decidi-me completamente. Mas meus preparativos tomaram muito tempo. Para começar, quando executasse o meu plano, deveria estar mais decente, e por isso tinha de pensar na minha roupa. "Em caso de emergência, se, por exemplo, houver algum tipo de escândalo público (e o público lá é dos mais elegantes: a Condessa anda por lá; o Príncipe D. caminha até lá, todo o mundo literário está lá), eu devo estar bem-vestido; isso inspira respeito e por si só nos coloca em pé de igualdade aos olhos da sociedade."

Com esse objetivo, pedi parte do meu salário adiantado, e comprei em Tchurkin um par de luvas pretas e um chapéu decente. As luvas pretas pareciam-me mais dignas e melhores do que as verdes que eu tinha contemplado no início. "A cor é muito chamativa, parece que a pessoa está tentando chamar a atenção", e não levei as verdes. Tinha preparado muito antes uma boa camisa, com abotoaduras brancas feitas de ossos; o meu sobretudo era a única coisa que me continha. O sobretudo em si era muito bom, mantinha-me aquecido, mas estava enrolado e tinha um colarinho de guaxinim que era o auge da vulgaridade. Eu tinha de mudar o colarinho de qualquer forma, e colocar em seu lugar um de castor, como o de um oficial. Para isso, comecei visitando o Gostiny Dvor e, após várias tentativas, deparei-me com um pedaço barato de castor alemão. Embora esses castores alemães logo fiquem surrados e pareçam deploráveis, de início eles parecem excessivamente bonitos, e eu só precisava para uma ocasião. Eu perguntei o preço; mesmo assim, era muito caro. Depois de pensar bem, decidi vender a meu colarinho de guaxinim. O resto do dinheiro – uma quantia considerável para mim – eu decidi pegar emprestado de Anton Antonitch Syetotchkin, meu superior imediato, uma pessoa modesta, embora séria e criteriosa.

Ele nunca emprestava dinheiro a ninguém, mas eu, ao entrar no serviço, tinha sido especialmente recomendado a ele por uma pessoa importante que me arranjara a vaga. Eu estava terrivelmente preocupado. Pedir dinheiro emprestado a Anton Antonitch me parecia monstruoso e vergonhoso. Não dormi por duas ou três noites. Na verdade, eu não dormia bem naquela época, andava febril; meu coração tinha um vago pesar ou então um súbito latejar incessante! Anton Antonitch ficou surpreso no início, depois franziu a testa, então refletiu e, afinal, me emprestou o dinheiro, recebendo de mim uma autorização escrita para retirar do meu salário, quinze dias depois, a soma que ele tinha me emprestado.

Desta forma, tudo estava finalmente pronto. O belo castor substituiu o guaxinim mal-apessoado, e eu comecei a trabalhar gradualmente. Nunca teria funcionado de improviso, ao acaso; o plano tinha de ser conduzido com habilidade, aos poucos. Mas devo confessar que, depois de muitos esforços, comecei a me desesperar: simplesmente não conseguíamos nos encontrar. Fiz todos os preparativos, estava muito determinado – parecia que devíamos nos esbarrar diretamente – e antes que eu soubesse o que estava fazendo, desviei-me dele outra vez e ele passou sem me notar. Até rezei para que Deus me concedesse determinação ao me aproximar dele. Uma vez eu estava totalmente decidido, mas acabei tropeçando e caindo aos seus pés porque, no último instante, quando eu estava a centímetros dele, faltou-me coragem. Calmamente, ele caminhou por cima de mim, enquanto eu rolava para o lado como uma bola. Naquela noite fiquei doente de novo, febril e delirante.

Mas, de repente, tudo terminou muito bem. Na noite anterior, eu tinha decidido não executar o meu plano fatal, abandonando-o, e com esse objetivo fui ao Neva pela última vez, só para ver como abandonaria tudo. Subitamente, a três passos do meu inimigo, de forma inesperada, eu me decidi – fechei meus olhos e nos esbarramos com tudo, ombro a ombro, um contra o outro! Não me movi um centímetro e passei por ele em pé de igualdade! Ele nem sequer olhou em volta, e fingiu não notar; mas estava apenas fingindo, estou convencido disso. Estou convencido disso até hoje! Claro que levei a pior, ele era mais forte, mas não era essa a questão. A questão era que eu tinha alcançado o meu objetivo, tinha mantido a minha dignidade, não tinha cedido um passo, e tinha me colocado publicamente em pé de igualdade social com ele. Voltei para casa sentindo que estava totalmente vingado por tudo. Estava encantado. Sentia-me triunfante e cantava árias italianas. É claro que não lhes descreverei o que me aconteceu três dias depois; se leram o primeiro capítulo, podem adivinhar por si mesmos. O oficial foi transferido depois; eu não o vejo há quatorze anos. O que o querido companheiro está fazendo agora? Por cima de quem ele está passando?

II

Mas o período da minha dissipação chegava ao fim e eu sempre me senti muito mal depois. Seguiu-se o remorso – tentei afastá-lo: me sentia doente demais. Aos poucos, no entanto, acostumei-me com isso também. Acostumei-me, ou melhor, resignei-me voluntariamente a suportar tudo. Mas eu tinha um meio de fugir que apaziguava tudo: encontrar refúgio no que era "bom e sublime", em sonhos, é claro. Eu era um terrível sonhador, sonhava por três meses seguidos, escondido em meu canto, e podem acreditar, nesses momentos eu não tinha nenhuma semelhança com o cavalheiro que, na perturbação do seu coração covarde, colocou um colarinho de pelo de castor alemão em seu sobretudo. De repente tornei-me um herói. Não aceitaria meu tenente de 1,80 de altura mesmo se ele me chamasse. Não conseguia nem imaginá-lo diante de mim. Quais eram meus sonhos e como eu poderia me satisfazer com eles – é difícil dizer agora, mas na época fiquei satisfeito. Embora, de fato, mesmo agora, eu esteja satisfeito com eles de certa forma. Os sonhos eram particularmente doces e vívidos após um período de dissipação; eles vinham com remorso e lágrimas, com maldições e êxtases. Houve momentos de tamanha intoxicação positiva, de tamanha felicidade, que não havia o menor vestígio de ironia dentro de mim, dou minha palavra. Eu tinha fé, esperança, amor. Eu acreditava cegamente em tais momentos que por algum milagre, por alguma circunstância externa, tudo isso de repente se abriria, expandiria; que, de repente, a visão de atividade adequada –beneficente, boa, e, acima de tudo, pronta (que tipo de atividade eu não tinha ideia, mas a melhor coisa era que deveria estar tudo pronto para mim) – surgiria diante de mim – e eu deveria sair à luz do dia, quase montando um cavalo branco e coroado com louros. Nem mesmo o lugar principal eu poderia conceber para mim mesmo, e por isso eu ocupava com satisfação o lugar mais baixo na realidade. Para ser um herói ou rastejar na lama – não havia meio-termo. Essa foi a minha ruína, pois, quando eu estava na lama, me consolei ao pensar que, em outros tempos, eu era um herói, e o herói era um manto para a lama: pois para um homem comum era uma vergonha se contaminar, mas um herói era sublime demais para ser totalmente contaminado, então ele pode se contaminar. Vale a pena notar que esses ataques "do bom e do sublime" me visitavam mesmo durante o período de dissipação e apenas quando eu estava tocando o fundo. Eles vinham em ondas separadas, como se me lembrassem de si mesmos, mas não baniam a dissipação por sua aparência. Pelo contrário, pareciam acrescentar um toque de entusiasmo a ela por contraste, e só estavam presentes o suficiente para servir como um molho apetitoso. Esse molho era composto de contradições e sofrimentos, de análises interiores agonizantes, e todas essas pontadas e alfinetadas deram certa "apimentada" e até mesmo um significado para a minha dissipação – na verdade, atendia completamente ao propósito de um molho apetitoso. Havia certa profundidade de significado nele. E eu dificilmente poderia ter me resignado ao deboche simples, vulgar e direto de um funcionário e ter suportado toda a sua sujeira. O que poderia ter me seduzido a respeito disso e me arrastado para a rua à noite? Não, eu tinha uma maneira sublime de escapar de tudo isso.

E que bondade amorosa, oh, Senhor!, que bondade amorosa eu sentia às vezes naqueles meus sonhos! Naqueles "voos em direção ao bom e ao sublime"; embora fosse um amor fantástico, embora nunca tenha sido aplicado a nada humano na realidade, ainda assim, havia tanto desse amor que não se sentia depois nem mesmo o impulso de aplicá-lo na realidade; isso teria sido supérfluo. Tudo, no entanto, passou satisfatoriamente por uma transição preguiçosa e fascinante à esfera da arte, ou seja, para as belas formas de vida, prontas, em grande parte roubadas dos poetas e romancistas e adaptadas a todos os tipos de necessidades e usos. Eu, por exemplo, triunfava sobre todos; todos, é claro, se reduziam a pó e cinzas e eram forçados espontaneamente a reconhecer a minha superioridade, e eu perdoava a todos. Eu era um poeta e um grande cavalheiro, me apaixonei; me envolvi por incontáveis milhões e imediatamente os dediquei à humanidade, e ao mesmo tempo, confessei diante de todas as pessoas meus atos vergonhosos, que, naturalmente, não eram apenas vergonhosos, mas tinham em si muito do que era "bom e sublime", algo no estilo Manfred. Todos me beijariam e chorariam (que idiotas seriam se não o fizessem), enquanto eu andaria descalço e faminto, pregando novas ideias e lutando contra os obscurantistas em uma vitoriosa Batalha de Austerlitz. Em seguida, a banda iria tocar uma marcha, uma anistia seria declarada, o Papa concordaria em se mudar de Roma para o Brasil; em seguida, haveria um baile para toda a Itália, no parque Villa Borghese, às margens do Lago de Como, o Lago de Como seria transferido com esse propósito para os arredores de Roma; em seguida aconteceria uma cena nos arbustos e assim por diante – como se vocês não soubessem de tudo isso? Vocês dirão que é vulgar e desprezível arrastar isso tudo para o público depois de todas as lágrimas e êxtases que eu mesmo confessei. Mas por que é desprezível? Será que imaginam que tenho vergonha de tudo isso, e que era mais estúpido do que qualquer coisa em sua vida, senhores? E posso lhes assegurar que algumas dessas fantasias não foram de todo malfeitas... nem tudo acontecia às margens do Lago Como. E, no entanto, vocês têm razão – é realmente vulgar e desprezível. E o mais desprezível de tudo é que agora estou tentando me justificar perante vocês. E ainda mais desprezível do que isso é este meu comentário. Mas basta, ou isso não terá fim. Cada passo será mais desprezível do que o último.

 Nunca suportaria sonhar por mais de três meses sem sentir um desejo irresistível de mergulhar na sociedade. Mergulhar na sociedade significava visitar o meu superior no escritório, Anton Antonitch Syetotchkin. Ele foi o único com quem tive relações permanentes na minha vida, e ainda fico maravilhado com esse fato. Mas eu só ia vê-lo quando aquela fase chegava, quando meus sonhos chegavam a tal ponto de felicidade, que se tornava essencial abraçar imediatamente meus companheiros e toda a humanidade; e para isso eu precisava, pelo menos, de um ser humano que realmente existisse. Eu tive de visitar Anton Antonitch, no entanto, na terça-feira – seu dia de folga; então tive de cronometrar meu desejo de abraçar a humanidade para que caísse em uma terça-feira.

Esse Antonitch vivia no quarto andar de uma casa em Cinco Esquinas, em um apartamento de quatro cômodos, um menor do que o outro, de uma aparência particularmente frugal e amarelada. Ele morava com duas filhas e a tia delas, que costumava servir o chá. Uma das filhas tinha 13 anos e a outra 14, ambas tinham nariz arrebitado, e eu era terrivelmente tímido com elas porque estavam sempre cochichando e rindo juntas. O dono da casa normalmente sentava-se no seu escritório, em um sofá de couro em frente à mesa, com um cavalheiro grisalho, quase sempre um colega da nossa repartição ou de outro departamento. Nunca vi mais de dois ou três visitantes lá, sempre os mesmos. Falavam sobre o imposto especial de consumo; sobre negócios no Senado, sobre salários, promoções, sobre sua Excelência e as melhores maneiras de agradá-lo e muitas outras coisas. Tinha a paciência de me sentar como um tolo ao lado dessas pessoas durante quatro horas seguidas, ouvindo-as sem saber o que dizer ou sem me aventurar a dizer uma palavra. Ficava assombrado, começava a suar, era tomado por uma espécie de paralisia; mas isso era agradável e bom para mim.

Ao voltar para casa, adiava por um tempo o meu desejo de abraçar toda a humanidade.

No entanto, tinha outro conhecido, Simonov, que era um antigo colega de escola. Na verdade, eu tinha vários colegas de escola em São Petersburgo, mas não me dava bem com eles e até tinha desistido de cumprimentá-los quando os via na rua. Creio que me transferi para o departamento em que estava simplesmente para evitar a companhia deles e para cortar toda a ligação com a minha infância odiosa. Que seja amaldiçoada aquela escola e todos aqueles anos terríveis de servidão penal. Em suma, separei-me dos meus colegas de escola assim que saí para o mundo. Havia dois ou três a quem eu cumprimentava na rua. Um deles era Simonov, que não tinha se destacado de forma alguma na escola, era tranquilo e sereno; mas descobri nele uma certa independência de caráter e até mesmo honestidade. Até acredito que ele não era particularmente estúpido. Certa vez, passei alguns momentos muito emotivos com ele, mas estes não duraram muito e foram, de alguma forma, subitamente obscurecidos. Ele ficava desconfortável com essas lembranças, e estava, eu imagino, sempre com medo de que eu assumisse o mesmo tom novamente. Eu suspeitava de que ele tinha uma aversão a mim, mas mesmo assim continuava a visitá-lo, pois não tinha certeza.

E então, numa ocasião, incapaz de suportar a minha solidão e sabendo que, como era quinta-feira, a porta de Antonitch estaria fechada, pensei em Simonov. Ao subir até o quarto andar, pensei que o homem não gostava de mim e que era um erro ir visitá-lo. Mas como sempre acontecia, tais reflexões pareciam me impelir, como que de propósito, a me colocar em situações equivocadas, então entrei. Fazia quase um ano desde a última vez em que vira Simonov.

III

Encontrei dois dos meus antigos colegas de escola com ele. Pareciam estar discutindo um assunto importante. Eles quase não perceberem quando entrei, o que foi estranho, pois não os via há anos. Evidentemente eu era visto por eles como uma espécie de mosca comum. Não tinha sido tratado assim nem mesmo na escola, embora todos me odiassem. Eu sabia, é claro, que eles deveriam me desprezar agora por minha falta de sucesso no serviço, e por ter afundado tanto, andar malvestido e assim por diante – o que lhes parecia um sinal da minha incapacidade e insignificância. Mas não esperava tanto desprezo. Simonov ficou muito surpreso com a minha chegada. Mesmo nos velhos tempos, ele sempre pareceu surpreso com minhas visitas. Tudo isso me desconcertou: sentei-me, sentindo-me miserável, e comecei a ouvir o que estavam dizendo.

Eles estavam engajados em uma conversa calorosa e sincera sobre um jantar de despedida que eles queriam organizar para o próximo dia, para um colega deles chamado Zverkov, um oficial do exército, que estava sendo transferido para uma distante província. Esse Zverkov também estivera desde sempre comigo na escola. Eu tinha começado a odiá-lo principalmente nas últimas séries. Nos primeiros anos, ele era apenas um garoto bonito e brincalhão de quem todos gostavam. Eu o odiava, ainda assim, mesmo nas séries iniciais, porque ele era esse garoto bonito e brincalhão. Ele sempre foi um péssimo aluno e tornava-se cada vez pior à medida avançava; no entanto, formou-se com um bom diploma, pois tinha contatos poderosos. Durante o seu último ano na escola, ele recebeu uma herança de duzentos servos, e como quase todos nós éramos pobres, assumiu um tom de presunção entre nós. Ele era vulgar ao extremo, mas ao mesmo tempo era um homem de boa índole, mesmo em sua arrogância. Apesar das noções superficiais, fantásticas e fictícias de honra e dignidade, a maioria de nós se rebaixava perante Zverkov, e, quanto mais se rastejavam, mais presunçoso ele ficava. E não era por nenhum motivo de interesse que eles rastejaram, mas simplesmente porque ele tinha sido privilegiado pelos dons da natureza. Além disso, era, por assim dizer, uma ideia aceita entre nós que Zverkov era um especialista no que diz respeito a diplomacia e boas maneiras. Este último fato me enfurecia particularmente. Eu odiava o tom abrupto de autoconfiança em sua voz, sua admiração pelos próprios gracejos, que eram muitas vezes assustadoramente estúpidos, embora ele fosse ousado em sua linguagem; eu odiava seu rosto bonito, mas estúpido (pelo qual eu teria, de bom grado, trocado o meu inteligente), e as maneiras militares desenvoltas da moda nos anos 1840. Eu odiava a forma de como ele costumava falar de suas futuras conquistas de mulheres (ele não se aventurou a começar sua investida contra as mulheres até ter as dragonas de um oficial, e esperava por elas com impaciência) e de como se gabava dos duelos que ele constantemente estaria travando. Lembro-me de como eu, sempre tão taciturno, de repente, prestei atenção em Zverkov, quando um dia, conversando em um momento de lazer com seus colegas de escola sobre suas futuras relações com o sexo oposto, e ficando tão alegre quanto um cachorro no sol, ele declarou que não deixaria uma única serva de sua herança sem atenção, que era seu *droit de seigneur* e que, se os homens se atrevessem a protestar, faria todos serem açoitados e duplicaria o imposto deles, aqueles patifes barbudos. Nossa plebe servil bateu palmas, mas eu o ataquei, não por compaixão às garotas e seus pais, mas simplesmente porque estavam aplaudindo aquele inseto. Levei a melhor sobre ele naquela ocasião, mas embora Zverkov fosse estúpido, ele era animado e insolente, e por isso riu, e de tal maneira que minha vitória não foi realmente completa: a risada estava do seu lado. Ele me venceu em várias ocasiões depois, mas sem malícia, de brincadeira, casualmente. Permaneci em silêncio, por raiva e desprezo, e não o respondia. Quando saímos da escola, ele tentou se aproximar de mim; eu não o rejeitei, pois estava lisonjeado, mas logo nos separamos de forma natural. Depois ouvi falar do seu sucesso no quartel como tenente e da vida agitada que levava. Depois vieram outros rumores – de seus sucessos na carreira. Nessa altura, ele já começara a se desviar de mim na rua, e eu suspeitava de que ele tinha medo de se comprometer ao cumprimentar uma personagem tão insignificante como eu. Vi-o uma vez no teatro, na terceira fila de camarotes. Nessa época ele já estava usando as dragonas. Ele se curvava e rodopiava, bajulando as filhas de um antigo general. Em três anos ele tinha definhado consideravelmente, embora ainda fosse bonito e ágil. Podia-se ver que aos 30 anos já seria corpulento. Então era para esse Zverkov que os meus colegas de escola dariam um jantar em sua partida. Eles o haviam acompanhado durante esses três anos, embora secretamente não se considerassem em pé de igualdade com ele, estou convencido disso.

Dos dois visitantes de Simonov, um era Ferfitchkin, um alemão nacionalizado russo – um pequeno sujeito com rosto de macaco, um imbecil que estava sempre zombando de todos, meu amargo inimigo dos nossos dias nos anos primários – um sujeito vulgar, insolente e presunçoso, que fingia um sentimento muito sensível de honra pessoal, embora, é claro, fosse um miserável covarde de coração. Ele era um daqueles adoradores de Zverkov que compensou o último com ajuda de pessoas poderosas, e muitas vezes lhe pedia dinheiro emprestado. O outro visitante de Simonov, Trudolyubov, não era de forma alguma uma pessoa notável – um sujeito alto, jovem, parte do exército, com um rosto frio e bastante honesto, embora adorasse qualquer tipo de sucesso, e só fosse capaz de pensar em promoção. Ele era uma espécie de parente distante de Zverkov, e isso, por mais tolo que pareça, deu-lhe uma certa importância entre nós. Ele sempre me considerou sem importância; seu comportamento comigo, embora não muito cortês, era tolerável.

– Bem, com 7 rublos cada – disse Trudolyubov – 21 rublos entre nós três, devemos ser capazes de conseguir um bom jantar. Zverkov, é claro, não vai pagar.

– Claro que não, já que estamos convidando-o – decidiu Simonov.

– Vocês acham – Ferfitchkin interrompeu de forma acalorada e vaidosa, como um insolente bajulador gabando-se das condecorações de general de seu mestre –, vocês acham que Zverkov vai nos deixar pagar sozinhos? Ele aceitará por delicadeza, mas pedirá meia dúzia de garrafas de champanhe.

– Queremos meia dúzia para nós quatro? – observou Trudolyubov, prestando atenção apenas na meia dúzia.

– Então, nós três, com Zverkov sendo o quarto, 21 rublos, no Hôtel de Paris, às cinco, amanhã – Simonov, que tinha sido escolhido para fazer os arranjos, concluiu finalmente.

– Como assim 21 rublos? – Eu perguntei com alguma agitação, demonstrando estar ofendido – Se você me contar, não será vinte e um, mas 28 rublos.

Pareceu-me que me convidar tão repentinamente, e de forma tão inesperada, seria gracioso e que todos seriam conquistados ao mesmo tempo e olhariam para mim com respeito.

– Você quer participar também? – Simonov indagou, sem nenhum sinal de prazer, parecendo evitar olhar para mim. Ele me conhecia da cabeça aos pés.

Fiquei enfurecido por ele me conhecer tão bem.

– Por que não? Também sou um velho colega de escola dele, creio eu, e devo dizer que estou magoado por terem me deixado de fora – disse, irritado novamente.

– E onde poderíamos encontrá-lo? – Ferfitchkin acrescentou rudemente.

– Você nunca se deu bem com Zverkov – acrescentou Trudolyubov, franzindo a testa.

Mas eu já tinha me agarrado à ideia e não iria desistir.

– Parece-me que ninguém tem o direito de formar uma opinião sobre isso – retruquei com a voz trêmula, como se algo terrível tivesse acontecido –Talvez essa seja a minha razão para desejar acompanhá-los agora: nem sempre ter me dado bem com ele.

– Ah, não há com entendê-lo... com esse requinte – zombou Trudolyubov.

– Vamos escrever o seu nome – decidiu Simonov, dirigindo-se a mim. – Amanhã, às cinco horas, no Hôtel de Paris.

– E o dinheiro? – Ferfitchkin começou a falar em voz baixa, indicando-me a Simonov, mas não terminou, pois até o Simonov ficou envergonhado.

– Já chega – disse Trudolyubov, levantando-se – Se ele quer tanto vir, que vá.

– Mas é uma coisa particular, entre nós, amigos – disse Ferfitchkin irritado, enquanto também pegava seu chapéu – Não é uma reunião oficial.

– Talvez não queiramos que ele vá...

Foram embora. Ferfitchkin não me cumprimentou de forma alguma ao sair, Trudolyubov mal acenou. Simonov, com quem fiquei cara a cara, estava em um estado de vexame e perplexidade, e olhou para mim com uma expressão estranha. Ele não se sentou e não pediu que eu me sentasse.

– Hum... sim, amanhã, então. Você vai dar o dinheiro agora? Só estou perguntando para saber – murmurou envergonhado.

Fiquei corado, e nesse momento lembrei-me que devia 15 rublos a Simonov há séculos – dos quais nunca havia me esquecido de fato, embora não tivesse pagado.

– Convenhamos, Simonov, que eu não fazia ideia quando vim aqui... Estou muito irritado por ter esquecido...

– Tudo bem, tudo bem, não importa. Pode me pagar amanhã, depois do jantar. Só queria saber... Por favor, não...

Ele parou de falar e passou a andar pelo cômodo ainda mais exaltado. Enquanto caminhava, começou a bater com os calcanhares.

– Estou atrapalhando? – Perguntei após dois minutos de silêncio.

– Ah! – ele disse, assustado – Quer dizer... na verdade está. Tenho de ir ver alguém... não muito longe daqui – acrescentou com uma voz pesarosa, um pouco desconcertado.

– Meu Deus, por que não disse logo? – Exclamei, recolhendo meu chapéu, com um ar espantosamente desenvolto, o que era a última coisa que eu esperava de mim mesmo.

– É perto... nem dois passos de distância – Simonov repetiu, acompanhando-me até a porta da frente com um ar agitado que não lhe caía bem.

– Então, às 5 horas, pontualmente, amanhã – ele gritou escada abaixo. Ele ficou muito contente por se livrar de mim. Eu estava furioso.

"O que deu em mim para me forçar neste assunto assim?", perguntei-me, rangendo os dentes enquanto caminhava pela rua, "por um patife, um porco como aquele Zverkov! É claro que é melhor não ir; é claro que devo dar-lhes as costas. Não sou obrigado de forma alguma. Enviarei um bilhete a Simonov pelo correio amanhã."Mas o que me deixava furioso era que eu sabia com certeza que iria, que eu faria questão de ir; e quanto mais insensível, quanto mais imprópria minha ida era, mais vontade eu tinha de ir.

E havia um outro obstáculo à minha ida: eu não tinha dinheiro. Tudo o que eu tinha eram 9 rublos, e sete deles eu tinha de dar para o meu empregado, Apollon, por seu salário mensal. Era tudo o que eu lhe pagava, quanto ao resto, ele tinha de se manter.

Não lhe pagar era impossível, considerando o seu caráter. Mas falarei sobre esse sujeito, sobre essa minha praga, em outro momento.

No entanto, eu sabia que deveria ir e não lhe pagar seu salário.

Naquela noite, tive sonhos horríveis. Não me admira; a noite toda fui oprimido pelas lembranças dos meus dias miseráveis na escola, e não podia me livrar delas. Fui mandado para a escola por parentes distantes, de quem dependia e de quem não ouvi nada desde então – eles enviaram para lá um menino triste e silencioso, já destruído por suas reprovações, já perturbado pela dúvida, e que olhava com uma desconfiança selvagem para todos. Meus colegas de escola me receberam com brincadeiras maldosas e impiedosas porque eu não era como nenhum deles. Mas não podia suportar suas provocações; não podia ceder a eles com a desprezível prontidão com que cederam uns aos outros. Odiei-os desde o início, e isolava-me de todos com um orgulho tímido, ferido e desproporcional. A grosseria deles me revoltava. Eles riam cinicamente da minha cara, do meu jeito desajeitado; e ainda assim, que caras estúpidas eles tinham. Na nossa escola, os rostos dos rapazes pareciam degenerar e ficar mais estúpidos com o passar do tempo de uma forma especial. Quantos rapazes bonitos vieram até nós! Em poucos anos, tornaram-se repulsivos. Já aos 16 eu me espantava com eles; mesmo então eu me impressionava com a mesquinhez de seus pensamentos, a estupidez de suas perseguições, seus jogos, suas conversas. Tantas coisas essenciais eles não compreendiam, tantos assuntos notáveis e impressionantes não os interessavam, que eu não podia deixar de considerá-los inferiores a mim. Não foi a vaidade ferida que me levou a isso, e, pelo amor de Deus, não lancem sobre mim suas observações banais, repetidas até dar náuseas, de que "eu era apenas um sonhador", enquanto eles mesmos já tinham uma compreensão da vida. Eles não compreendiam nada, não faziam ideia da vida real, e juro que era isso o que me deixava mais indignado com eles. Pelo contrário, aceitavam com uma estupidez fantástica a realidade mais óbvia, e mesmo naquela época estavam acostumados a respeitar o sucesso. De tudo o que era justo, mas oprimido e desprezado, eles riam com crueldade e vergonha. Confundiam inteligência com posições; e mesmo aos 16 anos já discutiam sobre cargos confortáveis. Claro que grande parte disso se devia à sua estupidez e aos maus exemplos dos quais sempre estiveram cercados na infância e adolescência. Eram monstruosamente depravados. É claro que parte disso também era superficial, um cinismo fingido; obviamente havia vislumbres de juventude e vigor até em suas depravações; mas mesmo o vigor não era atraente e se manifestava sob certa devassidão. Eu os odiava horrivelmente, embora talvez fosse pior do que qualquer um deles. Eles retribuíam da mesma forma e não escondiam sua aversão por mim. Mas eu já não desejava a sua afeição, ao contrário, ansiava o tempo todo sua humilhação. Para escapar de suas zombarias, comecei a progredir, de propósito, com os meus estudos e forcei o meu caminho até o topo. Isso os impressionou.

Além disso, todos começaram a compreender aos poucos que eu já tinha lido livros que nenhum deles conseguia ler, e compreendia coisas (que não faziam parte do nosso currículo escolar) das quais eles nem sequer tinham ouvido. Eles encararam isso com ferocidade e sarcasmo, mas ficaram moralmente impressionados, especialmente quando os professores começaram a me notar por esses motivos. A zombaria cessou, mas a hostilidade permaneceu, e as relações frias e tensas tornaram-se permanentes entre nós. No final, eu não pude mais suportar isso: com os anos, um desejo de sociedade, de amigos, desenvolveu-se em mim. Eu tentei fazer amizade com alguns dos meus colegas de escola; mas, de uma forma ou de outra, a minha intimidade com eles sempre foi tensa e logo terminou por si mesma. Uma vez, na verdade, tive um amigo. Mas eu já era um tirano de coração; eu queria exercer uma influência ilimitada sobre ele; tentei incutir nele um desprezo por seu entorno; exigi dele uma ruptura desdenhosa e completa com esse ambiente. Assustei-o com o meu afeto apaixonado; levei-o às lágrimas, à histeria. Ele era uma alma simples e devotada; mas quando ele se devotou inteiramente a mim, comecei a odiá-lo no mesmo instante e a repeli-lo – como se tudo o que eu precisasse dele fosse uma vitória sobre ele, para subjugá-lo e nada mais. Mas eu não poderia subjugar todos eles; meu amigo também não era como eles, ele era, na verdade, uma rara exceção. A primeira coisa que fiz ao deixar a escola foi desistir do trabalho especial para o qual estava destinado para romper todos os laços, amaldiçoar o meu passado e sacudir o pó dos meus pés. E sabe-se lá por que, depois de tudo isso, eu devia ir para casa do Simonov!

    Na manhã seguinte, despertei-me e saltei da cama com entusiasmo, como se tudo estivesse prestes a acontecer de uma vez. Mas eu acreditava que uma mudança radical na minha vida estava chegando e que viria inevitavelmente naquele dia. Devido à sua raridade, talvez, qualquer evento externo, por mais trivial que fosse, sempre me fez sentir como se alguma mudança radical na minha vida estivesse bem próxima. No entanto, fui ao escritório, como de costume, mas fugi para casa duas horas antes para me arrumar. É melhor, eu pensei, não ser o primeiro a chegar, ou eles pensarão que estou muito feliz em ir. Mas havia milhares de questões importantes a serem consideradas, e todas eles se agitaram e me dominaram. Poli minhas botas uma segunda vez com minhas próprias mãos; nada no mundo teria induzido Apollon a limpá-las duas vezes no dia, pois ele considerava que era mais do que os deveres que lhe eram exigidos. Roubei a escova da passagem para limpá-los, tendo cuidado para que ele não percebesse, por medo de seu desprezo. Depois examinei minuciosamente as minhas roupas e pensei que tudo parecia velho, desgastado e puído. Eu tinha me descuidado demais. Meu uniforme, talvez, estivesse arrumado, mas eu não podia ir a um jantar de uniforme. O pior de tudo era que no joelho das minhas calças havia uma grande mancha amarela. Pressenti que essa mancha me privaria de nove décimos da minha dignidade pessoal. Eu também sabia que era muito ruim pensar assim. "Mas este não é o momento para pensar: agora tenho de encarar a realidade", pensei, e meu coração afundou. Eu também sabia muito bem, mesmo nessa altura, que estava exagerando monstruosamente os fatos. Mas o que eu podia fazer? Não conseguia me controlar e já estava tremendo de febre. Com o desespero, imaginei com que frieza e desdém o "canalha" do Zverkov me encontraria; com que desprezo imbecil, invencível o idiota do Trudolyubov iria olhar para mim; com que insolente grosseria o inseto Ferfitchkin riria dissimuladamente de mim para bajular Zverkov; como Simonov aceitaria tudo isso, e como ele me desprezaria pela abjeção da minha vaidade e falta de espírito – e, o pior de tudo, como tudo seria desprezível, não literário e comum. Claro que o melhor seria não ir. Mas isso era o mais impossível de tudo: se me sinto impelido a fazer alguma coisa, parece que sou forçado a fazê-lo. Eu zombaria de mim mesmo depois disso para sempre: "então você se acovardou, se acovardou, você se acovardou diante da realidade!" Pelo contrário, ansiava demais para mostrar a toda aquela ralé que não era de forma alguma uma criatura tão sem espírito como eu parecia a mim. Além disso, mesmo no paroxismo mais agudo dessa febre covarde, sonhei em levar vantagem, em dominá-los, em arrastá-los, fazê-los gostar de mim – nem que fosse pela minha "elevação do pensamento e inconfundível inteligência". Eles abandonariam Zverkov, e ele se sentaria em um canto, calado e envergonhado, enquanto eu o esmagaria. Então, talvez, nós nos reconciliaríamos e beberíamos em nome de nossa eterna amizade; mas o que era mais amargo e mais humilhante para mim era que eu sabia mesmo então, sabia totalmente e com certeza, que eu não precisava de nada daquilo realmente, que eu não queria esmagá-los, subjugá-los, atrai-los, e que eu não me importava nem um pouco com o resultado, mesmo se eu atingisse. Ah, como rezei para que o dia passasse depressa! Numa angústia indescritível, fui até a janela, abri a vidraça móvel e olhei para a escuridão agitada da neve úmida e espessa que caía. Finalmente, o meu relógio miserável chiou 5 horas. Peguei meu chapéu e tentei não olhar para Apollon, que tinha esperado o dia todo por seu salário mensal, mas em sua loucura não estava disposto a ser o primeiro a falar sobre isso, esgueirei-me entre ele e a porta e saltei para dentro de um trenó de luxo, no qual gastei os meus últimos cinquenta centavos, eu me dirigi em grande estilo ao Hôtel de Paris.

IV

Na véspera, eu tive certeza de que seria o primeiro a chegar. Mas não se tratava de ser o primeiro a chegar. Não só não estavam lá, como tive dificuldade em encontrar o nosso quarto. A mesa nem sequer estava posta.

O que isso significava? Depois de muitas perguntas, descobri com os garçons que o jantar tinha sido encomendado para às 6 horas e não para às 5. Isto também foi confirmado no bufê. Senti vergonha de continuar perguntando. Eram apenas cinco e vinte e cinco. Se tinham mudado o horário do jantar deveriam pelo menos ter me avisado – é para isso que o correio serve, e não ter me colocado em uma posição absurda diante dos meus próprios olhos e... e até diante dos garçons. Sentei-me; o empregado começou a pôr a mesa; senti-me ainda mais humilhado com sua presença. Por volta das 6 horas trouxeram velas, embora houvesse lâmpadas queimando no quarto. No entanto, não tinha ocorrido ao garçom trazê-las para dentro imediatamente quando eu cheguei. Na sala ao lado, duas pessoas que pareciam sombrias e furiosas estavam jantando em silêncio em duas mesas diferentes. Havia muito barulho, até mesmo gritos, em uma sala mais distante; podia-se ouvir o riso de uma multidão e gritinhos desagradáveis em francês: havia senhoras no jantar. Na verdade, era repugnante. Raramente passei por momentos mais desagradáveis que esse, tanto que, quando todos chegaram pontualmente às 6, fiquei muito feliz por vê-los, como se fossem meus libertadores, e até me esqueci que era meu dever mostrar ressentimento.

Zverkov caminhava na frente deles; evidentemente ele era o espírito líder. Ele e os outros estavam rindo; mas, ao me ver, Zverkov endireitou-se um pouco e caminhou até mim deliberadamente, mexendo um pouco a cintura de forma alegre. Ele apertou minha mão de uma forma amigável, mas não amigável demais, com uma espécie de cortesia circunspecta como a de um general, como se, ao me dar a mão, estivesse se protegendo de alguma coisa. Eu tinha imaginado, pelo contrário, que ao entrar ele iria irromper sua habitual risada estridente e começar a fazer suas piadas insípidas e gracejos. Eu estava me preparando para eles desde o dia anterior, mas não esperava tamanha condescendência, tamanha cortesia de alto escalão. Então, ele se sentia inefavelmente superior a mim em todos os aspectos! Se ele quisesse apenas me insultar com esse tom de oficial, não importaria, pensei – podia fazê-lo pagar de uma forma ou de outra. Mas e se, na realidade, sem o menor desejo de ser ofensivo, tivesse entrado em sua cabeça tola a noção de que era superior a mim e só podia olhar para mim de forma paternalista? A própria suposição me fez arquejar.

– Fiquei surpreso... ao ouvir so-bre o seu de-se-jo de se juntar a nós – ele começou balbuciando de forma arrastada, o que era algo novo – Você e eu não nos vemos há tanto tempo. Você nos evitava. Não deveria. Não somos pessoas tão horríveis quanto pensa. Bem, seja como for, fico feliz por renovarmos nosso relacionamento.

E ele virou-se sem cuidado para colocar o chapéu na janela.

– Está esperando há muito tempo? – Trudolyubov perguntou.

– Eu cheguei às 5 horas como vocês me disseram ontem – respondi em voz alta, com uma irritabilidade que ameaçava uma explosão.

– Você não o avisou que tínhamos mudado a hora? – perguntou Trudolyubov a Simonov.

– Não, não avisei. Me esqueci – respondeu, sem sinal de arrependimento, e sem ao menos me pedir desculpas saiu para ordenar o *hors d'oeuvres*.

– Então você está aqui há uma hora? Ah, pobre companheiro! – Zverkov exclamou ironicamente, pois em sua opinião, isso devia ser muito engraçado. Aquele malandro Ferfitchkin seguiu seu exemplo e deu risadinhas desagradáveis feito um cãozinho a ganir. Ele também achara minha situação primorosamente ridícula e embaraçosa.

– Não tem graça nenhuma! – Exclamei para Ferfitchkin, cada vez mais irritado. – A culpa não foi minha, mas de outras pessoas. Eles se esqueceram de me avisar. Foi... foi... foi simplesmente absurdo.

– Não apenas absurdo, mas algo mais também... – murmurou Trudolyubov, ingenuamente tomando meu lado. – Você está sendo muito condescendente. Foi simplesmente uma grosseria, sem intenção, é claro. E como Simonov pôde... hum!

– Se uma brincadeira como essa tivesse sido feita comigo – observou Ferfitchkin –, eu...

– Você pediria algo para si – Zverkov interrompeu –, ou simplesmente pediria o jantar sem esperar por nós.

– Vocês concordam que eu poderia ter feito isso sem a sua permissão. – falei rapidamente – Se eu esperei, foi...

– Vamos nos sentar, cavalheiros – exclamou Simonov, entrando. – Está tudo pronto; posso responder pelo champanhe... está bem gelado... veja, eu não sabia seu endereço, onde eu poderia procurá-lo? – virou-se de repente para mim, mas mais uma vez parecia evitar me olhar.

Evidentemente ele tinha algo contra mim. Deve ter sido pelo que acontecera ontem.

Todos se sentaram; eu fiz o mesmo. Era uma mesa redonda. Trudolyubov estava à minha esquerda, Simonov à minha direita. Zverkov estava sentado em frente, Ferfitchkin ao seu lado, entre ele e Trudolyubov.

– Diga-me, você está... numa re-partição do go-verno? – Zverkov continuou a dirigir sua atenção a mim. Vendo que eu estava constrangido, pensou seriamente que deveria ser simpático comigo, e, por assim dizer, animar-me.

"Ele quer que lhe atire uma garrafa na cabeça?", pensei, furioso. No meu novo ambiente, eu estava estranhamente pronto para ficar irritado.

– Na repartição n... – respondi com a voz entrecortada, os olhos fixos no prato.

– E vo-cê tem uma posição bo-a? Di-go, o que o levou a dei-xar seu trabalho anterior?

– O que me le-vou foi que eu quis dei-xar meu tra-ba-lho original – eu arrastei a fala mais do que ele, quase incapaz de me controlar. Ferfitchkin caiu na gargalhada. Simonov olhou para mim ironicamente. Trudolyubov parou de comer e começou a me olhar com curiosidade.

Zverkov retraiu-se, mas tentou não transparecer.

– E a remuneração?

– Que remuneração?

– Digo, o seu sa-lá-rio?

– Por que me está interrogando?

No entanto, disse-lhe de uma vez qual era o meu salário. Fiquei terrivelmente vermelho.

– Não é muito generoso – Zverkov observou, imponente.

– Sim, você não pode dar ao luxo de jantar em cafés com esse valor – acrescentou Ferfitchkin de maneira insolente.

– Para mim, é muito pouco – observou Trudolyubov com seriedade.

– E como você emagreceu! Como mudou! – acrescentou Zverkov, com uma pitada de maldade na voz, observando a mim e ao meu traje com uma espécie de compaixão insolente.

– Ah, poupe-nos de seus rubores – exclamou Ferfitchkin dando risadas.

– Meu caro senhor, permita-me dizer que não estou corando! – finalmente irrompi. – Está me ouvindo? Estou jantando aqui, neste café, à minha custa, não à de outros, observe isso, Sr. Ferfitchkin.
– O-o quê? Não estão todos aqui jantando às próprias custas? Você parece ser... – Ferfitchkin interrompeu, ficando vermelho como uma lagosta e olhando-me furioso.
– Is-isso– respondi, sentindo que tinha ido longe demais – e imagino que seria melhor falar de algo mais inteligente.
– Pretende mostrar a sua inteligência, suponho?
– Não se preocupe, isso seria muito inútil aqui.
– Por que está tagarelando assim, meu senhor, hein? Perdeu o juízo na sua repartição?
– Basta, senhores, basta! – exclamou Zverkov, com autoridade.
– Que idiotice! – murmurou Simonov.
– É mesmo uma idiotice. Nos encontramos aqui, um grupo de amigos, para um jantar de despedida a um camarada e você leva adiante uma briga – disse Trudolyubov, dirigindo-se rudemente a mim.
– Você se convidou para se juntar a nós, então não perturbe a harmonia geral.
– Chega, basta! – disse Zverkov. – Desistam, senhores, é inútil. É melhor me deixarem contar como quase me casei anteontem...
E depois seguiu uma narrativa burlesca de como aquele cavalheiro quase se casara dois dias antes. Não se proferiu uma palavra sobre o casamento, no entanto, mas a história foi adornada com generais, coronéis e fidalgos, entre os quais Zverkov quase assumiu a liderança. A história foi recebida com risos de aprovação; Ferfitchkin até guinchou.

Ninguém prestou atenção em mim, e sentei-me arrasado e humilhado.

"Meu Deus, estas não são as pessoas para mim!", pensei. "E que papel de tolo fiz diante deles! Deixei Ferfitchkin ir longe demais. Os brutos imaginam que estão me fazendo uma honra ao me deixarem sentar com eles. Eles não entendem que é uma honra para eles e não para mim! Eu emagreci! Minhas roupas! Ah, malditas calças! Zverkov reparou na mancha amarela no joelho assim que entrou... mas do que adianta? Devo me levantar de uma vez, neste instante, pegar meu chapéu e simplesmente ir embora sem dizer uma palavra... por desprezo! E amanhã posso propor um duelo. Canalhas!

Como se me importasse com os 7 rublos. Vão pensar que é isso... Droga! Não me importo com os 7 rublos. Vou embora agora mesmo!"

Obviamente permaneci. Bebi xerez e Lafitte aos montes por desgosto. Por não estar acostumado a isso, fiquei rapidamente embriagado. Meu aborrecimento aumentava conforme o vinho me subia à cabeça. De repente, desejei insultá-los da maneira mais flagrante e depois ir embora. Para aproveitar o momento e mostrar o que eu poderia fazer para que eles dissessem: "Ele é inteligente, embora seja ridículo", e... e... na verdade, pro inferno todos eles!"

Analisei-os de forma insolente com meus olhos sonolentos. Mas pareciam ter me esquecido completamente. Faziam muito barulho, vociferavam, estavam alegres. Zverkov falava o tempo todo. Comecei a escutar. Zverkov estava falando de alguma exuberante senhorita que ele finalmente convencera a declarar seu amor (é claro, ele estava mentindo como um cavalo), e de como tinha recebido ajuda, neste caso, de um amigo íntimo seu, um príncipe chamado Kolya, que era oficial do hussardos e tinha três mil servos.

— E, no entanto, este Kolya, que tem três mil servos, não apareceu aqui hoje à noite para te ver partir — interrompi de repente.

Por um minuto, todos ficaram em silêncio.

— Você já está bêbado — Trudolyubov, por fim, dignou-se a me notar, olhando com desdém em minha direção. Zverkov, sem dizer uma palavra, examinou-me como se eu fosse um inseto. Baixei os olhos. Simonov se apressou em encher as taças com champanhe.

Trudolyubov ergueu a taça, como todos os outros, menos eu.

— À sua saúde e boa sorte na viagem! — ele gritou para Zverkov. — Aos velhos tempos, ao nosso futuro, viva!

Todos brindaram e se reuniram ao redor de Zverkov para beijá-lo. Eu não me movi; minha taça cheia permaneceu intocada diante de mim.

— Ora, não vai bebê-lo? — rosnou Trudolyubov, perdendo a paciência e virando-se de forma ameaçadora para mim.

— Quero fazer um discurso separado, por minha conta... e depois bebo, Sr. Trudolyubov.

— Brutamontes rancoroso! — murmurou Simonov.

Endireitei-me na cadeira e peguei a taça febrilmente, preparado para algo extraordinário, embora não soubesse nem mesmo o que eu iria dizer.

– Silêncio! – gritou Ferfitchkin. – É hora de uma demonstração de inteligência!

Zverkov esperou com seriedade, sabendo o que estava para vir.

– Sr. Tenente Zverkov – eu comecei – deixe-me dizer que odeio frases, fraseadores e homens em coletes apertados... esse é o primeiro ponto, e há um segundo a seguir.

Houve uma agitação geral.

– O segundo ponto é: odeio obscenidades e aqueles que falam delas. Especialmente aqueles que falam dela. O terceiro ponto: eu amo a justiça, a verdade e a honestidade. – Continuei quase que mecanicamente, pois estava começando a tremer de terror e não tinha ideia de como começara a falar dessa maneira. – Eu amo o pensamento, Sr. Zverkov; eu amo a verdadeira camaradagem, em pé de igualdade e não... Hum... Eu amo... aliás, por que não? Beberei à sua saúde também, Sr. Zverkov. A seduzir as donzelas circassianas, atirar nos inimigos da pátria e... e à sua saúde, Sr. Zverkov!

Zverkov levantou-se do seu assento, curvou-se para mim e disse:

– Estou muito grato – ele tinha ficado terrivelmente ofendido e empalidecera.

– Maldito seja o sujeito! – berrou Trudolyubov, acertando a mesa com o punho.

– Bem, ele merece um murro na cara por isso – gritou Ferfitchkin.

– Devíamos expulsá-lo – disse Simonov.

– Nem uma palavra, cavalheiros, nem um movimento! – exclamou Zverkov solenemente, contendo a indignação geral. – Agradeço a todos, mas posso mostrar a ele pessoalmente o valor que atribuo às suas palavras.

– Sr. Ferfitchkin, amanhã você me dará uma satisfação por suas palavras de agora pouco! – Eu disse em voz alta, virando-me com dignidade para Ferfitchkin.

– Um duelo, quer dizer? Certamente – respondeu ele. Mas provavelmente eu havia soado tão ridículo ao desafiá-lo e isso destoava tanto da minha pessoa que todos, incluindo Ferfitchkin, puseram-se a rir.

– Sim, vamos deixá-lo em paz! Ele está bêbado demais – disse Trudolyubov com desgosto.

– Nunca me perdoarei por deixá-lo se juntar a nós – murmurou Simonov novamente.

"Agora é a hora de atirar uma garrafa na cabeça deles", pensei comigo. Peguei a garrafa... e enchi minha taça...

"Não, é melhor ficar sentado até o final", continuei pensando, "vocês ficariam satisfeitos, meus amigos, se eu fosse embora. Nada me fará ir embora. Continuarei sentado aqui bebendo até o fim, de propósito, como um sinal de que não acho que vocês têm a menor importância. Continuarei sentado e bebendo, porque aqui é um local público e paguei a entrada. Vou me sentar aqui e beber, pois, os vejo como peões, como peões inanimados. Vou sentar aqui e beber... e cantar se eu quiser, sim, cantar, pois tenho todo o direito de... de cantar. Huh!"

Mas não cantei. Tentei simplesmente não olhar para nenhum deles. Assumi uma postura despreocupada e esperei com impaciência que falassem primeiro. Mas, infelizmente, eles não se dirigiram a mim! Ah, como desejei, como desejei, naquele momento, reconciliar-me com eles! Bateram oito horas, e por fim nove. Eles se transferiram da mesa para o sofá. Zverkov esticou-se em uma poltrona e colocou um pé na mesa redonda. O vinho foi levado para lá. Ele, na verdade, pediu três garrafas por conta própria. Eu, é claro, não fui convidado a me juntar a eles. Todos se sentaram ao redor dele no sofá. Ouviram-no, quase com reverência. Era evidente que gostavam dele. "Por quê? Por quê?", perguntei-me. De vez em quando, eram movidos pelo entusiasmo da embriaguez e se beijavam. Falavam do Cáucaso, da natureza da verdadeira paixão, de cargos confortáveis no serviço, da renda de um hussardo chamado Podharzhevsky, que nenhum deles conhecia pessoalmente e se alegravam com sua grandeza, da beleza e graça extraordinária da Princesa D., que nenhum deles jamais havia visto; depois chegaram à imortalidade de Shakespeare.

Eu sorri desdenhosamente e caminhei para cima e para baixo do outro lado da sala, em frente ao sofá, da mesa para o fogão e vice-versa. Esforcei-me ao máximo para lhes mostrar que podia viver sem eles, mas mesmo assim fiz um barulho de propósito com as botas, batendo os calcanhares. Mas foi tudo em vão. Não prestaram atenção. Eu tive a paciência de andar para cima e para baixo na frente deles das oito às onze, no mesmo lugar, da mesa ao fogão e vice-versa. "Ando para cima e para baixo para me agradar e ninguém pode me impedir." O garçom que entrava na sala parava, de vez em quando, para olhar para mim. Eu estava um pouco tonto de dar tantas voltas; em alguns momentos pareceu-me que eu estava delirando. Durante essas três horas, fiquei três vezes encharcado de suor e seco novamente. Às vezes, com uma dor intensa e aguda, era apunhalado no coração pelo pensamento de que dez anos, vinte anos, quarenta anos se passariam, e que mesmo em quarenta anos eu me lembraria com ódio e humilhação desses momentos, os mais feios, mais ridículos e mais horríveis da minha vida. Ninguém poderia se humilhar voluntariamente de maneira tão vergonhosa, e eu entendi perfeitamente isso, e mesmo assim continuei andando para cima e para baixo, da mesa para o fogão. "Oh, se vocês soubessem de quais pensamentos e sentimentos eu sou capaz, como sou culto!", pensei em certos momentos, dirigindo-me mentalmente ao sofá em que meus inimigos estavam sentados. Mas os meus inimigos comportavam-se como se eu não estivesse na sala. Uma vez – apenas uma vez – voltaram-se para mim, quando Zverkov falava de Shakespeare, e de repente dei uma gargalhada desdenhosa. Eu ri de uma forma tão afetada e nojenta que todos imediatamente interromperam a conversa e, muito sérios, observaram-me em silêncio durante dois minutos, andando para cima e para baixo da mesa até ao fogão, sem dar atenção a eles. Mas nada resultou disso: não disseram nada e dois minutos depois pararam de me notar outra vez. Bateram 11 horas.

– Amigos – gritou Zverkov levantando-se do sofá – vamos todos para lá!

– Claro, claro – os outros concordaram. Virei-me bruscamente para Zverkov. Eu estava tão atormentado, tão exausto, que teria cortado minha garganta para acabar com isso. Eu estava com febre; meu cabelo, encharcado de suor, estava preso à minha testa e têmporas.

– Zverkov, peço desculpas – disse de forma abrupta e resoluta. – Ferfitchkin, a você também, e a cada um, cada um: eu insultei todos vocês!

– Ahá! Um duelo não lhe agrada, velhote – Ferfitchkin sibilou venenosamente. Senti uma dor aguda em meu coração.

– Não, não é do duelo de que tenho medo, Ferfitchkin! Estou pronto para lutar com você amanhã, depois que nos reconciliarmos. Insisto nisso, na verdade, e você não pode recusar. Quero mostrar-lhe que não tenho medo de um duelo. Você deve atirar primeiro e eu atirarei no ar.

– Ele está se consolando – disse Simonov. – Ele está simplesmente delirando – disse Trudolyubov.

– Mas nos deixe passar. Por que está barrando nosso caminho? O que você quer? – Zverkov respondeu com desdém.

Eles estavam todos vermelhos; os olhos brilhavam: tinham bebido demais.

– Peço a sua amizade, Zverkov, o insultei, mas...

– Me insultou? Você me insultou? Entenda, senhor, que você nunca, em nenhuma circunstância poderia me insultar.

– E já basta para você. Saia do caminho! – concluiu Trudolyubov.

– Olympia é minha, amigos, está combinado! – exclamou Zverkov.

– Não contestaremos o seu direito, não contestaremos o seu direito – responderam os outros rindo.

Fiquei parado como se tivessem cuspido em mim. O grupo saiu ruidosamente da sala. Trudolyubov começou a cantar uma música estúpida. Simonov ficou para trás por um momento para dar gorjeta aos garçons. De repente, fui até ele.

– Simonov! Empreste-me 6 rublos! – Eu disse, numa decisão desesperada.

Ele olhou para mim com extremo espanto, mas com olhos vazios. Ele também estava bêbado.

– Não está querendo dizer que vem conosco?

– Sim.

– Não tenho dinheiro – falou com rispidez, e com um riso desdenhoso saiu da sala.

Agarrei-me ao sobretudo dele. Era um pesadelo.

– Simonov, eu vi que tinha dinheiro. Porque me recusa? Eu sou um canalha? Tenha cuidado ao me recusar isso: se você soubesse, se você soubesse por que estou pedindo! Todo o meu futuro, meus planos dependem disso!

Simonov sacou o dinheiro e quase o atirou em mim.

– Pegue, se não tem nenhum senso de vergonha! – ele pronunciou impiedosamente, e correu para alcançar os outros.

Fiquei sozinho por um momento. Desordem, os restos do jantar, uma taça partida no chão, vinho derramado, pontas de cigarro, a embriaguez da bebida e a confusão no meu cérebro, uma miséria agonizante no meu coração e finalmente o garçom, que tinha visto e ouvido tudo e estava olhando inquisitivamente para mim.

– Estou indo para lá. – exclamei – Ou todos ajoelharão para implorar pela minha amizade, ou dou uma bofetada no Zverkov!

V

— Então é isso, é isso, por fim, o contato com a vida real — eu murmurei enquanto corria apressado escada abaixo. — Isto é muito diferente do Papa deixar Roma e ir para o Brasil, muito diferente do baile no Lago Como!

"Você é um canalha", um pensamento me passou pela cabeça, "se ri disto agora."

— Não importa! — Gritei, respondendo a mim mesmo. — Agora está tudo perdido!

Não havia sinal deles, mas isso não fez diferença — eu sabia para onde tinham ido.

No final da escada havia um cocheiro noturno solitário vestindo um casaco rústico, salpicado da neve úmida e, por assim dizer, quente, que caía. O ar estava quente e abafado. O pequeno cavalo malhado também estava coberto de neve e tossia, lembro-me muito bem disso. Corri até o trenó malfeito; mas assim que levantei o pé para entrar nele, a lembrança de como Simonov tinha acabado de me dar os 6 rublos pareceu me dobrar e eu caí no trenó como um saco.

— Não, é preciso fazer muito para compensar isso tudo — exclamei. — Mas eu vou compensar ou perecerei no local nesta mesma noite. Vamos!

Partimos. Havia um perfeito turbilhão em minha mente.

— Eles não vão se ajoelhar para implorar pela minha amizade. É uma miragem, uma miragem barata, revoltante, romântica e fantástica — é outro baile no Lago Como. Por isso sou obrigado a dar uma bofetada na cara de Zverkov! É meu dever. Portanto, está decidido; estou correndo para lhe dar uma bofetada no rosto. Apresse-se!

O cocheiro apertou as rédeas.

— Assim que entrar, dou-lhe o tapa. Devo antes de lhe dar a bofetada dizer algumas palavras a título de introdução? Não. Vou simplesmente entrar e acertá-lo. Eles estarão todos sentados na sala de estar, e ele com Olympia no sofá. Maldita Olympia! Ela riu da minha aparência uma vez e recusou-me. Puxarei os cabelos de Olympia, puxarei as orelhas de Zverkov! Não, é melhor uma orelha e arrastá-lo pela sala. Talvez comecem a me bater e me expulsem. É o mais provável, na verdade. Não importa!

Seja como for, primeiro vou lhe dar uma bofetada; a iniciativa será minha; e pelas leis da honra isso é tudo: ele ficará marcado e não poderá apagar a bofetada com nenhum golpe, mas apenas com um duelo. Ele será forçado a lutar. E deixem que me batam agora. Que me batam, esses ingratos miseráveis! Trudolyubov vai me bater com mais força, ele é tão forte; Ferfitchkin vai me agarrar de lado e puxar meu o cabelo. Mas não importa, não importa! É para isso que estou indo. Os canalhas serão finalmente forçados a ver a tragédia de tudo isso! Quando me arrastarem até a porta, vou dizer a eles que, na realidade, não valem o meu dedo mindinho. Mais rápido, cocheiro, mais rápido! – Gritei. Ele se assustou e sacudiu o chicote; eu tinha gritado de maneira muito selvagem.

– Lutaremos ao amanhecer, isso é certo. Será o fim da repartição. Ferfitchkin fez uma piada sobre isso agora há pouco. Mas onde posso arranjar pistolas? Bobagem! Vou receber o meu salário adiantado e comprá-las. E a pólvora e as balas? Isso é função do subordinado? E como fazer tudo antes do nascer do dia? E onde arrumo um subordinado? Não tenho amigos. Bobagem! – Gritei, descontando cada vez mais em mim mesmo – Não tem importância! A primeira pessoa que encontrar na rua será meu subordinado, assim como ele seria obrigado a tirar um homem afogado da água. As coisas mais excêntricas podem acontecer. Mesmo que eu pedisse ao próprio diretor para ser o meu subordinado amanhã, ele seria obrigado a consentir, nem que fosse por um sentimento de cavalheirismo, e deveria manter o segredo! Anton Antonitch...

O fato é que naquele minuto eu percebia a repugnância absurda do meu plano e o outro lado da questão, estava mais claro e mais vívido para mim do que para qualquer outra pessoa no planeta. Mas...

– Acelere, cocheiro, acelere, seu patife, acelere!

– Credo, senhor! – disse o trabalhador.

Fui percorrido de repente por calafrios.

Não seria melhor... ir direto para casa? Meu Deus, meu Deus! Por que me convidei para esse jantar ontem? Mas não, é impossível. E o que foi a minha caminhada contínua por três horas da mesa para o fogão? Não, eles... eles e mais ninguém devem pagar por me fazerem andar para cima e para baixo! Eles têm de acabar com essa desonra!

– Acelere!

E se me entregarem à polícia? Não ousariam! Eles terão medo de um escândalo. E se Zverkov, por desdém, se recusar a lutar num duelo? É claro que sim; mas nesse caso vou lhes mostrar... Apareço na estação quando ele estiver indo embora, agarro-o pela perna, puxo seu casaco quando entrar na carruagem. Enfio meus dentes em sua mão, eu o mordo. "Vejam até que ponto um homem desesperado chega!" Ele pode acertar minha cabeça e eles podem me criticar por trás. Eu gritarei à multidão reunida: "Vejam esse moleque que está partindo para cativar garotas circassianas depois de me deixar cuspir em sua cara!"

Claro, depois disso tudo estará acabado! A repartição terá sumido da face da terra. Eu serei preso, julgado, demitido do serviço, jogado na prisão, enviado à Sibéria. Não importa. Em quinze anos, quando me deixarem sair da prisão, marcharei até ele, um mendigo, vestindo trapos. O encontrarei em alguma cidade provinciana. Ele estará casado e feliz. Ele terá uma filha já adulta. Eu lhe direi:

"Veja, monstro, minhas bochechas fundas e meus trapos! Perdi tudo – a minha carreira, a minha felicidade, arte, ciência, a mulher que eu amava e tudo por culpa sua. Aqui estão as pistolas. Vim descarregar a minha pistola e... e eu... o perdoo. Então eu vou disparar para o alto e ele não ouvirá mais nada sobre mim..."

Na verdade, estava a ponto de chorar, embora soubesse perfeitamente, naquele momento, que tudo isso se baseava no personagem Silvio, de Pushkin, e no romance *Masquerade*, de Lermontov. E de repente senti-me terrivelmente envergonhado, tão envergonhado, que parei o cavalo, saí do trenó, e fiquei parado na neve, no meio da rua. O cocheiro olhou para mim, suspirando de espanto.

O que eu poderia fazer? Eu não podia continuar ali – era evidentemente estúpido – e eu não podia deixar as coisas como estavam, porque isso pareceria como se... Céus, como eu poderia abandonar tudo isso? E depois de tais insultos!

– Não! – eu exclamei, jogando-me no trenó de novo. – Está decidido! É o destino! Conduza, rápido!

E na minha impaciência acertei o pescoço do condutor do trenó.

– O que está fazendo? Por que me bate? – o cocheiro gritou, mas chicoteou o cavalo com tanta força que este começou a dar coices.

A neve úmida caía em grandes flocos; desabotoei o casaco independentemente disso. Esqueci-me de todo o resto, pois tinha finalmente decidido dar a bofetada, e senti com horror que ia acontecer agora, imediatamente, e que nada poderia impedi-la. As lâmpadas da rua deserta brilhavam sombrias na escuridão da neve como tochas em um funeral. A neve esgueirou-se por baixo do sobretudo, do casaco, da gravata, e derreteu lá. Não me cobri, estava tudo perdido mesmo.

Por fim, chegamos. Saltei, quase inconsciente, subi os degraus e comecei a bater e a dar pontapés na porta. Sentia-me terrivelmente fraco, em especial nas pernas e nos joelhos. A porta foi aberta com rapidez como se soubessem que eu estava chegando. De fato, Simonov os avisara de que talvez outro cavalheiro chegasse, e este era um lugar em que se precisava avisar e tomar certas precauções. Era uma dessas "chapelarias" que foram abolidas pela polícia há muito tempo. De dia, era realmente uma loja; mas à noite, se alguém tivesse uma recomendação, poderia visitá-la para outros fins.

Caminhei rapidamente pela loja escura até a familiar sala de estar, onde havia apenas uma vela acesa, e fiquei imóvel de espanto: não havia ninguém lá.

– Onde eles estão? – perguntei a alguém. Mas a essa altura, é claro, já tinham se dispersado. Diante de mim estava uma pessoa com um sorriso estúpido, a própria "Senhora", que já tinha me visto antes. Um minuto depois, uma porta se abriu e outra pessoa entrou.

Sem reparar em nada, caminhei pela sala e, acredito, falei comigo mesmo. Senti-me como se tivesse sido salvo da morte e estava consciente disso por todo o meu corpo: eu deveria ter dado aquela bofetada, eu certamente, certamente a teria dado! Mas agora eles não estavam aqui e... tudo havia desaparecido e mudado! Olhei ao redor. Não conseguia compreender ainda minha condição. Olhei mecanicamente para a menina que havia entrado: e tive um vislumbre de um rosto doce, jovem e um pouco pálido, com sobrancelhas retas e escuras, e com olhos sérios, impressionados, que me atraíram imediatamente; eu a odiaria se estivesse sorrindo. Comecei a olhá-la com mais atenção e, por assim dizer, com certo esforço. Eu não tinha organizado completamente os meus pensamentos. Havia algo de simples e de bondoso em seu rosto, mas era estranhamente sério. Tenho certeza de que isso a atrapalhou por aqui, e que nenhum desses tolos havia reparado nela. Ela não poderia, no entanto, ser chamada de bela, embora fosse alta, forte e bem constituída. Vestia-se com simplicidade. Algo repugnante despertou dentro de mim. Caminhei diretamente até ela.

Por acaso, olhei para o espelho. Meu rosto atormentado pareceu-me revoltante ao extremo: pálido, zangado, desprezível e com o cabelo desalinhado. "Não importa, estou contente com isso", pensei; "estou feliz por parecer repulsivo para ela; gosto disso."

VI

Em algum lugar atrás de um biombo, um relógio começou a chiar, como se oprimido por alguma coisa, como se alguém o estivesse estrangulando. Depois de alguns chiados estranhamente prolongados, seguiu-se um bater estridente, desagradável e inesperadamente rápido, como se alguém saltasse para frente. Bateram duas horas. Acordei, apesar de não estar dormindo, mas sim deitado semiconsciente.

Estava quase totalmente escuro no quarto estreito, apertado e de teto baixo, entulhado com um enorme guarda-roupa, pilhas de caixas de papelão e todos os tipos de bugigangas e lixo. A ponta da vela que queimava sobre a mesa estava se apagando e de vez em quando tremulava um pouco. Em poucos minutos, seria uma escuridão total.

Não demorei muito para me recompor; tudo voltou à minha mente de uma só vez, sem esforço, como se estivesse em uma emboscada para me atacar novamente. E, de fato, mesmo enquanto eu estava inconsciente, um certo ponto parecia permanecer de forma contínua na minha memória, inesquecível, e em torno dele meus sonhos moviam-se pesadamente. Mas é estranho dizer que tudo o que me aconteceu naquele dia parecia agora, ao despertar, ter acontecido num passado distante, muito distante, como se eu tivesse vivido tudo isso há muito tempo.

Minha cabeça estava confusa. Algo parecia pairar sobre mim, incitando-me, animando-me e deixando-me inquieto. A miséria e o rancor pareciam surgir em mim outra vez, procurando uma saída. De repente, vi ao meu lado dois olhos bem abertos a examinar-me de forma curiosa e persistente. A expressão naqueles olhos era fria, apática, sombria, como se fosse completamente distante; ela pesava sobre mim.

Uma ideia horrível passou pela minha mente e por todo o meu corpo, como uma sensação desagradável, igual a que sentimos quando entramos numa caverna úmida e mofada. Havia algo de anormal naqueles olhos que começavam a me examinar só agora. Recordei também que, durante essas duas horas, não tinha dito uma única palavra a esta criatura e, na verdade, havia considerado isso totalmente supérfluo; o silêncio, por alguma razão, tinha me agradado. Então, de repente, dei-me conta vividamente da ideia hedionda, revoltante como uma aranha, da devassidão, que, sem amor, começa de maneira grosseira e sem pudor por aquilo no qual o verdadeiro amor encontra sua consumação. Ficamos nos olhando por muito tempo, mas ela não baixou os olhos diante dos meus e sua expressão não mudou, de modo que, finalmente, me senti desconfortável.

– Qual o seu nome? – perguntei abruptamente, para acabar com aquilo.

– Liza – ela respondeu quase num sussurro, mas nem um pouco graciosa, e desviou o olhar.

Fiquei em silêncio.

– Que tempo! A neve... é nojento! – eu disse, quase para mim mesmo, colocando o meu braço sob a cabeça, desanimado, e olhando para o teto.

Ela não respondeu. A situação era horrível.

– Sempre viveu em São Petersburgo? – perguntei um minuto depois, quase irritado, virando levemente a cabeça em sua direção.

– Não.

– De onde você vem?

– De Riga – respondeu relutante.

– É alemã?

– Não, russa.

– Está aqui há muito tempo?

– Onde?

– Nesta casa.

– Quinze dias.

Ela falava de modo cada vez mais conciso. A vela se apagou; eu já não conseguia distinguir o rosto dela.

– Tem pai e mãe?

– Sim... não... Tenho.

– Onde eles estão?
– Lá... em Riga.
– O que fazem?
– Ah, nada.
– Nada? Ora, de que classe são?
– Comerciantes.
– Você sempre viveu com eles?
– Sim.
– Quantos anos você tem?
– Vinte.
– Por que os deixou?
– Ah, por nenhuma razão.

Essa resposta significava: "Me deixe em paz; me sinto enjoada, triste."
Ficamos em silêncio. Só Deus sabe por que não fui embora. Sentia-me cada vez mais enjoado e aborrecido. As imagens do dia anterior começaram por si mesmas, além da minha vontade, a passar pela minha memória confusa. De repente, lembrei-me de algo que tinha visto naquela manhã quando, cheio de pensamentos ansiosos, corria para o escritório.

– Eu os vi carregando um caixão ontem e eles quase o deixaram cair – disse subitamente em voz alta, não que eu queria começar a conversa, mas como que por acidente.

– Um caixão?
– Sim, na praça Sennaya; estavam tirando de uma despensa.
– De uma despensa?
– Não de uma despensa, mas de um porão. Você sabe... da parte mais baixa... de uma casa com má reputação. Estava tudo imundo ao redor... Cascas de ovos, lixo... um mau cheiro tremendo. Era repugnante.

Silêncio.

– Um dia ruim para ser enterrado – comecei, simplesmente para evitar ficar em silêncio.

– Ruim? Em que sentido?
– A neve, a umidade. (Eu bocejei.)
– Não faz diferença – disse ela de repente, após um breve silêncio.
– Não, é horrível – (Bocejei de novo) – Os coveiros devem ter praguejado por ficarem encharcados com a neve. E devia ter água na cova.

– Por que água na cova? – ela perguntou, com uma espécie de curiosidade, mas falando de forma ainda mais dura e abrupta do que antes.
De repente comecei a sentir que estava sendo incitado.
– Ora, devia haver água no fundo, uns trinta centímetros. Não se pode cavar uma sepultura seca no Cemitério Volkovo.
– Por quê?
– Por quê? Ora, o lugar está alagado. É um pântano comum. Então os enterram na água. Eu mesmo já vi... várias vezes.

(Eu nunca tinha visto, na verdade, nunca estivera em Volkovo, havia apenas escutado histórias sobre isso.)

– Quer dizer que não se importa em morrer?
– Mas por que eu morreria? – respondeu ela, como se estivesse se defendendo.
– Ora, algum dia irá morrer, e morrerá exatamente como aquela defunta. Ela era... uma moça como você. Morreu de tuberculose.
– Uma rapariga deveria morrer no hospital. (Ela já sabia do que se tratava: disse "rapariga" e não "moça")
– Estava devendo para sua patroa – eu respondi, cada vez mais incitado pela discussão – e continuou fazendo dinheiro para ela até o fim, embora estivesse tuberculosa. Os cocheiros parados comentavam sobre isso com alguns soldados. Sem dúvida a conheciam. Estavam rindo. Iam se encontrar em uma taverna para beber em sua memória.
Grande parte disso foi invenção minha. Seguiu-se um silêncio, um silêncio profundo. Ela não se mexeu.
– E é melhor morrer num hospital?
– Não é a mesma coisa? Além disso, por que eu morreria? – acrescentou, irritada.
– Se não agora, um pouco mais tarde.
– Por que um pouco mais tarde?
– Ora, sério? Agora você é jovem, bonita, bem-disposta, recebe um valor alto. Mas depois de mais um ano nesta vida, você será muito diferente, você vai... desvigorar.
– Em um ano?

— De qualquer forma, dentro de um ano você valerá menos — eu continuei, maligno. — Você vai daqui para um lugar mais baixo, outra casa; um ano depois, para uma terceira, cada vez mais baixa, e em sete anos você chegará a um porão na praça Sennaya. Isso se você tiver sorte. Mas seria muito pior se tivesse alguma doença, tuberculose, digamos... e pegasse um resfriado ou algo assim. Não é fácil superar uma doença com esse seu estilo de vida. Se pegar alguma coisa, talvez não consiga se livrar dela. E então você morre.

— Ah, bom, então eu morrerei — respondeu ela, bastante vingativa, e estremeceu.

— Mas alguém se lamenta.

— Se lamenta por quem?

— Se lamenta pela vida.

Silêncio.

— Você já esteve noiva? Hein?

— O que tem a ver com isso?

— Ah, eu não estou interrogando você. Pra mim não importa. Por que está tão zangada? É claro que pode ter tido alguns problemas. O que eu tenho a ver com isso? Eu simplesmente lamento.

— Se lamenta por quem?

— Me lamento por você.

— Não precisa — sussurrou ela de forma quase inaudível, e novamente estremeceu um pouco.

Isso me enfureceu imediatamente. O quê? Eu fui tão gentil e ela...

— Ora, então pensa que está no caminho certo?

— Eu não penso nada.

— Isso é o que está errado, você não pensa. Dê-se conta enquanto é tempo. Ainda há tempo. Você ainda é jovem, bonita; você pode se apaixonar, casar, ser feliz...

— Nem todas as mulheres casadas são felizes — respondeu com rispidez no mesmo tom rude e abrupto que usara antes.

— Nem todas, é claro, mas de qualquer forma é melhor do que a vida aqui. Infinitamente melhor. Além disso, com amor pode-se viver mesmo sem felicidade. Mesmo na tristeza a vida é doce; a vida é doce, não importa como se vive. Mas aqui, o que há além da... sujeira? Credo!

Afastei-me com nojo; não estava mais raciocinando com frieza. Comecei a sentir o que estava dizendo e me entusiasmei com o assunto. Eu já estava ansioso para expor as ideias que eu havia nutrido no meu canto. De repente, algo se acendeu dentro de mim. Um objetivo tinha surgido.

– Não se importe com minha presença aqui, eu não sou um exemplo. Eu sou, talvez, pior do que você. Eu estava bêbado quando cheguei aqui, aliás. – Apressei-me, entretanto, para me justificar. – Além disso, um homem não é exemplo para uma mulher. É um caso diferente. Posso me prejudicar e desonrar, mas não sou escravo de ninguém. Eu vou e volto, e é o fim da história. Dou uma sacudida e já sou um novo homem. Mas você é uma escrava desde o início. Sim, uma escrava! Você desiste de tudo, de toda a sua liberdade. Se você quiser quebrar as correntes depois, não conseguirá: você ficará presa cada vez mais nas armadilhas. É uma escravidão maldita. Eu sei disso. Não falarei de mais nada, talvez você não entenda, mas me diga: sem dúvida está devendo para a sua senhora? Aí, está vendo? – acrescentei, embora ela não tenha respondido, mas apenas escutado em silêncio, totalmente absorvida – isso é uma escravidão! Você nunca comprará a sua liberdade. Eles cuidarão disso. É como vender a alma ao diabo... E além disso... talvez eu também seja azarado, como você pode saber? E me afundei na lama de propósito, por angústia. Sabe, os homens bebem por desgosto; bem, talvez eu esteja aqui por desgosto. Diga-me, o que há de bom aqui? Aqui eu e você... nos unimos... agora mesmo e não trocamos uma palavra o tempo todo, e foi só depois que você começou a me encarar como uma criatura selvagem, e eu fiz o mesmo com você. Isso é amor? É assim que um ser humano deve conhecer outro? É horrível, é isso o que é!

– Sim! – ela assentiu, com rispidez e apressadamente.

Fiquei espantado com a prontidão deste "Sim". O mesmo pensamento podia estar vagando em sua mente quando ela me encarou pouco tempo antes. Então ela também era capaz de ter certos pensamentos? "Maldição, isso era interessante, tínhamos algo em comum!", pensei, quase esfregando as mãos. E, de fato, é fácil transformar uma alma jovem assim!

Foi o exercício do meu poder o que mais me atraiu.

Ela moveu a cabeça para mais perto de mim e me pareceu, no escuro, que se apoiava no braço. Talvez estivesse me examinando. Como lamentei não poder ver seus olhos. Ouvia sua respiração profunda.

– Por que você veio para cá? – Perguntei-lhe, já com um tom de autoridade na voz.

– Ah, não sei.

– Mas como seria bom viver na casa do seu pai! É quente e de graça; você tem um lar para chamar de seu.

– Mas e se for pior do que isto?

"Tenho de usar o tom certo", passou-me pela cabeça. "Talvez eu não consiga ir muito além usando o sentimentalismo." Mas foi apenas um pensamento momentâneo. Juro que ela realmente me interessava. Além disso, eu estava exausto e mal-humorado. E a astúcia facilmente anda de mãos dadas com o sentimento.

– Quem está negando? – apressei-me em responder. – Tudo pode acontecer. Estou convencido de que alguém lhe tratou mal, e que você pecou menos com eles do que eles com você. Claro, não sei nada da sua história, mas é pouco provável que uma garota como você tenha vindo aqui por conta própria...

– Uma garota como eu? – sussurrou ela, de forma quase inaudível; mas eu a ouvi.

Maldição, eu a estava lisonjeando. Isso era péssimo. Mas talvez fosse uma coisa boa... ela estava em silêncio.

– Veja, Liza, vou lhe contar sobre mim. Se eu tivesse tido um lar desde a infância, não seria o que sou agora. Penso nisso com frequência. Por pior que fosse em casa, de qualquer maneira eles são seus pais, e não inimigos, estranhos. Pelo menos uma vez por ano, eles mostrarão seu amor por você. Seja como for, você sabe que está em casa. Eu cresci sem um lar; e talvez seja por isso que me tornei tão... insensível.

Esperei outra vez. "Talvez ela não entenda", pensei, "e, de fato, é absurdo, é moralizante".

– Se eu fosse um pai e tivesse uma filha, acredito que amaria minha filha mais do que meus filhos, na verdade – comecei indiretamente, como se estivesse falando de outra coisa, para distrair sua atenção. Devo confessar que corei.

– Por que? – ela perguntou. Ah! Então ela estava ouvindo!

– Não sei, Liza. Conheci um pai que era um homem severo, austero, mas se ajoelhava diante da filha, costumava beijar suas mãos, seus pés, não se cansava dela, de verdade. Quando ela dançava nas festas, ele costumava ficar na mesma posição durante cinco horas, admirando-a. Era louco por ela; eu entendo! À noite, quando ela ia dormir cansada, ele acordava e ia beijá-la durante o sono, fazia o sinal da cruz sobre ela. Ele vestia um casaco sujo, velho, era sovina com os outros, mas gastava até o último centavo com ela, dando-lhe presentes caros, e se deleitava quando ela ficava satisfeita com o que ele lhe dava. Os pais amam sempre as filhas mais do que as mães. Algumas garotas vivem felizes em casa! Acredito que não deixaria minhas filhas se casarem.

– Como assim? – disse ela, com um sorriso leve.

– Eu ficaria com ciúme, de verdade. Ao pensar que ela beijaria mais alguém! Que amaria a um estranho mais do que ao seu pai! É doloroso imaginar. É claro que tudo isso é um disparate, é claro que todo pai seria razoável no final. Creio que antes de deixá-la se casar, devo me preocupar até a morte; eu acharia defeitos em todos os seus pretendentes. Mas acabaria deixando-a se casar com quem amasse. Aquele que a filha ama sempre parece o pior para o pai, você sabe. É sempre assim. Muitos problemas familiares vêm daí.

– Alguns ficam felizes em vender suas filhas, em vez de casá-las com honra.

– Ah, então era isso!

– Isso acontece, Liza, naquelas famílias amaldiçoadas, nas quais não há nem amor nem Deus – respondi calorosamente – e onde não há amor, também não há sentido. Há famílias assim, é verdade, mas não estou falando delas. Deve ter visto maldade na sua própria família, para falar assim. Na verdade, você deve ter tido azar. Hum... esse tipo de coisa acontece principalmente devido à pobreza.

– Entre os ricos, é melhor? Mesmo entre os pobres, pessoas honestas vivem felizes.

– Hum... sim. Talvez. Outra coisa, Liza, o homem gosta de avaliar os seus problemas, mas não leva em conta as suas alegrias. Se ele as contasse como deveria, veria que cada montante fornece felicidade o suficiente. E se tudo correr bem com a família, se a bênção de Deus está sobre ela, se o marido é bom, se ama você, se valoriza, nunca a abandona! Há felicidade em tal família! Às vezes há felicidade em meio à tristeza; e, de fato, a tristeza está em todo lugar. Se você se casar vai descobrir por si mesma. Mas pense nos primeiros anos de matrimônio com alguém que você ama: que felicidade, que felicidade às vezes há neles! E, de fato, é o mais comum. Nesses primeiros anos, até mesmo as discussões com o marido acabam bem. Algumas mulheres discutem com os maridos só porque os amam. Na verdade, conheço uma mulher assim: ela costumava dizer que, porque o amava, o atormentaria e o faria sentir isso. Você sabe que pode atormentar um homem de propósito através do amor. As mulheres são particularmente propensas a isso, pensando consigo mesmas: "Eu vou amá-lo tanto, eu vou lhe dar tanta atenção depois, que não será pecado atormentá-lo um pouco agora". E todos na casa se regozijam com você, e você é feliz, alegre, pacífico e honrado... E então há mulheres que são ciumentas. Se ele vai a algum lugar – eu conheci uma mulher assim, que não conseguia se controlar –, ela saía às escondidas para descobrir onde ele estava, e se estava com outra mulher. É uma pena. E a própria mulher sabe que é errado, e o coração quase para e ela sofre, mas ela ama; é tudo por culpa do amor. E como é doce fazer as pazes depois das discussões, reconhecer que está errada ou perdoá-lo. E de repente ambos estão felizes, como se tivessem se conhecido de novo, tivessem se casado outra vez; como se o seu amor tivesse começado novamente. E ninguém, ninguém deve saber o que se passa entre marido e mulher se eles se amam. E seja qual for a discussão entre eles, não devem chamar a própria mãe para julgá-los e contar histórias um do outro. Eles são seus próprios juízes. O amor é um mistério sagrado e deve ser escondido de todos os outros olhos, aconteça o que acontecer. Isso o torna mais sagrado e melhor. Eles se respeitam mais e muito se constrói na base do respeito. E se uma vez houve amor, se eles se casaram por amor, por que o amor deve morrer? Certamente podem mantê-lo! É raro que não se consiga mantê-lo. E se o marido é gentil e sincero, por que o amor não duraria? A primeira fase do amor matrimonial vai passar, é verdade, mas então virá um amor que é ainda melhor. Haverá a união das almas, terão tudo em comum, não haverá segredos entre eles. E quando tiverem filhos, os tempos mais difíceis lhes parecerão felizes, desde que haja amor e coragem. Até o trabalho será uma alegria, você pode negar pão a si mesmo para dar a seus filhos e mesmo isso será uma alegria. Eles o amarão por isso; você poupará para o seu futuro. À medida que as crianças crescem, você sente que é um exemplo, um apoio para eles; que mesmo depois de sua morte, seus filhos sempre manterão seus pensamentos e sentimentos, porque eles os receberam de você, eles assumirão sua imagem e semelhança. Então você vê que esse é um grande dever. Como isso pode deixar de unir a mãe e o pai? As pessoas dizem que é uma provação ter filhos. Quem diz isso? É uma felicidade celestial! Você gosta de crianças, Liza? Eu gosto muito delas. Sabe, um menino rosado em seu peito, e que marido não se comove ao ver sua esposa amamentando seu filho? Um bebê rechonchudo e rosado, espreguiçando-se e aninhando-se, mãozinhas e pezinhos gorduchos, as unhas limpinhas, tão pequenininhas, que dá vontade de rir ao vê-las, e olhinhos que já parecem entender tudo. E enquanto mama brinca com as mãozinhas em seu peito. Quando o pai aparece, a criança se afasta do peito, joga-se para trás, olha para o pai e ri, como se fosse terrivelmente engraçado e volta a mamar. Ou morderá o peito da mãe quando seus dentinhos estão surgindo, enquanto olha para ela de lado com seus olhinhos como se dissesse: "Veja, estou mordendo!" Não é uma felicidade quando estão os três juntos, marido, esposa e filho? Podemos perdoar muita coisa por causa desses momentos. Sim, Liza, primeiro precisamos aprender a viver por nós mesmos antes de culpar os outros!

"É com imagens, imagens como essa que chegarei até você", pensei comigo mesmo, embora falasse com sentimentos reais, e de repente, corei. "E se do nada ela começasse a dar gargalhadas, o que devo fazer então?" A ideia me deixou furioso. No final do meu discurso, eu estava muito entusiasmado, mas agora a minha vaidade ficara ferida de alguma forma. O silêncio continuou. Quase lhe dei um cutucão.

– Por que você está... – ela começou e parou. Mas eu entendi: havia um tremor diferente em sua voz, não abrupto, duro e inflexível como antes, mas algo suave e pudico, tão pudico que de repente me senti envergonhado e culpado.

– O quê? Perguntei com uma curiosidade delicada.

– Ora, você...

– O quê?

– Ora, você... fala como um livro – disse ela, e novamente havia um tom de ironia em sua voz.

Esse comentário me deu uma dor no coração. Não era o que eu esperava.

Eu não entendia que ela disfarçava seus sentimentos usando ironia, que esse é geralmente o último refúgio de pessoas modestas e castas quando a privacidade de sua alma é invadida com grosseira e intromissão, e que seu orgulho faz com que não se rendam até o último instante e evitem expressar seus sentimentos diante dos outros. Eu deveria ter adivinhado a verdade pela timidez com que ela repetidamente expressava seu sarcasmo, apenas utilizando-se dele no fim e com esforço. Mas eu não adivinhei, e um sentimento maldoso se apossou de mim.

"Me aguarde!", pensei.

VII

– Ah, cale-se, Liza! Como pode falar sobre ser como um livro, quando até eu, um estranho, me sinto mal? Aliás, eu não vejo como um estranho, pois, de fato, tudo isso me toca no coração... Será possível, será possível que você mesma não se sinta mal em estar aqui? É evidente que o hábito faz maravilhas! Só Deus sabe o que o hábito pode fazer com uma pessoa. Será que você acredita seriamente que nunca envelhecerá, que sempre será bonita e que a manterão aqui para sempre? Nem comentou sobre a repugnância da vida aqui... mas deixe-me falar uma coisa a respeito disso – sobre sua vida atual, quero dizer; embora você seja jovem agora, atraente, gentil, com alma e sentimento, ainda assim sabe que quando me recuperei agora há pouco me senti mal por estar aqui com você. Só se pode vir aqui quando se está bêbado. Mas se você estivesse em qualquer outro lugar, vivendo como pessoas boas vivem, eu me sentiria mais atraído por você, me apaixonaria por você, ficaria contente com um olhar, com uma palavra sua; eu me penduraria em sua porta, me ajoelharia para você, olharia para você como minha noiva e consideraria isso uma honra. Não me atreveria a ter um pensamento impuro sobre você. Mas aqui, veja, eu sei que só preciso assobiar e você tem de me acompanhar, queira você ou não. Não sou eu quem consulto seus desejos, mas você os meus. Mesmo o trabalhador mais humilde não faz de si um escravo; além disso, ele sabe que logo estará livre outra vez. Mas quando você está livre? Apenas pense, do que está abrindo mão aqui? Do que está se tornando uma escrava? Sua alma, juntamente com o seu corpo; está vendendo a sua alma, da qual não tem o direito de se desfazer. Você dá seu amor a qualquer bêbado para ser violado! Amor! Isso é tudo, sabe, é um diamante inestimável, é o tesouro de uma donzela, o amor – ora, um homem estaria pronto para dar a alma, enfrentar a morte para conquistar esse amor. Mas quanto vale o seu amor agora? Você está vendida, você toda, corpo e alma, e não há necessidade de lutar pelo amor quando pode ter tudo sem ele. E não há maior insulto para uma garota do que isso, entende? Na verdade, ouvi que eles confortam vocês, tolinhas, eles as deixam ter amantes aqui. Mas você sabe que isso é simplesmente uma farsa, que é simplesmente uma mentira, que estão apenas rindo de vocês, e vocês se deixam levar por isso! Ora, acha que ele ama você de verdade, aquele seu amante? Eu não acredito. Como ele pode amar quando sabe que você pode ser chamada a qualquer momento? Ele seria um canalha se o fizesse! Será que ele teria um pingo de respeito por você? O que você tem em comum com ele? Ele ri de você e a rouba – é isso o que o amor dele é! Tem sorte se ele não bater em você. Muito provavelmente ele bate em você também. Pergunte a ele, se tem alguma amante, se ele se casará com você. Vai dar gargalhadas, isso se ele não cuspir na sua cara ou lhe bater. E pelo que você arruinou a sua vida, se pensar nisso? Pelo café que lhe dão para beber e pelas refeições fartas? Mas com que objetivo a alimentam? Uma moça honesta não conseguiria engolir a comida, pois saberia para que estava sendo alimentada. Você está em dívida aqui e, é claro, sempre estará em dívida, e vai continuar devendo até o fim, até que os visitantes comecem a desprezá-la. E isso vai acontecer em breve, não confie na sua juventude – tudo isso passa voando, você sabe. Você será expulsa. E não será simplesmente expulsa; muito antes disso, ela vai começar a atazaná-la, a repreendê-la, a abusar de você, como se não tivesse sacrificado sua saúde por ela, como se não tivesse jogado fora sua juventude e sua alma em benefício dela, mas como se a tivesse arruinado, empobrecido, roubado. E não espere que ninguém intervenha por você: as outras, suas companheiras, irão atacá-la também, para ganhar a preferência dela, pois todas estão na escravidão aqui, e perderam toda a consciência e a piedade há muito tempo. Tornaram-se absolutamente cruéis, e nada na terra é mais vil, mais repugnante e mais ofensivo do que os seus abusos. E você está deixando tudo aqui, incondicionalmente, juventude e saúde e beleza e esperança, e aos 22 anos parecerá uma mulher de 35, e terá sorte se não estiver doente, peça a Deus por isso! Sem dúvida está pensando agora que tem uma época feliz e que não tem trabalho para fazer! No entanto, não há e nunca houve trabalho mais duro ou mais terrível no mundo. Pode-se pensar que o coração se debulharia em lágrimas. E você não se atreverá a dizer uma palavra, nem meia palavra quando eles a expulsarem daqui; você vai embora como se fosse a culpada. Vai mudar para outra casa, depois para uma terceira, depois para outro lugar, até finalmente chegar à praça Sennaya. Lá será espancada a cada turno; são as boas maneiras do lugar, os visitantes não sabem ser amigáveis sem lhe dar um tapa. Não acredita que seja tão odioso por lá? Vá e veja por você mesma em algum momento, veja com os próprios olhos. Uma vez, no dia de Ano Novo, vi uma mulher na porta. Eles a colocaram para fora como uma espécie de piada, para lhe dar um gostinho do frio já que ela chorava tanto, e fecharam a porta atrás dela. Às 9 horas da manhã, ela já estava muito bêbada, desgrenhada, seminua, coberta de hematomas, o rosto dela estava coberto de pó, e ela ainda tinha um olho roxo e sangue lhe escorria do nariz e dos dentes; algum taxista acabara de dar-lhe uma surra. Ela estava sentada nos degraus de pedra com um tipo de peixe salgado nas mãos; estava chorando, lamentando-se sobre sua sorte e batendo com o peixe nos degraus, e os taxistas e soldados bêbados se aglomeravam na porta provocando-a. Você não acredita que ficará como ela um dia? Eu também gostaria de não acreditar, mas quem sabe? Talvez oito ou dez anos atrás, essa mesma mulher com o peixe chegou aqui fresca como um querubim, inocente, pura, sem conhecer mal algum, corando a cada palavra dita. Talvez ela fosse como você, orgulhosa, pronta para se ofender, não como as outras; talvez parecesse uma rainha, e soubesse que felicidade estava reservada para o homem que deveria amá-la e a quem ela deveria amar. Vê como terminou? E se naquele mesmo instante, quando ela estava batendo nos degraus imundos com aquele peixe, bêbada e desgrenhada – e se naquele mesmo instante, ela se recordasse dos primeiros dias na casa de seu pai, quando ela costumava ir para a escola e o filho do vizinho a observava no caminho, declarando que ele a amasse enquanto vivesse, que dedicaria sua vida a ela, e de quando eles prometeram se amar para sempre e se casar assim que crescessem! Não, Liza, será uma alegria para você se você morrer de tuberculose em algum canto, em algum porão como aquela mulher agora há pouco. No hospital, você disse? Terá sorte se a levarem, mas e se você ainda for útil à Senhora? A tuberculose é uma doença estranha, não é como a febre. O doente continua esperando até o último minuto e diz que está bem. Ele se ilude.

E isso agrada sua Senhora. Não duvide disso, é assim que é; você vendeu sua alma, e ainda deve dinheiro, então não se atreve a dizer uma palavra. Mas quando estiver morrendo, todos irão abandoná-la, todos se afastarão de você, pois o que mais poderão tirar de você? Além disso, a censurarão por obstruir o lugar, por demorar tanto para morrer. Não consegue pedir água sem ser maltratada: "Quando vai morrer, sua atrevida? Não nos deixa dormir com seus gemidos, faz os senhores ficarem enjoados". É verdade, eu mesmo ouvi essas coisas. Vão lhe jogar moribunda no canto mais sujo do porão – no mofo e na escuridão; quais serão seus pensamentos, deitada sozinha ali? Quando você morrer, mãos estranhas a colocarão para fora, com resmungos e impaciência; ninguém a abençoará, ninguém suspirará por você, só querem se livrar de você o mais rápido possível; comprarão um caixão, a levarão ao túmulo como fizeram com aquela pobre mulher hoje e celebrarão em sua memória na taverna. A cova estará coberta de granizo, sujeira e neve úmida – não precisam fazer um esforço especial por você:

"Deixe-a cair, Vanuha; é como sua sorte, até aqui as pernas estão para o ar, a atrevida. Encurte o cordão, seu tonto."

"Está bom assim."

"Está bom como está? Ora, ela está de lado! Era uma criatura de Deus, afinal de contas! Mas tanto faz, jogue terra sobre ela."

E não se importarão em perder tempo discutindo por sua causa. Eles irão cobri-la com o barro azulado o mais rápido que puderem e partirão para a taverna... e então a sua memória na Terra acabará; outras mulheres têm filhos para visitarem seus túmulos, pais, maridos. Enquanto para você não haverá nem lágrimas, nem suspiros, nem lembranças; ninguém no mundo inteiro virá até você, seu nome desaparecerá da face da terra – como se você nunca tivesse existido, nunca tivesse nascido! Nada além de sujeira e lama, por mais que você bata na tampa do caixão à noite, quando os mortos se levantam, por mais que você chore: "Deixem-me sair, gentis pessoas, para viver à luz do dia! A minha vida não era vida; minha vida foi descartada como um pano de prato; foi bebida na taverna da praça Sennaya; deixem-me sair, gentis pessoas, para viver no mundo outra vez!"

E eu me esforcei tanto que comecei a sentir um nó na garganta, e... e de repente parei, sentei-me consternado, e inclinando-me apreensivo, comecei a escutar, com o coração disparado. Eu tinha motivos para estar preocupado.

Há algum tempo sentia que estava virando-lhe a alma de cabeça para baixo e rasgando seu coração, e quanto mais me convencia disso, mais ansiosamente desejava alcançar o meu objetivo de forma mais rápida e efetiva possível. Fui levado pelo exercício da minha habilidade; ainda assim não era meramente um jogo...

Eu sabia que estava falando com rigidez, artificialidade e até mesmo como um livro, na verdade, não conseguia falar a não ser "como um livro". Mas isso não me incomodou: eu sabia, sentia que deveria ser compreendido e que esse estilo livresco poderia me ajudar. Mas agora, tendo atingido o efeito desejado, de repente entrei em pânico. Nunca antes tinha presenciado tal desespero! Ela estava deitada de bruços, a cara enfiada em um travesseiro e segurando-o com as duas mãos. Seu coração estava se despedaçando. Seu corpo jovem tremia como se estivesse tendo convulsões. Os soluços reprimidos rasgaram seu peito e de repente irrompeu em prantos e lamentos, e então enfiou o rosto ainda mais fundo no travesseiro: ela não queria que ninguém aqui, nem uma alma viva, soubesse de sua angústia e de suas lágrimas. Ela mordeu o travesseiro, mordeu a mão até sangrar (eu vi mais tarde), ou enfiando os dedos no cabelo desgrenhado parecia petrificada com o esforço, segurando a respiração e cerrando os dentes. Eu comecei a dizer algo, implorando que ela se acalmasse, mas senti que não me atrevia; e de repente, com uma espécie de arrepio, quase em terror, comecei a tatear no escuro, tentando me vestir às pressas para ir embora. Estava escuro: embora eu desse meu melhor, não conseguia me vestir com rapidez. De repente, encontrei uma caixa de fósforos e um castiçal com uma vela inteira nele. Assim que o quarto foi iluminado, Liza levantou-se, sentou-se na cama e, com o rosto contorcido e um sorriso meio demente, olhou para mim quase inexpressivamente. Sentei-me ao lado dela e peguei suas mãos; ela voltou a si, fez um movimento impulsivo em direção a mim, como se fosse me abraçar, mas não se atreveu, e baixou lentamente a cabeça diante de mim.

– Liza, minha querida, eu estava errado... me perdoe, minha querida – comecei, mas ela apertou minha mão entre seus dedos com tanta força, que senti que estava dizendo a coisa errada e parei de falar.

— Este é o meu endereço, Liza, venha até minha casa.

— Eu vou — respondeu ela resoluta, a cabeça ainda inclinada. — Mas agora vou embora, adeus... até nos encontrarmos de novo.

Eu me levantei, ela também, e de repente corou, estremeceu, agarrou um xale jogado sobre uma cadeira e cobriu-se com ele até o queixo. Ao fazer isso, deu outro sorriso demente, corou e olhou para mim de maneira estranha. Senti-me péssimo; eu estava com pressa de fugir, de desaparecer.

— Espere um minuto — disse subitamente, na passagem perto da porta, parando-me com a mão no meu sobretudo. Ela pousou a vela com pressa e saiu correndo; evidentemente ela tinha pensado em algo ou queria me mostrar alguma coisa. Ao correr estava corada, os olhos brilhavam e havia um sorriso em seus lábios. O que significa aquilo? Contra minha vontade, esperei: ela voltou um minuto depois com uma expressão que parecia pedir perdão por algo. Na verdade, não era o mesmo rosto, nem o mesmo olhar da noite anterior: sombrio, desconfiado e obstinado. Seus olhos eram agora de súplica, brandos, e ao mesmo tempo confiantes, carinhosos, tímidos. O olhar com que as crianças olham para as pessoas que amam, a quem pedem favores. Seus olhos tinham cor de avelã, eram olhos lindos, cheios de vida, e capazes de expressar tanto amor quanto ódio.

Sem dar nenhuma explicação, como se eu fosse uma espécie de ser superior que deveria entender tudo, entregou-me um pedaço de papel. Todo o seu rosto estava radiante naquele momento, com um triunfo ingênuo, quase infantil. Eu o desdobrei. Era uma carta para ela de um estudante de medicina ou algo do gênero — uma carta de amor muito pomposa e floreada, mas extremamente respeitosa. Não me lembro das palavras agora, mas me lembro bem que por trás das frases pomposas havia um sentimento genuíno, que não pode ser fingido. Quando terminei de ler, encontrei seus olhos brilhantes, questionadores, e infantilmente impacientes, fixos em mim. Ela grudou os olhos em meu rosto e esperou com impaciência pelo que eu diria. Em poucas palavras e apressadamente, mas com uma espécie de alegria e orgulho, ela me explicou que tinha ido a um baile na casa de uma família de "pessoas muito boas, que não sabem de nada, absolutamente nada, pois ela só tinha chegado aqui há pouco tempo e tudo tinha acontecido... e que ela não tinha decidido ficar e iria embora assim que pagasse a sua dívida... e naquela festa estava o estudante com quem dançou a noite toda. Ele tinha conversado com ela e descobriu que a conhecia dos velhos tempos em Riga quando eram crianças, que tinham brincado juntos, mas há muito tempo, e ele conhecia os pais dela, mas sobre isso ele não sabia nada, nada e nem suspeitava! E no dia seguinte ao baile (há três dias) ele havia lhe enviado aquela carta através do amigo com quem ela tinha ido à festa... e... bem, isso é tudo."

Ela baixou os olhos brilhantes com uma espécie de timidez quando terminou de contar.

A pobre menina estava guardando a carta do estudante como um tesouro precioso, e tinha corrido para buscá-la, seu único tesouro, porque não queria que eu fosse embora sem saber que ela também era amada de forma honesta e genuína; que ela também foi tratada com respeito. Sem dúvida, aquela carta estava destinada a permanecer em sua caixa e não levar a nada. Contudo, estou certo de que a manteria durante a vida toda como um tesouro precioso, como seu orgulho e justificativa; e, naquele instante, lembrou-se da carta e a trouxe com um orgulho ingênuo, para se vangloriar diante dos meus olhos, para que eu a visse, para que eu também pensasse bem dela. Eu não disse nada, apertei-lhe a mão e saí. Queria tanto ir embora... caminhei até em casa, apesar do fato da neve úmida ainda cair em flocos pesados. Estava exausto, perturbado, perplexo. Mas, por trás da perplexidade, a verdade já brilhava. A abominável verdade.

VIII

Levou algum tempo, no entanto, até que eu reconhecesse essa verdade. Ao acordar de manhã, depois de algumas horas de sono pesado, e ao perceber imediatamente tudo o que tinha acontecido no dia anterior, fiquei espantado com o meu sentimentalismo na noite anterior em relação a Liza, com todas aquelas "lamentações de horror e piedade". "E pensar que tive um ataque de histeria feminina como esse, ora!", concluí. "E por que lhe dei meu endereço? E se ela vier? Deixe que venha, então, não importa..." Mas obviamente, esse não era o assunto mais importante nem o principal: eu tinha de me apressar e a todo custo salvar a minha reputação diante de Zverkov e Simonov o mais rápido possível; esse era o assunto principal. E eu fiquei tão ocupado naquela manhã que me esqueci completamente de Liza.

Antes de mais nada, tinha de pagar a Simonov o que tinha pedido emprestado no dia anterior. Resolvi tomar uma medida desesperada: pedir emprestado a Anton Antonitch 15 rublos. Por sorte, ele estava de bom humor naquela manhã, e me emprestou imediatamente, no primeiro pedido. Fiquei tão encantado com isso, que ao assinar o documento com um ar arrogante, contei a ele casualmente que na noite anterior "eu tinha farreado com alguns amigos no Hôtel de Paris; estamos dando uma festa de despedida a um camarada, na verdade, eu poderia dizer um amigo meu de infância, e você sabe – um libertino desesperado, terrivelmente mimado – é claro, ele pertence a uma boa família, e tem uma fortuna considerável, uma carreira brilhante; ele é espirituoso, encantador, um galanteador comum, entende; nós bebemos uma meia dúzia a mais e..."

E correu tudo bem; tudo isso foi dito com muita facilidade, sem constrangimento e complacência.

Ao chegar em casa, escrevi imediatamente a Simonov.

Até agora fico admirado quando me lembro do tom verdadeiramente cavalheiresco, bem-humorado e sincero da minha carta. Com habilidade e bons modos e, acima de tudo, sem palavras supérfluas, culpei-me por tudo o que tinha acontecido. Eu me defendi, "se ainda tenho direito de me defender", alegando que por estar totalmente desacostumado ao vinho, eu tinha ficado embriagado com a primeira taça, como eu disse, que tinha bebido antes de eles chegarem, enquanto eu os esperava no Hôtel de Paris, entre às 5 e 6 da tarde. Implorei especialmente o perdão de Simonov; pedi-lhe que transmitisse as minhas explicações aos outros, em especial Zverkov, a quem eu "tinha vaga lembrança" de ter insultado. Acrescentei que eu mesmo teria chamado todos eles, mas a minha cabeça doía, e além disso, não tinha coragem de olhá-los nos olhos. Fiquei particularmente satisfeito com certa leveza, quase descuido (estritamente dentro dos limites da polidez, no entanto), o que estava evidente no meu estilo, e que melhor do que quaisquer possíveis argumentos, deu-lhes a entender que eu tinha uma visão bastante independente de "tudo o que fora desagradável na noite passada"; que eu não estava, de forma alguma, tão completamente arrasado como vocês, meus amigos, provavelmente imaginavam; pelo contrário, olho para isso como um cavalheiro que serenamente se respeita olharia. "Sobre o passado de um herói nenhuma censura é lançada."

"Na verdade, há uma jocosidade aristocrática nisso!", pensei com admiração enquanto relia a carta. E tudo porque sou um homem intelectual e culto! Outro homem em meu lugar não saberia como se libertar, mas eu já me livrei e estou alegre como sempre, e tudo porque sou "um homem culto e educado da nossa época." E, de fato, talvez, tudo se devesse ao vinho de ontem. Hum... não, não foi o vinho. Não bebi nada entre às 5 e 6 horas, quando estava à espera deles. Eu tinha mentido para Simonov; tinha mentido descaradamente; e, na verdade, não estava envergonhado agora..., mas tanto faz, o importante é que eu me livrei.

Coloquei 6 rublos na carta, selei-a e pedi a Apollon para a levar a Simonov. Quando soube que havia dinheiro na carta, Apollon tornou-se mais respeitoso e concordou em levá-la. À noite, saí para dar um passeio. A minha cabeça ainda estava dolorida e zonza depois de ontem. Mas à medida que a noite chegou e o crepúsculo se tornou mais denso, minhas impressões e, em seguida, meus pensamentos, ficavam cada vez mais diferentes e confusos. Algo não estava morto dentro de mim, nas profundezas do meu coração e da minha consciência não morria, e mostrou-se em depressão aguda. Durante a maior parte do tempo, percorri as ruas comerciais mais lotadas, ao longo da rua Myeshtchansky, ao longo da rua Sadovy e no Jardim Yusupov. Eu particularmente sempre gostei de passear por essas ruas ao anoitecer, quando havia multidões de trabalhadores de todos os tipos indo para casa depois do trabalho, com rostos irritados de ansiedade. O que eu gostava era daquela agitação barata, desse prosaísmo simples. Nessa ocasião, a agitação das ruas irritou-me mais do que nunca. Não conseguia entender o que havia de errado comigo, não conseguia encontrar uma explicação, algo parecia agitar-se continuamente na minha alma, de forma dolorosa, e recusava-se a ser apaziguado. Voltei para casa completamente perturbado, era como se algum crime pesasse na minha consciência.

O pensamento de que Liza podia me visitar me preocupava continuamente. Pareceu-me estranho que esta, de todas as minhas recordações de ontem, me atormentasse, por assim dizer, especialmente, de maneira muito à parte. Todo o resto eu tinha conseguido esquecer até a noite; deixei tudo de lado e ainda estava perfeitamente satisfeito com a minha carta a Simonov. Mas, em relação à Liza, não estava nada satisfeito. Era como se eu só estivesse preocupado com ela. "E se ela vier", pensei incessantemente, "bem, não importa, que venha! Hum! Seria horrível se ela pudesse ver, por exemplo, como eu vivo. Ontem eu parecia um herói, enquanto agora... hum! É terrível que eu tenha deixado chegar a isto, o quarto parece o de um mendigo. E fui jantar vestindo tais trajes! E meu sofá de couro americano com o estofamento saindo. E o meu roupão, que não me cobrirá, esses farrapos, e ela verá tudo isto, e verá Apollon. Essa besta certamente a insultará. Ele implicará com ela para ser rude comigo.

E eu, é claro, entrarei em pânico, como de costume, começarei a me curvar diante dela e a puxar o roupão ao redor do corpo, vou começar a sorrir, a contar mentiras. Ah, que bestialidade! E é isso nem é o pior! Há algo mais importante, mais repugnante, mais vil! Sim, mais vil! E novamente vestir essa máscara desonesta, mentirosa!"

Quando cheguei a esse pensamento, explodi de uma vez.

"Por que desonesta? Como desonesta? Falei com sinceridade ontem à noite. Lembro que também havia um sentimento real em mim. O que eu queria era despertar nela um sentimento de honra... o choro dela foi uma coisa boa, terá um bom efeito."

Mas ainda assim não conseguia me sentir em paz. Durante toda aquela noite, mesmo quando voltei para casa, mesmo depois das 9 horas, quando calculei que Liza não poderia vir, ela ainda me assombrava, e o que era pior, ela voltava à minha mente sempre na mesma posição. De tudo o que tinha acontecido na noite anterior, um momento ficara vívido minha imaginação; o momento em que eu acendi um fósforo e vi o seu rosto pálido e distorcido, com o seu olhar de tortura. E que sorriso deplorável, artificial e distorcido ela tinha naquele momento! Mas eu não sabia até então, que quinze anos mais tarde eu ainda veria Liza na minha mente, sempre com o sorriso deplorável, distorcido e inapropriado que estava em seu rosto naquele minuto.

No dia seguinte, eu estava pronto de novo para achar tudo isso como uma bobagem, devido a nervos exaltados e, acima de tudo, ver tudo como um exagero. Sempre tive consciência desse meu ponto fraco, e às vezes tinha muito medo dele. "Eu exagero tudo, é aí que eu erro", repetia para mim mesmo toda hora. Mas, no entanto, "Liza provavelmente virá da mesma forma", foi o refrão com o qual terminava todas as minhas reflexões. Eu ficava tão apreensivo que às vezes ficava furioso:

– Ela virá, com certeza virá! – eu gritava, andando ao redor do quarto – se não hoje, amanhã; ela me encontrará! O maldito romantismo desses corações puros! Ah, a maldade... ah, a tolice... ah, a estupidez dessas "miseráveis almas sentimentais"! Ora, como não entender? Como alguém pode não entender?

Mas nesse momento eu mesmo parava, muito confuso, de fato.

E apenas poucas palavras, pouquíssimas palavras foram necessárias, pensei de passagem; como bastou pouco idílico (e um idílico forçado, livresco e artificial) para transformar uma vida inteira de acordo com a minha vontade. Isso é que é virgindade, com certeza! Solo intocado!

Às vezes ocorria-me um pensamento, ir até ela, para contar-lhe tudo, e implorar-lhe para não vir me visitar. Mas esse pensamento despertava tanta ira em mim que eu acreditava que esmagaria aquela "maldita" Liza se ela por acaso estivesse perto de mim na hora. Eu seria capaz de insultá-la, de cuspir nela, de expulsá-la, de feri-la!

Um dia se passou, no entanto, depois outro e outro; ela não veio, e eu comecei a ficar mais calmo. Sentia-me particularmente corajoso e alegre depois das 9 horas, às vezes até começava a sonhar, e de maneira um pouco doce: eu, por exemplo, me torno a salvação de Liza, simplesmente por ela vir até mim e por conversarmos... eu a transformo, a educo. Finalmente, reparo que ela me ama apaixonadamente. Eu finjo não entender (não sei, no entanto, por que finjo, apenas por efeito, talvez). Por fim, ela toda confusa, transformada, tremendo e soluçando, se joga aos meus pés e diz que sou o seu salvador, e que ela me ama mais do que tudo no mundo. Fico maravilhado, mas... "Liza", eu digo, "será que pensa que não notei o seu amor? Eu vi tudo, adivinhei, mas não me atrevi a me aproximar de você primeiro, porque eu tinha influência sobre você e temia que você se forçasse, por gratidão, a corresponder ao meu amor, a despertar em seu coração um sentimento talvez ausente, e eu não desejava isso... porque seria tirania... seria indelicado (neste momento, em suma, eu me dedicava à altivas sutilezas europeias, à la George Sand), mas agora, agora você é minha, é minha criação, é pura, boa, é minha nobre esposa".

*"Em minha casa, entre livre e corajosa,
Para ser dela, legítima senhora."*

Então passamos a viver juntos, ir para o exterior e assim por diante. Na verdade, parecia-me vulgar no final, e começava a mostrar a língua para mim mesmo.

Além disso, não a deixarão sair, "a atrevida!", pensei. Eles não as deixam sair muito facilmente, muito menos à noite (por alguma razão eu imaginei que ela viria à noite, e às 7 horas precisamente). Embora ela tenha dito que ainda não era uma escrava por completo lá e tinha certos direitos, então, quem sabe! Maldição, ela virá, certamente virá!

Ainda bem que Apollon distraiu minha atenção naquela época com sua grosseria. Ele gastava minha paciência! Ele era o flagelo da minha vida, a maldição lançada sobre mim pela Providência Divina. Discutíamos continuamente há anos, e eu o odiava. Meu Deus, como o odiava! Acredito que nunca odiei ninguém na minha vida como o odiava, especialmente em certos momentos. Ele era um homem idoso, digno, que trabalhara parte da vida como alfaiate. Mas por alguma razão desconhecida, ele me desprezava além de qualquer medida, e me olhava de forma insuportável. Embora, de fato, olhasse assim para todos. Só de olhar para aquela cabeça loira, de cabelos levemente escovados, para o tufo de cabelo que penteava na testa e untava com óleo de girassol, para aquela boca digna, comprimida no formato da letra V, tinha-se a sensação de estar diante de um homem que nunca duvidou de si mesmo. Ele era pedante, ao extremo, o maior pedante que já conheci na Terra, e além disso tinha uma vaidade digna de Alexandre da Macedônia. Ele era apaixonado por cada botão de seu casaco, por cada unha de seus dedos, completamente apaixonado por eles, e demonstrava isso! Em seu comportamento comigo, ele era um tirano perfeito, não me dirigia muito a palavra, e se por acaso me visse, me lançava um olhar firme, majestosamente autoconfiante e irônico, que me deixava, às vezes, furioso. Ele fazia seu trabalho com o ar de quem estava me fazendo um grande favor. Aliás, não fazia quase nada por mim e, de fato, não se sentia obrigado a fazer. Não havia dúvida de que ele me via como o maior tolo da face da Terra, e de que ele não se livrava de mim simplesmente porque podia receber um salário meu todo mês. Ele consentiu em não fazer nada por mim por 7 rublos ao mês. Muitos dos meus pecados deverão ser perdoados pelo que sofri com ele. O meu ódio chegou a tal ponto que, às vezes, seus passos quase me faziam ter convulsões. O que eu mais detestava era o chiado que fazia ao falar. Sua língua devia ser comprida demais ou algo do tipo, pois ele chiava continuamente, e parecia muito orgulhoso disso, imaginando que isso o tornava ainda mais digno. Ele falava em um tom lento, medido, com as mãos atrás das costas e os olhos fixos no chão. Ele me enfurecia sobretudo quando lia em voz alta os salmos para si atrás de sua divisória. Travei muitas batalhas por causa dessa leitura! Mas ele gostava muito de ler em voz alta à noite, em um tom lento, até mesmo cantado, como se estivesse lendo em um funeral. É interessante saber que foi assim que ele terminou: era contratado para ler salmos em velórios, e ao mesmo tempo mata ratos e faz graxa para sapatos. Mas naquela época eu não conseguia me livrar dele, era como se ele fosse quimicamente combinado com a minha existência. Além disso, nada o convenceria a me deixar. Eu não podia morar em quarto mobiliado: meu apartamento era a minha paz particular, minha casca, minha caverna, no qual eu me escondia do resto do mundo, e Apollon parecia para mim, por alguma razão, uma parte integral daquele lugar, e por sete anos não consegui expulsá-lo.

Atrasar dois ou três dias o seu salário, por exemplo, era impossível. Ele faria tanta algazarra, que eu não saberia onde me esconder. Mas eu estava tão exasperado com todos durante aqueles dias que decidi, por algum motivo e com algum objetivo, punir Apollon e não lhe pagar por quinze dias o salário que estava lhe devendo. Há muito tempo – nos últimos dois anos – tinha a intenção de fazer isso, simplesmente para ensiná-lo a não ser arrogante comigo e para lhe mostrar que, se eu quisesse, podia suspender seu salário. Propus-me a não falar sobre isso, e fiquei em silêncio de propósito, a fim de vencer seu orgulho e forçá-lo a ser o primeiro a mencionar seu salário. Então pegaria os 7 rublos de uma gaveta, mostraria a ele que guardei o dinheiro de propósito, mas que eu não pagaria, simplesmente não pagaria seu salário, não pagaria porque "não queria", porque "eu sou o patrão e cabe a mim decidir", porque ele tinha sido desrespeitoso e rude; mas que se ele pedisse com educação, eu poderia amolecer e lhe entregar o dinheiro, caso contrário, ele podia esperar outra quinzena, outras três semanas, um mês todo.

Mas por mais irritado que eu estivesse, ele ainda levou a melhor sobre mim. Não aguentei quatro dias. Ele começou pelo que sempre fazia em tais casos, pois já havia acontecido outras vezes, tais tentativas (e pode-se observar que eu sabia tudo isso de antemão, eu sabia de cor suas táticas desagradáveis). Ele começaria por lançar-me um olhar extremamente severo, mantendo-o durante vários minutos por vez, especialmente ao me encontrar ou ao me ver fora de casa. Se eu resistisse e fingisse não notar esses olhares, ele, ainda em silêncio, prosseguiria para as próximas torturas. De repente, sem motivo algum, ele entrava sem fazer barulho e com calma no meu quarto, quando eu estava andando para cima e para baixo ou lendo, ficava na porta, uma mão atrás das costas e um pé atrás do outro, e fixava em mim um olhar mais do que severo, totalmente desdenhoso. Se eu subitamente lhe perguntasse o que desejava, ele não respondia, mas continuava a me encarar com persistência por alguns segundos, então, comprimindo os lábios de forma peculiar e com um ar muito significativo, virava-se lentamente e voltava ao seu quarto. Duas horas depois, ele saía de novo e se apresentava diante de mim da mesma forma. Acontecia de, na minha fúria, eu nem sequer lhe perguntar o que ele queria, mas simplesmente levantar a minha cabeça de forma abrupta e imperiosa e começar a olhar para ele. Então, ficávamos nos olhando por dois minutos; finalmente, ele se virava com cautela e dignidade e desaparecia por duas horas.

Se isso tudo ainda não trouxesse de volta meu bom senso e eu continuasse a me rebelar, ele começava a suspirar enquanto me olhava, suspiros longos e profundos como se medisse por eles as profundezas da minha degradação moral e, é claro, terminava, por fim, com sua vitória triunfante: eu me enfurecia e gritava, mas ainda era forçado a fazer o que ele queria.

Desta vez, as manobras habituais mal tinham começado quando perdi a cabeça e me voltei furioso contra ele. Eu já estava irritado além do que podia suportar, mesmo sem ele.

– Espere – eu gritei, em um frenesi, enquanto ele estava se virava lentamente e em silêncio, com uma mão atrás das costas, para voltar ao seu quarto – Espere! Volte, volte aqui, eu lhe ordeno! – e devo ter gritado de forma tão estranha que ele se virou e até me olhou com certo espanto. No entanto, ele insistiu em não dizer nada, e aquilo me enfureceu.

– Como você se atreve a vir aqui e me olhar assim sem ter sido chamado? Responda-me!

Depois de me olhar com calma por meio minuto, ele começou a virar-se de novo.

– Pare! – berrei, correndo até ele – não se mexa! Vamos. Responda agora: o que você veio olhar?

— Se você tem alguma ordem para me dar é meu dever cumpri-la — respondeu ele, depois de outra pausa silenciosa, com um chiado lento, medido, levantando as sobrancelhas e girando calmamente a cabeça de um lado para o outro, tudo isso com uma compostura exasperante.

— Não é isso que estou lhe perguntando, seu torturador! — Gritei, ficando vermelho de raiva. — Vou dizer eu mesmo porque você veio até aqui: veja, não lhe paguei seu salário, você é tão orgulhoso que não quer se curvar e exigi-lo, então vem para me punir com seus olhares estúpidos, para me atormentar e você nem sus...pei...ta como isso é estúpido — estúpido, estúpido, estúpido!

Ele teria dado as costas sem dizer nada outra vez, mas eu o segurei.

— Ouça — gritei para ele. — Aqui está o dinheiro, veja, aqui está — tirei-o da gaveta da mesa — aqui estão os 7 rublos, mas você não os terá, você... não... os... terá... até que venha, com respeito e de cabeça baixa, pedir meu perdão. Está me ouvindo?

— Impossível — respondeu ele, com uma autoconfiança artificial.

— Assim será — eu disse — dou-lhe minha palavra de honra, assim será!

— Não tenho nada pelo que pedir perdão a você. — Continuou, como se não tivesse reparado nas minhas exclamações. — Além disso, chamou-me de "torturador", por isso posso convocá-lo na delegacia a qualquer hora, por insultar-me.

— Vá, convoque-me — berrei — vá de uma vez, neste instante, nesse mesmo segundo! Você é um torturador mesmo assim! Um torturador!

No entanto, ele apenas me olhou, em seguida deu-me as costas e, apesar dos meus gritos, caminhou de volta para o seu quarto com calma e sem olhar ao redor.

"Se não fosse por Liza nada disso teria acontecido", decidi internamente. Então, depois de aguardar um minuto, fui até o biombo de seu quarto com um ar digno e solene, embora meu coração batesse devagar, mas com violência.

— Apollon, — eu disse baixinho e enfaticamente, embora estivesse ofegante — vá de uma vez, sem demora, e busque o policial.

Nesse meio-tempo, ele já havia se acomodado à mesa, colocado os óculos e começado a costurar. Mas ao ouvir minha ordem, começou a gargalhar.

— De uma vez, nesse minuto! Vá, ou então nem imagina o que acontecerá.

— Você certamente está louco — observou ele, sem sequer levantar a cabeça, chiando como sempre e enfiando a linha na agulha. — Quem já ouviu falar de um homem que chama a polícia contra si mesmo? E quanto a ficar com medo, você está se chateando à toa, pois não acontecerá nada.

— Vá! — gritei, agarrando-o pelos ombros. Senti que o acertaria num minuto.

E nem notei que a porta da passagem se abrira naquele instante, devagar e sem fazer barulho, e que uma figura tinha entrado e permanecido ali, olhando-nos com perplexidade. Eu a olhei, quase desmaiei de vergonha e corri de volta ao quarto. Ali, agarrando meu cabelo com as mãos, encostei-me na parede e permaneci imóvel naquela posição.

Dois minutos depois ouvi os passos lentos de Apollon.

— Há uma mulher perguntando pelo senhor — disse ele, olhando-me com uma severidade peculiar. Então ele se afastou e deixou Liza entrar. Ele não queria ir embora e nos olhava com sarcasmo.

— Vá embora, vá embora — ordenei desesperado. Naquele momento, meu relógio começou a chiar e zumbir batendo 7 horas.

IX

"Em minha casa, entre livre e corajosa,
Para ser dela, legítima senhora."

Fiquei diante dela arrasado, cabisbaixo, revoltantemente confuso, e acredito que eu sorria enquanto tentava com todas as forças enrolar-me nas pontas do meu roupão esfarrapado — exatamente como havia imaginado a cena há pouco tempo em uma crise de depressão. Após ficar nos observando por alguns minutos, Apollon retirou-se, mas isso não me deixou mais à vontade. O que tornou tudo pior foi que ela também ficou constrangida e confusa, mais do que esperava, na verdade. Ao me ver, é claro.

— Sente-se — eu disse de forma mecânica, movendo uma cadeira até a mesa, e eu me sentei no sofá. Ela obedientemente sentou-se de uma vez e olhou para mim com os olhos arregalados, como se esperasse algo de mim de repente. Essa ingenuidade de expectativa me enfureceu, mas eu me contive.

Ela deveria ter tentado não reparar, como se tudo tivesse ocorrido como de costume, mas em vez disso, ela... eu senti que devia fazê-la pagar caro por tudo isto.

– Encontrou-me em uma situação estranha, Liza – comecei a falar, gaguejando, sabendo que essa era a maneira errada de começar. – Não, não, não imagine nada – exclamei, vendo que ela havia corado de repente. – Não tenho vergonha da minha pobreza, pelo contrário, olho com orgulho para ela. Sou pobre, mas honrado... é possível ser pobre e honrado – murmurei –, de qualquer modo... você gostaria de um chá?

– Não – ela começou.

– Espere um momento.

Saltei e corri até Apollon. Eu tinha de sair do quarto de alguma forma.

– Apollon – sussurrei com uma pressa febril, lançando diante dele os 7 rublos que haviam permanecido em minha mão o tempo todo – aqui está o seu salário, veja que lhe paguei; mas para isso deve me socorrer: traga-me chá e uma dúzia de torradas do restaurante. Se você não for, farei de você um homem miserável. Você não sabe o que essa mulher é... Isto é... ela é tudo! Deve estar imaginando algo..., mas você não sabe que mulher é essa!

Apollon, que já tinha se sentado e colocado seus óculos para trabalhar outra vez, a princípio olhou com desconfiança para o dinheiro sem dizer uma palavra ou baixar a agulha; em seguida, sem me dar a menor atenção ou responder qualquer coisa, ocupou-se novamente da agulha, que ainda não havia recebido linha. Esperei três minutos diante dele com os braços cruzados, à la Napoleão. Minhas têmporas estavam molhadas de suor. Eu estava pálido, podia sentir. Mas, graças a Deus, ele deve ter ficado com pena, ao me olhar.

Ao colocar a linha na agulha, ele se levantou da cadeira devagar, colocou-a no lugar devagar, tirou os óculos devagar, contou o dinheiro devagar e finalmente me perguntou por cima do ombro:

– Devo pegar uma porção inteira? – e devagar saiu do quarto. Quando estava voltando para Liza, ocorreu-me um pensamento: não seria melhor fugir assim como estava, de roupão, não importa para onde, e deixar as coisas acontecerem naturalmente?

Sentei-me de novo. Ela me olhou inquieta. Por alguns minutos ficamos em silêncio.

– Eu vou matá-lo – gritei de repente, golpeando a mesa com o meu punho, o que fez com que a tinta jorrasse do balcão.

– O que está dizendo? – ela gritou assustada.

– Vou matá-lo, vou matá-lo! – berrei, batendo de repente na mesa num frenesi absoluto, e percebendo ao mesmo tempo como era estúpido estar num frenesi tão grande. – Você não imagina, Liza, o que esse torturador é para mim. Ele é meu torturador... Ele foi agora mesmo buscar algumas torradas; ele...

E subitamente comecei a chorar. Era uma crise histérica. Como me senti envergonhado em meio a soluços, mas ainda assim não podia contê-los.

Ela estava aterrorizada.

– Qual o problema? O que tem de errado? – ela exclamou, agitando-se ao meu redor.

– Água, me dê água, está ali! – murmurei com uma voz fraca, embora tivesse consciência de que podia ter passado muito bem sem a água e sem murmurar com a voz fraca. Mas eu estava, como se diz, fingindo, para salvar as aparências, embora o ataque fosse genuíno.

Ela me deu a água, olhando-me com perplexidade. Naquele momento, Apollon chegou com o chá. De repente, pareceu-me que aquele chá vulgar e prosaico era indigno e desprezível depois de tudo o que tinha acontecido, e fiquei vermelho. Liza olhou para Apollon alarmada. Ele foi embora sem nem olhar para nós.

– Liza, você me despreza? – perguntei, olhando-a fixamente, tremendo de impaciência para saber o que ela estava pensando.

Ela estava confusa e não sabia o que responder.

– Beba seu chá – disse-lhe irritado. Eu estava furioso comigo, mas, é claro, era ela quem pagaria por isso. Um terrível rancor contra ela surgiu de repente em meu coração; acredito que poderia tê-la matado. Para vingar-me dela, jurei não lhe dirigir a palavra enquanto estivesse ali. "Ela é a causa de tudo", pensei.

Nosso silêncio durou cinco minutos. O chá ficou na mesa; não tocamos nele. Eu tinha chegado ao ponto de abster-me de começar a tomá-lo para envergonhá-la ainda mais, pois lhe era estranho começar sozinha.

Olhou-me várias vezes com uma perplexidade triste. Permaneci calado obstinadamente. Eu era, naturalmente, o maior sofredor, porque tinha total consciência da mesquinhez nojenta de minha estupidez desprezível, e ao mesmo tempo eu não podia me conter.

– Eu quero... sair... de lá, de uma vez – ela começou, para quebrar o silêncio de alguma forma, mas, pobre garota, era exatamente sobre isso que não devia ter falado em um momento tão estúpido para um homem tão estúpido quando eu. Meu coração doeu com pena por sua insensibilidade e franqueza desnecessária. Mas algo hediondo sufocou de imediato toda a minha compaixão; até me envenenou ainda mais. Não me importava com o que aconteceu. Passaram-se mais cinco minutos.

– Talvez eu esteja atrapalhando – disse com timidez, quase inaudível, e começou a se levantar.

Mas assim que vi esse primeiro impulso de dignidade ferida, tremi de rancor e de repente explodi.

– Por que veio até aqui, diga-me, por favor? – Comecei, ofegante, e sem pensar na ordem lógica das minhas palavras. Eu queria dizer tudo de uma vez, num impulso; nem me importei em como começar.

– Por que você veio? Responda, responda! – exclamei, sem saber o que estava fazendo. – Eu lhe direi, minha querida, por que você veio até aqui. Você veio porque lhe falei coisas sentimentais. E agora está como manteiga derretida e deseja novamente esses agradáveis sentimentos. Então você pode muito bem saber que eu estava rindo de você naquele dia. E estou rindo de você agora. Por que está tremendo? Sim, eu estava rindo de você. Eu tinha sido insultado pouco antes, no jantar, pelos companheiros que vieram antes de mim naquela noite. Eu cheguei até você, querendo esmurrar um deles, um oficial; mas não consegui, pois não o encontrei; tive de vingar o insulto em alguém para me recuperar; você apareceu, eu descontei minha raiva em você e ri de você. Eu tinha sido humilhado, então queria humilhar alguém; eu tinha sido tratado como um trapo, então queria mostrar meu poder... foi isso o que aconteceu, e você imaginou que eu tinha ido lá de propósito para salvá-la. Não foi? Você não imaginou isso?

Eu sabia que ela talvez ficasse confusa e não entendesse todos os detalhes, mas eu também sabia que ela compreenderia a essência de tudo, e muito bem. E foi o que aconteceu, de fato. Ela ficou branca como um lenço, tentou dizer alguma coisa e seus lábios se moveram dolorosamente; mas ela se afundou na cadeira como se tivesse sido derrubada por um machado. E durante todo o tempo depois ela me ouviu com os lábios entreabertos e os olhos arregalados, tremendo de terror. O cinismo, o cinismo das minhas palavras a deixaram espantada...

– Salvar você! – continuei a falar, saltando da cadeira e correndo para cima e para baixo no quarto diante dela. – Salvá-la do quê? Mas talvez eu seja pior do que você. Por que não me acertou na fuça quando eu estava lhe dando aquele sermão? "Mas por que você veio aqui? Veio para nos dar um sermão?" Poder, poder era o que eu queria no dia, brincar também, eu queria arrancar lágrimas de você, queria sua humilhação, sua histeria, era isso o que eu queria naquele dia! É claro, eu mesmo não consegui continuar porque sou uma criatura desprezível, estava assustado, e sabe lá Deus por que dei meu endereço a você. Depois, antes de chegar a casa, eu estava lhe xingando e amaldiçoando por conta do endereço, eu já a odiava pelas mentiras que havia lhe contado. Gosto de brincar com as palavras, de sonhar, mas sabe o que eu realmente quero? Que vocês todos vão para o inferno. É isso que eu quero. Eu quero paz; sim, eu venderia o mundo inteiro por um centavo para poder ficar em paz. Que o mundo vá para o brejo ou que eu fique sem meu chá? Digo que o mundo vá para o brejo desde que eu não fique sem o meu chá. Você sabia disso ou não? Seja como for, sei que sou um patife, um canalha, um egoísta, um preguiçoso. Aqui estou eu a tremer nos últimos três dias com a ideia da sua visita. E sabe o que mais me preocupou nesses três dias? Que me fiz passar por um herói para você, e agora você me vê com um roupão esfarrapado, miserável, repugnante. Eu disse a você agora mesmo que não me envergonhava da minha pobreza; pois saiba que eu tenho vergonha sim; tenho mais vergonha do que qualquer coisa, mais medo dela do que de ser encontrado se fosse um ladrão, porque eu sou tão vaidoso como se tivesse sido esfolado e respirar me causasse dor. A esta altura já deve ter percebido que nunca a perdoarei por ter me encontrado vestindo este roupão miserável, quando eu estava para avançar em Apollon como um canalha desprezível. O salvador, o antigo herói, estava atacando como um cão pastor sarnento seu lacaio, e o lacaio zombando dele! E nunca vou perdoá-la pelas lágrimas que não pude deixar de derramar diante de você, como uma tola mulher envergonhada. E pelo que estou lhe confessando agora, também nunca perdoarei você! Sim, deve responder por tudo isso por ter aparecido aqui, porque sou um patife, porque sou o mais nojento, estúpido, absurdo e mais invejoso de todos os vermes da terra, que não são melhores do que eu, mas, sabe-se lá porque, nunca são confundidos; enquanto eu serei sempre insultado por todos os seres desprezíveis, essa é a minha maldição! E o que importa se você não entende uma palavra do que digo. E o que me importa, o que me importa se você está ou não caindo em decadência naquele lugar? Você entende? Como vou odiá-la depois de dizer isso, porque estar aqui ouvindo. Ora, é apenas uma vez na vida que um homem fala assim, e depois fica histérico! O que mais você quer? Por que é que ainda me confronta, depois de tudo isso? Por que está me atormentando? Por que não vai embora?

Mas nesse momento uma coisa estranha aconteceu. Eu estava tão acostumado a pensar e fantasiar tudo, como nos livros, e a imaginar tudo no mundo exatamente como eu tinha inventado em meus sonhos, que eu não compreendi de imediato aquela estranha circunstância. O que aconteceu foi: Liza, insultada e arrasada por mim, compreendeu muito mais do que eu pensava. Ela entendeu de tudo aquilo que uma mulher entende de primeira, se sente um amor genuíno: eu era infeliz.

A expressão assustada e magoada em seu rosto deu lugar a um olhar de perplexidade e tristeza. Quando comecei a chamar-me de canalha e de patife, e as minhas lágrimas fluíram (o discurso foi acompanhado por lágrimas), todo o seu rosto se mexeu de forma convulsiva. Ela estava prestes a levantar-se e me impedir; quando terminei, ela não reparou na minha gritaria: "Por que está aqui, porque não vai embora?", pelo contrário, percebeu apenas que devia ter sido muito amargo para mim dizer tudo isso. Além disso, ela estava tão arrasada, pobre menina; se considerava infinitamente inferior a mim; como ela poderia sentir raiva ou ressentimento? De repente, ela saltou da cadeira com um impulso irresistível e estendeu as mãos, ansiando por mim, embora ainda tímida e não ousando se mexer... nesse momento, meu coração também se esmigalhou. Então, de repente, ela se atirou em mim, jogou os braços à minha volta e desatou a chorar. Eu também não pude me conter e chorei como nunca antes.

– Eles não me deixam... não posso ser bom! – consegui articular; em seguida fui até o sofá, caí de bruços e chorei nele por quinze minutos de forma histérica. Ela se aproximou de mim, abraçou-me e ficou imóvel naquela posição. Mas o problema era que a histeria não poderia durar para sempre, e (estou escrevendo a abominável verdade) deitado de bruços no sofá com meu rosto enfiado no desagradável travesseiro de couro, comecei, aos poucos, a tomar consciência da sensação distante e involuntária, mas irresistível, de que seria estranho levantar a cabeça e encarar Liza. Por que eu estava envergonhado? Não sei, mas eu estava. Surgiu-me também o pensamento de que nossos papéis estavam completamente trocados, de que agora ela era a heroína, enquanto eu era apenas uma criatura derrotada e humilhada como ela tinha sido na naquela noite – há quatro dias... e tudo isso passou pela minha mente durante os minutos em que eu estava deitado de bruços no sofá. Meu Deus! Certamente eu não a invejava na época.

Não sei, até hoje não consigo decidir, e na época, é claro, eu era ainda menos capaz de entender o que estava sentindo do que agora. Não posso viver sem dominar ou tiranizar ninguém, mas... não há como explicar nada através do raciocínio e por isso é inútil raciocinar.

Entretanto, recompus-me e ergui a cabeça; teria de levantá-la mais cedo ou mais tarde e estou convencido até hoje de que apenas porque eu tinha vergonha de encará-la que outro sentimento se acendeu e inflamou-se de repente no meu coração... um sentimento de domínio e posse. Os meus olhos brilharam de paixão, e eu apertei-lhe as mãos com força. Como a odiava e como me sentia atraído por ela naquele minuto! Um sentimento intensificava o outro. Era quase como um ato de vingança. A princípio, houve uma expressão de espanto e até mesmo de terror em seu rosto, mas apenas por um instante. Ela me abraçou calorosamente e com entusiasmo.

X

Quinze minutos depois eu estava correndo para cima e para baixo no quarto com uma impaciência frenética, de minuto em minuto eu ia até o biombo e espiava Liza através da fenda. Ela estava sentada no chão com a cabeça encostada na cama, e devia estar chorando. Mas ela não ia embora e isso me irritava. Desta vez ela compreendeu tudo. Eu finalmente a insultara, mas... não é preciso descrever. Ela percebeu que a minha explosão de paixão tinha sido apenas uma vingança, uma nova humilhação, e que ao meu ódio anterior, quase sem causa, acrescentara-se agora a um ódio pessoal, nascido da inveja... embora eu não afirme que ela entendeu tudo isso com clareza; mas ela certamente entendeu que eu era um homem desprezível, e o que era pior, incapaz de amá-la.

Sei que me dirão que isso é inacreditável, mas é inacreditável ser tão rancoroso e estúpido como eu era; podem acrescentar que era estranho que eu não a amasse ou, pelo menos, apreciasse seu amor. Por que é estranho? Em primeiro lugar, nessa época eu era incapaz de amar, pois repito, para mim, amar significava tiranizar e mostrar minha superioridade moral. Nunca em minha vida fui capaz de imaginar outro tipo de amor, e hoje cheguei ao ponto de, às vezes, pensar que o amor realmente consiste no direito – dado de forma livre pelo objeto amado – de tiranizá-lo.

Mesmo nos meus sonhos subterrâneos, nunca imaginei o amor de outra forma a não ser uma luta. Comecei sempre com ódio e terminei com subjugação moral, e depois nunca soube o que fazer com o objeto subjugado. E o que há de estranho nisso, se eu já tinha conseguido me corromper, se eu já estava tão distante da "vida real", a ponto de realmente ter pensado em repreender e envergonhar Liza por ter vindo até aqui pelos "sentimentos agradáveis"; e nem mesmo adivinhei que ela tinha vindo não pelos sentimentos agradáveis, mas para me amar, porque para uma mulher toda melhora, toda salvação de qualquer tipo entra em ruína, e toda renovação moral está incluída no amor e só pode se mostrar dessa forma.

Eu não a odiava tanto, no entanto, enquanto corria pelo quarto e a espreitava através da fenda no biombo. Eu só estava terrivelmente oprimido por sua presença ali. Queria que ela desaparecesse. Eu queria paz, queria ficar sozinho no meu mundo subterrâneo. A vida real, com a qual não estava costumado, me oprimia tanto que eu mal conseguia respirar.

Mas vários minutos se passaram e ela ainda continuava ali, sem se mexer, como se estivesse inconsciente. Tive a audácia de bater de leve no biombo como para lembrá-la... ela se assustou, levantou-se e correu para procurar o lenço, o chapéu e o casaco, como se quisesse fugir de... mim. Dois minutos depois, ela surgiu de trás do biombo e lançou-me um olhar pesado. Dei um sorriso maldoso, que foi forçado, entretanto, para manter as aparências, e me desviei do seu olhar.

– Adeus – disse ela, indo em direção à porta.

Corri até ela, agarrei sua mão, abri, enfiei-lhe alguma coisa e fechei-a outra vez. Então virei-me imediatamente e fugi com pressa para o outro canto do quarto para evitar ver, de qualquer forma...

Há pouco quis mentir, quis escrever que fiz isso sem querer, sem pensar no que estava fazendo, por pura tolice, por loucura. Mas não quero mentir, então confesso que abri sua mão e coloquei o dinheiro ali por... raiva. Surgiu-me essa ideia quando estava correndo para cima e para baixo no quarto e ela estava atrás do biombo. Mas isso posso dizer com certeza: embora tenha feito essa crueldade de propósito, não foi um impulso do coração, mas sim do meu cérebro maligno. Essa crueldade era tão falsa, tão inventada, tão mental e livresca, que eu não consegui sequer mantê-la por um minuto; primeiro saí apressado para evitar vê-la, e em seguida, por vergonha e desespero, corri atrás de Liza. Abri a porta na passagem e comecei a ouvir.

– Liza! Liza! – gritei na escada, mas em voz baixa, sem coragem.

Não houve resposta, mas imaginei ter ouvido seus passos, nos últimos degraus.

– Liza! – gritei, mais alto.

Nenhuma reposta. Mas naquele minuto ouvi a rígida porta de vidro exterior se abrir pesadamente com um rangido e bater com violência, o som ecoou escada acima.

Ela tinha ido embora. Voltei para o meu quarto hesitante. Sentia-me terrivelmente... oprimido.

Fiquei parado à mesa, ao lado da cadeira na qual ela havia se sentado, com o olhar perdido. Um minuto se passou, e de repente eu me assustei: diante de mim, na mesa, eu vi... uma nota azul amassada de 5 rublos, a que eu havia colocado em sua mão um minuto antes. Era a mesma nota; não podia ser outra, não havia outra no apartamento. Então ela havia conseguido lançá-la sobre a mesa no momento em que corri para o canto mais distante.

Bom, eu esperava que ela fizesse isso. Esperava mesmo? Não, eu era tão egoísta, respeitava tão pouco meus semelhantes que nem consegui imaginar que ela faria uma coisa dessas. Não pude suportar aquilo. Um minuto depois, apressei-me como um louco para me vestir, atirando sobre mim o que podia ao acaso, e corri desenfreadamente atrás dela. Ela não podia estar a duzentos passos de distância quando corri para a rua.

Era uma noite calma e a neve caía em massas, quase perpendicularmente, cobrindo o pavimento e a rua vazia como se fosse um travesseiro. Não havia ninguém na rua, não se ouvia nenhum som. Os lampiões da rua brilhavam de forma desconsolada e inútil. Corri duzentos passos até o cruzamento e parei de repente.

Para onde ela tinha ido? E por que eu estava correndo atrás dela? Por quê? Para cair diante dela, chorar de remorso, beijar-lhe os pés, implorar seu perdão. Eu desejava isso, meu peito estava sendo despedaçado, e nunca, nunca me recordarei daquele minuto com indiferença.

Mas, para quê? Pensei. Não deveria odiá-la amanhã mesmo talvez? Só porque lhe beijei os pés hoje? Deveria dar-lhe felicidade? Não reconheci nesse dia, pela centésima vez, o que eu valia? Não devia torturá-la?

Fiquei na neve, olhando para a escuridão agitada enquanto pensava nisso.

E não será melhor? Fantasiei depois em casa, abafando a dor excruciante do meu coração com devaneios fantásticos. "Não será melhor que ela carregue o ressentimento do insulto para sempre?" Ressentimento – ora, é purificação; é a consciência mais pungente e dolorosa. Amanhã mesmo eu contaminaria sua alma e exauriria seu coração, enquanto o sentimento de insulto nunca morrerá em seu coração, e por mais repugnante que seja a sujeira que a espera – o insulto a elevará e a purificará... pelo ódio... talvez pelo perdão também. Mas será que tudo isso tornará sua vida mais fácil?

E, de fato, eu mesmo faço uma pergunta desnecessária: o que é melhor, a felicidade barata ou o sofrimento sublime? Então, o que é melhor?

Foi nisso que pensei quando me sentei em casa naquela noite, quase morto com a dor na minha alma. Nunca experimentara tanto sofrimento e remorso, mas será que havia a menor dúvida, quando saí correndo de casa, de que eu voltaria na metade do caminho? Nunca mais encontrei Liza nem ouvi falar dela. Acrescento também que fiquei por muito tempo satisfeito com a frase sobre o benefício do ressentimento e do ódio, apesar de quase ter adoecido de miséria.

Mesmo agora, depois de tantos anos, esta é, de alguma forma, uma memória muito nociva. Eu tenho muitas memórias nocivas, mas... não será melhor encerrar minhas "Notas" aqui? Acredito que cometi um erro ao começar a escrevê-las, ao menos senti vergonha durante todo o tempo em que escrevi esta história; então, dificilmente é literatura, mas sim uma punição corretiva. Ora, contar longas histórias, mostrando como estraguei minha vida por meio do apodrecimento moral no meu canto, da falta de um ambiente adequado, do afastamento da vida real, e do rancor no subsolo, certamente não seria interessante; um romance precisa de um herói e todas as características de um anti-herói estão explicitamente reunidas aqui, e o mais importante, tudo produz uma impressão desagradável, pois estamos distantes da vida, estamos todos feridos, alguns mais, outros menos. Estamos tão distantes que sentimos, às vezes, uma espécie de aversão pela vida real e, portanto, não suportamos que alguém nos lembre dela. Ora, quase vemos a vida real como um esforço, quase como um trabalho árduo, e todos concordamos, ainda que em particular, que ela é melhor nos livros. E por que reclamamos e nos enfurecemos às vezes? Por que somos perversos e pedimos algo mais? Nós mesmos não sabemos. Seria pior para nós se as nossas orações petulantes fossem atendidas. Venha, tente, dê a qualquer um de nós, por exemplo, um pouco mais de independência, desamarre nossas mãos, amplie nossas áreas de atividade, relaxe o controle e nós... sim, garanto-lhes... imploraremos para estarmos sob controle imediatamente. Sei que ficarão muito irritados comigo por isso, e começarão a gritar e a bater os pés. "Fale por você mesmo", dirão, "e por suas misérias em seu buraco subterrâneo, e não se atreva a dizer que todos nós". desculpem-me, senhores, eu não estou me justificando quando digo "todos nós". E no que me diz respeito, só levei ao extremo em minha vida aquilo que vocês não ousaram carregar até a metade do caminho, e além disso, acharam que sua covardia era bom senso e encontraram conforto em se enganar. De modo que, no fim das contas, talvez haja mais vida em mim do que em vocês. Observem com mais atenção! Ora, não sabemos nem mesmo o que significa viver agora, o que é e como se chama? Deixem-nos sozinhos, sem livros, e ficaremos perdidos e confusos imediatamente. Não saberemos a que nos unir, a que nos agarrar, o que amar e o que odiar, o que respeitar e o que desprezar. Somos oprimidos por sermos pessoas – pessoas com corpo e sangue próprios e reais, temos vergonha disso, pensamos que é uma desonra e tentamos ser uma espécie de pessoas generalizadas que é impossível. Somos natimortos, e por gerações passadas foram gerados, não por pais vivos, e isso nos agrada cada vez mais. Estamos tomando gosto por isso. Em breve, tentaremos nascer, de alguma forma, a partir de uma ideia. Mas já basta; não quero mais escrever do "Subsolo".

[As notas deste paradoxalista não terminam aqui, no entanto. Ele não conseguiu se conter e as continuou, mas nos parece que podemos parar por aqui.]

Um Coração Fraco

Sob o mesmo teto, do mesmo apartamento, no mesmo quarto andar viviam dois jovens colegas de serviço, Arkady Ivanovitch Nefedevitch e Vasya Shumkov... O autor sente a necessidade, é claro, de explicar ao leitor por que o nome de um é escrito por completo e o do outro abreviado, de tal modo que esta apresentação não seja considerada imprópria e muito familiar. Mas, para isso, seria necessário primeiro explicar e descrever a posição, os anos, a vocação e as funções no trabalho, e até mesmo, o caráter dos personagens envolvidos; e como há muitos escritores que começam dessa maneira, o autor desta história proposta, apenas para ser diferente deles (ou seja, algumas pessoas talvez digam que é apenas por causa de sua vaidade sem limites), decide começar imediatamente com a ação. Ao completar a introdução, ele começa.

Por volta das 6 horas da véspera de Ano-Novo, Shumkov voltou para casa. Arkady Ivanovitch, que estava deitado na cama, acordou e olhou para o amigo com os olhos semicerrados. Ele percebeu que Vasya vestia sua melhor calça e uma camisa muito limpa. Aquilo, é claro, impressionou-o. "Onde Vasya foi assim? Ele também não almoçou em casa!" Enquanto isso, Shumkov havia acendido uma vela, e Arkady Ivanovitch percebeu de imediato que seu amigo pretendia acordá-lo "acidentalmente". Vasya, de fato, pigarreou duas vezes, andou para cima e para baixo no quarto e, por fim, quase sem querer, deixou escapar de suas mãos o cachimbo que havia começado a encher no canto perto do fogão. Arkady Ivanovitch riu consigo mesmo.

— Vasya, pare de fingir — disse ele.
— Arkasha, não está dormindo?
— Não posso dizer com certeza; mas parece que não estou.
— Ah, Arkasha! Como você está, caro rapaz? Ah, meu irmão! Meu irmão! Você não sabe o que tenho para lhe contar!
— Certamente não sei; aproxime-se.

Como se esperasse por isso, Vasya foi até ele imediatamente, sem antecipar, no entanto, a traição de Arkady Ivanovitch. O outro agarrou-o com muita habilidade pelos braços, virou-o, segurou-o no chão e começou a "estrangular" sua vítima, como se diz, e aparentemente esse evento proporcionou ao alegre Arkady Ivanovitch uma grande satisfação.

— Foi pego! — exclamou ele. — Pego!
— Arkasha, Arkasha, o que é isso? Solte-me. Pelo amor de Deus, solte-me, vou amassar minha casaca!
— Como se isso importasse! O que você quer com uma casaca? Por que estava tão confiante a ponto de se colocar em minhas mãos? Diga-me, onde esteve? Onde você almoçou?
— Arkasha, pelo amor de Deus, solte-me!
— Onde você almoçou?
— Ora, é sobre isso que eu quero lhe contar.
— Diga logo, então.
— Mas primeiro me solte.
— Nada feito, não solto até que me conte!
— Arkasha! Arkasha! Você não entende? Eu não posso... É totalmente impossível! — gritou Vasya, contorcendo-se impotente nas garras poderosas de seu amigo — você sabe que há certos assuntos...
— Como assim assuntos...?
— Ora, assuntos dos quais não se pode falar em tal posição sem perder a dignidade; é totalmente impossível; tornaria o assunto ridículo, e este não é ridículo, é importante.
— Veja, ele gosta de ser importante! Isso é novo! Conte-me de um jeito que me faça rir, é assim que deve me contar; não quero nada de importante, ou então não é meu amigo de verdade. Você se acha um bom amigo? Hein?
— Arkasha, eu não posso!
— Bem, não quero saber.

— Arkasha! — começou Vasya, deitando-se na cama e fazendo o máximo para colocar toda a dignidade possível em suas palavras. — Arkasha! Se quiser, eu lhe conto; apenas...

— E então?

— Bem, estou prestes a me casar!

Sem proferir uma palavra, Arkady Ivanovitch pegou Vasya em seus braços como um bebê, embora este não fosse pequeno de forma alguma, mas sim comprido e magro, e começou a carregá-lo habilmente pelo quarto, fingindo que queria fazê-lo dormir.

— Vou colocá-lo nas fraldas, Senhor Noivo — dizia ele. Mas vendo que Vasya ainda estava em seus braços, sem se mexer ou dizer nada, pensou melhor na hora, e percebendo que a piada havia ido muito longe, colocou-o de pé no meio do quarto e o beijou na bochecha da maneira genuína e amigável.

— Vasya, não está zangado?

— Arkasha, ouça...

— Não fique, é véspera de Ano-Novo.

— Ah, eu estou bem; mas por que você é tão doido, tão cabeça de vento? Quantas vezes eu já lhe disse: Arkasha, não tem graça, não tem graça nenhuma!

— Ah, então não está zangado?

— Estou bem, eu lá fico zangado com alguém? Mas você me magoou, entendeu?

— Mas como eu te magoei? De que maneira?

— Vim até você como um amigo, de coração cheio, para abrir minha alma a você, para lhe contar da minha felicidade.

— Que felicidade? Por que não conta?

— Bem, eu vou me casar! — respondeu Vasya aborrecido, pois estava um pouco irritado.

— Você! Você vai se casar! De verdade? — Arkasha gritou a plenos pulmões. — Não, não, mas o que é isso? Ele fala assim e suas lágrimas caem... Vasya, meu pequeno Vasya, não, meu filho! É verdade, então? — E Arkady Ivanovitch correu para abraçá-lo de novo.

— Bem, vê agora o porquê? — disse Vasya — Você é gentil, é claro, um bom amigo, eu sei disso. Vim até você com tanta alegria, tanto êxtase, e, de repente, tenho de revelar toda a alegria do meu coração, todo meu êxtase lutando na cama, de uma maneira indigna... entende, Arkasha – Vasya continuou, dando risada. – Viu, fez parecer cômico, e em certo senso, eu não pertencia a mim mesmo naquele momento. Não podia deixar isso ser desprezado. Além disso, se você tivesse me perguntado o nome dela, eu juro, teria me matado antes que eu lhe dissesse.

– Mas Vasya, por que não disse nada? Deveria ter me contado tudo antes e eu não teria feito papel de bobo! – exclamou Arkady Ivanovitch num desespero genuíno.

– Está bem, já é o bastante! É assim que é. Você sabe de onde vem tudo isso – eu tenho um bom coração. O que me aborrece é que não pude lhe contar como gostaria, deixando você feliz e alegre, contando com gentileza e introduzindo meu segredo a você de uma maneira adequada. É sério, Arkasha, eu o amo tanto que acredito que se não fosse por você eu não estaria me casando e, na verdade, não estaria vivendo neste mundo de forma alguma!

Arkady Ivanovitch, que era sentimental até demais, chorou e riu ao mesmo tempo ao ouvir Vasya. O amigo fez o mesmo. Ambos correram para se abraçar mais uma vez e esquecer o passado.

– Mas como foi, como foi? Conte-me tudo sobre isso, Vasya! Estou atônito, desculpe-me, meu irmão, mas estou extremamente atônito; como se atingido por um raio, meu Deus! Besteira, tolice, irmão, você inventou tudo isso, você inventou mesmo, é tudo lorota! – Disse Arkady Ivanovitch, e ele realmente olhou para o rosto de Vasya com uma incerteza genuína, mas ao ver a confirmação radiante da intenção positiva de casar-se o mais rápido possível, jogou-se na cama e começou a rolar de um lado para o outro em êxtase até as paredes tremerem.

– Vasya, sente-se aqui – disse finalmente, sentando-se na cama.

– Eu não sei de fato, irmão, por onde começar!

Eles se olharam entusiasmados.

– Quem é ela, Vasya?

– Da família Artemyevs... – Vasya pronunciou em uma voz trêmula de emoção.

– Jura?

– Bem, eu lhe falei deles no início, mas então calei a boca, e você nem notou. Ah, Arkasha, se você soubesse como foi difícil esconder isso de você; mas eu estava com medo, medo de falar! Pensei que tudo daria errado, e você sabe que eu estava apaixonado, Arkasha! Meu Deus, meu Deus! Veja, esse era o problema – ele começou, parando várias vezes por conta da agitação – ela tinha um pretendente um ano atrás, mas ele de repente foi ordenado para outro lugar; eu o conhecia – era um sujeito decente, Deus o abençoe. Muito bem, ele não escreveu mais, simplesmente desapareceu. Eles esperaram e esperaram, perguntando-se o que aquilo significava. Quatro meses atrás, ele de repente voltou casado e nunca colocou os pés na casa deles. Foi uma grosseria, uma vergonha! E não tinham ninguém que os defendesse. Ela chorou e chorou, pobrezinha, e eu me apaixonei por ela... na verdade, eu já estava apaixonado por ela há tempos, estive apaixonado o tempo todo. Comecei a confortá-la, e sempre ia lá. Eu realmente não sei como tudo aconteceu, apenas que ela passou a me amar; uma semana atrás não pude me conter, chorei, solucei e lhe contei tudo... que eu a amava... tudo, de fato. "Estou pronta para amá-lo também, Vassily Petrovitch, mas sou uma pobre mulher, não zombe de mim; não me atrevo a amar ninguém." Você entende, irmão? Entende? Com isso ficamos noivos na hora. Fiquei pensando e pensando sem parar, disse-lhe: "Como vamos contar para sua mãe?". Ela respondeu: "Será difícil, espere um pouco; ela tem medo, e talvez agora não permita que você me tenha; ela fica chorando também". Sem lhe contar, eu conversei com sua mãe hoje. Lizanka caiu de joelhos diante dela e eu também... e ela nos deu sua bênção. Arkasha, Arkasha! Meu querido amigo! Viveremos juntos. Não me separo de você por nada.

– Vasya, por mais que eu escute, não posso acreditar. Não acredito nisso, juro. Continuo sentindo como se... Ouça, como você pode estar prestes a se casar? Como é que eu não sabia disso, hein? Sabe, Vasya, vou lhe confessar algo. Eu mesmo estava pensando em me casar; mas como agora é você quem vai se casar, é tão bom quanto! Seja feliz, seja feliz!

– Irmão, sinto-me tão leve agora, há tanta doçura na minha alma! – disse Vasya, levantando-se e caminhando animado pelo quarto. – Você não sente o mesmo? Seremos pobres, é claro, mas seremos felizes; e você sabe que não é uma fantasia; nossa felicidade não é um conto de fadas, seremos felizes na realidade!

– Vasya, Vasya, ouça!

– O quê? – disse Vasya, parando diante de Arkady Ivanovitch.

– Uma ideia me ocorreu; estou com medo de lhe contar... Perdoe-me, e tire minhas dúvidas. Do que você vai viver? Sabe que estou muito feliz que vai se casar, é claro, estou encantado, e não sei nem o que fazer comigo mesmo, mas... do que você vai viver? Hein?

– Ah, céus! Que belo amigo você é, Arkasha! – disse Vasya, olhando para Nefedevitch muito surpreso. – O que quer dizer com isso? Nem mesmo a mãe dela, nem ela pensou nisso por dois minutos quando eu lhe contei tudo. É melhor você perguntar do que eles vivem! Dividem 500 rublos por ano entre os três, a pensão, que é tudo o que têm, desde que o pai morreu. Ela, a mãe e o irmãozinho, cuja escola também é paga com aquele dinheiro, é assim que eles vivem! Somos eu e você os capitalistas! Em alguns anos bons chega a setecentos para mim!

– Perdoe-me, Vasya, eu realmente... você sabe que eu... Estou apenas pensando em como evitar que as coisas deem errado. O que você quer dizer com setecentos? São apenas trezentos.

– Trezentos! E Yulian Mastakovitch? Você se esqueceu dele?

– Yulian Mastakovitch? Mas sabe que isso é incerto, irmão; não é a mesma coisa que os 300 rublos seguros do salário, em que cada rublo é um amigo em quem pode confiar. Yulian Mastakovitch, é claro, é um grande homem, na verdade, eu o respeito, o entendo, embora esteja tão acima de nós; e, por Deus, eu o adoro, porque ele gosta de você e lhe paga mais pelo trabalho, quando podia não lhe pagar e sim simplesmente ordenar que outro funcionário trabalhasse para ele, mas você concorda, Vasya? Deixe-me dizer também, que não estou falando bobagens. Eu admito que em toda São Petersburgo não encontrará uma caligrafia como a sua, admito isso – concluiu Nefedevitch, com entusiasmo – Mas Deus me livre! Você pode desagradá-lo, pode deixá-lo insatisfeito, seu trabalho com ele pode acabar, ele pode escolher outro funcionário, pode acontecer qualquer coisa na verdade! sabe, Yulian Mastakovitch pode estar vivo hoje e morrer amanhã.

– Bem, Arkasha, o teto pode desabar sobre nossas cabeças neste instante.

– Ah, é claro, é claro, não quer dizer nada.

– Mas ouça, escute o que eu tenho a dizer... sabe, não sei como ele faria sem mim... Não, escute o que tenho a dizer, escute! Veja, eu cumpro todos os meus deveres com pontualidade; você sabe como ele é gentil, Arkasha, ele me deu 50 rublos de prata hoje!

– Deu mesmo, Vasya? Um bônus para você?

– Sim, um bônus de fato, saiu do próprio bolso. Ele disse: "Ora, você não recebe há cinco meses, meu caro, tome aqui se quiser; obrigado, estou satisfeito com seu trabalho". Sim, de verdade! "Sim, você não trabalha para mim de graça", ele disse. Foi o que ele disse, exatamente. Me vieram lágrimas aos olhos, Arkasha. Meu Deus, sim!

– Vasya, você terminou de copiar aqueles papéis?

– Não, ainda não terminei.

– Vasya! Meu anjo! O que você tem feito?

– Ouça, Arkasha, não tem problema, ainda faltam dois dias, tenho tempo suficiente.

– Como você ainda não terminou?

– Está tudo bem, tudo bem. Você me olha tão horrorizado que me vira do avesso, e meu coração dói. Sempre me critica assim! Está sempre gritando: Ah, ah, ah! Apenas considere, qual o problema? Ora, eu os terminarei, é claro que terminarei.

– E se não terminar? – perguntou Arkady, saltando da cama – e ele lhe pagou hoje. E você vai se casar... tsc, tsc, tsc!

– Tudo bem, tudo bem! – exclamou Shumkov – já vou me sentar, me sentarei neste minuto.

– Como conseguiu sair, Vasya?

– Ah, Arkasha! Como poderia me sentar para trabalhar? Eu estava em condições? Mesmo na repartição eu mal podia ficar parado, mal aguentava as batidas do meu coração. Ah! Ah! Agora vou trabalhar a noite toda, e amanhã à noite e na noite seguinte também, e aí termino.

– Ainda falta muito?

– Não me atrapalhe, pelo amor de Deus, não me atrapalhe; segure a língua.

Arkady Ivanovitch foi na ponta dos pés até a cama e se sentou, em seguida quis se levantar, mas desistiu logo pois poderia atrapalhá-lo, embora fosse difícil parar quieto de tanta emoção; era evidente que as notícias o haviam perturbado e a primeira sensação de alegria ainda não tinha passado. Ele olhou para Shumkov; este o olhou de volta, sorriu e balançou o dedo para ele; depois, franzindo a testa (como se toda a sua energia e sucesso de seu trabalho dependesse disso), fixou os olhos nos papéis. Parecia que ele também não conseguia dominar suas emoções; ficava trocando de caneta, remexendo-se na cadeira, reorganizando as coisas e preparando-se para trabalhar de novo, mas sua mão tremia e se recusa a se mexer.

– Arkasha, falei de você para eles – ele exclamou de repente, como se tivesse acabado de se lembrar.

– Sim – disse Arkasha – eu estava querendo mesmo lhe perguntar sobre isso. E então?

– Bem, eu lhe contarei tudo depois. É claro, é culpa minha, mas eu não queria dizer nada até ter escrito quatro páginas, mas pensei em você e neles. Eu realmente não consigo escrever, irmão, fico pensando em você.

Vasya sorriu. Um silêncio seguiu-se.

– Credo! Que pena horrível – exclamou Shumkov, largando-a em cima da mesa irritado. Pegou outra.

– Vasya, ouça! Só uma palavrinha...

– Bem, apresse-se, e pela última vez.

– Ainda falta muito?

– Ah, irmão! – Vasya franziu a testa, como se não houvesse nada mais terrível e mortal no mundo inteiro do que tal questão. – Muito, até demais.

– Sabe de uma coisa, tive uma ideia...

– Qual?

– Ah, esqueça, esqueça; continue a escrever.

– Ora, qual? Qual ideia?

– Já passa das 6, Vasya.

Nesse momento Nefedevitch sorriu e piscou maliciosamente para Vasya, embora com certa timidez, sem saber como Vasya reagiria.

– Então, o que é? – perguntou Vasya, baixando a pena, olhando diretamente para ele e ficando pálido de animação.

– Sabe de uma coisa?

– Pelo amor de Deus, o que é?

– Digo, você está muito animado, não conseguirá fazer muita coisa... espera, espera, espera. Já sei, já sei, ouça – disse Nefedevitch, pulando da cama de empolgação, impedindo Vasya de falar e fazendo o máximo para evitar as objeções – primeiro de tudo, você deve ficar calmo, deve se recompor, não deve?

– Arkasha, Arkasha! – gritou Vasya, pulando de sua cadeira – eu vou trabalhar a noite toda, vou mesmo.

– É claro, é claro, não irá dormir até que seja dia.

– Não dormirei, não dormirei de jeito nenhum.

– Não, isso não adianta; você deve dormir, vá dormir às 5. Eu te chamarei às 8. Amanhã é feriado, você pode sentar e rabiscar o dia todo... então à noite e... mas você ainda falta muito para fazer?

– Sim, veja, veja!

– Vasya mostrou o manuscrito, tremendo de animação e expectativa – Veja!

– Eu digo, irmão, não é muito.

– Meu caro amigo, ainda há mais alguns – disse Vasya, olhando timidamente para Nefedevitch, como se a decisão de ir ou não dependesse dele.

– Mas quanto?

– Duas assinaturas.

– Ah, não é nada. Ouça, vou lhe dizer algo. Teremos tempo para terminar isso, por Deus, que teremos!

– Arkasha!

– Vasya, ouça! Hoje, na véspera de Ano-Novo, todos estão em casa com suas famílias. Você e eu somos os únicos sem casa e sem parentes... Ah, Vasya!

Nefedevitch segurou Vasya e o abraçou com força.

– Arkasha, está resolvido.

– Vasya, rapaz, eu só queria dizer isso. Vasya, ouça, seu perna-torta, ouça...

Arkady parou, com a boca aberta de tanta alegria. Vasya segurou-o pelos ombros, olhou-o nos olhos e mexeu a boca, como se quisesse falar por ele.

– Muito bem – conseguiu falar por fim. – Apresente-me a eles hoje.

– Arkady, vamos até lá para tomar chá. Façamos o seguinte. Não ficaremos até o Ano-Novo, voltaremos para casa mais cedo – exclamou Vasya, com uma inspiração genuína.

– Isso, ficaremos por duas horas, nem mais nem menos.

– E então nos despediremos até que eu tenha terminado.

– Vasya!

– Arkady!

Três minutos depois Arkady vestia suas melhores roupas. Vasya não fez nada além de pentear-se, pois estava com tanta pressa de trabalhar que nem trocara as calças.

Saíram apressados para a rua, cada um mais contente que o outro. O caminho ia de Petersburgo até Kolomna. Arkady Ivanovitch caminhava com ousadia e determinação, e só pelos seus passos podíamos ver como estava feliz por seu amigo, que estava cada vez mais radiante de felicidade. Vasya caminhava com passos curtos, embora seu comportamento não fosse menos digno. Arkady Ivanovitch, de fato, nunca o havia visto tão bem. Naquele momento até sentiu mais respeito por ele, e a deficiência física de Vasya, da qual o leitor ainda não sabe (Vasya tem uma deformidade), que sempre despertou um sentimento de simpatia no coração gentil de Arkady Ivanovitch, contribuiu para a ternura profunda que este sentia por ele agora, uma ternura da qual Vasya era digno em todos os sentidos. Arkady Ivanovitch estava prestes a chorar de felicidade, mas se controlou.

– Para onde você está indo, para onde, Vasya? É mais perto por aqui – disse ele vendo que Vasya caminhava na direção de Voznesenky.

– Fique calado, Arkasha.

– É realmente mais perto, Vasya.

– Sabe o que é, Arkasha? – Vasya começou misteriosamente, com uma voz trêmula de alegria – Quero levar para Lizanka um presentinho.

– Que tipo de presente?

– Aqui na esquina, irmão, fica a loja da Senhora Leroux, uma loja maravilhosa.

– Ah, sim.

– Um chapéu, meu caro, um chapéu; vi um chapéu tão charmoso hoje. Eu perguntei, e me disseram que é um Manon Lescaut, um item adorável. Com laços cor cereja, e se não for caro... Arkasha, mesmo se for caro.

– Acho que você está acima de qualquer poeta, Vasya. Vamos!

Continuaram andando e dois minutos depois estavam na loja. Foram recebidos por uma francesa de olhos negros e cabelos cacheados, que, desde o primeiro olhar para os seus clientes, ficou tão feliz e contente quanto eles, até mais, se podemos dizer. Vasya estava pronto para beijar Senhora Leroux de tanto deleite...

– Arkasha – disse ele em voz baixa, lançando um olhar casual para todos os itens grandes e bonitos em pequenos suportes de madeira em uma mesa enorme – que adoráveis! O que é aquilo? O que é isso? Este, por exemplo, adorável, está vendo? – Vasya cochichou, apontando para um charmoso chapéu ao longe, que não era o que ele desejava comprar, porque já tinha avistado e fixado o olhar, a distância, no verdadeiro e famoso que estava na outra ponta. Ele o olhou de tal maneira que poderiam pensar que alguém o roubaria, ou como se o próprio chapéu fosse criar asas e voar apenas para evitar que Vasya o obtivesse.

– Veja – disse Arkady Ivanovitch, apontando para outro – acho que aquele é melhor.

– Bem, Arkasha, isso lhe dá crédito; começo a respeitá-lo pelo seu gosto – disse Vasya, recorrendo à astúcia com Arkasha, na ternura de seu coração – o chapéu que escolheu é charmoso, mas venha por aqui.

– Onde há um melhor, irmão?

– Veja, por aqui.

– Este? – disse Arkady com dúvida.

Mas quando Vasya, incapaz de se conter por mais tempo, tirou-o do suporte do qual parecia voar espontaneamente, como se encantado por cair finalmente nas mãos de um bom cliente, e eles ouviram o farfalhar de seus laços, babados e rendas, um choro inesperado de deleite saiu do poderoso peito de Arkady Ivanovitch. Até Senhora Leroux, enquanto mantinha sua dignidade incontestável e preeminência em questões de gosto, e permanecendo muda de condescendência, recompensou Vasya com um sorriso de aprovação total; tudo em seu olhar, gestos e sorriso diziam de uma vez só: "Sim, você escolheu bem e é digno da felicidade que o aguarda".

– Ele tem usado seus charmes em uma reclusão tímida – disse Vasya, transferindo seus sentimentos ternos ao elegante chapéu. – Você esteve se escondendo de propósito, seu espertinho! E ele o beijou, ou melhor, beijou o ar que o cercava pois tinha medo de tocar seu tesouro.

– Tímido como os verdadeiros valores e virtudes – acrescentou Arkady entusiasmado, citando de forma humorada um quadrinho que tinha lido de manhã. – E então, Vasya?

– Hurra, Arkasha! Você está divertido hoje. Prevejo que causará uma sensação, como dizem as mulheres. Senhora Leroux, Senhora Leroux!

– Do que gostaria?

– Querida senhora Leroux... – A senhora Leroux olhou para Arkady Ivanovitch e sorriu de forma condescendente.

– Não acreditaria em como eu lhe adoro neste momento... Permita-me dar-lhe um beijo – E Vasya beijou a lojista.

Ela certamente precisava de toda a sua dignidade para manter a postura com aquele louco naquele momento. Mas eu afirmo que a cortesia e a graça inatas e espontâneas com as quais a senhora Leroux recebeu o entusiasmo de Vasya foram igualmente apropriadas. Ela o perdoou, e com que tato, com que graciosidade, ela soube se comportar em tais circunstâncias. Como ela podia ficar zangada com Vasya?

– Quanto custa, senhora Leroux?

– Cinco rublos de prata – respondeu ela, endireitando-se com um novo sorriso.

– E este, senhora Leroux? – perguntou Arkady Ivanovitch, apontando para o de sua escolha.

– Esse é 8 rublos.

– Ah, veja bem, veja bem! Diga, senhora Leroux, diga-me qual é mais bonito, mais elegante, mais charmoso, qual deles mais lhe convém?

– O segundo é mais rico, mas sua escolha *c'est plus coquet*.

– Então o levaremos.

A senhora Leroux pegou uma folha de papel muito delicada, prendeu-a e, junto ao chapéu, a folha parecia ainda mais leve do que sozinha. Vasya pegou o embrulho com cuidado, quase segurando a respiração, fez uma reverência a senhora Leroux, disse-lhe outras palavras educadas e deixou a loja.

– Eu sou um Don Juan, nasci para ser um Don Juan – disse Vasya, dando uma risada baixinha e nervosa, enquanto desviava dos transeuntes, de quem suspeitava que queriam esmagar seu precioso chapéu.

– Ouça, Arkady, irmão – ele começou um minuto depois, e havia uma nota de triunfo, de afeto infinito em sua voz. – Arkady, eu estou tão feliz, tão feliz.

– Vasya! Como estou contente, rapaz!

– Não, Arkasha, não. Eu sei que não há limite para o seu carinho por mim; mas você não pode estar sentindo uma centésima parte do que eu estou sentindo neste momento. Meu coração está tão cheio, tão cheio! Arkasha, eu não sou merecedor de tanta felicidade. Eu a sinto, estou consciente disso. Por que ela chegou até mim? – disse ele, com a voz repleta de soluços abafados. O que eu fiz para merecer isso? Diga-me. Veja quantas pessoas, quantos medos, quanto sofrimento, quantas vidas de trabalho sem férias, enquanto eu, eu sou amado por uma moça como aquela, eu..., mas você a verá imediatamente, você apreciará seu nobre coração. Eu nasci em uma posição social humilde, agora tenho um nível no serviço e uma renda independente, meu salário. Eu nasci com uma deficiência física, tenho uma leve deformidade. Veja, ela me ama como sou. Yulian Mastakovitch foi tão gentil, tão atencioso, tão generoso comigo hoje; ele não fala comigo com frequência, mas veio até mim: "Como vai, Vasya? (sim, ele realmente me chamou de Vasya), vai aproveitar o feriado, hein?", ele riu. "Bem, o fato é, Vossa Excelência, que tenho trabalho para fazer", mas então tomei coragem e disse: "e talvez eu me divirta também, Vossa Excelência". Eu disse isso mesmo. Ele me deu o dinheiro, na hora, depois me disse mais algumas palavras. Lágrimas vieram aos meus olhos, irmão, eu chorei na verdade, e ele também parecia tocado, deu-me tapinhas no ombro e disse: "Sinta sempre, Vasya, como você sente agora".

Vasya parou por um instante. Arkady Ivanovitch virou-se e ele também limpou uma lágrima com o punho.

– E, e... – Vasya continuou – eu nunca falei com você sobre isso, Arkady. Arkady, você me faz tão feliz com sua afeição, sem você eu não poderia viver, não, não, não diga nada, Arkady, deixe-me apertar sua mão, deixe-me... obri... obrigado – mais uma vez Vasya não conseguiu terminar.

Arkady Ivanovitch desejava jogar-se no pescoço de Vasya, mas quando estavam cruzando a rua, ouviram um grito estridente quase em seus ouvidos:

– Saia, saia da frente! – eles correram assustados e animados para a calçada.

Arkady Ivanovitch estava aliviado. Ele considerou que o rompante de gratidão de Vasya era devia às circunstâncias excepcionais do momento. Mas ele estava aborrecido. Sentia que tinha feito tão pouco por Vasya até então. Na verdade, sentiu vergonha de si mesmo quando Vasya começou a agradecê-lo por tão pouco. Mas eles tinham a vida inteira pela frente, e Arkady Ivanovitch respirou aliviado.

Os Artemyevs quase haviam desistido de esperá-los. A prova disso era que já tinham se sentado para tomar o chá. E os mais velhos, ao que parece, às vezes são mais perspicazes do que os jovens, mesmo quando os jovens são tão excepcionais. Lizanka havia afirmado com muita sinceridade: "Ele não vem, não vem, mamãe; sinto em meu coração que ele não vem"; enquanto sua mãe declarava o contrário, "que ela tinha uma sensação de que ele certamente viria, de que não ficaria longe, viria correndo, de que ele não poderia ter trabalho hoje, na véspera de Ano-Novo. Mesmo quando Lizanka abriu a porta, ela não esperava vê-los, e os cumprimentou sem fôlego, com seu coração batendo forte como um pássaro capturado, corando e ficando vermelha como uma cereja, uma fruta com a qual se parecia maravilhosamente. Minha nossa, que surpresa foi! Que alegre "Ah!" saiu de seus lábios.

– Quase me enganou! Meu querido! – ela chorou, jogando os braços em volta do pescoço de Vasya. Mas imagine seu espanto, sua confusão súbita: atrás de Vasya, como se tentasse se esconder atrás de suas costas, estava Arkady Ivanovitch, envergonhado. Deve-se admitir que ele ficava constrangido na presença de mulheres, muito constrangido mesmo, na verdade, em uma ocasião ocorreu algo, mas falaremos disso mais tarde. Você deve se colocar lugar dele, no entanto. Não havia nada do que rir; ele estava de pé na entrada, vestindo suas galochas e sobretudo, e um chapéu com abas sobre as orelhas, que teria se apressado em puxar, mas por cima dele estava um cachecol tricotado amarelo muito mal enrolado que, para piorar as coisas, era amarrado na parte de trás. Ele tinha de tirar tudo isso o mais rápido possível, para se apresentar de uma maneira mais decente, pois não há quem não prefira se apresentar assim. E então Vasya, o insuportável e irritante Vasya, é claro, sempre o mesmo gentil e querido Vasya, mas agora insuportável, impiedoso Vasya diz: – Aqui, Lizanka, eu lhe trouxe meu Arkady. O que acha dele? Ele é meu melhor amigo, abrace-o, beije-o, Lizanka, dê-lhe um beijo primeiro; depois que conhecê-lo melhor, pode recuperá-lo.

O que, eu pergunto, Arkady Ivanovitch deveria fazer? E ele só tinha desenrolado metade do cachecol até então. Eu fico envergonhado, às vezes, do excesso de entusiasmo de Vasya; isso é, sem dúvida, o sinal de um coração bom, mas... é incômodo, não é agradável.

Finalmente os dois entraram. A mãe ficou muito satisfeita de conhecer Arkady Ivanovitch, ela tinha ouvido falar tanto dele. Mas ela não terminou a frase. Um alegre "Ah!" musical que vinha da sala a interrompeu. Céus! Lizanka estava diante do chapéu que havia sido desembrulhado para ela; ela entrelaçou as mãos com a maior simplicidade, dando um enorme sorriso. Meu Deus! Por que Senhora Leroux não tinha um chapéu ainda mais lindo?

Meu Deus! Mas onde eu poderia encontrar um chapéu mais lindo? Era quase de primeira linha. Onde se arranjaria um melhor? Falo com seriedade. Essa ingratidão por parte dos amantes, na verdade, deixa-me indignado e até me magoa um pouco. Ora, vejam por si mesmos, leitores, o que poderia ser mais bonito do que esse adorável chapéu? Por favor, olhem para ele... Mas não, minhas restrições são desnecessárias; eles já haviam concordado comigo; tinha sido um desvio, a cegueira, o delírio do sentimento; estou pronto para perdoá-los... Mas vejam... Devem me desculpar, queridos leitores, ainda estou falando do chapéu: feito de tule, leve com uma pena, um largo laço cor de cereja coberto com renda passando entre o tule e os babados, e atrás dois outros laços compridos – eles iam até um pouco abaixo da nuca. O chapéu precisava estar um pouco inclinado atrás da cabeça; olhem para ele; eu lhes pergunto, depois disso... mas vejo que não estão olhando, pensam que não importa. Vocês estão olhando em outra direção. Vocês estão olhando para duas grandes lágrimas, grande como pérolas, que brotam em dois olhos pretos, tremem por um instante nos cílios e então caem no tule etéreo que compõe a obra de arte de Senhora Leroux. E mais uma vez estou descontente, aquelas lágrimas dificilmente eram um tributo ao chapéu. Não, a meu ver, tal presente deve ser dado a sangue-frio, pois só então o seu devido valor será apreciado. Eu estou, devo confessar, queridos leitores, totalmente do lado do chapéu.

Eles se sentaram, Vasya com Lizanka e a mãe com Arkady Ivanovitch; começaram a conversar, e Arkady Ivanovitch comportou-se muito bem, fico feliz em dizer isso. Dificilmente esperaríamos isso dele. Após algumas palavras sobre Vasya, ele voltou a conversa, com muito sucesso, para Yulian Mastakovitch, seu chefe. E falou com tanta astúcia, mas tanta astúcia, que o assunto não se esgotou por uma hora. Vocês deveriam ver com que destreza, com que tato, Arkady Ivanovitch falou sobre algumas particularidades de Yulian Mastakovitch que afetavam, de forma direta ou indireta, Vasya. A mãe estava fascinada, genuinamente fascinada; ela mesma admitiu; ela chamou propositalmente Vasya de lado e lhe disse que seu amigo era um jovem excelente e encantador e, o que era mais importante, um jovem sério e estável. Vasya quase riu alto de deleite. Ele se lembrou de como o sério Arkady o havia segurado na cama por cerca de vinte minutos. Em seguida, a mãe sinalizou para Vasya que a seguisse em silêncio e com cuidado até o outro cômodo. Devemos admitir que ela tratou Lizanka de maneira um pouco injusta; comportou-se de forma traiçoeira com sua filha, na plenitude de seu coração, é claro, e mostrou a Vasya às escondidas o presente que Lizanka estava preparando para lhe dar no Ano-Novo. Era uma caixa, bordada com miçangas e ouro em um modelo bem escolhido; de um lado havia um veado, absolutamente realístico, correndo agilmente, e muito bem-feito. No outro lado havia o retrato de um célebre general, também muito bem desenhado. Não consigo descrever o êxtase de Vasya. Enquanto isso, na sala de estar o tempo não estava sendo desperdiçado. Lizanka foi direto a Arkady Ivanovitch. Ela pegou sua mão, agradeceu-o por algo, e Arkady Ivanovitch imaginou que ela se referia ao seu precioso Vasya. Lizanka estava, de fato, muito emocionada; ela havia ouvido que Arkady Ivanovitch era um amigo tão verdadeiro de seu amado, amando-o tanto, cuidando dele, guiando-o a cada passo com conselhos úteis, que ela, Lizanka, dificilmente poderia deixar de agradecê-lo, nem podia deixar de sentir-se grata e esperar que Arkady Ivanovitch gostasse dela, nem que fosse apenas metade do que ele gostava de Vasya. Então ela começou a questioná-lo se Vasya era cuidadoso com sua saúde, expressou algumas preocupações em relação à sua marcante impulsividade de caráter e a falta de conhecimento sobre as pessoas e a vida prática; ela disse que iria, com o tempo, zelar por ele religiosamente, que tomaria conta dele e o amaria, e por fim, ela esperava que Arkady Ivanovitch não os abandonasse, mas sim vivesse com eles.

– Nós três viveremos como um – ela exclamou, com um entusiasmo ingênuo.

Mas já era hora de ir. Elas tentaram, é claro, fazê-los ficar, mas Vasya respondeu categórico que era impossível. Arkady Ivanovitch disse o mesmo. O motivo foi obviamente questionado, e souberam de imediato que havia um trabalho a ser feito e fora confiado a Vasya por Yulian Mastakovitch, um trabalho urgente, necessário e terrível, que deveria ser entregue em dois dias, pela manhã, e que não estava apenas inacabado, mas havia sido posto de lado completamente. A mãe suspirou quando ouviu isso, enquanto Lizanka estava assustada e apressou Vasya aflita. O último beijo não perdeu nada com a pressa; embora breve e apressado, foi mais caloroso e ardente. Por fim, eles se despediram e os amigos partiram.

Ambos começaram a confidenciar um ao outro suas impressões logo que se viram sozinhos na rua. E como poderiam evitar? Na verdade, Arkady Ivanovitch estava apaixonado, completamente apaixonado por Lizanka. E a quem ele poderia expor melhor seus sentimentos do que a Vasya, o próprio felizardo. Então ele fez isso; não ficou tímido e confessou tudo de uma vez para Vasya. Vasya riu bastante e ficou imensamente encantado; e até observou que isso era o necessário para torná-los ainda mais amigos.

– Você adivinhou meus sentimentos, Vasya – disse Arkady Ivanovitch. – Sim, eu a amo como amo você; ela será meu anjo assim como é o seu, pois o brilho de sua felicidade será derramado em mim também, e posso me aquecer no seu calor. Ela cuidará da casa para mim também, Vasya; minha felicidade estará em suas mãos. Deixe que ela cuide da casa para mim assim como cuidará para você. Sim, a amizade com você é amizade com ela; vocês são inseparáveis para mim agora; terei dois seres como você em vez de um.

Arkady fez uma pausa na plenitude de seus sentimentos, enquanto Vasya estava estremecido até o âmago pelas palavras de seu amigo. O fato é que ele nunca esperaria nada do tipo vindo de Arkady. Arkady Ivanovitch não era muito bom com palavras normalmente, não gostava de sonhar também; mas agora dava vida aos devaneios mais vivazes, originais e coloridos.

– Ah, como vou proteger e cuidar de vocês dois – ele começou de novo. – Para começar, Vasya, serei padrinho de todos os seus filhos, cada um deles; em segundo lugar, devemos despertar para o futuro. Precisamos comprar móveis e encontrar um lugar para que eu, você e ela tenhamos um quartinho cada um. Sabe, Vasya, amanhã vou procurar os avisos nos portões. Três... não, dois quartos, não precisamos de mais. Eu realmente acredito, Vasya, que falei besteira essa manhã, haverá dinheiro suficiente; ora, assim que olhe em seus olhos, calculei que haveria dinheiro suficiente para viver. Será tudo para ela. Ah, como vamos trabalhar! Agora, Vasya, podemos nos aventurar a pagar 25 rublos pelo aluguel. Uma habitação é tudo, irmão. Bons quartos... e na mesma hora um homem fica feliz, e seus sonhos são das mais brilhantes cores. E, além disso, Lizanka tomará conta das carteiras para nós: nenhum tostão será desperdiçado. Você acha que irei a um restaurante? Quem acha que eu sou? De forma alguma. E então receberemos bônus e recompensas, pois seremos dedicados no trabalho.

– Ah! Como vamos trabalhar, como bois nos campos. Imagine – e a voz de Arkady Ivanovitch estava fraca de emoção – que venha de uma vez, e sem esperarmos, vinte e cinco ou 30 rublos a mais. Sempre que houver um extra, haverá um chapéu, um cachecol ou um parzinho de meias. Ela deve tricotar um cachecol para mim; olha que horrível este que tenho, essa coisa amarela nojenta, me deixou em apuros hoje. E você usava um lindo, Vasya, para me apresentar, enquanto eu estava com a cabeça em um cabresto... Embora isso não tenha importância mais agora... E veja, eu me encarrego da prataria. Devo lhe dar um presentinho, será uma honra, isso agradará minha vaidade. Meus bônus não me deixarão na mão, sem dúvida; não acha que os dariam para Skorohodov? Não tenho medo, eles não cairão no bolso daquela pessoa. Comprarei colheres de pratas, irmão, boas facas – não de prata, mas sim facas boas; e um colete, isto é, um colete para mim. Eu serei o padrinho, é claro. Agora, irmão, deve continuar, deve continuar. Ficarei em cima de você com uma vara, irmão, hoje e amanhã e a noite toda; farei você trabalhar. Termine, apresse-se e termine, irmão. E mais uma vez aproveitaremos a noite, e mais uma vez seremos felizes; iremos jogar loto. Passaremos a noite lá! Ah, será muito bom! Ah, que inferno! Como é irritante não poder ajudá-lo. Gostaria de escrevê-lo para você. Por que nossa caligrafia não é parecida?

– Sim. – respondeu Vasya – Sim, devo me apressar. Acho que são 11 horas; devemos nos apressar para trabalhar! E dizendo isso, Vasya, que até então sorria e tentava interromper com alguma réplica entusiasmada o fluxo de sentimentos do amigo, e tinha, em suma, respondido a tudo com cordialidade, de repente acalmou-se, ficou em silêncio e quase correu pela rua. Parecia que alguma ideia havia subitamente lhe pesado na mente; parecia que o desânimo o havia atingido de uma vez.

Arkady Ivanovitch ficou muito apreensivo; ele mal teve uma resposta de Vasya para suas questões apressadas, que se restringiu a uma palavra ou duas, às vezes uma exclamação irrelevante.

– Ora, o que há de errado com você, Vasya? – perguntou finalmente, mas conseguindo acompanhá-lo. – Está tão preocupado assim?

– Ah, irmão, já chega de conversa! – respondeu Vasya, irritado.

– Não fique deprimido, Vasya. Vamos, vamos – Arkady se interpôs. – Já o vi escrever muito mais em menos tempo! Qual é o problema? Você simplesmente tem talento para isso! Você consegue escrever rápido em uma emergência; eles não vão litografar sua cópia. Você tem muito tempo!... O único problema é que você está animado agora, e preocupado, e o trabalho não será tão fácil.

Vasya não respondeu, ou murmurou algo para si mesmo, e os dois correram para casa numa ansiedade genuína.

Vasya sentou-se imediatamente para trabalhar. Arkady Ivanovitch estava quieto e em silêncio; ele se despiu sem fazer barulho e foi para a cama com o olhar fixo em Vasya. Uma espécie de pânico tomou conta dele: "Qual é o problema dele?", pensou consigo mesmo, olhando para o rosto de Vasya, que ficava cada vez mais branco, para os seus olhos febris, para a ansiedade que era traída em cada movimento que ele fazia, "ora, sua mão está tremendo, que estúpido! Por que não o aconselhei a dormir por algumas horas, até que sua agitação nervosa tivesse passado de qualquer forma?". Vasya acabara de terminar uma página; ele levantou os olhos, olhou casualmente para Arkady e baixando a cabeça em seguida, pegou a pena de novo.

– Ouça, Vasya – Arkady Ivanovitch começou de repente –, não seria melhor dormir um pouco agora? Veja, você está febril.

Vasya olhou para Arkady com desgosto, quase com raiva, e não respondeu.

– Ouça, Vasya, você vai ficar doente.

Vasya imediatamente mudou de ideia.

– O que acha de bebermos chá, Arkady? – disse ele.

– Como assim? Por quê?

– Me fará bem. Não estou com sono, não vou dormir. Continuarei a escrever. Mas agora eu gostaria de descansar e tomar uma xícara de chá, e o pior momento passará.

– Excelente, irmão Vasya, maravilhoso! Muito bom. Eu estava querendo propor isso mesmo. E não sei por que não o fiz. Mas eu digo, Mavra não se levantará, ela não acordará por nada.

– Verdade.

– Não tem problema, no entanto – exclamou Arkady Ivanovitch, saltando da cama. – Vou arrumar o samovar eu mesmo. Não será a primeira vez.

Arkady Ivanovitch foi até a cozinha e começou a organizar o samovar; enquanto isso Vasya continuou escrevendo. Arkady Ivanovitch vestiu-se e correu até o padeiro, para que Vasya tivesse algo para sustentá-lo durante a noite. Vinte e cinco minutos depois, o samovar estava na mesa. Começaram a beber o chá, mas a conversa morreu. Vasya ainda parecia preocupado.

– Amanhã – disse finalmente, como se tivesse acabado de pensar nisso – preciso ir dar meus cumprimentos pelo Ano-Novo.

– Você não precisa ir.

– Ah, sim, irmão, eu preciso – disse Vasya.

– Ora, eu assino o livro de visitantes para você em qualquer lugar. Como você poderia? Você trabalha amanhã. Você deve trabalhar até as 5 da manhã, como eu disse, e então ir dormir. Ou então não servirá para nada amanhã. Eu o acordarei às 8 em ponto.

– Mas não será um problema, você assinar por mim? – perguntou Vasya, quase concordando.

– Ora, o que poderia ser melhor? Todo mundo faz isso.

– Eu tenho medo.

– Mas por quê?

– Tudo bem com outras pessoas, mas com Yulian Mastakovitch... ele tem sido tão generoso comigo, você sabe, Arkasha, e quando ele notar que não é minha própria assinatura...

– Notar! Ora, que sujeito você é, Vasya! Como ele notaria? Vamos, você sabe que eu sei imitar sua assinatura muito bem, e que posso fazer o mesmo floreio nela, juro que posso. Que tolice! Quem notaria?

Vasya não respondeu, mas esvaziou sua xícara rapidamente. Então balançou a cabeça em dúvida.

– Vasya, meu caro! Ah, se conseguíssemos. – Vasya, o que há de errado com você, está me assustando! Sabe, Vasya, não vou para a cama agora, não vou dormir! – Mostre-me, ainda falta muito?

Vasya lançou um olhar tão fulminante que seu coração afundou e as palavras lhe faltaram.

– Vasya, qual é o problema? No que está pensando? Por que você está assim?

– Arkady, eu realmente preciso ir desejar a Yulian Mastakovitch um feliz Ano-Novo amanhã.

– Então vá! – disse Arkady, olhando-o com olhos arregalados, numa expectativa inquieta. – Eu digo, Vasya, escreva mais rápido; estou lhe aconselhando para o seu próprio bem, estou mesmo! Quantas vezes o próprio Yulian Mastakovitch disse que do que ele mais gosta em sua caligrafia é sua legibilidade. Ora, e tudo com o que Skoroplehin se preocupa é que a caligrafia seja boa e distinta como uma cópia, para depois roubar o papel e levá-lo para casa para seus filhos copiarem; ele não pode comprar cadernos de caligrafia, o cabeça-dura! Yulian Mastakovitch está sempre dizendo, sempre insistindo: "Legível, legível, legível!..." Qual é o problema? Vasya, eu realmente não sei como falar com você, você me assusta bastante ao me esmagar com sua tristeza.

– Está tudo bem, tudo bem. – disse Vasya, e caiu para trás na cadeira como se desmaiasse. Arkady ficou alarmado.

– Quer um pouco de água? Vasya! Vasya!

– Não, não – respondeu Vasya, pressionando sua mão. – Estou bem, apenas me sinto triste, e não sei por quê. Melhor falarmos de outra coisa; deixe-me esquecer disso.

– Acalme-se, pelo amor de Deus, acalme-se, Vasya. Você terminará tudo, pela minha honra, terminará. E mesmo se não terminar, o que importa? Você fala como se fosse um crime!

– Arkady – disse Vasya, olhando para o amigo de tal maneira que Arkady ficou muito assustado, pois Vasya nunca estivera tão agitado antes. – Se eu estivesse sozinho, como costumava estar. Não! Não quis dizer isso. Continuo querendo lhe dizer como amigo, confiar em você... Mas por que preocupá-lo? Veja, Arkady, para alguns muito é dado, outros fazem pequenas coisas como eu. E se esperam de você gratidão e apreço e você não pode dar?

– Vasya, não entendo nada do que fala.

– Eu nunca fui ingrato – Vasya continuou suavemente, como se falando consigo – mas se eu sou incapaz de expressar o que sinto, parece que sou, Arkady, parece que sou ingrato mesmo, e isso está me matando.

– E mais isso agora! O que vem depois? Como se gratidão significasse terminar a cópia a tempo! Pense no que está dizendo, Vasya! É essa a expressão total da gratidão?

Vasya ficou em silêncio, e olhou assustado para Arkady, como se o argumento inesperado tivesse acalmado todas as suas dúvidas. Ele até sorriu, mas a mesma expressão melancólica voltou ao seu rosto imediatamente. Arkady, interpretando aquele sorriso como um sinal de que toda sua preocupação havia se dissipado e o olhar que o sucedeu como uma indicação de que estava determinado a melhorar, ficou muito aliviado.

— Bem, irmão Arkasha, você acordará — disse Vasya — e ficará de olho em mim; se eu dormisse seria terrível. — Agora vou trabalhar... Arkasha?
— O quê?
— Ah, não é nada, eu apenas... Quer dizer...

Vasya sentou e não disse mais nada. Arkady foi para a cama. Nenhum deles disse uma palavra sobre seus amigos, os Artemyevs. Talvez ambos se sentissem um pouco culpados, pensando que não deveriam ter feito o passeio quando fizeram. Arkady logo dormiu, ainda preocupado com Vasya. Para sua própria surpresa, acordou exatamente às 8 da manhã. Vasya dormia em sua cadeira com a pena na mão, pálido e exausto; a vela se extinguira. Mavra estava ocupada preparando o samovar na cozinha.

— Vasya, Vasya! — gritou Arkady alarmado — Quando você dormiu?

Vasya abriu os olhos e pulou da cadeira.

— Ah! — exclamou — eu devo ter dormido sem querer!

Ele foi até os papéis, estava tudo bem; tudo estava em ordem; não havia manchas de tinta, nem manchas de cera de vela.

— Acho que adormeci por volta das 6 — disse Vasya. — Como é frio à noite! Vamos tomar um chá e depois continuarei.

— Sente-se melhor?

—Sim, sim, estou bem agora.

— Feliz Ano Novo para você, irmão Vasya.

— Para você também, irmão, para você também, meu caro.

Abraçaram-se. O queixo de Vasya tremia e seu olhos estavam molhados. Arkady Ivanovitch estava em silêncio, ele se sentia triste. Beberam o chá com pressa.

— Arkady, já me decidi, vou pessoalmente até Yulian Mastakovitch.

— Ora, ele nem notaria...

— Mas minha consciência fica doente de preocupação, caro.

— Mas você sabe que é por culpa dele que você está sentado aqui; é por causa dele que está se desgastando.

— Basta!

— Sabe de uma coisa, vou dar uma volta e ir vê-los...

— Quem? — perguntou Vasya.

— Os Artemyevs. Levarei seus desejos de Ano Novo e os meus.

— Meu querido amigo! Eu ficarei aqui; e vejo que é uma boa ideia a sua; continuarei trabalhando, não vou perder tempo. Espere um minuto, escreverei um bilhete.

— Sim, faça isso, temos muito tempo. Ainda tenho de tomar banho, fazer a barba e escovar minha casaca. Vasya, ficaremos contentes e felizes. Abrace-me, Vasya.

— Ah, se pudéssemos, irmão...

— O Sr. Shumkov vive aqui? — eles ouviram uma voz de criança na escada.

— Sim, meu caro, sim — disse Mavra, deixando o visitante entrar.

— O que é isso? Quem é? — exclamou Vasya, levantando-se da mesa e correndo para a entrada:

— Petinka, é você?

— Bom dia, eu tenho a honra de lhe desejar um Feliz Ano-Novo, Vassily Petrovitch — disse o rapazinho de 10 anos e cabelos pretos encaracolados. — Minha irmã lhe envia lembranças, mamãe também, e minha irmã me disse para lhe dar um beijo em seu nome.

Vasya pegou o mensageiro no ar e deu-lhe um beijo longo e entusiasmado nos lábios, que eram muito parecidos com os de Lizanka.

— Beije-o, Arkady — disse ele lhe entregando Petya, e sem tocar o chão, o garotinho foi transferido para os braços fortes e ávidos de Arkady Ivanovitch.

— Quer tomar café da manhã, meu caro?

— Muito obrigado. Nós já o tomamos, nos levantamos cedo hoje, elas foram para a igreja. Minha irmã passou duas horas enrolando meus cabelos e colocando pomada nele, lavando-me e consertando minhas calças, pois as rasguei ontem, brincando com Sashka na rua, estávamos fazendo guerra de bola de neve.

— Ora, ora, ora!

— Então ela me vestiu para vir vê-lo, então passou pomada em meus cabelos e me deu um beijo como sempre. Ela disse: "Vá até Vasya, deseje-lhe um feliz Ano Novo, e pergunte se estão felizes, se tiveram uma boa-noite e...", para perguntar outra coisa... ah, sim, se você terminou o trabalho do qual falou ontem, quando estava lá. Eu tenho tudo escrito — disse o garotinho, lendo um pedaço de papel que ele tirou do bolso. — Elas estavam preocupadas.

— Vou terminá-lo! Vou sim! Diga a ela que terminarei. Eu vou terminá-lo, dou minha palavra de honra!

— E tem mais... ah sim, eu esqueci. Minha irmã enviou um bilhete e um presente, e eu estava me esquecendo deles!

– Minha nossa! Ah, meu querido! Onde está? Onde está? Aqui está, ah! Veja, irmão, veja o que ela escreveu. Que querida, que amada! Sabe que vi ontem uma caixa de papel para mim; não está terminada, então ela diz: "estou enviando uma mecha do meu cabelo, e o outro virá mais tarde". Veja, irmão, veja!

E dominado pelo êxtase, ele mostrou a Arkady Ivanovitch um cacho do exuberante cabelo, preto como azeviche; em seguida ele o beijou com fervor e o colocou no bolso, perto do coração.

– Vasya, vou lhe arranjar um medalhão para esse cacho – disse Arkady Ivanovitch com determinação.

– E hoje teremos vitela quente, e amanhã, miolos. Mamãe queria fazer bolo, mas não mingau de painço – disse o garoto, depois de pensar um pouco, para concluir sua lista de itens interessantes.

– Ah! Que belo garoto! – exclamou Arkady Ivanovitch. – Vasya, você é o mais feliz dos mortais.

O garoto terminou seu chá, recebeu um bilhete de Vasya, mil beijos e foi embora feliz e se divertindo como antes.

– Bem, irmão – Arkady Ivanovitch começou, muito satisfeito – veja como tudo isso é esplêndido; veja. Tudo está indo bem, não fique deprimido, não fique preocupado. Vá em frente! Termine, Vasya, termine. Estarei em casa às 2 da tarde. Irei até elas e depois até Yulian Mastakovitch.

– Até logo, irmão, até logo... Ah, se eu pudesse... Muito bem, você vai, – disse Vasya – então não precisarei ir até Yulian Mastakovitch.

– Até logo.

– Espere, irmão, espere, diga a elas... bem, diga o que achar mais adequado. Beije-a... e me dê todos os detalhes da visita depois.

– É claro, é claro, já sei de tudo isso. Essa felicidade o chateou. Foi tudo repentino; você não tem sido você desde ontem. Você ainda não superou a emoção de ontem. Bem, está resolvido. Agora vá e termine o trabalho, Vasya. Até logo, até logo.

Por fim, os amigos se despediram. Durante toda a manhã, Arkady Ivanovitch esteve preocupado e não podia deixar de pensar em Vasya. Ele conhecia seu caráter fraco e muito irritadiço. "Sim, essa felicidade toda o chateou, eu mesmo vi", disse a si mesmo. "Juro, ele também me deixou muito deprimido, aquele homem transforma tudo em tragédia! Que sujeito febril! Devo salvá-lo! Devo salvá-lo!", disse Arkady, sem notar que ele mesmo estava transformando em algo sério um pequeno problema, quase trivial. Apenas às 11 horas ele chegou ao átrio da casa de Yulian Mastakovitch, para adicionar seu modesto nome à longa lista de pessoas ilustres que haviam escrito seus nomes em uma folha de papel borrado e rabiscado no átrio. Qual não foi sua surpresa ao ver acima de sua assinatura o nome de Vasya Shumkov. Isso o surpreendeu.

"O que se passa com ele?", pensou. Arkady Ivanovitch, que estava animado e tão cheio de esperança, foi embora chateado. Certamente haveria problemas. Mas como? E de que forma?

Ele chegou à casa dos Artemyevs com um pressentimento sombrio; ele parecia distraído desde o início, e depois de conversar um pouco com Lizanka, foi embora com lágrimas nos olhos; estava realmente preocupado com Vasya. Foi para casa correndo, e perto do rio Neva deu de cara com ele. O amigo também estava inquieto.

– Para onde você está indo? – perguntou Arkady Ivanovitch.

Vasya parou como se tivesse sido pego em flagrante.

– Ah, a lugar nenhum, irmão, quis dar uma volta.

– Você não se aguentou, não é? Já esteve nos Artemyevs? Ah, Vasya, Vasya! Por que foi até Yulian Mastakovitch?

Vasya não respondeu, mas, acenando a mão, disse:

– Arkady, não sei o que há de errado comigo. Eu...

– Venha, venha, Vasya. Eu sei o que é. Acalme-se. Você está animado e exausto desde ontem. Apenas pense, não é insuportável. Todo mundo gosta de você, todos estão prontos para fazer qualquer coisa por você; seu trabalho está indo bem; você o terminará, certamente terminará. Eu sei que tem imaginado coisas, que está apreensivo sobre algo.

– Não, está tudo bem, tudo bem...

– Lembra-se, Vasya, lembra-se que aconteceu a mesma coisa antes? Lembra-se quando foi promovido, que, por conta da alegria e da gratidão, você foi tão zeloso com seu trabalho que o estragou por uma semana? É exatamente a mesma coisa agora.

– Sim, sim, Arkady; mas agora é diferente, não é nada disso.

– É diferente como? E muito provavelmente o trabalho não é urgente, enquanto você está se matando.

– Não é nada, não é nada... Estou bem, não é nada. Vamos!

– Ora, vai para casa em vez de ir vê-los?

– Sim, irmão, com que cara eu apareceria lá? Mudei de ideia. Eu não conseguia ficar sozinho sem você; agora que você está voltando comigo, eu me sentarei de novo para escrever. Vamos!

Eles caminharam em silêncio por algum tempo. Vasya estava com pressa.

– Por que não me pergunta sobre eles? – perguntou Arkady Ivanovitch.

– Ah, sim! Arkasha, conte-me sobre eles.

– Vasya, não parece você mesmo.

– Eu estou bem, estou bem. Conte-me tudo, Arkasha – disse Vasya, com uma voz suplicante, como se para evitar mais explicações.

Arkady Ivanovitch suspirou. Sentia-se perdido olhando para Vasya. O relato sobre os amigos despertou Vasya. Ele até falou mais. Almoçaram juntos. A mãe de Lizanka encheu os bolsos de Arkady Ivanovitch com doces e, ao comê-los, os amigos ficaram mais contentes. Após o almoço, Vasya prometeu dormir um pouco para ficar acordado a noite toda. Ele, de fato, deitou-se. De manhã, alguém a quem era impossível dizer não convidou Arkady Ivanovitch para um chá. Os amigos se despediram. Arkady prometeu voltar assim que pudesse, às 8 horas se possível.

As três horas de separação lhe pareceram três anos. Finalmente, ele partiu e correu de volta para Vasya. Quando entrou no quarto, encontrou-o todo apagado. Vasya não estava em casa. Ele perguntou a Mavra, que disse que ele tinha escrito o tempo todo, e que não dormira nada, então começou a andar para cima e para baixo no quarto, e depois disso, uma hora atrás, tinha saído dizendo que voltaria em meia hora; "e quando", disse ela, "Arkady Ivanovitch chegar, diga a ele, senhora", Mavra concluiu, "diga que fui dar uma volta", e ela repetiu a ordem três ou quatro vezes.

"Ele está na casa dos Artemyevs", pensou Arkady Ivanovitch, balançando a cabeça. Um minuto depois, ele se levantou com uma esperança renovada.

"Ele simplesmente terminou", pensou, "é isso; ele não pode esperar e correu para lá". Mas, não! Ele teria me esperado. Vamos dar uma olhada no que ele já fez.

Arkady acendeu uma vela e correu até a escrivaninha de Vasya: o trabalho tinha progredido e parecia que não faltava muito. Ele estava prestes a investigar mais quando Vasya entrou no quarto...

– Ah, você está aqui? – exclamou, consternado.

Arkady Ivanovitch ficou em silêncio. Estava com medo de questionar Vasya. Este baixou os olhos e ficou em silêncio também enquanto separava os papéis. Por fim seus olhos se encontraram. O olhar de Vasya era tão suplicante, impetrante e fragilizado, que Arkady estremeceu quando o viu. Seu coração tremia e pesava.

– Vasya, meu caro, o que foi? Qual o problema? – exclamou, correndo até ele e apertando-o em um abraço. – Explique para mim, eu não entendo você e nem sua tristeza. O que há de errado com você, meu pobre rapaz atormentado? O que foi? Conte-me tudo, sem esconder nada. Não pode ser apenas isso...

Vasya o segurou com força e não conseguiu dizer nada. Mal podia respirar.

– Vasya, não chore! E se você não terminar, o que acontecerá? Eu não o entendo; diga-me qual o problema. Sabe que é para o seu bem que eu... Ah, meu Deus, meu Deus! – disse ele, caminhando pelo quarto e agarrando tudo o que encontrava, como se procurasse um remédio para Vasya. – Eu vou até Yulian Mastakovitch em seu lugar amanhã. Eu pedirei a ele, suplicarei, para que tenha mais um dia. Explicarei tudo a ele, qualquer coisa, se é isso que o preocupa.

– Deus me livre! – Vasya exclamou, branco como a parede. Ele mal podia ficar em pé.

– Vasya! Vasya!

Vasya se recompôs. Seus lábios tremiam; ele tentava dizer algo, mas só conseguia apertar compulsivamente a mão de Arkady em silêncio. Sua mão estava gelada. Arkady ficou de frente para ele, tomado por uma expectativa ansiosa e miserável. Vasya ergueu os olhos novamente.

– Vasya, Deus o abençoe, Vasya! Você aflige meu coração, meu querido amigo.

Lágrimas jorraram dos olhos de Vasya; ele se atirou no peito de Arkady.

– Eu enganei você, Arkady – disse ele. – Enganei você. Perdoe-me, perdoe-me! Eu fui desleal a nossa amizade...

– O que foi, Vasya? Qual é o problema? – perguntou Arkady alarmado.

– Veja! – e com um gesto de desespero, Vasya tirou da gaveta e jogou sobre a mesa seis manuscritos grossos, semelhantes ao que ele havia copiado.

— O que é isso?

— O que eu tenho de fazer até depois de amanhã. Eu não fiz nem um quarto! Não me pergunte, não me pergunte como isso aconteceu – Vasya continuou, falando de uma vez tudo o que o angustiava terrivelmente. – Arkady, meu caro amigo, não sei o que aconteceu comigo. Sinto como se saísse de um sonho. Desperdicei três semanas sem fazer nada. Eu continuei... Eu... continuei a visitá-la. Meu coração doía, eu estava atormentado pela... pela incerteza. Não conseguia escrever. Eu nem pensei nisso. Só agora, quando a felicidade está ao meu alcance, eu voltei a pensar racionalmente.

— Vasya, – Arkady Ivanovitch começou – Vasya, eu vou salvar você. Já entendi tudo. É um assunto sério; vou salvar você. Ouça! Ouça-me: Irei até Yulian Mastakovitch amanhã... não abane a cabeça, ouça! Eu lhe conterei exatamente o que aconteceu; deixe-me fazer tudo. Eu explicarei a ele. Eu lhe contarei tudo. Contarei como você está abalado, como está preocupado.

— Você sabe o que está me matando agora? – Vasya revelou, ficando gelado de medo. Arkady Ivanovitch ficou pálido, mas ao controlar-se, riu.

— Isso é tudo? Isso é tudo? – disse ele. – Juro, Vasya, juro. Você não tem vergonha? Ouça! Sei que estou magoando você. Mas você sabe que o entendo; sei o que se passa no seu coração. Ora, estamos morando juntos há cinco anos, graças a Deus. Você é um companheiro gentil e bondoso, mas fraco, imperdoavelmente fraco. Ora, até Lizaveta Mikalovna percebeu. E você é um sonhador, e isso também é ruim; você pode ir de mal a pior, irmão. Eu lhe digo, sei o que quer! Você gostaria que Yulian Mastakovitch, por exemplo, estivesse muito emocionado e, talvez, desse uma festa também, de tanta alegria pelo seu casamento. Pare, pare! Você está franzindo a testa. Veja que com uma palavra minha você já se ofende em nome de Yulian Mastakovitch. Eu o deixarei em paz. Sabe que eu o respeito tanto quanto você. Mas, por mais que você discuta, não pode impedir que eu pense que você gostaria que não houvesse ninguém infeliz no mundo inteiro quando se casasse. Sim, irmão, deve admitir que você gostaria que eu, por exemplo, ganhasse uma fortuna de 100 mil rublos de repente, você gostaria que todos os seus inimigos, sem razão nenhuma, se reconciliassem subitamente, que em sua alegria todos se abraçassem no meio da rua, e que depois, talvez, viessem aqui visitá-lo. Vasya, meu caro, não estou rindo; é verdade; você já me disse isso há muito tempo, de maneiras diferentes. Porque você está feliz, você quer que todo mundo, absolutamente todo mundo, seja feliz ao mesmo tempo. Ser feliz sozinho o magoa e incomoda. E por isso você quer fazer o seu máximo para ser merecedor dessa felicidade, e talvez fazer uma grande ação para satisfazer sua consciência. Ah! Eu entendo como você está preparado para sofrer por ter sido desleixado exatamente no que você deveria ter mostrado seu zelo, sua capacidade, e até mesmo sua gratidão, como você diz. É muito amargo para você pensar que Yulian Mastakovitch pode franzir o cenho e até ficar bravo quando ele perceber que você não justificou as expectativas que ele tinha em você. Dói pensar que você pode ouvir críticas do homem que você considera seu benfeitor – e bem neste momento! Quando o seu coração está cheio de felicidade e você não sabe em quem derramar sua gratidão. Não é verdade? É ou não é?

Arkady Ivanovitch, cuja voz tremia, fez uma pausa e respirou fundo. Vasya olhou com afeição para o seu amigo. Um sorriso brotou em seus lábios. Seu rosto até se iluminou, como se tivesse um brilho de esperança.

– Ouça, então. – Arkady Ivanovitch começou de novo, ficando mais esperançoso – Não há necessidade de perder o favor de Yulian Mastakovitch. Há, meu caro? Existe alguma dúvida sobre isso? E já que é assim – disse Arkady, levantando-se –, vou me sacrificar por você. Vou até Yulian Mastakovitch amanhã, e não me impeça. Você transforma seu fracasso em crime, Vasya. Yulian Mastakovitch é magnânimo e misericordioso, além disso, ele não é como você. Ele vai nos ouvir e nos livrar do problema, irmão Vasya. Bem, você está mais calmo?

Vasya apertou as mãos do amigo com lágrimas nos olhos.

– Acalme-se, Arkady – disse ele – já está resolvido. Eu ainda não terminei, e tudo bem; se eu não terminar, não terminei, não há necessidade de você ir até lá. Eu contarei tudo a ele, eu mesmo irei. Estou mais calmo agora, estou perfeitamente calmo; você não precisa ir, mas ouça...

– Vasya, meu caro – Arkady Ivanovitch exclamou com alegria – eu o julguei pelo que você disse. Fico feliz que você pensou melhor nas coisas e que tenha voltado a si. Mas aconteça o que acontecer, estou do seu lado, lembre-se disso. Vejo que você se preocupa com a minha intenção de falar com Yulian Mastakovitch e eu não direi nada, nadinha, você mesmo deve contar a ele. Veja, deve ir amanhã. Ou não, melhor não, você deve continuar escrevendo, e eu vou descobrir mais sobre este trabalho, se ele é urgente ou não, se precisa ser entregue no prazo, e o que acontecerá caso você não termine. Então volto correndo. Você vê? Entende? Ainda há esperança; caso o trabalho não seja urgente, ficará tudo bem. Yulian Mastakovitch pode nem se lembrar, e então tudo estará a salvo.

Vasya balançou a cabeça em dúvida. Mas seus olhos agradecidos não desviaram do rosto do amigo.

– Vamos, já chega, estou tão fraco, tão cansado – disse ele, suspirando. Não quero pensar nisso. Vamos falar de outra coisa. Também não vou escrever por agora; vou apenas terminar duas páginas curtas para chegar ao fim da passagem. Ouça... Há muito tempo que quero lhe perguntar, como é que me conhece tão bem?

Lágrimas jorraram dos olhos de Vasya e caíram sobre as mãos de Arkady.

– Se você soubesse, Vasya, o quanto eu gosto de você, não me perguntaria isso...

– Sim, sim, Arkady, eu sei, mas não sei por que você gosta tanto de mim. Você sabe, Arkady, que até mesmo o seu amor está me matando? Sabe, muitas vezes, principalmente quando estou pensando em você na cama (pois sempre penso em você quando estou adormecendo), eu choro, e meu coração palpita ao pensar... ao pensar... Bem, ao pensar que você gosta tanto de mim, e que eu não posso fazer nada para aliviar meu coração, não posso fazer nada para recompensá-lo.

– Veja, Vasya, veja que sujeito você é! Veja como está chateado – disse Arkady, cujo coração doía naquele momento e que se lembrava da cena na rua no dia anterior.

– Tolice, você quer que eu fique calmo, mas nunca estive tão calmo e feliz. Sabe de uma coisa... ouça, quero lhe contar sobre isso, mas tenho medo de magoá-lo. Você continua me repreendendo e se irritando; e eu estou com medo. Veja como estou tremendo, não sei por quê. Ouça, é isso que eu quero contar. Sinto como se eu nunca tivesse me conhecido antes... sim! Eu só comecei a entender outras pessoas ontem! Eu não senti nem apreciei as coisas totalmente, irmão. Meu coração... estava pesado... ouça como aconteceu, eu nunca fiz nada de bom para ninguém, para ninguém no mundo todo, porque eu não podia... até minha aparência é desagradável de se ver. Mas todos fazem coisas boas para mim! Você, para começar: acha que eu não vejo isso? Mas eu nunca disse nada, nunca disse nada.

– Acalme-se, Vasya!

– Ah, Arkasha! Está tudo bem – Vasya interrompeu, mal conseguindo articular devido às lágrimas. – Eu falei sobre Yulian Mastakovitch para você ontem. E você sabe o quanto ele é austero e severo, até você já recebeu uma reprimenda dele; no entanto, ele se dignou a brincar comigo ontem, a mostrar sua afeição e seu coração gentil, que ele prudentemente esconde de todo mundo.

– Ora, Vasya, isso apenas mostra que você merece sua felicidade.

– Ah, Arkasha! Como eu desejava terminar tudo isso... Não, eu vou arruinar minha sorte! Eu sinto isso! E não será por isso – Vasya acrescentou, ao ver que Arkady olhou para a pilha de trabalho urgente sobre a mesa – isso não é nada, é apenas papel coberto de coisas escritas, é tolice! Este assunto está resolvido, mas fui vê-los hoje, Arkasha; não entrei. Eu me senti deprimido e triste. Simplesmente fiquei na porta. Ela estava tocando piano, eu ouvi. Veja, Arkady – disse ele, baixando a voz – não me atrevi a entrar.

– Estou dizendo, Vasya, qual o problema? Está me olhando estranho.

– Não é nada, sinto-me um pouco doente; minhas pernas tremem; é porque fiquei sentado ontem à noite. Sim! Tudo parece embaçado. É aqui, aqui... – apontou para o coração. E desmaiou. Quando voltou a si, Arkady tentou tomar medidas drásticas. Tentou convencê-lo a ir para a cama. Nada induziria Vasya a consentir. Ele chorou, apertou as mãos, quis escrever, estava decidido a terminar as duas páginas. Para evitar que se emocionasse, Arkady deixou-o sentar-se para trabalhar.

– Sabia – disse Vasya, enquanto se ajeitava em seu lugar –, que uma ideia me ocorreu? Há esperança!

Ele sorriu para Arkady, e seu rosto pálido acendeu-se com o pingo de esperança.

– Vou levar para ele o que estiver pronto depois de amanhã. Sobre o resto, contarei uma mentira. Direi que foi queimado, que está ensopado de água, que o perdi... que, na verdade, eu não terminei; não posso mentir. Eu explicarei, sabe o quê? Eu lhe explicarei tudo. Eu lhe direi como não fui capaz de fazê-lo. Contarei a ele sobre o meu amor; ele mesmo se casou há pouco, vai me entender. Farei tudo isso, é claro, respeitosamente, com calma; ele verá minhas lágrimas e ficará tocado por elas.

– Sim, é claro, você deve ir, deve ir e explicar a ele. Mas não há necessidade de chorar! Chorar para quê? De verdade, Vasya, você me assusta bastante.

– Sim, eu vou, eu vou. Mas agora deixe-me escrever, deixe-me escrever, Arkasha. Não estou atrapalhando ninguém, deixe-me escrever!

Arkady se jogou na cama. Ele não tinha confiança em Vasya, não tinha confiança nenhuma. "Vasya era capaz de tudo, mas pedir perdão... pelo quê? como? A questão não era essa. A questão era que Vasya não havia cumprido suas obrigações, ele se sentia culpado por conta própria, sentia que era ingrato com o destino, estava destruído e dominado pela felicidade e pensava que não era digno dela; que, na verdade, estava simplesmente tentando encontrar uma desculpa para enlouquecer naquele momento, e que não havia se recuperado da imprevisibilidade do que havia ocorrido no dia anterior, era isso", pensou Arkady Ivanovitch. Devo salvá-lo! Devo reconciliá-lo consigo mesmo. Ele será a própria ruína. Pensou e pensou, e decidiu ir até Yulian Mastakovitch no dia seguinte e lhe contar tudo.

Vasya estava sentado escrevendo. Arkady Ivanovitch, exausto, deitou-se para pensar novamente, e acordou só com o raiar do dia.

– Maldição! Outra vez! – exclamou, olhando para Vasya, que ainda escrevia.

Arkady correu até ele, agarrou-o e colocou-o à força na cama. Vasya estava sorrindo, seus olhos estavam quase fechados de sono. Ele mal podia falar.

– Eu queria dormir – disse ele. – Sabe, Arkady, tive uma ideia; vou terminar. Fiz minha pena ir mais rápido! Não poderia ficar sentado por mais tempo; acorde-me às 8.

Sem terminar sua frase, adormeceu e dormiu como uma pedra.

– Mavra – disse Arkady Ivanovitch para Mavra, que veio trazendo chá – ele pediu para ser acordado daqui uma hora. Não o acorde de forma alguma. Deixe que durma dez horas, se precisar. Está entendendo?

– Entendi, senhor.

– Não traga o almoço, não traga lenha, não faça barulho ou vai sobrar para você. Se ele perguntar por mim, diga que fui trabalhar, entendeu?

– Sim, abençoado seja, senhor; deixarei que durma à vontade. Fico feliz que meus cavalheiros durmam bem, e eu cuido bem de suas coisas.

E sobre a xícara que quebrou e o senhor me culpou, não fui eu, Excelência, foi o gatinho que quebrou, eu devia ter ficado de olho nele. "Saia, coisa maldita!", eu disse.

– Shhh, silêncio, cale-se!

Arkady Ivanovitch guiou Mavra até a cozinha, pediu a chave e a trancou lá. Em seguida, foi para a repartição. No caminho, ele pensou em como se apresentar a Yulian Mastakovitch, e se isso seria apropriado e não impertinente. Entrou na repartição com timidez, e timidamente perguntou se Sua Excelência estava lá; ao receber a resposta de que não estava e não estaria, Arkady Ivanovitch pensou em ir até o seu apartamento, mas refletiu com prudência que, se Yulian Mastakovitch não tinha ido trabalhar, ele com certeza estaria ocupado em casa. Ficou por ali. As horas lhe pareciam infinitas. Perguntou indiretamente sobre o trabalho atribuído a Shumkov, mas ninguém sabia nada a respeito. Tudo o que sabiam era que Yulian Mastakovitch lhe dava trabalhos especiais, mas o que eram... ninguém sabia dizer. Finalmente bateu 3 horas e Arkady Ivanovitch saiu correndo, ávido para chegar em casa. No vestíbulo, encontrou com um funcionário que lhe disse que Vassily Petrovitch Shumkov havia estado ali por volta da uma da tarde e perguntara, acrescentou o funcionário, "se você estava aqui, e se Yulian Mastakovitch também estava". Ao ouvir isso, Arkady Ivanovitch tomou um trenó e apressou-se para casa, alarmado.

Shumkov estava em casa. Andava pelo quarto com uma agitação violenta. Ao ver Arkady Ivanovitch, ele imediatamente se controlou, refletiu e apressou-se em esconder a emoção. Sentou-se para trabalhar sem dizer uma palavra. Parecia evitar as perguntas do amigo, parecia incomodado com elas, como se refletisse consigo mesmo sobre algum plano e tivesse decidido esconder sua decisão, pois não podia mais contar com a afeição do amigo. Isso acertou em cheio Arkady, e seu coração foi tomado por uma dor pungente e opressiva. Ele se sentou na cama e começou a folhear as páginas de um livro, o único que tinha em mãos, mantendo os olhos no pobre Vasya. Mas Vasya permaneceu obstinadamente silencioso, escrevendo sem levantar a cabeça. Várias horas se passaram assim e a miséria de Arkady atingiu um nível extremo. Por fim, às 11 horas, Vasya levantou a cabeça e lançou a Arkady um olhar fixo e vazio. Arkady esperou. Dois ou três minutos se passaram; Vasya não dizia uma palavra.

– Vasya! – exclamou Arkady Ivanovitch. Vasya não respondeu.

– Vasya! – ele repetiu, saltando da cama – Vasya, qual o problema com você? O que foi? – ele exclamou, correndo até ele.

Vasya ergueu os olhos e mais uma vez lançou um olhar fixo e vazio. "Ele está em transe!" pensou Arkady, tremendo de medo. Ele pegou uma garrafa de água, levantou Vasya, derramou um pouco de água em sua cabeça, molhou suas têmporas, esfregou as mãos dele nas suas e Vasya voltou a si.

– Vasya, Vasya! – gritou Arkady, incapaz de conter as lágrimas. – Vasya, salve-se, acorde, acorde! – não conseguiu dizer mais nada, mas abraçou-o com força. Uma sensação de opressão passou pelo rosto de Vasya; ele esfregou a testa e agarrou a cabeça, como se temesse que ela fosse explodir.

– Eu não sei o que há de errado comigo – disse, por fim. Me sinto despedaçado. Não, está tudo bem, tudo bem! Chega, Arkady, não sofra – ele repetiu, olhando-o com olhos tristes e exaustos. – Para que ficar tão ansioso? Vamos!

– Você, você está me confortando! – exclamou Arkady, cujo coração estava destroçado. – Vasya – disse ele finalmente – deite-se e durma um pouco, sim? Não se desgaste por nada. Você trabalhará melhor depois.

– Sim, sim – respondeu Vasya – sem dúvida dormirei, muito bem. Sim! Vê que eu pretendia terminar, mas agora mudei de ideia, sim.

E Arkady levou-o para a cama.

– Ouça, Vasya – disse ele com firmeza – devemos resolver esse problema de uma vez. Diga-me no que estava pensando?

– Ah! – disse Vasya, com um aceno de mão e virando-se para o outro lado.

– Vamos, Vasya, decida-se. Não quero machucá-lo. Não posso mais ficar em silêncio. Você não dormirá até que se decida, eu sei.

– Como quiser, como quiser – Vasya repetiu, enigmático.

"Ele vai desistir", pensou Arkady Ivanovitch.

– Preste atenção em mim, Vasya – disse ele – lembre-se do que eu digo e eu o salvarei amanhã; amanhã eu decidirei o seu destino. Mas o que estou dizendo, seu destino? Você me assustou tanto, Vasya, que estou usando suas palavras. Destino, decerto! É simplesmente uma tolice, uma bobagem! Você não quer perder o privilégio, a afeição, como queira, de Yulian Mastakovitch. Não! E não perderá, você vai ver. Eu...

Arkady Ivanovitch teria falado mais, mas Vasya o interrompeu. Ele se sentou na cama, colocou os braços ao redor do pescoço de Arkady Ivanovitch e o beijou.

– Basta – disse com uma voz fraca – basta! Não diga mais nada.

E mais uma vez virou o rosto para a parede.

"Minha nossa!", pensou Arkady, "minha nossa! O que se passa com ele? Está totalmente perdido. O que se passa em sua mente? Ele será a própria ruína."

Arkady o olhou com desespero.

"Se ele ficasse doente", pensou Arkady, "talvez fosse melhor. O problema seria deixado de lado com a doença, e este poderia ser a melhor maneira de resolver a questão toda. Mas que besteira estou falando. Meu Deus!"

Enquanto isso Vasya parecia dormir. Arkady Ivanovitch ficou aliviado. "Um bom sinal", pensou. Decidiu permanecer ao seu lado a noite toda. Mas Vasya estava inquieto; não parava de se contorcer e revirar na cama, e abrir os olhos por um instante. Por fim, a exaustão venceu e ele dormiu como uma pedra. Por volta das duas da manhã, Arkady Ivanovitch começou a cochilar na cadeira com o cotovelo na mesa.

Ele teve um sonho estranho e agitado. Continuava imaginando que dormia e que Vasya ainda estava na cama. Mas por mais estranho que pareça, ele imaginou que Vasya estava fingindo, que o estava enganando, que se levantava, olhava-o furtivamente com o canto do olho e se esgueirava para a escrivaninha. Arkady sentiu uma dor escaldante em seu coração; sentiu-se irritado e triste e oprimido ao ver que Vasya não confiava nele, que se escondia e se ocultava dele. Ele tentou agarrá-lo, tentou chamá-lo e carregá-lo de volta para a cama. Então Vasya continuou gritando em seus braços, e ele colocou na cama um corpo sem vida. Abriu os olhos e acordou; Vasya estava sentado diante dele à mesa, escrevendo.

Quase incapaz de acreditar em seus sentidos, Arkady olhou para a cama; Vasya não estava lá. Arkady saltou em pânico, ainda sob a influência de seu sonho. Vasya não se mexeu; continuou escrevendo. De repente, Arkady percebeu com horror que Vasya estava movendo uma pena seca sobre o papel, virava páginas perfeitamente em branco e se apressava, se apressava em preencher o papel como se estivesse fazendo seu trabalho da maneira mais completa e eficiente possível. "Não, não é um transe", pensou Arkady Ivanovitch, e tremeu por inteiro.

– Vasya, Vasya, fale comigo – gritou ele, agarrando-o pelo ombro. Mas Vasya não respondeu; continuou como antes, rabiscando com uma pena seca o papel.

– Finalmente fiz a pena ir mais rápido – disse ele, sem olhar para Arkady.

Arkady segurou sua mão e arrancou a pena.

Um gemido veio de Vasya. Ele baixou a mão e ergueu os olhos para Arkady; em seguida, com um ar de miséria e exaustão, passou a mão pela testa como se quisesse tirar um peso de chumbo que lhe pressionava o corpo todo, e perdido em pensamentos, deixou a cabeça cair devagar sobre o peito.

– Vasya, Vasya! – exclamou Arkady Ivanovitch desesperado. – Vasya!

Um minuto depois Vasya o olhou, as lágrimas brotavam em seus grandes olhos azuis, e o rosto pálido e meigo trazia um sofrimento infinito. Ele sussurrou algo.

– O quê? O que é? – gritou Arkady, curvando-se.

– Para quê, por que estão fazendo isso comigo? – sussurrou Vasya. – Para quê? O que eu fiz?

– Vasya, o que foi? Do que você tem medo? O que foi? – exclamou Arkady Ivanovitch, torcendo as mãos de desespero.

– Por que estão me mandando ser um soldado? – disse Vasya, olhando seu amigo nos olhos. Por quê? O que eu fiz?

O cabelo de Arkady se arrepiou de horror; ele se recusou a acreditar no que estava ouvindo. Ficou perto dele, meio morto.

Um minuto depois ele se recompôs.

– Não é nada, não vai ser para sempre – disse a si mesmo, com o rosto pálido e os lábios azuis trêmulos, e apressou-se em vestir suas roupas de sair. Ele pretendia ir direto ao médico. De repente Vasya o chamou. Arkady correu até ele e abraçou-o como uma mãe cujo filho está sendo arrancado dela.

– Arkady, Arkady, não conte a ninguém! Não conte a ninguém, está me ouvindo? É um problema meu, devo suportá-lo sozinho.

– O que é isso? Acorde, Vasya, acorde!

Vasya suspirou, e lágrimas escorreram devagar pelo seu rosto.

– Por que magoá-la? Que culpa ela tem? – ele murmurou com uma voz agonizante, de partir o coração. – O pecado é meu, o pecado é meu!

Então ficou em silêncio por um momento.

– Adeus, meu amor! Adeus, meu amor! – sussurrou ele, balançando a desafortunada cabeça.

Arkady sobressaltou-se, se recompôs e queria ir correndo ao médico.

– Vamos, está na hora – exclamou Vasya, levado pelo último movimento de Arkady. – Vamos, irmão, vamos; estou pronto. Você indica o caminho. Ele parou e olhou para Arkady com uma expressão abatida e desconfiada.

– Vasya, pelo amor de Deus, não me siga! Espere por mim aqui. Eu voltarei para você imediatamente – disse Arkady Ivanovitch, perdendo a cabeça e alcançando o chapéu para buscar um médico. Vasya sentou-se de uma vez, estava calado e dócil, mas havia o brilho de uma decisão desesperada em seu olhar. Arkady retornou, pegou um canivete aberto em cima da mesa, olhou para o pobre amigo pela última vez e saiu correndo do apartamento.

Eram 8 horas. A luz do dia já banhava o quarto há algum tempo.

Ele não encontrou ninguém. Estava correndo a cerca de uma hora. Todos os médicos, cujos endereços ele havia conseguido com o porteiro quando o questionou se havia algum médico vivendo no prédio, tinham saído para trabalhar ou para resolver assuntos particulares. Havia um que atendia pacientes. Este questionou longa e detalhadamente o empregado que anunciou que Nefedevitch havia ligado, perguntando-lhe quem era, em nome de quem ele vinha, qual era o problema e concluiu dizendo que não poderia ir, tinha um assunto a resolver, e que pacientes daquele tipo deviam ser levados para um hospital.

Então Arkady, exausto, agitado e totalmente perplexo com essa reviravolta, amaldiçoou todos os médicos da terra, e voltou correndo alarmado para casa. Ele entrou apressado no apartamento. Mavra, como se não houvesse problema algum, continuou esfregando o chão, cortando lenha e preparando-se para acender o fogão. Ele entrou no quarto; não havia sinal de Vasya, ele tinha saído.

"Qual caminho? Para onde? Para onde terá ido esse pobre sujeito?" – pensou Arkady, congelado de terror. Ele começou a questionar Mavra.

Ela não sabia de nada, não o tinha visto nem ouvido, que Deus o abençoe. Nefedevitch correu até a casa dos Artemyevs.

Ocorreu-lhe por alguma razão que ele deveria estar ali.

Eram 10 horas quando chegou. Eles não o esperavam, não sabiam de nada e nem tinham ouvido nada. Ele ficou diante deles assustado, aflito e perguntou onde estava Vasya. As pernas da mãe cederam e ela caiu no sofá. Lizanka, tremendo assustada, começou a perguntar o que tinha acontecido. O que ele poderia dizer? Arkady Ivanovitch desconversou da melhor maneira que pode, inventou uma história que, é claro, ninguém acreditou, e fugiu, deixando-os angustiados e ansiosos. Ele correu até o trabalho para não ser tarde demais e avisou a todos para que algumas medidas fossem tomadas. No caminho ocorreu-lhe que ele poderia estar na casa de Yulian Mastakovitch. Era a alternativa mais provável de todas: fora a primeira coisa em que Arkady havia pensado, até mesmo antes dos Artemyevs. Quando chegou à porta de Sua Excelência, pensou em parar, mas disse ao motorista para seguir em frente. Ele decidiu descobrir se havia acontecido algo na repartição, e se Vasya não estivesse lá, ele iria até Sua Excelência para lhe levar a notícia de Vasya. Alguém deveria ser informado sobre isso.

Assim que entrou na antessala foi cercado por colegas, em sua maioria jovens que ocupavam a mesma posição que ele no trabalho. Em uníssono começaram a lhe perguntar o que tinha acontecido com Vasya. Ao mesmo tempo todos lhe disseram que Vasya tinha enlouquecido, e pensava que havia sido convocado para o exército como forma de punição por ter negligenciado o trabalho. Arkady Ivanovitch, respondendo em todas as direções, ou melhor, evitando dar uma resposta direta a eles, correu até as salas internas. No caminho ouviu que Vasya estava na sala de Yulian Mastakovitch, que todos haviam estado lá e que Esper Ivanovitch também estivera ali. Ele parou no caminho. Um dos funcionários mais velhos perguntou quem ele era e o que ele queria. Sem distinguir a pessoa, Arkady disse algo sobre Vasya e foi direto para a sala. Ouviu a voz de Yulian Mastakovitch vindo lá de dentro.

– Aonde você vai? – alguém perguntou na porta. Arkady Ivanovitch estava quase em desespero, estava a ponto de dar meia-volta, mas pela porta aberta viu o pobre Vasya. Ele empurrou a porta e se espremeu na sala. Todos pareciam confusos e perplexos, porque Yulian Mastakovitch aparentemente estava muito desapontado. As pessoas mais importantes estavam falando, de pé, ao seu redor, mas não chegavam a nenhuma decisão. A uma pequena distância estava Vasya. O coração de Arkady disparou quando ele o olhou. Vasya estava em pé, pálido, com a cabeça erguida, pés unidos e mãos ao lado do corpo, rigidamente ereto, como um recruta diante de um novo oficial. Ele olhava fixamente para Yulian Mastakovitch. Arkady foi notado de repente, e alguém que sabia que eles moravam juntos mencionou o fato para Sua Excelência. Arkady foi levado até ele. Ele tentou responder às perguntas que lhe foram feitas, olhou para Yulian Mastakovitch e, vendo em seu rosto uma expressão de compaixão genuína, começou a tremer e soluçar igual a uma criança. Ele ainda fez mais: agarrou a mão de Sua Excelência e levou-a aos olhos, molhando-a com as lágrimas, de modo que Yulian Mastakovitch foi obrigado a tirá-la rapidamente, e balançando-a no ar disse "Chega, meu caro, chega! Eu vejo que você tem um coração bom". Arkady soluçou e lançou a todos um olhar de súplica. Parecia-lhe que todos eram colegas do querido Vasya, que estavam preocupados e choravam por ele.

– Como aconteceu? Como isso aconteceu? Como? – Yulian Mastakovitch perguntou. – O que o fez perder a cabeça?

– Gra... gra... gratidão! – foi tudo o que Arkady Ivanovitch pode articular.

Todos ouviram sua resposta com espanto, e lhes parecia estranho e inacreditável que um homem pudesse enlouquecer de gratidão. Arkady explicou o melhor que pôde.

– Minha nossa! Que tristeza! – disse Yulian Mastakovitch. – E o trabalho confiado a ele não era importante, nem mesmo urgente. Não valia a pena um homem se matar por ele! Bem, leve-o embora... Nesse momento, Yulian Mastakovitch virou-se para Arkady Ivanovitch de novo e começou a questioná-lo outra vez. – Ele implora – disse ele, apontando para Vasya – que uma certa garota não fique sabendo disso. Quem é ela? Sua noiva, eu suponho?

Arkady começou a explicar. Enquanto isso, Vasya parecia estar pensando em algo, como se forçasse sua memória ao máximo para lembrar-se de um assunto importante e necessário, que era particularmente desejado naquele momento. De vez em quando ele olhava ao redor com uma angústia no rosto, como se esperando que alguém o lembrasse do que ele havia esquecido. Ele fixou os olhos em Arkady. De repente, havia um brilho de esperança em seus olhos; ele se moveu com a perna esquerda para frente, deu três passos o mais habilmente que pôde, marchando com sua bota direita assim como soldados fazem quando avançam ao serem chamados por um oficial. Todos estavam esperando para ver o que aconteceria.

– Eu tenho uma deficiência física e sou pequeno e fraco, e não estou apto para o serviço militar, Sua Excelência – disse ele abruptamente.

Com isso, todos na sala sentiram uma pontada no coração, e por mais resoluto que fosse Yulian Mastakovitch, lágrimas caíram de seus olhos.

– Leve-o daqui – disse, abanando a mão.

– Presente! – disse Vasya em voz baixa; virou-se para a esquerda e marchou para fora da sala. Todos os que estavam interessados em seu destino o seguiram. Arkady abriu caminho atrás dos outros. Eles fizeram Vasya se sentar na antessala até a carruagem que deveria levá-lo ao hospital chegar. Ele se sentou em silêncio e parecia muito ansioso. Acenava a cabeça para qualquer um que parecia lhe dizer adeus. Olhava em direção à porta a cada minuto e se preparava para partir quando lhe dissessem que era a hora. As pessoas se aglomeraram em um pequeno círculo ao seu redor; todos balançavam a cabeça e se lamentavam.

Muitos estavam impressionados com sua história, que de repente se tornou conhecida. Alguns discutiam sua doença, outros expressavam piedade e alta estima por Vasya, dizendo que ele era um rapaz tão quieto e modesto, que era tão promissor; descreviam quais esforços ele havia feito para aprender, como era ávido por conhecimento, como havia trabalhado para se educar.

– Ele saiu de sua condição humilde graças aos próprios esforços – alguns observaram. Falaram com emoção do carinho de Sua Excelência por ele. Alguns passaram a explicar por que Vasya fora tomado pela ideia de que estava sendo recrutado por não ter terminado o trabalho. Disseram que o pobre colega até recentemente pertencia à classe responsável pelo serviço militar e só havia recebido sua primeira graduação devido aos bons ofícios de Yulian Mastakovitch, que tinha tido a inteligência de descobrir o talento, a docilidade e a rara brandura do rapaz. Na verdade, havia muitos pontos de vista e teorias.

Um colega de repartição de Vasya estava particularmente angustiado. Não era muito jovem, devia ter em torno de 30 anos. Estava branco como papel, tremendo-se todo e sorrindo de maneira estranha, talvez porque qualquer caso escandaloso ou cena terrível assusta e, ao mesmo tempo, diverte o espectador que olha de fora. Ele ficava correndo ao redor do círculo que cercava Vasya, e como era baixinho, ficava na ponta dos pés e agarrava pelo botão os que ali estavam – isto é, o botão daqueles com quem sentia tal liberdade – e continuava dizendo que sabia como tudo acontecera, que não era uma questão simples, mas sim muito importante, que não poderia ser deixada de lado sem maiores investigações; em seguida, ficava na ponta dos pés de novo, cochichava no ouvido de alguém, acenava com a cabeça duas ou três vezes e dava mais uma volta. Finalmente, tudo terminou. O porteiro apareceu e um atendente do hospital foi até Vasya e lhe disse que a hora tinha chegado. Vasya saltou do banco agitado e seguiu com eles, olhando ao redor. Ele estava procurando alguém.

– Vasya, Vasya! – gritou Arkady Ivanovitch, soluçando. Vasya parou e Arkady e abriu caminho até ele. Eles se atiraram nos braços um do outro em um último abraço amargo. Foi triste vê-los. Que monstruosa calamidade estava arrancando lágrimas de seus olhos! Por que que estavam chorando? O que os afligia? Por que não se entendiam?

– Aqui, toma, pegue! Tome conta disso – disse Shumkov, enfiando uma espécie de papel na mão de Arkady. – Eles tirarão isso de mim. Traga-me depois; traga... cuide disso. – Vasya não pôde terminar, eles o chamaram. Ele desceu correndo as escadas, acenando para todos, dizendo adeus a todos. O desespero estampava seu rosto. Por fim, foi colocado na carruagem e levado. Arkady apressou-se para abrir o papel: era a mecha de cabelo de Liza, da qual Vasya nunca se separou. Lágrimas quentes jorraram dos olhos de Arkady: "Ah, pobre Liza!"

Quando o horário de trabalho terminou, ele foi até os Artemyevs. Não há necessidade de descrever o que aconteceu lá! Até mesmo Petya, o pequeno Petya, embora não entendesse muito bem o que havia acontecido com o querido Vasya, foi para um canto, escondeu o rosto entre as mãos e soluçou na plenitude do seu coração de criança. Já anoitecia quando Arkady voltou para casa. Quando chegou ao Neva, parou por um minuto e lançou um olhar profundo rio acima para a camada esfumaçada e congelada da distância, que se tornou carmim com o último raio púrpura e vermelho-vivo do pôr do sol, ainda ardente no horizonte nebuloso. A noite caía sobre a cidade e a vasta planície do Neva, aumentado pela neve congelada, brilhava nos últimos raios de sol com miríades de centelhas de geada. O frio atingia temperaturas negativas. Uma nuvem de vapor congelado pairava sobre cavalos estafados e pessoas apressadas. A atmosfera condensada tremia ao menor som, e de todos os telhados em ambos os lados do rio, colunas de fumaça se erguiam como gigantes e flutuavam pelo céu gelado, entrelaçando-se e soltando-se ao longo do caminho, de tal maneira que parecia que novas construções se erguiam sobre as antigas, uma nova cidade tomava forma no ar. Parecia como se todo aquele mundo, com todos os seus habitantes, fortes e fracos, com todas as suas habitações, os refúgios para os pobres ou os palácios dourados para o conforto dos poderosos deste mundo fosse, naquele crepúsculo, uma visão fantástica de um conto de fadas, como um sonho que por sua vez desapareceria e passaria como vapor no céu azul-escuro. Um pensamento estranho passou pela mente do amigo desamparado de Vasya. Ele se sobressaltou e seu coração parecia ter sido inundado por uma onda quente de sangue atiçada por uma sensação poderosa e esmagadora que ele nunca tinha sentido antes. Parecia ter entendido somente agora toda e desordem e confusão de seu pobre Vasya, porque ele tinha enlouquecido: fora incapaz de suportar sua felicidade. Seus lábios se contraíram, os olhos brilharam, ele ficou pálido e teve uma clara visão de algo novo, por assim dizer.

    Ele se tornou melancólico e triste, e perdeu toda a sua alegria. Passou a odiar seu antigo alojamento – e encontrou um novo para viver. Não se importou em visitar os Artemyevs, e, na verdade, não podia. Dois anos depois, encontrou-se com Lizanka na igreja. Ela já estava casada; ao seu lado caminhava uma babá com um bebezinho. Eles se cumprimentaram, e por muito tempo evitaram mencionar o passado. Liza disse que, graças a Deus, estava feliz, que não estava mal, que seu marido era um homem gentil e que gostava muito dele. Mas, de repente, no meio da frase seus olhos se encheram de lágrimas, a voz falhou, ela se virou e baixou os olhos para o pavimento da igreja para esconder sua tristeza.

Uma Árvore de Natal e um Casamento

No outro dia vi um casamento... mas não, é melhor contar da árvore de Natal. O casamento foi bom, eu gostei muito, mas o outro incidente foi melhor. Não sei como foi que, vendo aquele casamento, pensei naquela árvore de Natal. Foi isto o que aconteceu. Há apenas cinco anos, na véspera do Ano-Novo, fui convidado para uma festa infantil. O realizador da festa era um personagem bem conhecido e de negócios, com conexões, com um grande círculo de conhecidos e um bom número de esquemas em mãos, de modo que se supõe que essa festa era uma desculpa para reunir os pais e discutir vários assuntos interessantes de uma forma inocente e casual. Eu era um intruso, não tinha nenhum assunto interessante para contribuir e, por isso, passei a noite de forma bastante independente.

Havia outro cavalheiro presente que não era, acredito, de nenhuma patente especial ou da família, e que, como eu, tinha simplesmente aparecido nessa festa familiar. Ele foi o primeiro a chamar minha atenção. Era um homem alto e magro, muito sério e muito bem vestido. Mas era nítido que não estava com disposição para folias e festividades familiares; sempre que ele se retirava para um canto, deixava de sorrir e franzia suas sobrancelhas pretas. Ele não conhecia ninguém na festa, além do anfitrião. Dava para ver que estava terrivelmente entediado, mas que mantinha com valentia o papel de um homem alegre que se divertia. Soube depois que esse era um cavalheiro das províncias, que tinha um negócio crítico e complicado em São Petersburgo, que tinha trazido uma carta de apresentação ao nosso anfitrião, que de modo algum lhe tirava algum proveito, mesmo *con amore*, e a quem tinha convidado, por educação, para a festa de seus filhos. Não jogava cartas, não lhe ofereciam charutos e todos evitavam conversar com ele, reconhecendo, muito provavelmente, o pássaro por suas penas; então o cavalheiro foi forçado a sentar-se a noite toda enquanto acariciava seus bigodes, apenas para ter algo em mãos. Seus bigodes eram certamente muito bons. Mas ele os acariciava com tanto zelo que, olhando-o, poderíamos supor que os bigodes haviam sido criados antes e o cavalheiro apenas anexado a eles a fim de acariciá-los.

Além desse indivíduo que se comportou dessa forma na festa familiar de nosso anfitrião (ele tinha cinco meninos gordos e bem alimentados), fui atraído também por outro cavalheiro. Mas ele era de um tipo bem diferente. Era uma personalidade. Chamava-se Yulian Mastakovitch. À primeira vista, já podia se ver que era um convidado de honra, e tinha a mesma relação com o nosso anfitrião que o nosso anfitrião tinha com o cavalheiro que acariciava os seus bigodes. Nosso anfitrião e nossa anfitriã lhe disseram inúmeras coisas educadas, atenderam todos os seus pedidos, fizeram-no beber, elogiaram-no, trouxeram outros visitantes para serem apresentados a ele, mas não o levaram para ser apresentado a ninguém mais. Notei que lágrimas brilhavam nos olhos de nosso anfitrião quando ele comentou sobre a festa, e que raramente tinha passado uma tarde tão agradável. Senti-me assustado na presença de tal personalidade, e assim, depois de admirar as crianças, fui para um pequeno salão, que estava bem vazio, e me sentei sob uma pérgula de flores que enchia quase metade do lugar.

As crianças eram todas muito doces, e se recusaram resolutamente a seguir o modelo dos adultos, apesar de todas as admoestações de suas governantas e mães. Elas arrancaram até a última guloseima da árvore de Natal num piscar de olhos, e conseguiram quebrar metade dos brinquedos antes de saber o que estava destinado a cada um. Particularmente charmoso era um garoto de olhos negros e cabelos encaracolados, que continuava a tentar me acertar com a sua arma de madeira. Mas minha atenção foi ainda mais atraída por sua irmã, uma garota de 11 anos, quieta, sonhadora, pálida e com olhos grandes, proeminentes e sonhadores, delicada como um pequeno Cupido. As crianças feriram seus sentimentos de alguma forma, e então ela fugiu deles para o mesmo salão vazio em que eu estava sentado, e brincava com sua boneca no canto. Os visitantes respeitosamente apontaram seu pai, um empreiteiro rico, e alguns sussurraram que 300 mil rublos já estavam reservados para o seu dote. Virei-me para olhar para o grupo que estava interessado em tal circunstância, e o meu olho recaiu sobre Yulian Mastakovitch, que, com as mãos atrás das costas e a cabeça inclinada, ouvia com a maior atenção as fofocas inúteis daqueles cavalheiros. Depois, não pude deixar de admirar a discriminação do anfitrião e da anfitriã na distribuição dos presentes das crianças. A garotinha, que já tinha uma porção de 300 mil rublos, recebeu a boneca mais cara.

Os presentes seguintes diminuíam de valor de acordo com a posição dos pais dessas crianças felizes; finalmente, a criança da posição mais baixa, um garotinho magro, com sardas e cabelos ruivos, de 10 anos, ganhou apenas um livro de histórias sobre as maravilhas da natureza e lágrimas de devoção etc.; sem imagens ou até mesmo xilogravuras. Ele era o filho de uma pobre viúva, a governanta das crianças da casa, um garotinho oprimido e assustado. Estava vestido com um casaco curto de um tecido inferior. Depois de receber seu livro, andou ao redor dos outros brinquedos por muito tempo; queria brincar com as outras crianças, mas não ousava; era evidente que ele já sentia e entendia sua posição. Eu adoro observar crianças. Suas primeiras abordagens independentes da vida são extremamente interessantes. Eu notei que o garoto ruivo estava tão fascinado pelos brinquedos caros das outras crianças, especialmente por um teatro em que desejava participar, que decidiu sacrificar sua dignidade. Ele sorriu e começou a brincar com as outras crianças, deu sua maçã para um garotinho de rosto redondo que já tinha um monte de doces amarrados em um lenço de bolso, e até carregou um outro garoto nas costas, simplesmente para não ser expulso do teatro, mas um jovem insolente lhe deu uma pancada forte um minuto depois. O garoto não se atreveu a chorar. Então a governanta, sua mãe, apareceu e lhe disse para não interferir na brincadeira das outras crianças. O garoto seguiu para o mesmo salão onde estava a garotinha. Ela o deixou juntar-se a ela e os dois começaram a trabalhar com afinco para vestir a boneca cara.

Eu estava sentado há mais de meia hora sob a pérgula, ouvindo o tagarelar do garoto de cabelos ruivos e da bela com o dote de trezentos mil que cuidava de sua boneca, quando Yulian Mastakovitch, de repente, entrou no salão. Ele tinha se aproveitado da comoção geral após uma briga entre as crianças para fugir da sala de estar. Tinha reparado nele um pouco antes de falar muito cordialmente com o pai da futura herdeira, cuja amizade havia acabado de fazer, sobre a superioridade de um ramo do serviço sobre outro. Estava hesitante e parecia calcular algo em seus dedos: "Trezentos... trezentos", ele sussurrava. "Onze... doze...treze", e assim por diante. "Dezesseis. Cinco anos! Supondo que esteja a quatro por cento. Cinco vezes doze é sessenta; sim, a esses sessenta... bem, daqui a cinco anos podemos presumir que serão quatrocentos. Sim! Mas ele não aceitar ficar com quatro por cento... o malandro. Ele pode conseguir oito ou dez. Bem, quinhentos, digamos, quinhentos pelo menos... isso é certo; bem, adicione um pouco a mais para as mordomias. Hum..."

Sua hesitação estava no fim, ele assoou o nariz e estava prestes a sair do salão quando avistou a garotinha e parou de repente. Ele não me viu atrás dos vasos de vegetação. Pareceu-me que estava muito entusiasmado. Ou os seus cálculos tinham afetado a sua imaginação ou outra coisa, pois esfregava as mãos e mal conseguia ficar parado. Essa animação atingiu o limite máximo quando parou e lançou outro olhar resoluto para a futura herdeira. Estava prestes a ir em frente, mas primeiro olhou ao redor, então movendo-se na ponta dos pés, como alguém que se sente culpado, avançou em direção às crianças. Ele se aproximou com um sorrisinho, inclinou-se e beijou-a na cabeça. A criança, que não esperava esse ataque, proferiu um grito de alarme.

"O que você está fazendo aqui, doce menina?", ele perguntou num sussurro, olhando em volta e afagando a bochecha da garota.

"Estamos brincando"

"Ah! Com ele?", Yulian Mastakovitch olhou de soslaio para o garoto. "É melhor ir para a sala de estar, meu querido", disse para ele.

O garoto o olhou de olhos abertos e não disse uma palavra. Yulian Mastakovitch olhou ao redor novamente, e mais uma vez inclinou-se para a menina.

"E o que é isso que você tem, uma boneca, querida criança?", ele perguntou.

"Sim, uma boneca", respondeu a garota, franzindo a testa um pouco tímida.

"Uma boneca... e você sabe, querida, do que sua boneca é feita?"

"Eu não sei", a garota respondeu com um sussurro, abaixando a cabeça.

"É feita de trapos, querida. É melhor você ir para a sala de estar com seus amigos, menino", disse Yulian Mastakovitch, olhando severamente para o garoto.

Ele e a garota franziram a testa e se agarraram. Não queriam ser separados.

"E você sabe porque lhe deram essa boneca?", perguntou Yulian Mastakovitch, baixando a voz cada vez mais.

"Eu não sei."

"Porque você foi uma criança doce e bem comportada a semana toda."

Nesse momento, Yulian Mastakovitch, mais entusiasmado do que nunca, falando no mais suave tom, perguntou por fim, em uma voz quase inaudível, sufocada de emoção e impaciência:

"E você me amará, querida menininha, quando eu for visitar seu papai e sua mamãe?"

Dizendo isso, Yulian Mastakovitch tentou mais uma vez beijar "a querida menininha", mas o garoto ruivo, vendo que a garota estava a ponto de chorar, agarrou sua mão e começou a choramingar de simpatia por ela. Yulian Mastakovitch ficou furioso com o fato.

"Vá embora, vá embora daqui, vá embora!", ele disse ao garoto. "Vá para a sala de estar! Vá brincar com seus amigos!"

"Não, ele não precisa, não precisa! Vá embora você!", disse a garotinha. "Deixe-o em paz, deixe-o em paz", disse quase chorando.

Alguém fez um barulho à porta. Yulian Mastakovitch imediatamente se levantou assustado. Mas o garoto ruivo ficou ainda mais assustado do que Yulian Mastakovitch; ele abandonou a garotinha e, esgueirando-se junto à parede, fugiu do salão para a sala de estar.

Para não levantar suspeitas, Yulian Mastakovitch também entrou na sala de estar. Estava vermelho como um camarão e, olhando para o espelho, parecia ter vergonha de si mesmo. Talvez estivesse aborrecido consigo mesmo por sua impetuosidade e afobação. Possivelmente, de início, ele ficara tão impressionado com seus cálculos, tão inspirado e fascinado por eles, que, apesar de sua seriedade e dignidade, havia decidido se comportar como um menino e aproximar-se diretamente do objeto de suas atenções, mesmo que ela não pudesse ser, de fato, o objeto de suas atenções por pelo menos cinco anos. Eu segui o estimado cavalheiro até a sala e lá presenciei um estranho espetáculo. Yulian Mastakovitch, corado de desgosto e raiva, estava assustando o garoto ruivo, que, afastando-se dele, não sabia para onde correr em seu terror.

"Vá embora; o que você está fazendo aqui? Vá embora, seu moleque; está querendo roubar as frutas, é? Suma, seu garoto malcriado! Suma, seu chorão, vá com seus amigos!"

O garoto apavorado, em desespero, tentou rastejar para debaixo da mesa. Em seguida, seu perseguidor, enfurecido, tirou seu grande lenço de cambraia e começou a sacudi-lo debaixo da mesa para atingir a criança, que se manteve perfeitamente quieta. Deve-se observar que Yulian Mastakovitch tinha propensão a ser gordo. Ele era um homem elegante, de rosto vermelho e forma sólida, barrigudo, com pernas grossas; o que é chamado de uma bela figura de um homem, redondo como uma noz. Estava transpirando, ofegante e terrivelmente corado. Por fim, quase ficara rígido, tão grande era sua indignação e talvez, quem sabe, sua inveja. Comecei a gargalhar. Yulian Mastakovitch virou-se e, apesar de todas as suas consequências, foi tomado pela confusão. Naquele momento, pela porta oposta, entrou nosso anfitrião. O garoto saiu de debaixo da mesa e limpou seus cotovelos e joelhos. Yulian Mastakovitch apressou-se em colocar no nariz o lenço que segurava na mão pela ponta.

Nosso anfitrião olhou para nós três um pouco perplexo, mas como um homem que sabe algo da vida, e a olha de um ponto de vista muito sério, ele imediatamente aproveitou a chance de encontrar-se com seu visitante quase a sós.

"Aqui, este é o menino", disse, apontando para o garoto ruivo, "para quem tenho a honra de solicitar sua influência."

"Ah!", disse Yulian Mastakovitch, que mal havia se recuperado.

"O filho da governanta dos meus filhos", disse nosso anfitrião, em um tom de súplica, "uma pobre mulher, a viúva de um funcionário público honesto; e por isso, Yulian Mastakovitch, se for possível..."

"Ah, não, não!", Yulian Mastakovitch apressou-se em responder, "não, desculpe-me, Filip Alexyevitch, é completamente impossível. Eu perguntei, não há vaga, e se houvesse, há mais vinte candidatos com muito mais direitos que ele... Sinto muito, sinto muitíssimo."

"Que pena", disse o anfitrião. "Ele é um garoto quieto e bem comportado."

"Um grande tratante, como percebi", respondeu Yulian Mastakovitch, torcendo o lábio com nervosismo. "Suma, garoto, por que está aí parado? Vá com seus amigos", disse, dirigindo-se à criança.

Naquele momento ele não conseguiu se conter, e me olhou com um dos olhos. Eu também não consegui me conter e ri bem na sua cara.

Yulian Mastakovitch virou-se imediatamente, e numa voz calculada para chegar ao meu ouvido, perguntou quem era aquele jovem estranho. Os dois cochicharam e saíram da sala. Vi Yulian Mastakovitch balançar a cabeça incrédulo enquanto nosso anfitrião falava com ele.

Depois de rir à vontade, retornei para a sala de estar. Ali, o grande homem, rodeado por pais e mães de famílias, incluindo o anfitrião e a anfitriã, estava dizendo algo muito afetuoso para uma senhora a quem havia acabado de ser apresentado. A senhora estava segurando a mão da garota com quem Yulian Mastakovitch tivera a cena no salão pouco antes. Agora ele lançava elogios e arroubos sobre a beleza, os talentos, a graça e as maneiras encantadoras da garota charmosa. Estava evidentemente bajulando a mãe. Ela o escutava quase chorando de deleite. Os lábios do pai sorriam. Nosso anfitrião estava encantando com a satisfação geral. Todos os convidados, na verdade, estavam satisfeitos; até as brincadeiras infantis eram controladas para que não impedissem a conversa: toda a atmosfera estava saturada de respeito. Escutei depois a mãe da interessante criança, profundamente comovida, implorar a Yulian Mastakovitch, com frases escolhidas com cuidado, para lhe fazer a honra especial de lhes conceder a dádiva preciosa de sua visita, e ouvi com um inalterado deleite Yulian Mastakovitch aceitar o convite. E em seguida, os convidados, dispersando-se em diferentes direções e afastando-se com grande decoro, derramaram uns sobre os outros os comentários mais tocantes e elogiosos a respeito do empreiteiro, de sua esposa, de sua garotinha e, acima de tudo, de Yulian Mastakovitch.

"Esse cavalheiro é casado?", perguntei, quase em voz alta, a um dos meus conhecidos, que estava mais próximo de Yulian Mastakovitch. Yulian Mastakovitch lançou-me um olhar penetrante e vingativo.

"Não!", respondeu meu conhecido, mortificado do fundo do seu coração pelo constrangimento do qual eu era intencionalmente culpado.

✳

Recentemente, passei por uma certa igreja; fiquei impressionado com a multidão de pessoas em carruagens. Ouvi pessoas falando do casamento.

Estava um dia nublado, e começava a chuviscar. Abri caminho pela multidão até a porta e vi o noivo. Era um homem elegante, bem alimentado, redondo, barrigudo e muito bem vestido. Corria agitado, dando ordens. Por fim, a notícia se espalhou pela multidão de que a noiva estava chegando. Enfiei-me mais entre a multidão e vi uma beleza maravilhosa, que mal poderia ter alcançado a sua primeira primavera. Mas a beleza era pálida e melancólica. Ela parecia preocupada; até imaginei que seus olhos estavam vermelhos devido a um choro recente. A severidade clássica de cada feição de seu rosto dava certa dignidade e seriedade à sua beleza. Mas por trás dessa austeridade e dignidade, por trás dessa melancolia, podia-se ver o olhar da inocência infantil; algo indescritivelmente ingênuo, fluido, jovem, que parecia implorar por misericórdia.

As pessoas diziam que ela tinha acabado de completar 16 anos. Olhando com atenção para o noivo, eu subitamente o reconheci como Yulian Mastakovitch, que eu não via há cinco anos. Olhei para ela. Meu Deus! Comecei a abrir caminho o mais rápido que pude para sair da igreja. Ouvi pessoas na multidão dizendo que a noiva era uma herdeira, que ela tinha um dote de quinhentos mil... e um enxoval de mesmo valor.

"Foi um belo negócio, no entanto!", pensei enquanto caminhava para a rua.

Polzunkov

Eu comecei a escrutinar o homem de perto. Mesmo em seu exterior havia algo muito peculiar que compelia as pessoas, por mais distante que estivessem os pensamentos, a fixarem os olhos nele e a explodirem em gargalhadas irreprimíveis. Foi o que aconteceu comigo. Devo observar que os olhos do homenzinho eram muito agitados, ou talvez ele fosse tão sensível ao magnetismo de cada olhar fixado nele que ele, quase por instinto, adivinhava que estava sendo observado, virava-se de uma vez para o observador e ansiosamente analisava sua expressão. Sua mobilidade contínua, seu virar e revirar, faziam-no parecer uma boneca dançante, surpreendentemente. Era estranho! Parecia ter medo de ser ridicularizado, apesar do fato de estar quase ganhando a vida ao ser um bufão para todo mundo, e se expunha a todo tipo de peteleco em um senso moral e até mesmo físico, a julgar pelas companhias que tinha. Bufões voluntários não são nem mesmo dignos de pena. Mas notei de repente que essa estranha criatura, esse homem ridículo, não era de maneira alguma um bufão de profissão. Ainda havia algo de cavalheiresco nele. Sua inquietação, sua apreensão contínua em relação a si mesmo, eram, na verdade, um testemunho a seu favor. Parecia-me que seu desejo de ser prestativo se devia mais à gentileza do coração do que a considerações mercenárias. Ele prontamente permitia que rissem dele da maneira mais alta e inadequada, na sua cara, mas, ao mesmo tempo – e estou pronto para jurar sobre isso –, seu coração doía e estava magoado com a ideia de que seus ouvintes fossem tão brutais a ponto de serem capazes de rir, não de algo que fora dito ou feito, mas dele, de todo o seu ser, de seu coração, de sua cabeça, de sua aparência, do todo o seu corpo, carne e sangue. Estou convencido de ele sentiu, naquele momento, toda a tolice de sua posição; mas o protesto morrera em seu coração de imediato, embora tenha surgido de novo da maneira mais heroica. Estou convencido de que tudo isso devia-se apenas a um coração gentil, e não ao medo da inconveniência de ser expulso e ser incapaz de pedir dinheiro emprestado a alguém. Esse cavalheiro estava sempre pedindo dinheiro emprestado, ou seja, pedia esmolas dessa forma, quando depois de fazer papel de bobo e de entretê-los às suas custas, sentia-se, de certa forma, no direito de emprestar dinheiro deles.

Mas, meu Deus! Que negócio era pedir dinheiro emprestado! E com que semblante ele pedia o empréstimo! Eu não podia imaginar que em um espaço tão pequeno quanto o rosto enrugado e angular daquele homenzinho poderia haver espaço, ao mesmo tempo, para tantas caretas diferentes, para tais nuances de sentimento tão estranhas, variadas e características, para tais expressões absolutamente matadoras. Tudo estava ali: vergonha e uma suposição de insolência e humilhação pelo súbito rubor de seu rosto, e raiva e medo de fracassar, e súplica para ser perdoado por ter ousado importunar, e um senso da própria dignidade, e um senso ainda maior da própria abjeção. Tudo isso passou pelo seu rosto como um relâmpago. Por seis anos ele lutou dessa maneira no mundo de Deus, e até agora foi incapaz de assumir uma atitude adequada no momento interessante de pedir dinheiro emprestado. Não preciso dizer que ele nunca poderia se tornar insensível e completamente baixo. Seu coração era sensível demais, apaixonado demais! E direi mais, na minha opinião, ele era um dos homens mais honestos e honrados do mundo, mas com uma pequena fraqueza: a de estar sempre pronto para fazer qualquer coisa desprezível por ordem de alguém, de forma amável e desinteressada, apenas para agradar ao próximo. Em suma, ele era o que chamamos de "um trapo" no sentido mais amplo da palavra. A coisa mais absurda era que ele se vestia como qualquer outra pessoa, nem pior nem melhor, arrumado, até mesmo com certo esmero, e realmente tinha pretensões de respeitabilidade e dignidade pessoal. Essa igualdade externa e desigualdade interna, sua inquietação sobre si mesmo e, ao mesmo tempo, sua autodepreciação contínua, tudo isso era visivelmente incongruente e provocava risadas e pena. Se ele estivesse convencido em seu coração (e apesar de sua experiência, em alguns momentos ele acreditou nisso) de que seu público era formado pelas pessoas mais bondosas do mundo, que simplesmente riam de algo divertido, e não do sacrifício de sua dignidade pessoal, ele teria tirado seu casaco sem demora, o teria colocado do avesso, e teria andado pelas ruas naquele traje para a diversão dos outros e para a própria gratificação. Mas a igualdade não poderia alcançar, de forma alguma. Outra característica: o sujeito estranho era orgulhoso, e até mesmo, aos trancos e barrancos, generoso, quando não era muito arriscado. Valia a pena ver e ouvir como ele podia, às vezes, sem se poupar, com garra, quase com heroísmo, livrar-se de um dos patrões que o havia enfurecido. Mas isso acontecia em certos momentos...

Em suma, ele era um mártir no sentido mais amplo da palavra, mas o mais inútil e, portanto, o mais cômico dos mártires.

Havia uma discussão geral acontecendo entre os convidados. Num instante nosso amigo esquisito subiu em sua cadeira e gritou a plenos pulmões, ansioso pela atenção exclusiva do grupo.

– Ouça. – sussurrou-me o dono da casa – Ele, às vezes, conta as mais curiosas histórias. Será que lhe interessa?

Eu assenti e me espremi entre o grupo. A visão de um cavalheiro muito bem vestido subindo na cadeira e gritando, de fato, chamou a atenção de todos. Muitos dos que não conheciam o sujeito se entreolhavam perplexos, o restante gargalhava.

– Eu conheci Fedosey Nikolaitch. Devo ter conhecido Fedosey Nikolaitch melhor do que ninguém! – exclamou o sujeito estranho do alto de sua cadeira. – Senhores, permitam-me que eu lhes conte algo. Posso contar uma boa história sobre Fedosey Nikolaitch! Sei uma história... extraordinária!

– Conte, Osip Mihailitch, conte.
– Conte.
–Ouçam.
– Ouçam, ouçam.
– Eu começo, mas, cavalheiros, esta é uma história peculiar.
– Muito bem, ótimo!
– É uma história cômica.
– Muito bem, excelente, esplêndido. Continue!
– É um episódio da vida privada de seu humilde...

— Por que se deu ao trabalho de anunciar que era cômica?
— E de certo modo trágica!
— Hã?!
— Resumindo, a história que todos vocês terão o prazer de me ouvir contar, senhores, a história, que como consequência me trouxe à companhia de tanto interesse e lucro...
— Sem trocadilhos!
— Essa história...
— Em resumo, a história... apresse-se e termine a introdução! A história, que tem seu valor... – um homem loiro de bigode proclamou com uma voz rouca, colocando a mão no bolso do casaco, e por acaso, puxando de lá uma carteira e não um lenço.
— A história, meus senhores, depois da qual gostaria de ver muitos de vocês no meu lugar. E, finalmente, a história, em consequência da qual eu não casei.
— Casar! Uma esposa! Polzunkov tentou se casar!
— Eu confesso que gostaria de ver a senhora Polzunkov.
— Permita-me saber o nome da possível senhora Polzunkov – berrou um jovem, abrindo seu caminho até o contador de histórias.
— Então conto o primeiro capítulo, senhores. Foi apenas seis anos atrás, na primavera, dia 31 de março, notem a data, senhores, na véspera...
— De primeiro de abril! – exclamou um jovem de cabelos cacheados.
— Você é muito rápido na adivinhação. Era final de tarde. O crepúsculo chegava sobre o distrito da cidade de N., a lua estava prestes a sair... tudo estava perfeito, na verdade. Então, no crepúsculo tardio, eu também saí da minha pobre habitação às escondidas, após despedir-me de minha avozinha restrita, agora morta. Desculpem-me, senhores, por usar uma expressão tão da moda, que ouvi pela última vez de Nikolay Nikolaitch. Mas minha avozinha era, de fato, restrita: ela era cega, muda, surda, burra, tudo o que quiserem. Confesso que tremia, eu estava preparado para grandes atos, meu coração batia como o de um gatinho quando uma mão ossuda lhe agarra pelo pescoço.
— Desculpe-me, sr. Polzunkov.
— O que você quer?

– Conte de forma mais simples; não se esforce demais, por favor!

– Tudo bem! – disse Osip Mihailitch, um pouco desconcertado. – Entrei na casa de Fedosey Nikolaitch (a casa que ele havia comprado). Fedosey Nikolaitch, como vocês sabem, não é um mero colega, mas o chefe pleno de um departamento. Fui anunciado, e conduzido imediatamente ao escritório. Posso vê-lo agora: a sala estava escura, quase escura, mas velas não foram trazidas. Eis que entra Fedosey Nikolaitch. Lá, eu e ele fomos deixados no escuro.

– O que aconteceu com vocês? – perguntou um oficial.

– O que você acha? – perguntou Polzunkov, virando-se depressa, com o rosto contorcido, para o jovem de cabelo cacheado. – Bem, senhores, uma circunstância estranha aconteceu, embora não houvesse nada de estranha nela: era o que chamam de negócios cotidianos. Eu simplesmente tirei do meu bolso um bolo de papel e ele outro bolo.

– Cédulas de papel?

– Cédulas de papel, e nós as trocamos.

– Poderia apostar que há um cheiro de suborno nisso daí – observou um jovem cavalheiro vestido de maneira respeitável e de cabelo curto.

– Suborno! – Polzunkov arrebatou-se – ah, que eu seja um liberal, igual a muitos que vi! Você também, quando é a sua vez de servir nas províncias, não aqueceria as mãos no coração do nosso país? Pois como diz um escritor: "Até mesmo a fumaça de nossa terra nativa é doce para nós". Ela é nossa Mãe, senhores, nossa Mãe Rússia; nós somos seus filhos, e por isso mamamos nela!

Houve uma onda de risadas.

– Vocês acreditariam, senhores, que eu nunca aceitei subornos? – disse Polzunkov, olhando ao redor para todos os presentes com desconfiança.

Uma prolongada explosão de risos homéricos afogou as palavras de Polzunkov.

– É verdade, senhores.

Mas aqui ele parou, ainda olhando ao redor para cada pessoa com uma estranha expressão no rosto; talvez, quem sabe, naquele instante um pensamento lhe veio à mente: de que ele era mais honesto que muitos daqueles que ali estavam. De qualquer forma, a expressão séria do seu rosto não desapareceu até que a alegria geral tivesse terminado.

– E então – Polzunkov começou novamente quando tudo estava em silêncio – embora eu nunca tenha aceitado subornos, naquela época eu transgredi; coloquei no meu bolso um suborno... de um subornador, ou seja, havia certos papéis em minhas mãos que, se eu tivesse me preocupado em enviar para a pessoa certa, teriam sido desfavoráveis para Fedosey Nikolaitch.

– Então ele os comprou de você?

– Sim.

– Pagou muito?

– Ele pagou o valor pelo qual um homem, nos dias atuais, venderia sua consciência por completo, com todas as suas variações... se conseguisse qualquer coisa por ela. Mas eu me senti como se tivesse sido escaldado quando coloquei o dinheiro no bolso. Eu realmente não entendo o que sempre se passa comigo, senhores, mas eu estava mais morto do que vivo, meus lábios se contorciam e minhas pernas tremiam; bem, eu era o culpado, o culpado, totalmente culpado. Eu estava com a consciência pesada; estava pronto para implorar o perdão de Fedosey Nikolaitch.

– O que ele fez? Ele o perdoou?

– Mas eu não lhe pedi perdão... apenas quis dizer que foi assim que me senti. Pois tenho um coração sensível, vocês sabem. Percebi que ele me olhava diretamente: "Não tem medo de Deus, Osip Mihailitch?", ele perguntou. Bem, o que eu podia fazer? Por um sentimento de decência, inclinei a cabeça e levantei minhas mãos. "De que forma", eu disse, "eu não temo a Deus, Fedosey Nikolaitch?" Mas só disse isso por decência. Eu estava pronto para afundar na terra. "Depois de ser um amigo de nossa família por tanto tempo, depois de ser, eu diria, como um filho, e quem sabe o que os céus tinham reservado para nós, Osip Mihailitch? De repente ter uma denúncia contra mim, e pensar nisso agora!... O que eu devo pensar da humanidade depois disso, Osip Mihailitch?"

– Sim, senhores, ele me deu um sermão. "Diga", ele falou, "o que devo pensar da humanidade depois disso, Osip Mihailitch?"

"O que ele deve pensar?", eu refleti; e querem saber, havia um nó na minha garganta e minha voz estava trêmula, e conhecendo minha detestável fraqueza, peguei meu chapéu. "Para onde você vai, Osip Mihailitch? Não é possível que véspera de um dia como esse você me atacará com tanta maldade? Que mal eu lhe fiz?", "Fedosey Nikolaitch", eu disse, "Fedosey Nikolaitch..."

— Na verdade, eu derreti, senhores, derreti como um torrão de açúcar. E o bolo de notas que estava em meu bolso parecia gritar: "Seu salteador ingrato, seu ladrão maldito!" Parecia pesar 50 quilos. (se ao menos tivesse 50 quilos ali!) "Eu vejo", disse Fedosey Nikolaitch, "eu vejo o seu arrependimento... você sabe que amanhã é...", "Dia de Santa Maria do Egito", "Bem, não chore", disse Fedosey Nikolaitch, "basta: você errou, e se arrepende. Vamos! Talvez eu tenha sucesso em trazê-lo de volta ao verdadeiro caminho", disse ele, "talvez, meus modestos penates aqueçam" (sim, penates, lembro-me que ele usou essa expressão, o tratante), disse, "o seu coração endure... não direi endurecido, mas sim o seu coração errante." Ele me pegou pelo braço, senhores, e me levou ao seu círculo familiar.

Um arrepio frio percorreu minhas costas; eu estremeci! Pensei: "com que semblante devo me apresentar?", vocês devem saber, senhores, ah!, como posso dizer... uma posição delicada tinha surgido aqui.

— Não a senhora Polzunkov?

— Marya Fedosyevna, apenas não estava destinada, você sabe, a carregar o nome que você lhe deu; ela não alcançou tal honra. Fedosey Nikolaitch estava certo, vejam, quando disse que eu era quase visto como um filho na casa; já era assim, de fato, seis meses antes, quando certo cadete reformado chamado Mihailo Maximitch Dvigailov ainda vivia. Mas pela vontade de Deus ele morreu, ele adiou a resolução de seus negócios até que a morte os resolveu por ele.

— Ah!

— Bem, não importa, senhores, desculpem-me, foi sem querer. É um trocadilho ruim, mas não importa que seja ruim, o que aconteceu depois foi bem pior, quando eu fiquei, por assim dizer, sem nada em vista além de uma bala na cabeça, pois aquele cadete, embora não me admitisse em sua casa (ele vivia em grande estilo, já que sempre soube como encher o bolso), acreditava, talvez corretamente, que eu era seu filho.

— Ahá!

— Sim, foi assim. Então começaram a me tratar com indiferença na casa de Fedosey Nikolaitch. Eu notei coisas, mantive-me calado; mas, de repente, infelizmente para mim (ou talvez felizmente!), um oficial da cavalaria galopou até nossa cidadezinha, como neve caindo do céu. Seus negócios, comprar cavalos para o exército, eram simples e ativos, no estilo da cavalaria, mas ele se instalou firmemente na casa de Fedosey Nikolaitch, como se estivesse sitiando o local. Eu me aproximei do assunto de forma indireta, como é meu hábito sórdido; eu disse uma coisa e outra, perguntando-lhe o que eu havia feito para ser tratado assim, dizendo que eu era quase como um filho para ele, e quando esperava que ele se comportasse mais como um pai... Bem, ele começou a me responder. E quando ele começa a falar você assiste a uma epopeia comum de doze cantos, e tudo o que você pode fazer é ouvir, molhar os lábios e levantar as mãos de alegria. E não tem o menor sentido, ou pelo menos não há como entender o sentido. Você fica confuso como um tolo: ele o coloca em um nevoeiro, dá voltas como uma enguia e se esquiva de você. É um dom especial, um verdadeiro dom, e é o suficiente para assustar pessoas mesmo que não seja um problema delas. Eu tentei uma coisa ou outra, e fui para lá e para cá. Cantei canções para a dama, levei-lhe bombons e pensei em coisas inteligentes para lhe dizer. Tentei suspirar e lamentar. "Meu coração dói", eu disse, "dói de amor". Fui às lágrimas e dei justificativas secretas. O homem é tolo, vocês sabem... Nunca me lembrei de que eu tinha 30 anos... nem um pouco! Eu tentei todas as minhas artimanhas. Não deu certo. Foi um fracasso, e eu não ganhei nada além de zombarias e troças. Eu estava indignado, engasgando-me de raiva. Eu me esgueirei e não botei os pés na casa. Eu pensei e pensei e decidi denunciá-lo. Bem, é claro, foi uma coisa nojenta, eu pretendia entregar um amigo, confesso. Eu tinha pilhas de material, um material esplêndido, um grande caso. Rendeu-me 1.500 rublos quando troquei ele e a denúncia pelo dinheiro!

— Ah, então esse foi o suborno!

— Sim, senhor, esse foi o suborno, e foi um subornador que teve de pagar. Eu não fiz nada de errado, posso lhe assegurar. Pois bem, agora continuarei: ele me levou, se vocês se lembram, mais morto do que vivo para uma sala onde estavam tomando chá. Todos me receberam parecendo estar ofendidos, quer dizer, não exatamente ofendidos, mas magoados, tão magoados que foi simplesmente... eles pareciam abalados, totalmente abalados, e ao mesmo tempo, havia um olhar de dignidade em seus rostos, uma seriedade em suas expressões, algo paternal, familiar... o filho pródigo havia voltado para eles, chegara a esse ponto. Eles me fizeram sentar para tomar chá, mas não havia necessidade disso: eu sentia como se um samovar estivesse trabalhando em meu peito e meus pés fossem gelo. Estava humilhado, estava acovardado. Marya Fominishna, sua esposa, dirigiu-se a mim com familiaridade desde a primeira palavra.

"Como você ficou tão magro, meu rapaz?"

"Não tenho estado muito bem, Marya Fominishna", eu disse. Minha voz deplorável tremeu.

E quase de repente (ela devia estar esperando uma chance para me cutucar, a velha víbora), disse:

"Suponho que sua consciência se sentiu constrangida, Osip Mihailitch, meu querido! Nossa hospitalidade paternal foi uma repreensão para você! Você foi punido pelas lágrimas que eu derramei."

– Sim, dou minha palavra, ela realmente disse isso, ela teve a consciência de dizer isso. Ora, para ela isso não era nada, ela era um terror! Não fez nada além de sentar-se ali e servir chá. "Mas se você estivesse em um mercado, minha querida", eu pensei, "gritaria mais alto do que qualquer vendedora de peixe por lá." Esse era o tipo de mulher que ela era. E então, minha perdição, a filha, Marya Fedosyevna, chegou, com toda sua inocência, um pouco pálida e com os olhos vermelhos como se estivesse chorando. Fui derrubado na hora como um tolo. Mas, no fim das contas, as lágrimas eram um tributo ao oficial da cavalaria. Ele havia voltado para casa e se livrado para sempre; pois já era hora de partir, vocês sabem, posso muito bem mencionar o fato aqui; e não porque sua licença tivesse acabado exatamente, mas vejam. Foi apenas bem depois que os pais amorosos compreenderam a situação e descobriram tudo o que aconteceu. O que eles poderiam fazer? Eles abafaram o problema, um acréscimo para a família!

– Bem, eu não pude evitar, assim que olhei para ela percebi que eu estava acabado; procurei pelo meu chapéu, queria me levantar e ir embora. Mas não havia chance de fazer isso, tinham me tomado o chapéu. Devo confessar, eu realmente pensei em ir embora sem ele. "Bem", eu pensei, mas não, eles tinham trancado as portas. Seguiram-se então brincadeiras amigáveis, piscadelas, canções e agrados. Fui tomado pela vergonha, disse algo estúpido, falei besteiras sobre o amor. Minha amada sentou-se ao piano e com um ar de sentimento ferido cantou uma canção sobre o hussardo que se apoiava na espada. Aquilo acabou comigo.

"Bem", disse Fedosey Nikolaitch, "está tudo perdoado, venha para os meus braços!" E caí como estava, com meu rosto em seu colete.

"Meu benfeitor! Você é um pai para mim!", eu disse. E derramei rios de lágrimas quentes. Deus, tenha piedade de nós, que comoção foi! Ele chorou, sua esposa chorou, Mashenka chorou... havia também uma criatura loira lá que chorou. Não foi o suficiente: as crianças saíram de mansinho de todos os cantos (o Senhor havia enchido bem a aljava deles) e também participaram. Tantas lágrimas, tanta emoção, tanta alegria! Eles encontraram o filho pródigo, era como o retorno de um soldado para casa. Logo depois seguiram-se os comes e bebes, recebi as prendas e "algo me dói", "onde?", "no coração", "quem lhe deu essa dor?" Minha amada corou. O velho homem e eu tomamos um pouco de ponche; eles me conquistaram, e o fizeram por mim completamente.

Retornei para minha avó com um turbilhão na cabeça. Ri durante todo o caminho para casa; por duas horas eu andei para cima e para baixo em nosso quartinho. Acordei minha avó e lhe contei sobre a minha felicidade.

"Mas ele lhe deu algum dinheiro, o ladrão?"

"Deu, vovó, deu, minha querida, a sorte caiu sobre todos nós: apenas temos que abrir nossas mãos e pegá-la."

Eu acordei Sofron.

"Sofron", eu disse, "tire minhas botas." Sofron puxou-as.

"Venha, Sofron, me dê os parabéns, me dê um beijo! Vou me casar, meu rapaz, vou me casar. Você pode se embriagar amanhã, pode fazer uma farra, minha querida alma, seu patrão vai se casar."

Meu coração transbordava de graças e risadas. Eu estava começando a pegar no sono, mas algo me levantou novamente. Sentei-me e refleti: amanhã é primeiro de abril, um dia radiante e divertido, o que devo fazer? E pensei em algo. Ora, senhores, eu saí da cama, acendi uma vela e me sentei na escrivaninha tal como estava. Eu estava numa febre de animação, muito empolgado. Sabem, senhores, como é quando um homem está muito empolgado? Eu me chafurdei com alegria na lama, meus queridos amigos. Vocês veem como sou; se lhe tiram algo, você ainda lhes dá outra coisa e diz "levem isso também". Eles o golpeiam na face e você, com sua alegria, oferece-lhes as costas todas. Então eles tentam atrai-lo como um cachorro com um pão e você os abraça com suas patas e os lambe com todo o seu coração e alma. Ora, vejam o que estou fazendo agora, senhores. Vocês estão rindo e cochichando, posso ver! Depois de ter contado toda a minha história, vocês começarão a me transformar em um ridículo, começarão a me atacar, mas ainda assim eu continuo falando e falando. E quem me diz para fazer isso? Quem me motiva a fazer isso? Quem está de pé atrás de mim sussurrando: "Fale, fale e conte a eles?" E ainda assim eu falo, continuo contando a vocês, tento agradá-los como se fossem meus irmãos, todos os meus queridos amigos... Ah!

O riso que surgira aos poucos por todos os lados afogou completamente, por fim, a voz do narrador, que parecia ter entrado em um estado de êxtase. Ele parou, por vários minutos, seus olhos se desviaram da plateia, então, de repente, como se levado por um redemoinho, balançou as mãos, irrompeu em gargalhadas, como se achasse sua posição divertida, e continuou a contar a história.

– Eu mal dormi a noite toda, senhores. Fiquei escrevendo a noite inteira, vejam, eu tinha pensado em uma brincadeira. Ah, cavalheiros, só de pensar nisso já fico envergonhado. Não teria sido tão ruim se tivesse acontecido de noite. Eu poderia ter ficado bêbado, cambaleante, atrapalhado e ter falado bobeiras, mas nada disso! Acordei de manhã assim que clareou, não tinha dormido mais que uma hora ou duas, e estava com a mesma ideia. Eu me vesti, lavei o rosto, enrolei e passei pomada nos cabelos, coloquei minha casaca nova e fui direto passar o feriado com Fedosey Nikolaitch, e mantive a brincadeira que havia escrito no chapéu. Ele me recebeu novamente de braços abertos, e convidou-me para outro abraço. Mas eu assumi um ar de dignidade. Eu tinha a brincadeira que criara na noite anterior em mente. Dei um passo para trás.

"Não, Fedosey Nikolaitch, mas por favor, leia esta carta", e lhe entreguei junto com meu relatório diário. E sabe o que havia ali? Ora, "por tal e tal razão, o referido Osip Mihailitch pede para ser dispensado", e sob meu requerimento eu assinara meu nome completo. Imaginem que ideia! Meu Deus, foi a coisa mais esperta em que pude pensar! Como era primeiro de abril, eu estava fingindo, de brincadeira, que meu ressentimento não tinha acabado, que tinha mudado de ideia durante a noite e estava irritado, e mais ofendido do que nunca, como se dissesse: "Querido benfeitor, não quero saber nem de você nem de sua filha. Coloquei o dinheiro no bolso ontem, então estou seguro, por isso aqui está meu pedido de transferência para ser dispensado. Não quero servir a um chefe como Fedosey Nikolaitch. Quero ir para um escritório diferente, e então, talvez, explicarei". Fingi ser um canalha comum, queria assustá-los. E que bela maneira de assustá-los, certo? Uma coisa linda, senhores, não foi? Ouçam, meu coração havia criado uma ternura em relação a eles desde o dia anterior, então pensei em pregar uma pequena peça na família, eu provocaria o coração paternal de Fedosey Nikolaitch.

Assim que ele pegou minha carta e a leu, vi todo seu semblante mudar. "Qual o significado disso, Osip Mihailitch?" E como um tolo eu disse: "Primeiro de abril! Que seja um dia muito feliz, Fedosey Nikolaitch!", como um garotinho que se esconde atrás da poltrona da avó e então grita "buuu" em seu ouvido a plenos pulmões, tentando assustá-la. Sim... sim, sinto-me envergonhado de falar sobre isso, senhores! Não, não lhes direi.

– Besteira! O que aconteceu depois?

– Besteira! Absurdo! Conte-nos! Sim, conte – escutei de todos os lados.

– Houve um clamor e um tumulto, meus queridos amigos. Tantas exclamações de surpresa! E "seu sujeito travesso, seu homem atrevido", e que susto eu lhes tinha dado! E tudo tão doce que me envergonhei e me questionei como um lugar tão sagrado podia ser profanado por um pecador como eu.

"Bem, meu querido rapaz", disse a mamãe, "você me deu um susto tão grande que minhas pernas ainda tremem, mal posso ficar em pé. Corri até Masha como se fosse louca: 'Mashenka', eu disse, 'o que será de nós! Veja como o seu amigo ficou!', e fui injusta com você, meu querido rapaz. Deve perdoar uma senhora como eu, fui enganada! Bem, eu pensei: 'quando ele chegou em casa na noite passada, chegou tarde, começou a pensar e talvez tenha imaginado que nós o chamamos de propósito ontem, que queríamos alguma coisa dele'. Fiquei até gelada com o pensamento! Deixa disso, Mashenka, não fique piscando para mim, Osip Mihailitch não é um estranho! Eu sou sua mãe, não direi nada de ruim. Graças a Deus, não tenho 20 anos, mas 45."

– Bem, cavalheiros, eu quase me joguei a seus pés na hora. Houve lágrimas, houve beijos, tudo de novo. As brincadeiras começaram. Fedosey Nikolaitch também pensou que nos enganaria. Ele nos disse que um pássaro flamejante havia voado com uma carta em seu bico de diamante. Ele tentou nos enganar também; e como rimos! E como nos emocionamos! Nossa! Sinto-me envergonhado de falar sobre isso.

– Bem, meus bons amigos, o fim não está muito distante agora. Um dia se passou, dois, três, uma semana; eu estava noivo dela. Eu deveria pensar assim! As alianças foram encomendadas, a data estava marcada, mas não queriam tornar público ainda, queriam esperar até que a visita do inspetor terminasse. Eu estava impaciente com a chegada do inspetor, minha felicidade dependia dele. Queria que sua visita acabasse logo. E no meio da animação e do júbilo, Fedosey Nikolaitch jogou todo o trabalho sobre mim: prestar contas, escrever os relatórios, verificar os livros, fazer a contabilidade. Encontrei as coisas em uma desordem terrível, tudo havia sido negligenciado, havia bagunças e irregularidades por todo lado. Bem, eu pensei, devo fazer o meu melhor para meu sogro! E ele estava debilitado o tempo todo, ficara doente pelo visto; e parecia piorar a cada dia. E, de fato, eu mesmo fiquei tão magro quanto um ancinho, tinha medo que fosse quebrar. No entanto, terminei o trabalho de forma majestosa! Ajeitei tudo para ele em tempo.

De repente, enviaram-me um mensageiro. Corri desenfreadamente, o que poderia ser? Vi meu Fedosey Nikolaitch com a cabeça enfaixada com uma compressa de vinagre, o rosto franzido, suspirando e gemendo.

"Meu querido rapaz, meu filho", ele disse, "se eu morrer, para quem deixarei vocês, meus amores?"

A esposa dele aproximou-se com todos os filhos; Mashenka estava aos prantos e eu chorava também.

"Ah, não!", disse ele, "Deus será misericordioso, Ele não derramará minhas transgressões em vocês."

Então dispensou todo mundo, pediu-me para fechar a porta e ficamos sozinhos, cara a cara.

"Tenho um favor para lhe pedir"

"Que favor?"

"Bem, meu rapaz, não há descanso para mim mesmo no meu leito de morte. Preciso de ajuda."

"Como assim?" Eu fiquei ruborizado, carmesim, mal podia falar.

"Ora, tive de pagar com parte do meu dinheiro o Tesouro. Não tenho mágoas contra o bem público, meu rapaz! Não tenho rancor da minha vida. Nem pense em doença. Fico triste em pensar que os caluniadores mancharam meu nome para você... você se enganou, meu cabelo ficou branco de tristeza. O inspetor está vindo para cima de nós e Matveyev está com 7 mil rublos a menos, e devo responder por isso... quem mais? Isso recairá sobre mim, meu rapaz, como não enxerguei isso? E como vou conseguir esse valor de Matveyev? Ele já tem muitos problemas, por que devo trazer a ruína ao pobre sujeito?

"Céus!", pensei, "que homem justo! Que coração bom!"

"E não quero pegar o dinheiro da minha filha, que foi reservado para seu dote, aquela soma é sagrada. Eu tenho dinheiro, é verdade, mas o emprestei para amigos, como se pode recolher tudo tão rápido?"

Caí de joelhos diante dele. "Meu benfeitor!", eu chorei, "eu o prejudiquei, eu o machuquei; foram caluniadores que escreveram contra você; não parta meu coração, pegue de volta o seu dinheiro!"

Ele me olhou e havia lágrimas em seus olhos. "Era o que eu esperava de você, meu filho. Levante-se! Perdoei-o naquela época por causa das lágrimas de minha filha, agora meu coração o perdoa livremente! Você curou minhas feridas. Eu o abençoo para sempre!"

Bem, quando ele me abençoou, senhores, eu corri para casa o mais rápido que pude. Peguei o dinheiro.

"Aqui, pai, aqui está o dinheiro. Gastei apenas 50 rublos."

"Tudo bem", ele disse. "Mas agora toda ninharia conta; o tempo é curto, escreva um relatório datado de alguns dias atrás dizendo que lhe faltava dinheiro e que você pegou 50 rublos da conta. Direi às autoridades que você o pegou como adiantamento."

– Muito bem, senhores, o que vocês acham? Eu escrevi, sim, o relatório!

– E então? O que aconteceu? Como terminou?

– Assim que escrevi o relatório, cavalheiros, foi como terminou. No dia seguinte, de manhã cedo, um envelope com um selo do governo chegou. Eu olhei para ele, e o que havia recebido? A demissão! Isto é, instruções para transferir meu trabalho, para entregar as contas e... seguir com a minha vida!

– Como assim?

– Foi exatamente isso o que gritei a plenos pulmões, "Como assim?" Senhores, aquilo ressoou em minha mente. Pensei que não havia uma razão especial para isso, mas não, o inspetor havia chegado na cidade. Meu coração se afundou. "Não é à toa", pensei. E do jeito que eu estava, corri até Fedosey Nikolaitch.

– "Como aconteceu isso?", perguntei.

– "O que quer dizer?", ele respondeu.

– "Ora, fui demitido."

– "Demitido? Como?"
– "Bom, olhe para isto!"
– "Sim, qual o problema?"
– "Ora, eu não pedi por isso!"
– "Sim, pediu, você enviou os papéis no dia primeiro, de abril." (Não tinha pegado aquela carta de volta!)
– "Fedosey Nikolaitch! Não posso acreditar no que estou ouvindo, não acredito no que estou vendo! É você mesmo?"
– "Sim, sou eu, por quê?"
– "Meu Deus!"
– "Sinto muito, senhor. Sinto muito que tenha decidido aposentar-se do serviço tão cedo. Um jovem precisa de um emprego, e você começou a ficar um pouco tonto ultimamente. E quanto à sua recomendação, fique em paz: cuidarei disso. Seu comportamento sempre foi tão exemplar!"
– "Mas foi apenas uma brincadeirinha, Fedosey Nikolaitch! Não quis fazer isso, apenas lhe dei a carta por conta de nossa relação familiar... só por isso!"
– "Só por isso? Uma brincadeira estranha, senhor! Alguém brinca com documentos assim? Ora, às vezes você é enviado para a Sibéria por piadas como essa. Agora, adeus. Estou ocupado. O inspetor está aqui, os deveres do serviço antes de todo o resto; você pode aproveitar a vida, mas nós temos de trabalhar. Mas eu lhe arranjarei uma recomendação, ah, e outra coisa: acabei de comprar a casa de Matveyev. Nos mudaremos em um ou dois dias. Espero não ter o prazer de vê-lo em nossa nova residência. *Bon voyage!*"

Eu corri para casa.

– "Estamos perdidos, vovó!"

Ela lamentou, pobre coitada, e então vi o mensageiro da casa de Fedosey Nikolaitch correndo com um bilhete e uma gaiola, e nela estava um estorninho. De todo o meu coração, eu havia dado a ela o estorninho. E no bilhete tinham as palavras: "Primeiro de abril", e nada mais. O que vocês acham disso, senhores?

– O que aconteceu depois? O que aconteceu depois?

– O que aconteceu... encontrei Fedosey Nikolaitch um dia, e queria dizer na sua cara que ele era um canalha.

– E então?

– De alguma forma não consegui fazer isso, senhores.

Um Pequeno Herói

Naquela época eu tinha quase 11 anos; tinha sido enviado em julho para passar as férias em uma aldeia perto de Moscou, com um parente meu chamado T., cuja casa estava cheia de convidados, cerca de cinquenta ou talvez até mais. Não me lembro, pois não contei. A casa estava barulhenta e muito alegre. Parecia uma festa contínua, que nunca terminaria. Parecia também que nosso anfitrião havia feito um voto de esbanjar toda sua vasta fortuna o mais rápido possível, e ele conseguiu, de fato, há não muito tempo, corroborar essa suposição, isto é, conseguiu gastar tudo até o último centavo.

Novos convidados costumavam aparecer a toda hora. Moscou estava próxima, bem perto, de modo que aqueles que iam embora abriam espaço para outros, e as festas eternas continuavam. As festividades sucediam-se e não se via no horizonte o fim dessa diversão. Havia passeios a cavalo pelas redondezas; excursões à floresta ou ao rio; piqueniques, almoços ao livre; jantares no grande terraço da casa, cercado por três fileiras de lindas flores que inundavam com sua fragrância o ar fresco da noite, e iluminado por luzes brilhantes que faziam nossas senhoras, quase todas muito bonitas o tempo todo, parecerem ainda mais charmosas, com seus rostos animados com as sensações do dia, com seus olhos radiantes, suas conversas espirituosas, suas gargalhadas ressoantes; danças, músicas, cantorias; se o céu estivesse nublado, quadros vivos, charadas e provérbios eram arranjados e teatros amadores montados. Havia bons palestrantes, contadores de histórias, sujeitos perspicazes.

Algumas pessoas se destacavam. É claro que as calúnias e as difamações seguiram seu curso, pois sem elas o mundo não pode continuar, e milhões de pessoas morreriam de tédio, como moscas. Mas como eu, naquela época, tinha 11 anos, estava absorto em vários interesses, e ou não observei essas pessoas, ou, se notei algo, não vi tudo. Foi só depois que algumas coisas me vieram à mente. Meus olhos de criança podiam ver apenas o lado brilhante da imagem toda, e a animação geral, o esplendor e a agitação; tudo isso, visto e ouvido pela primeira vez, marcou-me de tal forma que nos primeiros dias fiquei completamente desnorteado e minha cabeça era um turbilhão.

Continuo falando da minha idade, e é claro que eu era uma criança, nada mais que uma criança. Muitas dessas damas me acariciavam sem nem sonhar em considerar minha idade. Mas por mais estranho que pareça, uma sensação que eu mesmo não compreendia já tinha se apossado de mim; algo já sussurrava em meu coração, algo do que ele até então não tinha conhecimento ou tido noção, e por algum motivo começava a queimar e palpitar, e com frequência meu rosto brilhava com um súbito rubor. Às vezes eu me sentia envergonhado ou até mesmo ressentido dos vários privilégios da minha infância. Outras vezes uma espécie de assombro se apoderava de mim, e eu ia para algum canto onde pudesse me sentar sem ser visto, como se para recuperar o fôlego e me lembrar de algo, algo que me parecia ter sido lembrado perfeitamente até então, e de repente esquecido, algo sem o qual eu não podia me mostrar em lugar nenhum e nem existir de forma alguma.

Por fim, parecia-me que eu escondia algo de todos. Mas nada teria me feito contar isso a ninguém, porque, um garotinho como eu, estaria pronto para chorar de vergonha. Logo, no meio do vórtice ao meu redor, tornei-me consciente de certa solidão. Havia outras crianças, mas eram muito mais velhas ou muito mais novas do que eu; além disso, não estava com paciência para elas. Obviamente, nada teria acontecido comigo se eu não estivesse em uma situação excepcional. Aos olhos daquelas damas encantadoras, eu ainda era uma criatura sem forma que elas gostavam de acariciar, e com quem podiam brincar como se fosse um boneco. Uma delas em particular, uma mulher fascinante e atraente, com cabelos espessos e exuberantes, como eu nunca havia visto antes e provavelmente nunca mais verei, parecia ter feito um voto de nunca me deixar em paz. Eu estava confuso, enquanto ela se divertia com as risadas que continuamente provocava ao nosso redor com as brincadeiras desvairadas e levianas que fazia comigo, e elas, pelo que parece, davam-lhe um imenso prazer. Na escola, entre seus colegas, ela provavelmente tinha o apelido de provocadora. Ela era extraordinariamente bonita, e havia algo em sua beleza que atraía olhares desde o primeiro momento. E, com certeza, ela não tinha nada em comum com garotinhas ordinárias e modestas, brancas como penas e macias como veludo, ou com filhas de pastores. Não era muito alta, e era muito corpulenta, mas tinha traços suaves, graciosos e contornos requintados. Havia algo intenso como um relâmpago em seu rosto, e ela de fato era feita de fogo por toda parte: leve, ágil, viva. Seus grandes olhos pareciam cintilar faíscas; eles brilhavam como diamantes, e eu nunca trocaria tais olhos azuis cintilantes por quaisquer pretos, fossem eles mais escuros do que qualquer esfera andaluz. E, sem dúvida, minha loira era páreo para a famosa morena cuja exaltação foi cantada por um famoso poeta que, em um poema esplêndido, jurou por toda a Castela que estava pronto para quebrar seus ossos se pudesse ter a permissão de apenas tocar o manto de sua divindade com a ponta do dedo. Acrescente a isso que minha adorada era a mais feliz do mundo, a risonha mais selvagem, brincalhona como uma criança, embora fosse casada havia cinco anos. Havia uma risada contínua em seus lábios, fresca como a rosa da manhã, que com o primeiro raio de sol, abre seu perfumando botão carmesim com as frias gotas de orvalho ainda pesando sobre ele.

Eu me lembro que no dia seguinte à minha chegada, um teatro amador estava sendo erguido. A sala de estar estava, como dizem, abarrotada; não havia um lugar vazio, e como eu estava atrasado de certa forma, tive de aproveitar a apresentação de pé. Mas a divertida peça me atraía para frente cada vez mais, e inconscientemente cheguei à primeira fileira, onde, por fim, apoiei os cotovelos em uma poltrona, na qual uma senhora estava sentada. Era minha divindade loira, mas ainda não nos conhecíamos. E eu contemplei, por acaso, seus ombros maravilhosos e fascinantes, carnudos e brancos como leite, embora não fizesse diferença para mim, encarar os ombros primorosos de uma mulher ou o chapéu com laços flamejantes que cobria os cachos grisalhos de uma dama respeitável na fileira da frente. Ao lado da minha divindade loira sentou-se uma dama solteira já não tão nova, uma daquelas que, como pude observar mais tarde, sempre se refugia na companhia de mulheres jovens e bonitas, escolhendo aquelas que não gostam de tratar rapazes com frieza. Mas essa não é a questão, e sim que essa dama, notando meu olhar fixo, inclinou-se para a senhora ao lado e com um sorriso lhe disse algo ao pé do ouvido. A loira virou-se de uma vez, e lembro-me de que seus olhos flamejantes brilharam tanto na penumbra, que, sem estar preparado para encontrá-los, assustei-me como se estivesse sendo escaldado. A beldade sorriu.

– Você gosta do que estão apresentando? – perguntou ela, olhando-me com uma expressão cautelosa e zombeteira.

– Sim – respondi, ainda encarando-a com uma espécie de admiração que evidentemente lhe agradou.

– Mas por que está de pé? Vai se cansar. Não consegue encontrar um lugar?

– É isso mesmo, não consigo – respondi, mais ocupado com a minha queixa do que com os lindos olhos brilhantes, e regozijando-me de verdade por ter encontrado um coração gentil a quem eu poderia confiar meus problemas. – Procurei por toda parte, mas todas as cadeiras estão ocupadas – acrescentei, como se reclamasse para ela sobre esse fato.

– Venha aqui – disse ela bruscamente, agindo rápido em cada decisão e, de fato, em cada ideia louca que surgia em sua mente eufórica – venha e sente-se no meu colo.

– No seu colo... – repeti, espantado. Eu já mencionei que passei a me ressentir dos privilégios da infância e a ter vergonha deles, de forma sincera. Essa dama, como se por chacota, tinha ido muito mais longe do que os outros. Além disso, sempre fora um garoto envergonhado e tímido, e, nos últimos tempos, começara a ser particularmente acanhado com mulheres.

– Ora, sim, no meu colo. Por que não quer sentar no meu colo? – ela insistiu, começando a rir tanto que, por fim, estava simplesmente às gargalhadas, sabe Deus do quê, talvez de sua singularidade, ou da minha confusão. Mas isso era exatamente o que ela queria.

Eu corei, e confuso olhei ao redor tentando descobrir por onde escapar; mas, vendo minha intenção, ela conseguiu segurar minha mão para me impedir de ir embora, e puxando-me para si, de repente, e de forma inesperada, para minha total surpresa, apertou-me com seus dedos maliciosos e quentes, e começou a espremer os meus dedos até doerem tanto que dei o meu máximo para não gritar, e no esforço de me controlar, fiz as caretas mais absurdas. Fiquei, além disso, comovido com grande espanto, perplexidade e até mesmo horror, ao descobrir que havia senhoras tão insensíveis e maldosas a ponto de proferirem asneiras para garotos, e até mesmo esmagar seus dedos, sem razão alguma e diante de todos. Provavelmente meu rosto infeliz refletiu meu espanto, pois a criatura maldosa riu na minha cara, como se fosse louca, enquanto continuava a esmagar meus dedos com mais vigor. Ela estava muito satisfeita em pregar uma peça tão cruel e completamente desconcertante e embaraçosa em um pobre garoto. Minha situação era desesperadora. Em primeiro lugar, eu queimava de vergonha, porque quase todos ao redor se viraram para nos olhar, alguns maravilhados, outros rindo, percebendo de imediato que a beldade estava tramando alguma brincadeira de mau gosto. Eu queria muito gritar, porque ela estava torcendo meus dedos com uma fúria absoluta só porque eu não gritava; enquanto eu, como um espartano, decidi suportar a agonia, com medo de causar uma confusão geral ao chorar, o que era mais do que eu poderia enfrentar. Em total desespero, comecei finalmente a lutar com ela, tentando com toda a força arrancar a minha mão, mas a minha opressora era muito mais forte do que eu. Por fim, eu não aguentava mais e soltei um grito, era tudo o que ela queria! No mesmo instante ela me soltou e se virou como se nada tivesse acontecido, como se não tivesse sido ela a fazer a brincadeira, mas outra pessoa, exatamente como um garoto de escola que, assim que o professor vira as costas, prega uma peça em alguém próximo, belisca algum garotinho fraco, dá-lhe um peteleco, um chute ou uma cotovelada e instantaneamente vira-se de novo, enterra-se em seu livro e começa a repetir a lição, fazendo de bobo o professor enfurecido, que voa como um falcão em direção à algazarra.

Mas para minha sorte, a atenção geral distraiu-se no momento pela atuação magistral de nosso anfitrião, que desempenhava o papel principal na apresentação, uma comédia de Eugène Scribe. Todos começaram a aplaudir; sob a cobertura do barulho, eu escapei e corri para o canto mais afastado da sala, de onde, escondido atrás de uma coluna, olhei com horror para o lugar onde a beldade traiçoeira estava sentada. Ela ainda ria, segurando o lenço nos lábios. E por muito tempo ela continuou se virando, procurando por mim em todas as direções, provavelmente lamentando-se que a nossa disputa tola tivesse acabado tão cedo, e tramando algum outro truque para pregar em mim.

Foi assim que nos conhecemos, e daquela noite em diante, ela nunca mais me deixaria em paz. Ela me perseguia sem consideração ou consciência, tornou-se minha tirana e algoz. Todo o absurdo de suas brincadeiras estava no fato de ela fingir que estava completamente apaixonada por mim e me provocar diante de todos. É claro que para uma criatura selvagem como eu, isso tudo era tão cansativo e vexatório que quase me levava às lágrimas, e, às vezes, eu era colocado em uma posição tão difícil que estava a ponto de brigar com a minha admiradora traiçoeira. Minha confusão ingênua, minha angústia desesperada, pareciam encorajá-la a perseguir-me mais; ela não sabia o que era piedade, e eu não sabia como escapar dela. A risada que sempre nos acompanhava, e que ela sabia tão bem como provocar, incentivavam-na a criar novas brincadeiras. Mas finalmente as pessoas começaram a pensar que ela ia muito longe em suas gozações. E, de fato, como me lembro agora, ela tomou liberdades ultrajantes com uma criança como eu.

Mas essa era sua personalidade; ela era uma mimada em todos os aspectos. Ouvi depois que seu marido, um homem muito baixo, gordo e de rosto vermelho, muito rico e aparentemente muito ocupado com seus negócios, mimava-a mais do que qualquer um. Sempre ocupado e voando por aí, ele não conseguia ficar duas horas no mesmo lugar. Todo dia ele dirigia até Moscou, até duas vezes por dia, e sempre, como ele mesmo declarava, a negócios. Seria difícil encontrar um rosto mais animado e bondoso que o seu, mas sempre com um semblante bem-educado. Ele não apenas amava sua esposa ao ponto da fraqueza, da ternura: ele simplesmente a adorava como um ídolo.

Ele não a impedia de nada. Ela tinha amigos aos montes, homens e mulheres. Em primeiro lugar, quase todos a adoravam; e em segundo, a criatura cabeça de vento não era muito exigente na escolha de seus amigos, embora houvesse uma base muito mais séria para a sua personalidade do que se poderia supor pelo que eu acabei de dizer sobre ela. Mas de todos os seus amigos, ela gostava mais de uma jovem parente distante, que também estava na nossa festa. Existia entre elas uma afeição terna e sutil, um daqueles vínculos que, às vezes, surgem no encontro de duas personalidades muitas vezes opostas uma da outra, das quais uma é mais profunda, pura e mais austera, enquanto a outra, com uma humildade elevada, e uma autocrítica generosa, amorosamente cede lugar à outra, consciente da superioridade da amiga e estimando a amizade como uma felicidade. E então começa aquela sutileza terna e nobre nas relações de tais personagens, amor e indulgência infinita de um lado, amor e respeito do outro, um respeito que se aproxima do temor, da ansiedade, pela impressão que a amiga tão valorizada lhe tem, e um desejo ávido e invejoso de se aproximar cada vez mais do coração da amiga em cada passo da vida.

Essas duas amigas tinham a mesma idade, mas havia uma diferença imensa entre elas em tudo: na aparência, para começar. A senhora M. era também muito bonita, mas havia algo especial em sua beleza que a distinguia da multidão de mulheres bonitas; havia algo em seu rosto que atraía de uma vez o afeto de todos, ou melhor, que despertava um sentimento generoso e altivo de bondade em todos que a conheciam. Existem rostos que são felizes assim. Ao seu lado todos ficavam melhores, mais livres, mais cordiais; e ainda assim, seus grandes olhos pesarosos, cheios de brilho e vigor, tinham um olhar tímido e ansioso, como se temessem a todo minuto algo antagônico e ameaçador, e essa estranha timidez às vezes lançava uma sombra tão triste sobre suas feições meigas e gentis, que lembravam os rostos serenos das Madonas italianas, que ao olhá-la nos sentíamos tristes, como se por algum problema particular. O rosto pálido e magro no qual, através da beleza impecável das linhas puras e comuns e da severidade pesarosa de alguma tristeza oculta, muitas vezes trazia o olhar puro da primeira infância, que contava sobre anos de confiança e talvez de felicidade simples no passado recente, o sorriso gentil, mas desconfiado, hesitante, tudo isso despertava uma simpatia tão inexplicável por ela que cada coração era inconscientemente agitado por uma ansiedade doce e calorosa que intercedia de forma poderosa a seu favor mesmo a distância, e fazia até estranhos sentirem-se parecidos com ela. Mas a adorável criatura parecia silenciosa e reservada, embora ninguém pudesse ser mais atencioso e amoroso caso alguém precisasse de compaixão. Há mulheres que são como irmãs de misericórdia na vida. Nada pode ser escondido delas, nada que seja uma ferida ou uma mágoa do coração pelo menos. Qualquer um que esteja sofrendo pode ir com coragem e esperança até elas sem medo de ser um fardo, pois poucos homens conhecem a paciência infinita do amor, da compaixão e do perdão que pode ser encontrada no coração das mulheres. Riquezas perfeitas de simpatia, consolação e esperança estão guardadas nesses corações puros, muitas vezes cheios de sofrimentos próprios – pois um coração que ama muito, sofre muito – embora suas feridas sejam escondidas com cuidado dos olhos curiosos, pois a tristeza profunda é, na maioria das vezes, calada e ocultada. Elas não se afligem com a profundidade da ferida, nem por sua imundície ou mau cheiro; todos que vêm até elas merecem ajuda; elas nascem, por assim dizer, para o heroísmo... A senhora M. era alta, flexível e graciosa, mas muito magra. Todos os seus movimentos pareciam de alguma forma irregulares, às vezes lentos, fluidos e até mesmo distintos, outras vezes ingenuamente precipitados; e, ainda assim, havia uma espécie de humildade tímida em seus gestos, algo trêmulo e indefeso, embora não desejasse nem pedisse por proteção.

Eu já mencionei que a provocação ultrajante da traiçoeira dama loira me envergonhava, espantava e feria profundamente. Mas havia outra razão secreta, estranha e tola para isso, que eu escondi, e diante da qual eu tremia feito vara verde. Ao pensar nisso, ressentido, completamente sozinho e oprimido, em algum canto escuro e misterioso, onde a desalmada de olhos azuis inquisitórios e zombeteiros não podia penetrar, eu quase engasguei de confusão, vergonha e medo – resumindo: eu estava apaixonado; talvez isso seja uma tolice, talvez não fosse isso. Mas por que, de todos os rostos que me cercavam, apenas o dela chamava minha atenção? Por que era só ela quem eu queria seguir com meus olhos, embora, com certeza, não tivesse nenhuma inclinação, naquela época, para observar damas e conhecê-las? Isso acontecia com mais frequência à noite, quando éramos todos mantidos dentro de casa devido ao mau tempo, e quando, solitário e escondido em algum canto da grande sala de estar, eu olhava ao redor sem rumo, incapaz de encontrar qualquer coisa para fazer, pois exceto pelas minhas damas provocadoras, poucas pessoas se dirigiam a mim, eu ficava insuportavelmente entediado em tais noites. Então, eu observava as pessoas em volta, ouvia suas conversas, das quais, muitas vezes, não entendia uma palavra, e naquele momento os olhos meigos, o sorriso gentil e a feição adorável da senhora M. (pois ela era o objeto da minha paixão), por alguma razão capturavam minha fascinada atenção; e a sensação estranha, vaga, mas indescritivelmente doce permaneceu em mim. Muitas vezes, durante horas, eu não conseguia me afastar dela; estudava cada gesto, cada movimento que ela fazia, ouvia cada vibração de sua voz rica, argêntea, mas um pouco abafada; mas por mais estranho que pareça, como resultado de todas as minhas observações, eu sentia, misturado com uma sensação doce e tímida, um sentimento de intensa curiosidade. Parecia que eu estava à beira de um mistério.

Nada me chateava tanto quanto ser zombado na presença da senhora M. Essas ridicularizações e perseguições humorísticas, como eu pensava, humilhavam-me. E quando havia uma explosão de risos à minha custa, às quais a senhora M. às vezes não podia deixar de se unir, em desespero, e fora de mim com a miséria, eu costumava me afastar da minha bela algoz e fugir para o andar de cima, onde permanecia sozinho pelo resto do dia, sem ousar mostrar meu rosto na sala de estar. No entanto, eu ainda não entendia minha vergonha ou agitação; o processo todo se desenrolou em mim inconscientemente. Eu mal havia trocado duas palavras com a senhora M., e, de fato, não deveria ousar fazê-lo. Mas uma noite, após um dia insuportável, voltei de uma expedição com o resto do grupo. Eu estava terrivelmente cansado e atravessei o jardim para ir para casa. Em uma alameda afastada, vi a senhora M sentada em um banco. Ela estava sozinha, como se tivesse escolhido de propósito esse lugar solitário; a cabeça estava inclinada e ela torcia de maneira mecânica o lenço. Estava tão perdida em seus pensamentos que não me ouviu chegar.

Ao me notar, levantou-se rápido do banco e virou-se, e eu a vi enxugar as lágrimas apressadamente com o lenço. Ela estava chorando. Ao secar os olhos, ela sorriu para mim e caminhou junto comigo de volta para casa. Não me lembro do que conversamos; mas ela me enviava, usando um pretexto qualquer, para colher uma flor ou para ver quem cavalgava na alameda ao lado. E quando eu me afastava dela, ela imediatamente colocava o lenço nos olhos outra vez e limpava as lágrimas rebeldes, que insistiam em se formar de novo em seu coração e cair de seus pobres olhos. Percebi que eu a estava atrapalhando quando ela me mandou embora tantas vezes, e, na verdade, ela se deu conta de que eu notara tudo, mas mesmo assim não conseguiu se controlar, e isso fez o meu coração doer cada vez mais por ela. Eu me enfureci comigo mesmo naquele momento e estava quase desesperado; amaldiçoei-me pela minha falta de jeito e de recursos, e ao mesmo tempo não sabia como deixá-la sozinha com delicadeza, sem deixar transparecer que eu havia notado sua angústia, mas caminhei ao seu lado em um espanto pesaroso, quase alarmado, totalmente perdido e incapaz de encontrar uma única palavra para manter nossa conversa escassa.

Esse encontro deixou tal marca em mim que sorrateiramente observei a senhora M. a noite toda com uma ávida curiosidade, e nunca tirei os olhos dela. Mas aconteceu por duas vezes de ela me apanhar de surpresa observando-a, e na segunda ocasião, ao me notar, ela sorriu para mim. Foi a única vez que ela sorriu naquela noite. O olhar de tristeza não abandonara o seu rosto, que agora estava muito pálido. Ela passou a noite inteira conversando com uma senhora briguenta e de má índole, de quem ninguém gostava por ser enxerida e caluniosa, mas de quem todos tinham medo, e por isso se sentiam na obrigação de serem educados com ela...

Às 10 horas, o marido da senhora M. chegou. Até aquele momento, eu a observava com muita atenção, nunca tirando meus olhos do seu rosto triste; mas nessa hora, com a chegada inesperada de seu marido, eu a vi se sobressaltar, e seu rosto ficou branco como a neve. Fora tão notável que outras pessoas perceberam. Eu ouvi uma conversa entrecortada da qual pressupus que a senhora M. não estava muito feliz; diziam que seu marido era muito ciumento, não por amor, mas por vaidade. Ele era, antes de tudo, um europeu, um homem moderno, que experimentava novas ideias e se orgulhava delas. Era um homem alto, de cabelos pretos, particularmente gordo, com bigodes europeus, um rosto vermelho e convencido, dentes brancos como açúcar e com um comportamento irrepreensivelmente cavalheiresco. Ele era chamado de homem esperto. Esse é o nome dado em certos círculos a uma espécie peculiar de indivíduo que engorda à custa de outras pessoas, que não faz absolutamente nada e não deseja fazer nada, e cujo coração transformou-se em um pedaço de gordura devido a eterna preguiça e ociosidade. Você continua ouvindo de tais homens que não há nada o que eles possam fazer devido a certas circunstâncias muito complicadas e hostis, que "frustram sua inteligência", e que é "triste ver o desperdício de seus talentos". Esta é uma bela frase deles, sua *mot d'ordre*, seu lema, uma frase que esses nossos amigos gordos e bem alimentados recitam a todo minuto, de modo que há muito nos aborrece como uma tartufice notória, uma forma vazia de palavras. Entretanto, algumas dessas criaturas divertidas, que não conseguem encontrar nada para fazer – embora, de fato, nunca procurem –, tentam convencer a todos de que eles não têm um pedaço de gordura no lugar do coração, mas pelo contrário, algo muito profundo, embora o quê precisamente, nem o maior cirurgião se atreveria a definir – por civilidade, é claro. Esses cavalheiros ganham a vida no mundo porque todos os seus instintos estão voltados às troças grosseiras, censuras míopes e arrogâncias imensas. Uma vez que eles não têm mais nada a fazer, a não ser observar e enfatizar os erros e as fraquezas dos outros, e têm tantos sentimentos bons quanto uma ostra, não é difícil para eles, com tais poderes de autopreservação, lidar com as pessoas de maneira bem-sucedida. Eles se orgulham muito disso. Eles se convencem, por exemplo, que quase todo o mundo lhes deve algo; que é deles, como uma ostra que eles mantêm em reserva; que todos são tolos, exceto eles mesmos; que todos são como uma laranja ou uma esponja, que eles vão espremer assim que quiserem o suco; que eles são os mestres de todos os lugares, e que toda essa situação aceitável se deve unicamente ao fato de que eles são pessoas de muito intelecto e caráter. Em sua imensurável arrogância que não admite quaisquer defeitos em si mesmos, eles são como aquelas espécies de trapaceiros práticos, tartufos e Falstaffs natos, que são tão vigaristas que, por fim, passam a acreditar que é assim que deve ser, isto é, que devem passar suas vidas sendo desonestos; eles afirmaram tantas vezes que são homens honestos, que passaram a acreditar que são mesmo e que a sua malandragem é apenas honestidade. Eles nunca serão capazes de um julgamento interior diante de sua consciência, de uma autocrítica generosa; pois para algumas coisas eles são muito gordos. Sempre colocam em primeiro plano sua personalidade inestimável, seu Baal e Moloque, seu ego magnífico. A natureza toda, o mundo todo para eles não é nada mais do que um esplêndido espelho criado para os deusinhos se admirarem continuamente, e não ver nada e ninguém atrás de si; então não é estranho que eles vejam tudo no mundo em uma luz tão horrível. Eles têm uma frase pronta para tudo e – o ápice da sua engenhosidade – a frase mais moderna. São justamente essas pessoas que ajudam a criar a moda, proclamando a cada encruzilhada uma ideia na qual sentem o cheiro de sucesso. Um nariz excelente é tudo o que eles têm para cheirar uma frase moderna e torná-la sua antes que outras pessoas se apossem dela, de modo que parece ter se originado deles. Eles têm um estoque particular de frases para proclamar sua profunda compaixão pela humanidade, para definir qual é a forma mais correta e racional de filantropia, e para continuar atacando o romantismo, em outras palavras, tudo o que é bom e verdadeiro, cada átomo do que é mais precioso do que toda a sua tribo de moluscos. Mas eles são muito grosseiros para reconhecer a verdade em sua forma indireta, tortuosa e inacabada, e rejeitam tudo o que é imaturo, ainda fermentado e instável. O homem bem-nutrido passou toda a sua vida de forma alegre, com tudo o que lhe foi fornecido, nunca fez nada por si mesmo e não sabe o quão difícil é todo tipo de trabalho, e por isso, ai de você se abalar os seus sentimentos gordos com algum tipo de grosseria; ele nunca o perdoará por isso, irá sempre se lembrar disso e se vingar de bom grado. Resumindo, meu herói não é nada mais nada menos do que um saco gigante, incrivelmente inchado, cheio de sentenças, frases modernas e rótulos de todo os tipos.

O senhor M., no entanto, tinha uma especialidade e era um homem muito notável; ele era sagaz, um bom locutor e contador de histórias, e sempre havia um círculo de pessoas ao seu redor nas salas de estar. Naquela noite ele foi muito bem-sucedido em causar uma boa impressão. Ele se apossou da conversa; estava em sua melhor forma, alegre, satisfeito com algo, e ele atraía a atenção de todos; mas a senhora M. parecia o tempo todo como se estivesse doente; seu rosto estava tão triste que me pareceu que as lágrimas começariam a brotar em seus longos cílios. Tudo isso, como já disse, impressionou-me muito e me fez pensar. Fui embora com um sentimento de estranha curiosidade, e sonhei a noite toda com o senhor M., embora até então eu raramente tivesse sonhado.

No dia seguinte, de manhã cedo, fui convocado para o ensaio de alguns quadros vivos dos quais tive de participar. Os quadros vivos, uma peça teatral e depois uma dança foram todos marcados para a mesma noite, cinco dias depois: o aniversário da filha mais nova de nosso anfitrião. Para essa festividade que era quase improvisada, outras cem pessoas foram convidadas, de Moscou e dos arredores, de modo que houve muita confusão, alvoroço e comoção. O ensaio, ou melhor, a revisão dos trajes, fora marcado muito cedo porque nosso diretor, um artista famoso, amigo do nosso anfitrião, que havia concordado, pelo afeto que sentia por ele, em assumir a organização dos quadros e do nosso ensaio para eles, estava com pressa de chegar a Moscou para comprar adereços e fazer as preparações finais para a festa, já que não havia tempo a perder. Eu fazia parte de um quadro com a senhora M. Era uma cena da vida medieval e se chamava "A Dama do Castelo e Seu Pajem".

Eu me senti indescritivelmente confuso por conhecer a senhora M. no ensaio. Sentia que ela leria de imediato nos meus olhos todas as reflexões, as dúvidas, as suposições, que haviam surgido na minha mente desde o dia anterior. Eu também imaginava que era, por assim dizer, culpado em relação a ela, por ter visto suas lágrimas no dia anterior e impedido o seu luto, de modo que ela dificilmente poderia deixar de olhar para mim de soslaio, como uma testemunha desagradável e um participante imperdoável de seu segredo. Mas, graças a Deus, tudo se passou sem grandes problemas; eu simplesmente não fui notado. Acho que ela não tinha pensamentos para compartilhar comigo ou com o elenco; ela estava distraída, triste e melancólica; era evidente que estava preocupada com alguma grande angústia. Assim que a minha parte terminou, corri para trocar de roupa, e dez minutos depois saí da varanda para o jardim. Quase ao mesmo tempo, a senhora M. saiu por outra porta e, logo em seguida, vindo em nossa direção, apareceu o convencido marido, que retornava do jardim, após escolher até lá uma pequena multidão de senhoras e entregá-las a um competente servo cavalheiro. O encontro entre marido e esposa foi evidentemente inesperado. A senhora M., não sei por quê, ficou confusa de repente, e um leve traço de irritação escapou em seus movimentos. O marido, que vinha assobiando despreocupado e com um ar de profundidade acariciava os seus bigodes, ao encontrar a sua esposa, franziu a testa e a escrutinou, como me lembro agora, com um olhar notadamente inquisitorial.

– Você está indo ao jardim? – perguntou ele, notando a sombrinha e o livro em suas mãos.

– Não, ao bosque – respondeu ela, corando de leve.

– Sozinha?

– Com ele. – disse a senhora M. apontando para mim. – Eu nunca passeio sozinha de manhã – ela acrescentou, com uma voz insegura e hesitante, igual a de quem mente pela primeira vez.

– Hum... Acabei de levar a festa toda para lá. Encontraram-se lá na parreira de flores para se despedir de N. Ele está indo embora, sabe... Deu algo errado em Odessa. Sua prima (ele se referia à senhora loira) está rindo e chorando ao mesmo tempo; não se pode entendê-la. Ela diz, no entanto, que você está zangada com N. por alguma coisa e por isso não quis ir vê-lo. Uma tolice, não é?

– Ela está brincando – disse a senhora M., descendo os degraus da varanda.

- Então este é o seu servo cavalheiro - acrescentou o senhor M., com um sorriso irônico, virando seu lorgnette para mim.

- Pajem - gritei, irritado com o lorgnette e o sarcasmo; e rindo na cara dele, saltei os três degraus da varanda de uma vez.

- Tenha um ótimo passeio - murmurou o senhor M. e continuou seu caminho.

Eu, é claro, juntei-me imediatamente à senhora M. assim que ela me indicou ao marido, como se ela tivesse me convidado uma hora antes, e como se eu a tivesse acompanhado em seus passeios toda manhã no último mês. Mas não pude descobrir por que ela estava tão confusa, tão envergonhada, e o que ela tinha em mente quando recorreu à sua pequena mentira? Por que ela não disse simplesmente que ia sozinha? Eu não sabia como olhá-la, mas maravilhado comecei aos poucos, com ingenuidade, a admirar seu rosto; mas apenas uma hora antes no ensaio ela não notou meus olhos e nem minhas dúvidas silenciosas. A mesma ansiedade, apenas mais intensa e distinta, estava aparente em seu rosto, em sua agitação, no jeito que caminhava. Ela estava com pressa e andava cada vez mais rápido, olhando inquieta para cada alameda, cada caminho no bosque que levava em direção ao jardim. E eu também estava à espera de algo. De repente, ruídos de cascos de cavalos soaram atrás de nós. Era todo o grupo de senhoras e cavalheiros montados a cavalo escoltando N., o cavalheiro que estava nos abandonando inesperadamente.

Entre as damas estava minha bela algoz, de quem o senhor M. nos falara estar aos prantos. Mas, como outras vezes, ela ria como uma criança enquanto galopava veloz em um esplêndido cavalo baio. Ao nos alcançar, N. tirou o chapéu, mas não parou, nem disse uma palavra para a senhora M. Logo, a cavalgada desapareceu de nossa vista. Eu olhei para a senhora M. e quase chorei de fascinação; ela estava parada, branca como um lenço, e grandes lágrimas jorravam de seus olhos. Por acaso nossos olhos se encontraram: a senhora M. corou e se virou por um instante; um olhar de inquietação e humilhação passou pelo seu rosto. Eu estava atrapalhando, mais do que da última vez, isso era mais claro do que o dia. Mas como eu poderia fugir?

E como se adivinhando minha situação, a senhora M. abriu o livro que tinha em mãos e, corando ao tentar não me olhar, disse como se tivesse apenas se dado conta:

– Ah! É o segundo volume. Enganei-me; por favor, traga-me o primeiro.

Eu entendi. Meu papel havia terminado, e eu não poderia ter sido dispensado de maneira mais direta. Corri com o livro e não voltei mais. O primeiro volume permaneceu intacto sobre a mesa naquela manhã...

Mas eu não era o mesmo; em meu coração havia uma espécie de terror persistente. Fiz o meu máximo para não encontrar a senhora M. Mas observei com certa curiosidade frenética o convencido senhor M., como se agora tivesse alguma coisa especial a respeito dele. Não entendo qual era o significado da minha curiosidade absurda. Só me lembro de que fiquei estranhamente perplexo com tudo o que vira naquela manhã. Mas o dia estava apenas começando e foi cheio de eventos para mim.

O jantar foi bem cedo naquele dia. Uma expedição ao vilarejo vizinho para assistirmos a um festival que estava ocorrendo lá havia sido marcado para aquela noite, e por isso era preciso estar pronto a tempo. Eu estava sonhando com essa expedição havia três dias, antecipando todo tipo de encantos. Quase todo o grupo se reuniu na varanda para tomar café. Eu segui os outros com cautela, e me escondi atrás da terceira fileira de cadeiras. Fui atraído pela curiosidade, mas desejava não ser visto pela senhora M. Mas por azar, não estava tão longe da minha bela algoz. Algo milagroso e incrível estava acontecendo com ela naquele dia; ela parecia duas vezes mais bonita. Não sei como ou por que isso acontece, mas tais milagres não são raros com as mulheres. Havia conosco naquele momento um novo convidado, um jovem alto e pálido, o admirador oficial de nossa beldade, que tinha acabado de chegar de Moscou como se de propósito para substituir N., de quem corriam rumores de que ele estava desesperadamente apaixonado pela mesma senhora. Quanto ao convidado recém-chegado, ele estava há tempos nos mesmos termos de Benedick com Beatrice, no livro *Muito Barulho por Nada*, de Shakespeare. Em suma, a bela loira estava em sua melhor forma naquele dia. Sua conversa e suas brincadeiras estavam tão cheias de graça, tão confiantemente ingênuas, tão inocentemente descuidadas, que ela foi persuadida do entusiasmo geral com tanta autoconfiança que realmente era o tempo todo o centro das atenções. Uma multidão de ouvintes surpresos e admirados continuava ao seu redor, e ela nunca tinha sido tão fascinante. Cada palavra que ela proferia era maravilhosa e sedutora, cada palavra era apanhada e repetida no círculo, e nenhuma palavra, nenhum gracejo, nenhuma troça se perdia. Imagino que ninguém esperava dela tanta distinção, tanto brilhantismo, tanta sagacidade. Suas melhores qualidades eram, via de regra, enterradas sob a mais imprudente teimosia, sob as brincadeiras mais infantis, quase beirando à bufonaria; elas mal eram notadas, e quando eram, ninguém acreditava nelas, de forma que agora seu brilhantismo extraordinário era acompanhado de um ávido suspiro de espanto entre eles. Havia, entretanto, uma circunstância peculiar e bastante delicada, a julgar pelo papel desempenhado pelo marido da senhora M., que contribuiu para seu sucesso. A maluca aventurou-se – para a satisfação de quase todos ali ou, pelo menos, para a satisfação dos jovens, devo acrescentar – a atacá-lo, por vários motivos, provavelmente de grandes consequências aos olhos dela. Ela o colocou no meio de um fogo cruzado de chistes, zombarias e deboches sarcásticos, daqueles tipos mais ilusórios e traiçoeiros, que, apesar da aparência inocente, atingem o alvo sem dar à vítima algo em que se agarrar e o exaurem em infrutíferos esforços para responder ao ataque, reduzindo-o à fúria e ao desespero cômico.

Não tenho certeza, mas acho que processo todo não foi improvisado, e sim premeditado. Esse duelo desesperado tinha começado mais cedo, no almoço. Chamo-o de desesperado porque o senhor M. não se rendeu fácil. Ele teve de invocar toda a sua presença de espírito, toda a sua perspicácia aguçada e rara desenvoltura para não ser completamente coberto pela ignomínia. O conflito foi acompanhado pelo riso contínuo e incontrolável de todos os que testemunharam e participaram dele. Aquele dia foi bem diferente do anterior, para ele. Era notável como a senhora M. por várias vezes fez o seu melhor para parar a amiga indiscreta, que com certeza tentava retratar o marido ciumento da forma mais grotesca e absurda, sob o disfarce de "barba-azul" suponho, a julgar por todas as probabilidades, do que permaneceu na minha memória e, por fim, do papel que eu mesmo estava destinado a desempenhar no evento.

Fui arrastado para aquilo de uma maneira completamente absurda, e totalmente inesperada. E, por azar, eu estava naquele momento onde podia ser visto, sem suspeitar de nenhum mal e esquecendo-me, na verdade, das precauções que eu havia praticado por tanto tempo. De repente fui trazido ao primeiro plano como um inimigo jurado e rival natural do senhor M., tão desesperadamente apaixonado por sua esposa, da qual minha perseguidora jurava e prometia que tinha provas, dizendo que havia visto naquela mesma manhã no bosque...

Mas antes que ela tivesse tempo de terminar eu a interrompi no minuto mais desesperado. Aquele momento fora tão diabolicamente calculado, tão traiçoeiramente preparado para levar ao seu final, seu ridículo desenlace, e fora exibido com tamanho humor mortal que uma explosão perfeita de gargalhadas incontroláveis saudou essa última brincadeira. E apesar de, mesmo na época, eu achar que o meu papel não era o mais desagradável na atuação, ainda assim, eu estava tão confuso, tão irritado e tão alarmado que, tomado pela miséria e pelo desespero, ofegando de vergonha e chorando, atravessei duas fileiras de cadeiras, dei um passo à frente e enfrentei minha bela algoz, gritando com uma voz entrecortada por lágrimas e indignação:

– Você não tem vergonha... de contar uma mentira... perversa... em voz alta... diante de todas as outras senhoras? Como uma criança... diante de todos esses homens...O que eles dirão? Uma mulher como você... e casada!

Mas não pude continuar, houve um rugido ensurdecedor de aplausos. Meu surto tinha criado um furor perfeito. Meu gesto ingênuo, minhas lágrimas, e especialmente o fato de que eu parecia estar defendendo o senhor M., tudo isso provocou uma risada tão diabólica, que mesmo agora não posso deixar de rir com a mera lembrança disso. Fui tomado pela confusão, fiquei inconsciente de terror e, queimando de vergonha e escondendo o rosto nas mãos, fugi, acertei a bandeja das mãos de um lacaio que entrava pela porta e subi para o meu quarto. Tirei a chave, que estava do lado de fora da porta, e tranquei-me lá dentro. Fiz bem, pois houve um clamor público por mim. Antes que um minuto se passasse, minha porta foi cercada pela multidão das lindas senhoras. Ouvi suas risadas ressonantes, suas conversas incessantes, suas vozes vibrantes; estavam todas chilreando ao mesmo tempo, como andorinhas. Todas elas, cada uma delas, imploraram e suplicaram para que eu abrisse a porta, nem que fosse por um instante; juraram que nenhum mal me aconteceria, só queriam me cobrir de beijos. Mas o que poderia ser mais horrível do que essa nova ameaça? Eu simplesmente queimei de vergonha do outro lado da porta, escondendo meu rosto nos travesseiros, e não abri, nem mesmo respondi. As senhoras continuaram a bater por muito tempo, mas eu estava tão surdo e obstinado quanto um garoto de 11 anos poderia estar.

Mas o que eu poderia fazer agora? Tudo fora revelado, tudo fora exposto, tudo o que eu tinha guardado e escondido com tanto zelo! A desgraça e a vergonha eternas haviam caído sobre mim! Mas é verdade que eu mesmo não poderia explicar por que estava assustado e o que eu queria esconder; ainda assim eu estava com medo e tremia como uma vara ao pensar que algo tinha sido descoberto. Mas até esse momento eu não sabia o que era: se era bom ou ruim, esplêndido ou vergonhoso, louvável ou repreensível. Mas agora, na miséria que me havia sido imposta, eu tinha aprendido que era absurdo e vergonhoso.

Por instinto, senti, ao mesmo tempo, que esse veredito era falso, desumano e vulgar; mas eu estava arrasado, aniquilado; minha consciência parecia ter pausado de tanta confusão; eu não podia me opor a esse veredito, nem o criticar de forma adequada. Eu estava confuso; sentia apenas que meu coração havia sido ferido de uma maneira desumana e descarada, e estava transbordando de lágrimas impotentes. Eu estava irritado; mas fervilhava de indignação e ódio como nunca antes, pois era a primeira vez na minha vida que eu conhecia a tristeza, o insulto e a injúria de verdade – e foi realmente isso, sem exageros. O primeiro sentimento não experimentado e imaturo tinha sido tratado de maneira tão grosseira em mim, uma criança. O primeiro pudor perfumado e virginal havia sido exposto e insultado tão cedo, e a primeira impressão, talvez muito real e estética, tão ofendida. É claro que havia muita coisa que os meus perseguidores não sabiam e não adivinhavam nos meus sofrimentos. Uma circunstância, que eu não tinha conseguido analisar até então, da qual eu tinha medo, em parte incluía-se nessa situação. Eu continuei deitado na minha cama em desespero e sofrimento, escondendo o rosto no travesseiro, e alternava momentos de febre e calafrios. Eu estava atormentado por duas questões: primeiro, o que a beldade loira havia visto e, na verdade, o que ela poderia ter visto naquela manhã no bosque entre a senhora M. e eu? E segundo, como eu podia olhar para a senhora M. sem morrer de vergonha e desespero?

Um barulho extraordinário no pátio me despertou finalmente do estado de semiconsciência em que eu havia entrado. Eu me levantei e fui até a janela. O pátio todo estava repleto de carruagens, cavalos de sela e serviçais agitados. Parecia que estavam todos prontos para partir; alguns dos cavalheiros já tinham montado seus cavalos, outros estavam ocupando os seus lugares nas carruagens. Então eu me lembrei da expedição ao festival do vilarejo, e pouco a pouco uma inquietação tomou conta de mim; comecei a procurar ansiosamente pelo meu pônei no pátio, mas não havia nenhum pônei ali, então eles devem ter se esquecido de mim. Eu não consegui me conter e desci correndo as escadas, sem pensar em encontros desagradáveis ou na minha recente ignomínia...

Notícias terríveis me aguardavam. Não havia nem cavalo nem assento sobressalente em nenhuma das carruagens para mim; tudo tinha sido organizado, todos os assentos estavam ocupados, e eu fui forçado a ceder meu lugar a outro. Comovido por esse novo golpe, permaneci nos degraus e olhei triste para as longas filas de coches, carruagens e cabriolés, em que não havia nem mesmo o menor canto para mim, e para as senhoras vestidas com elegância, cujos cavalos curveteavam sem parar.

Um dos cavalheiros estava atrasado. Eles estavam apenas esperando sua chegada para partir. Seu cavalo estava parado na porta, ele mastigava o freio, passava a pata na terra com seus cascos, e a todo momento se assustava e empinava. Dois garotos do estábulo o seguravam com cuidado pela rédea, e todos ficavam a uma distância respeitável dele, apreensivos.

Uma situação mais desgostosa aconteceu, que me impediu de ir. Além do fato de que novos visitantes tinham chegado, ocupando todos os assentos, dois dos cavalos tinham adoecido, um deles era meu pônei. Mas eu não era a única pessoa a sofrer: parecia que não havia cavalo para nosso novo visitante, o jovem de rosto pálido de quem eu já falei. Para resolver esse problema, nosso anfitrião se sentiu obrigado a recorrer à medida extrema de oferecer seu garanhão indomado, acrescentando, para satisfazer sua consciência, que era impossível montá-lo e que há muito tempo pretendiam vender o animal em razão de seu caráter violento, se um comprador pudesse ser encontrado.

Mas, apesar de seu aviso, o visitante declarou que era um bom cavaleiro, e pronto para montar, de qualquer forma, em vez de não ir. Nosso anfitrião não disse mais nada, mas agora lembro que um sorriso dissimulado e ambíguo aparecera em seus lábios. Ele esperou pelo cavalheiro que tinha falado tão bem de sua habilidade de equitação, e ficou, sem montar seu cavalo, esfregando as mãos com impaciência enquanto olhava para a porta; algum sentimento semelhante parecia compartilhado pelos dois garotos do estábulo, que seguravam o garanhão, quase sem fôlego de orgulho ao se verem, diante de todo o grupo, encarregados de um cavalo que poderia a qualquer minuto matar um homem sem motivo algum. Algo semelhante ao sorriso dissimulado de seu patrão também brilhou em seus olhos, que estavam arregalados de expectativa, e fixados na porta de onde o visitante corajoso deveria sair. O próprio cavalo também agia como se fosse aliado do nosso anfitrião e dos garotos. Ele se portava com orgulho e altivez, como se sentisse que estava sendo observado por dezenas de olhos curiosos e se vangloriava de sua má reputação exatamente como um vigarista incorrigível se vangloriaria de suas façanhas criminosas. Ele parecia estar desafiando o homem corajoso que se aventuraria a frear sua independência.

O homem, por fim, apareceu. Consciente de ter feito todos esperaram, ele apressadamente botou as luvas, avançou sem olhar para o nada, correu escada abaixo, e só levantou os olhos quando estendeu a mão para agarrar a crina do cavalo que o esperava. Mas ficou imediatamente desconcertado com o cavalo que se empinava agitado e com o grito de aviso que veio dos espectadores assustados. O jovem deu um passo para trás e olhou perplexo para o cavalo feroz, que se tremia todo, bufando de raiva e revirando com ferocidade os olhos injetados de sangue, empinando-se de forma contínua sobre suas patas traseiras e lançando as patas dianteiras como se quisesse disparar no ar e carregar os dois garotos do estábulo com ele. Por um minuto, o jovem ficou completamente perplexo; então, corando um pouco de vergonha, ele levantou os olhos e olhou para as senhoras assustadas.

– Um ótimo cavalo! – disse ele, como se para si mesmo – e seria para mim um grande prazer montá-lo, mas... Mas sabe o quê? Acho que não vou – ele concluiu, virando-se para nosso anfitrião com um sorriso largo e amável que combinava muito bem com o rosto gentil e esperto.

– Eu ainda o considero um excelente cavaleiro, asseguro-lhe – respondeu o proprietário do cavalo inacessível, encantado, e ele calorosamente, e até mesmo com certa gratidão, apertou a mão do jovem. – Só porque desde o primeiro momento você viu o tipo de animal bruto com o qual você teria de lidar – acrescentou com dignidade. – Acredite em mim, embora eu tenha servido vinte e três anos nos hussardos, ainda assim tive o prazer de ser jogado ao chão três vezes, graças a esse animal, ou seja, caí tantas vezes quanto montei esse inútil. Tancred, meu rapaz, não há ninguém aqui adequado para você. Seu cavaleiro, ao que parece, deve ser uma espécie de Ilya Muromets, e ele deve estar sentado em silêncio agora no vilarejo de Kapatcharovo, esperando seus dentes caírem. Vamos, levem-no, ele já assustou as pessoas o suficiente. Foi uma perda de tempo trazê-lo aqui – lamentou-se, esfregando as mãos de forma complacente.

Deve-se observar que Tancred não era de nenhuma serventia para seu dono e simplesmente comia milho para nada; além disso, o velho hussardo tinha perdido sua reputação de ter conhecimento sobre cavalos ao pagar uma fabulosa soma pelo animal sem valor, que ele tinha comprado apenas por sua beleza... No entanto, ele estava encantado porque Tancred tinha mantido a sua reputação, tinha descartado outro cavaleiro, colhendo assim novos louros inúteis.

– Então você não vai? – exclamou a beldade loira, que estava particularmente ansiosa para que seu servo cavalheiro estivesse presente nessa ocasião. – Está mesmo com medo?

– Dou minha palavra que sim – respondeu o jovem. – Está falando sério?

– Ora, quer que eu quebre o pescoço?

– Então apresse-se e suba no meu cavalo, não tenha medo, ele é muito calmo. Nós não os atrasaremos, eles podem trocar as selas em um minuto. Tentarei montar o seu. Certamente Tancred não pode ser tão indisciplinado.

Assim que disse isso, a impulsiva saltou da sela e já estava diante de nós quando terminou a última frase.

– Você não conhece o Tancred, se acha que ele vai permitir que sua sela lateral deplorável seja colocada nele. Além disso, não deixarei que quebre o pescoço, seria uma pena! – disse nosso anfitrião, naquele momento de gratificação interior, fingindo, como era de seu hábito, uma rispidez estudada e até mesmo uma grosseria na fala que ele pensava estar de acordo com o velho soldado que era, e que imaginava ser particularmente atraente para as senhoras. Essa era uma das suas fantasias preferidas, o seu capricho favorito, com o qual todos estávamos familiarizados.

– Bem, chorão, você gostaria de tentar? Não queria tanto ir? – disse a amazona valente, notando-me e apontando para Tancred de forma provocadora, porque eu havia sido imprudente a ponto de olhá-la, e ela não me deixaria ir embora sem uma palavra mordaz, ou então descer do cavalo teria sido um trabalho à toa.

– Espero que você não seja um... bem, sabemos que você é um herói e ficaria envergonhado de ter medo; especialmente quando sabe que será observado, belo pajem – acrescentou, com um olhar breve para a senhora M., cuja carruagem era a mais próxima da entrada.

Uma onda de ódio e vingança inundou meu coração, quando a bela amazona se aproximou de nós com a intenção de montar Tancred... Mas não posso descrever o que senti com essa provocação da maluca. Tudo ficou preto diante dos meus olhos quando vi seu olhar para a senhora M. Por um instante uma ideia passou pela minha mente, mas foi apenas por um instante, menos que isso, como um clarão de pólvora; talvez fosse a gota d'água, e de repente fiquei com raiva quando meu espírito se elevou, de modo que ansiava por confundir meus inimigos e me vingar deles diante de todos, ao mostrar o tipo de pessoa que eu era. Ou então por algum milagre, algum estímulo da história medieval, da qual eu não sabia nada até então, enviou para o meu cérebro zonzo, imagens de torneios, paladinos, heróis, adoráveis damas, o choque de espadas, gritos e aplausos da multidão, e entre esses gritos o choro tímido de um coração assustado, que move a orgulhosa alma com mais doçura do que a vitória e a fama – não sei se toda essa tolice romântica estava na minha cabeça na época, ou se mais provavelmente, apenas o primeiro lampejo do inevitável absurdo reservado para mim no futuro, de qualquer maneira, senti que minha hora havia chegado. Meu coração saltou e estremeceu, e não me lembro como, de uma vez só, pulei os degraus e me aproximei de Tancred.

– Acha que estou com medo? – exclamei, com coragem e orgulho, tão febril que mal podia ver, ofegante de emoção e corando até as lágrimas escaldarem minhas bochechas. – Bem, você vai ver! E, agarrando a crina de Tancred, coloquei o pé no estribo antes que tivessem tempo de fazer um movimento para me impedir; e naquele instante Tancred empinou, sacudiu a cabeça e com um salto poderoso lançou-se para frente, libertando-se das mãos dos petrificados garotos, fugindo como um furacão, enquanto todos gritavam de horror.

Sabe-se lá como consegui jogar minha outra perna por cima do cavalo enquanto ele estava em pleno galope; também não consigo imaginar como não perdi as rédeas. Tancred conduziu-me para além do portão de treliça, virou bruscamente para a direita e correu ao longo da cerca, sem se importar com a estrada. Só naquele momento ouvi atrás de mim um grito de cinquenta vozes, e esse grito ecoou no meu coração desfalecido com um sentimento tão grande de orgulho e prazer que nunca me esquecerei daquele momento louco da minha infância. Todo o sangue me subiu à cabeça, desorientando-me e dominando meus medos. Eu estava fora de mim. Havia certamente, como me lembro agora, algo de cavaleiro andante na façanha.

Minhas façanhas de cavaleiro, no entanto, acabaram-se num instante ou teria terminado mal para o cavaleiro. E, de fato, eu não sei como escapei. Eu sabia como montar, tinham me ensinado. Mas meu pônei era mais uma ovelha do que um cavalo. Não há dúvidas de que eu seria lançado de Tancred se ele tivesse tido tempo de me arremessar, mas depois de galopar cinquenta passos ele, de repente, se assustou com uma pedra enorme que estava na estrada e disparou de volta. Ele se virou tão abruptamente, galopando a toda velocidade, que até hoje me pergunto como não fui arremessado para fora da sela e voei como uma bola por uns seis metros, como não fiquei em pedaços e como Tancred não deslocou sua perna com tal curva brusca. Ele voltou correndo para o portão, sacudindo a cabeça furioso, saltando de um lado para o outro como se estivesse bêbado de raiva, jogando as patas de forma aleatória no ar, e a cada salto tentava me tirar de suas costas, como se um tigre tivesse pulado em cima dele e estivesse enterrando os dentes e as garras nele.

Em outro instante eu deveria ter voado; eu estava caindo, mas vários cavalheiros correram para me socorrer. Dois deles interceptaram o caminho para o campo aberto, outros dois galoparam dos lados e aproximaram-se tanto de Tancred que as laterais de seus cavalos quase esmagaram minhas pernas, e ambos o seguraram pelo freio. Alguns segundos depois estávamos de volta aos degraus.

Eles me tiraram do cavalo, pálido e quase sem respirar. Eu tremia como uma folha de grama ao vento; o mesmo acontecia com Tancred, que estava parado, com os cascos cravados na terra e o corpo todo jogado para trás, a respiração ardente saía das narinas vermelhas, que escorriam, e ele se contorcia e tremia, parecendo tomado pelo orgulho ferido e pela raiva de uma criança ser tão impunemente corajosa. Ao meu redor ouvia choros de espanto, surpresa e alarme.

Naquele momento, meu olhar vago cruzou com o da senhora M., que parecia pálida e agitada, e – nunca me esquecerei daquele instante – em segundos meu rosto se inundou de cor, brilhou e queimou como fogo; eu não sei o que aconteceu comigo, mas confuso e envergonhado por meus sentimentos, eu timidamente baixei os olhos. Mas meu olhar foi notado, foi capturado, foi roubado de mim. Todos os olhos se viraram para a senhora M., e descobrindo sem aviso que era o centro das atenções, ela também corou como uma criança por algum sentimento ingênuo e involuntário e fez um esforço em vão para cobrir sua confusão com uma risada...

Tudo isso, é claro, era muito absurdo quando visto de fora, mas naquele momento uma circunstância extremamente ingênua e inesperada salvou-me de ser ridicularizado por todos, e deu uma cor especial à aventura toda. A amável perseguidora que fora a instigadora de toda a travessura, e que até então era minha inimiga irreconciliável, subitamente correu para me abraçar e beijar. Ela mal tinha acreditado nos seus olhos quando me viu aceitar o seu desafio e pegar a luva que havia me atirado por olhar para a senhora M. Quase tinha morrido de terror e remorso quando voei com Tancred; e depois que tudo havia terminado, e especialmente quando ela viu o olhar para a senhora M., a minha confusão e meu súbito rubor, quando a tensão romântica em sua mente frívola havia dado um novo significado secreto e implícito ao momento, ela ficou comovida e tão entusiasmada com meu "cavaleirismo", que com alegria e orgulho, correu e me apertou contra o peito. Ela ergueu o rosto mais ingênuo e austero, no qual brilhavam duas lágrimas de cristal, e olhando para a multidão que se aglomerava ao redor disse com uma voz grave e séria, como nunca haviam escutado antes, apontando para mim: "Mas isso é muito sério, senhores, não riam!" Ela não percebeu que todos estavam de pé, como que fascinados e admirados por seu brilhante entusiasmo. Sua ação rápida e inesperada, sua feição sincera, a ingenuidade simples, o sentimento inesperado traído pelas lágrimas que jorravam de seus olhos risonhos e amáveis, foram uma surpresa tão grande, que todos estavam diante dela como se eletrificados com sua expressão, suas palavras e gestos velozes e enérgicos. Parecia que ninguém conseguia tirar os olhos dela por medo de perder aquele raro momento no seu rosto entusiasmado. Até o nosso anfitrião ficou vermelho como uma tulipa, e as pessoas declararam que o ouviram confessar mais tarde que "para sua vergonha", ele ficara apaixonado por um minuto por sua encantadora convidada. Bem, é claro que depois disso tornei-me um cavaleiro, um herói.

– De Lorge! Toggenburg! – ouviu-se da multidão. Houve um som de aplausos.

– Viva a nova geração! – acrescentou o anfitrião.

– Mas ele virá conosco, certamente virá conosco – disse a beldade – encontraremos um lugar para ele, devemos encontrar um lugar para ele. Ele sentará ao meu lado, no meu colo... ah, não, não! Não é certo – ela se corrigiu, rindo, incapaz de conter a lembrança alegre de nosso primeiro encontro. Mas enquanto ria, ela acariciou minha mão com ternura, fazendo tudo o que podia para me aliviar, para que eu não ficasse ofendido.

– É claro, é claro – várias vozes entraram na conversa – ele deve ir, ganhou seu lugar.

O assunto foi resolvido num instante. A mesma senhora solteira que havia me apresentado à beldade loira foi cercada de súplicas de todos os jovens para que permanecesse em casa e me cedesse o seu lugar. Ela foi forçada a concordar, para sua enorme humilhação, com um sorriso e um assobio discreto de raiva. Sua protetora, que era o seu refúgio habitual, minha antiga inimiga e nova amiga, chamou-a enquanto galopava em seu cavalo animado, rindo como uma criança, e disse que a invejava e teria ficado feliz em ficar em casa, pois ia chover e ficaríamos todos encharcados.

E ela estava certa em prever chuva. Um aguaceiro caiu dentro de uma hora e a expedição estava acabada. Tivemos de nos abrigar por algumas horas em algumas cabanas da vila, e voltar para casa entre 9 e 10 horas da noite na névoa úmida que se seguiu à chuva. Comecei a ter febre. Quando eu estava partindo, a senhora M. aproximou-se de mim e ficou surpresa ao ver que meu pescoço estava descoberto e que eu não usava nada além da jaqueta. Eu respondi que não tinha tido tempo de buscar o casaco. Ela puxou um alfinete e prendeu a gola da minha camisa para baixo, tirou de seu pescoço um lenço vermelho e o colocou em volta do meu pescoço para que eu não ficasse com dor de garganta. Ela fez isso com tanta pressa que nem sequer tive tempo de lhe agradecer.

Mas quando cheguei em casa a encontrei na sala de estar pequena com a beldade loira e o jovem pálido que havia ganhado fama por suas habilidades de cavaleiro naquele dia por se recusar a montar o cavalo Tancred. Subi até lá para lhe agradecer e lhe devolver o lenço. Mas, agora, depois de todas as minhas aventuras, senti-me envergonhado de alguma forma. Eu queria me apressar e voltar para meu quarto, onde poderia refletir e considerar tudo com calma. Eu estava transbordando de sensações. Quando devolvi o lenço corei até os ouvidos, como sempre.

– Aposto que ele gostaria de ficar com o lenço – disse o jovem rindo.
– Podemos ver que ele sente muito por ter de se separar do seu lenço.

– Já chega, já chega! – interrompeu a beldade. – Que garoto! Ah... – disse ela, sacudindo a cabeça com um aborrecimento evidente, mas parou a tempo ao ver o olhar sério da senhora M., que não queria levar a brincadeira muito longe.

Apressei-me para ir embora.

– Bem, você é um garoto – disse a maluca, alcançando-me na outra sala e tomando minhas mãos com carinho – ora, você simplesmente não deveria ter devolvido o lenço se o queria tanto. Deveria ter dito que o colocou em algum lugar e isso teria sido o fim do assunto. Que simplório! Nem isso conseguiu fazer! Que garoto engraçado!

E me deu tapinhas no queixo, rindo por eu ter ficado vermelho como uma papoula.

– Sabe que agora sou sua amiga, não sabe? Nossa inimizade acabou, não é? Sim ou não?

Eu ri e apertei seus dedos sem dizer uma palavra.

– Ora, por que você está tão... por que está tão pálido e tremendo? Pegou um resfriado?

– Sim, não me sinto bem.

– Ah, pobrezinho! Isso que dá animar-se demais. Sabe de uma coisa? É melhor ir para a cama sem ter de esperar pelo jantar, e você estará melhor de manhã. Venha!

Ela me levou ao quarto e não havia fim para os seus cuidados. Ao me deixar sozinho para me despir, ela desceu as escadas, buscou um pouco de chá e o trouxe quando eu estava na cama. Também me trouxe uma colcha quente. Fiquei muito impressionado e comovido com todo o carinho e atenção que me foram derramados; ou talvez, eu tivesse sido afetado pelo dia, pela expedição e pela febre. Ao dizer boa-noite a ela, abracei-a calorosamente, como se ela fosse a minha amiga mais querida e próxima, e no meu estado de exaustão todas as emoções do dia voltaram em um instante; eu quase derramei lágrimas enquanto me aninhava em seu peito. Ela percebeu minha condição extenuada, e eu acredito que a senhora impulsiva ficou um pouco tocada.

– Você é um garoto muito bom! – disse ela, olhando-me de forma gentil – por favor, não se zangue comigo. Não vai se zangar, não é?

Na verdade, nos tornamos os mais calorosos e verdadeiros amigos.

Era muito cedo quando acordei, mas o sol já inundava o quarto todo com sua luz brilhante. Pulei da cama me sentindo perfeitamente bem e forte, como se eu não tivesse tido febre na noite anterior; na verdade, minha alegria era indescritível. Recordei-me do dia anterior e senti que trocaria qualquer felicidade naquele momento pela chance de abraçar outra vez minha nova amiga, a beldade loira, como tinha feito na véspera; mas era muito cedo e todos ainda dormiam. Vesti-me apressado e fui para o jardim, e de lá para o bosque. Caminhei por onde as folhas eram mais grossas, onde a fragrância das árvores era mais resinosa e onde o sol despontava com mais alegria, celebrando que podia penetrar na densa escuridão da folhagem. Era uma manhã adorável.

Indo cada vez mais longe, e antes que eu percebesse, cheguei ao outro extremo do bosque, às margens do rio Moscou. Ele fluía da parte inferior da colina a duzentos passos dali. Na margem oposta do rio, estavam aparando a grama. Eu observei filas inteiras de foices afiadas brilharem juntas na luz do sol a cada golpe do capinador e, em seguida, desaparecerem novamente como pequenas cobras flamejantes se escondendo; eu vi a grama cortada voar em densas faixas e ser colocada em longas filas retas. Não sei quanto tempo passei contemplando a cena. Por fim, despertei-me do meu devaneio ao ouvir um cavalo bufar e patear impaciente o chão a vinte passos de mim, na trilha que ia da estrada principal à mansão. Não sei se ouvi esse cavalo assim que o cavaleiro se aproximou e parou ali, ou se o som já estava em meus ouvidos há muito tempo sem me despertar do meu sonho. Movido pela curiosidade, entrei no bosque, e, antes que eu tivesse dados muitos passos, captei o som de vozes falando rápido, embora num tom baixo. Aproximei-me, separando com cuidado os galhos dos arbustos que margeavam o caminho e logo em seguida recuei espantado. Vislumbrei um vestido branco familiar e uma voz feminina suave ressoou como música em meu coração. Era a senhora M. Estava de pé ao lado de um homem a cavalo que, curvando-se sobre a sela, falava apressado com ela, e para minha surpresa eu o reconheci como sendo N., o jovem senhor que havia ido embora na manhã anterior e com cuja partida o senhor M. estivera tão ocupado. Mas as pessoas haviam dito naquele momento que ele estava partindo para um lugar longe, no sul da Rússia, então fiquei muito surpreso ao vê-lo conosco de novo tão cedo, e sozinho com a senhora M.

Ela estava comovida e agitada como nunca havia visto antes, e lágrimas brilhavam em suas bochechas. O jovem senhor segurava sua mão e inclinava-se para beijá-la. Eu tinha me deparado com eles no momento da despedida. Pareciam estar com pressa. Por fim, ele tirou do bolso um envelope selado, entregou-o a senhora M., colocou um braço ao redor dela, ainda sem descer do cavalo, e lhe deu um beijo longo e apaixonado. Um minuto depois ele chicoteou o cavalo e passou voando por mim como uma flecha. A senhora M. continuou a olhá-lo por alguns instantes, depois, pensativa e desconsolada, voltou para casa. Mas depois de dar alguns passos ao longo da trilha, ela de repente pareceu voltar a si, abriu caminho pelos arbustos e caminhou através do bosque.

Eu a segui, surpreso e perplexo com tudo o que tinha visto. Meu coração batia com violência, como se de terror. Eu estava, por assim dizer, entorpecido e confuso; minhas ideias estavam estilhaçadas e viradas de cabeça para baixo; mas me lembro, por alguma razão, que eu estava muito triste. Eu tinha vislumbres de tempos em tempos, por entre a folhagem verde, de seu vestido branco diante de mim; eu a seguia mecanicamente, nunca a perdendo de vista, embora tremesse com a ideia de que ela pudesse me notar. Finalmente, ela saiu pelo caminho que levava à casa. Depois de esperar meio minuto, eu também emergi dos arbustos; mas qual não foi meu espanto quando vi na areia vermelha do caminho o envelope selado, que eu reconheci, à primeira vista, como sendo aquele que havia sido dado à senhora M. dez minutos antes.

Eu o peguei. De ambos os lados o papel estava em branco, não havia endereço nele. O envelope não era grande, mas era grosso e pesado, como se contivesse três ou mais folhas de papel dentro.

Qual era o significado daquele envelope? Sem dúvida explicaria todo o mistério. Talvez nele estivesse tudo o que N. não tinha conseguido expressar durante a breve conversa dos dois. Ele nem tinha nem mesmo desmontado. Se ele estava com pressa ou se estava com medo de ser falso consigo mesmo na hora da despedida... só Deus sabe.

Eu parei, sem sair do caminho, joguei o envelope no lugar mais visível dali e mantive meus olhos nele, supondo que a senhora M. notaria que o havia perdido e voltaria para procurá-lo. Mas após esperar quatro minutos, não podia mais aguentar, peguei o envelope novamente, coloquei-o no bolso e parti para encontrar a senhora M. Encontrei-a na grande alameda do jardim. Ela caminhava direto para casa com passos rápidos e apressados, embora estivesse perdida em pensamentos, olhando para o chão. Eu não sabia o que fazer. Ir até ela e entregar-lhe o envelope? Isso seria o mesmo que dizer que eu sabia tudo, que tinha visto tudo. Eu me trairia já na primeira palavra. E como deveria olhar para ela? Como ela olharia para mim? Continuava a esperar que ela descobrisse a perda e refizesse seus passos. Então eu poderia, sem ser notado, colocar o envelope no caminho, e ela o encontraria. Mas não! Estávamos nos aproximando da casa; ela já havia sido notada...

Por azar, todos tinham se levantado muito cedo naquele dia, porque depois da expedição malsucedida da noite anterior, tinham arranjado algo novo para fazer, do qual não tinha ouvido nada. Estavam todos se preparando para partir e tomavam café da manhã na varanda. Esperei por dez minutos para não ser visto com a senhora M., e dando a volta no jardim, aproximei-me da casa pelo outro lado muito tempo depois dela. Ela caminhava para cima e para baixo na varanda com os braços cruzados, parecendo pálida e agitada, e estava obviamente tentando ao máximo suprimir a miséria agonizante e desesperadora que poderia ser notada com clareza em seus olhos, em seus passos, em cada movimento. Às vezes, ela descia os degraus da varanda e dava alguns passos entre os canteiros de flores na direção do jardim; seus olhos impacientes, ávidos e até mesmo descuidados, procuravam por algo na areia do caminho e no chão da varanda. Não havia dúvida de que ela tinha descoberto sua perda e imaginava que tinha deixado cair o envelope em algum lugar por ali, perto da casa – sim, exatamente isso, ela estava convencida.

Alguém notou que ela estava pálida e agitada, e outros fizeram a mesma observação. Eles a encheram de perguntas sobre sua saúde e lhe deram suas condolências. Ela teve de rir, brincar, parecer animada. De vez em quando ela olhava para o marido, que estava do outro lado do terraço falando com duas damas, e a pobre mulher foi, então, dominada pelo mesmo tremor, pela mesma vergonha, como no dia de sua chegada.

Com a mão enfiada no bolso e segurando com força o envelope, fiquei a uma pequena distância de todos eles, rezando para que a senhora M. me notasse. Eu desejava animá-la, aliviá-la da ansiedade, nem que fosse só com um olhar; dizer-lhe algo às escondidas. Mas quando ela olhou para mim, baixei os olhos.

Vi seu sofrimento e não me enganei. Até hoje não sei qual é o seu segredo. Só sei o que vi e o que acabei de descrever. Talvez a trama não fosse o que se supunha à primeira vista. Talvez esse beijo fosse o beijo de despedida, talvez fosse uma pequena e última recompensa pelo sacrifício feito à sua paz e honra. N. estava indo embora, ele a estava deixando, talvez para sempre. Até o envelope que eu segurava – quem pode saber o que continha. Como alguém pode julgar? E quem pode condenar? E, no entanto, não há dúvida de que a súbita descoberta do seu segredo teria sido terrível – teria sido um golpe fatal para ela. Eu ainda me lembro de seu rosto naquele momento, não poderia mostrar mais sofrimento. Sentir, saber, estar convencido, esperar, como se fosse sua execução, que em um quarto de hora, em um minuto talvez, tudo poderia ser descoberto, o envelope poderia ser encontrado por alguém, recolhido; não havia endereço nele, poderia ser aberto e então... E depois? Que tortura poderia ser pior do que o que a esperava? Ela movia-se entre aqueles que seriam seus juízes. No minuto seguinte seus rostos sorridentes e bajuladores seriam ameaçadores e implacáveis.

Ela veria o escárnio, a malícia e o desprezo gélido nesses rostos, e então sua vida mergulharia na escuridão eterna, sem um outro amanhecer... Sim, eu não entendia a situação na época como entendo agora. Eu podia ter vagas suspeitas e receios, e uma dor no coração ao pensar no perigo que ela passava, que eu não entendia completamente. Mas seja qual fosse o seu segredo, muito foi expiado, se é que havia necessidade, por aqueles momentos de angústia dos quais eu era testemunha e dos quais nunca esquecerei.

Mas, em seguida, veio uma convocação para partir; imediatamente todos começaram uma movimentação alegre; risos e conversas animadas eram ouvidos de todos os lados.

Em dois minutos a varanda estava deserta. A senhora M. recusou-se a participar da festa, reconhecendo finalmente que não estava bem. Mas, graças a Deus, todos os outros partiram, apressados, e não havia tempo para preocupá-la com compaixão, indagações e conselhos. Alguns ficaram em casa. Seu marido lhe disse algumas palavras; ela respondeu que ficaria bem logo, que ele não precisava ficar preocupado, que não precisaria nem mesmo se deitar, que ela iria para o jardim, sozinha... comigo... e em seguida olhou para mim. Ninguém poderia ser mais sortudo! Corei de prazer, de alegria; um minuto depois estávamos caminhando.

    Ela caminhou pelas mesmas alamedas e trilhas pelas quais havia retornado do bosque, lembrando-se instintivamente do caminho que tinha percorrido, olhando diante dela sem tirar os olhos do chão, olhando atentamente sem me responder, esquecendo-se até mesmo de que eu estava caminhando ao lado dela.

    Quando chegamos ao local onde eu pegara a carta e o caminho terminou, a senhora M. parou de repente e com uma voz baixa e fraca de tristeza disse que se sentia pior e que iria para casa. Mas quando ela chegou à cerca de jardim parou outra vez e pensou por um minuto; um sorriso de desespero surgiu em seus lábios, e totalmente desgastada e exausta, resignada, e convencendo sua mente do pior, ela se virou sem dizer uma palavra e refez seus passos, esquecendo de me contar sua intenção.

    Meu coração estava despedaçado de compaixão, e eu não sabia o que fazer.

    Nós fomos, ou melhor, eu a levei ao lugar onde uma hora antes eu havia escutado os passos de um cavalo e sua conversa. Ali, perto da sombra de um ulmeiro, estava um assento esculpido em uma pedra enorme, sobre o qual cresciam heras, jasmins selvagens e rosas caninas; a floresta toda estava salpicada de pontes, parreirais, grutas e outras surpresas similares. A senhora M. sentou-se no banco e olhou inconsciente para a maravilhosa vista que se apresentava diante de nós. Um minuto depois, ela abriu seu livro e fixou os olhos nele sem ler, sem virar as páginas, quase sem reparar no que fazia. Eram 9 e meia da manhã. O sol já estava alto e flutuava gloriosamente no céu azul profundo, como se derretesse sua própria luz. Os capinadores já estavam longe; eles mal podiam ser vistos do outro lado do rio; infinitas saliências de grama cortada se arrastavam atrás deles em uma sucessão ininterrupta, e às vezes a leve brisa soprava sua fragrância até nós. O concerto incessante daqueles que "não semeiam, nem colhem" e são livres como o ar que transpassam com suas asas alegres estava a nossa volta. Parecia que naquele momento cada flor, cada folha de grama exalava o aroma do sacrifício, dizendo ao seu criador: "Pai, eu sou abençoado e feliz".

Olhei para a pobre mulher, que sozinha era como alguém morto no meio de toda aquela vida alegre; duas grandes lágrimas pendiam imóveis em seus cílios, arrancadas de seu coração pela dor amarga. Estava em meu poder aliviar e consolar seu pobre coração desfalecido, só que eu não sabia como abordar o assunto, como dar o primeiro passo. Estava agoniado. Por cem vezes estive prestes a ir até ela, mas toda vez meu rosto queimava como fogo.

De repente, tive uma ideia brilhante. Eu tinha encontrado uma maneira de fazer aquilo; eu revivi.

– Você gostaria que eu colhesse um ramo de flores? – perguntei, com uma voz tão alegre que a senhora M. imediatamente levantou a cabeça e olhou para mim com atenção.

– Sim, claro – respondeu por fim com uma voz fraca e um sorriso vago, baixando os olhos para o livro logo em seguida.

– Ou logo eles estarão cortando a grama aqui e não haverá flores – exclamei, ansioso para trabalhar.

Eu logo havia colhido as flores para o simples e pobre ramo, e eu deveria ter vergonha de levá-lo para dentro de casa; mas como o meu coração ficou leve quando eu peguei as flores e as amarrei! A rosa canina e o jasmim selvagem eu colhi perto do assento; e sabia que perto dali havia um campo de centeio ainda sem madurar. Corri para lá a procura de centáureas; eu misturei todas elas com espigas altas de centeio, colhendo as melhores e mais douradas. Por perto, encontrei um ninho perfeito de miosótis, e o meu ramalhete estava quase completo. Mais longe no prado havia campânulas azul-escuras e flores silvestres rosas, e corri até a margem do rio para colher nenúfares amarelos. Finalmente, ao fazer o caminho de volta, e entrando por um instante no bosque para pegar algumas folhas verdes e brilhantes de bordo em forma de leque para colocar ao redor do ramo, por acaso encontrei uma família inteira de amores-perfeitos, perto dos quais, para minha sorte, o cheiro perfumado de violetas traiu a florzinha que se escondia na grama espessa e exuberante e ainda brilhava com gotas de orvalho. O ramalhete estava pronto. Eu o amarrei com uma folha fina e comprida que se entrelaçou como uma corda e cuidadosamente coloquei a carta no centro, escondendo-a entre as flores, mas de tal forma que podia ser facilmente notada se a menor atenção fosse dada ao meu ramo de flores.

Carreguei-o até a senhora M. No caminho pareceu-me que a carta estava muito exposta: a escondi um pouco mais. À medida que me aproximava, a empurrei ainda mais para dentro das flores; e finalmente, quando cheguei ao local, de repente a espetei tão fundo no centro do ramalhete que não podia ser notada do lado de fora. As minhas bochechas estavam ardendo. Eu queria esconder o meu rosto nas mãos e fugir, mas ela olhou para as minhas flores como se tivesse se esquecido completamente que eu as tinha ido colher. Mecanicamente, quase sem olhar, ela estendeu a mão e aceitou meu presente; mas colocou-o sobre o assento como se eu tivesse lhe entregado com esse propósito e baixou os olhos para o livro de novo, parecendo perdida em pensamentos. Eu estava pronto para chorar por esse infortúnio. "Se ao menos meu ramalhete estivesse perto dela", eu pensei, "se ela não o tivesse esquecido!" Deitei-me na relva não muito longe, coloquei o braço direito debaixo da cabeça e fechei os olhos como se tivesse sido tomado por uma sonolência. Mas eu esperei, mantendo os olhos fixos nela.

Dez minutos se passaram, e pareceu-me que ela estava cada vez mais pálida... felizmente uma chance abençoada veio em meu auxílio.

Era uma grande abelha dourada, trazida pela brisa gentil, para minha sorte. Primeiro zumbiu sobre minha cabeça, em seguida voou até a senhora M. Ela a afastou uma ou duas vezes, mas a abelha ficou mais persistente. Por fim, a senhora M. pegou meu ramalhete e o balançou diante do rosto. Naquele instante a carta caiu do meio das flores diretamente no livro aberto. Eu me sobressaltei. Por algum tempo, a senhora M. ficou muda de espanto, olhou primeiro para a carta e então para as flores que segurava nas mãos, ela parecia incapaz de acreditar em seus olhos. De uma vez só, ela corou, assustou-se e olhou para mim. Mas eu notei o movimento e fechei meus olhos com força, fingindo dormir. Nada teria me induzido a encará-la naquele momento. Meu coração palpitava e saltava como um pássaro nas mãos de um garoto de aldeia. Não me lembro quanto tempo fiquei de olhos fechados, dois ou três minutos. Por fim, arrisquei abri-los. A senhora M. lia a carta com avidez, e pelas suas bochechas rosadas, seus olhos úmidos e brilhantes, seu rosto iluminado, por cada traço que tremia de alegria, eu imaginei que havia felicidade na carta, e toda a sua miséria se dispersou como fumaça. Um sentimento agonizante e doce corroeu-me o coração, foi difícil para mim continuar a fingindo...

Nunca esquecerei esse momento! De repente, de muito longe, ouvimos vozes: "Senhora M.! Natalie! Natalie!" A senhora M. não respondeu, mas levantou-se rapidamente do banco, caminhou até mim e se inclinou. Senti que ela olhava diretamente para o meu rosto. Meus cílios tremeram, mas eu me controlei e não abri os olhos. Tentei respirar de uma maneira mais uniforme e silenciosa, mas o meu coração me sufocou com a sua pulsação violenta. O seu hálito ardente queimou minhas bochechas; ela inclinou-se ainda mais para perto do meu rosto, como se tentasse se certificar. Finalmente, um beijo e algumas lágrimas foram depositados na minha mão, a que estava sobre meu peito.

– Natalie! Natalie! Onde está você? – ouvimos novamente, desta vez um pouco mais perto.

– Estou indo – disse a senhora M. com sua voz adocicada e argêntea, que estava tão engasgada e trêmula pelas lágrimas, e tão fraca, que ninguém além de mim podia ouvi-la. – Estou indo!

Mas naquele instante o meu coração finalmente me traiu e pareceu enviar todo o sangue para o meu rosto. Naquele instante, um beijo rápido e quente escaldou meus lábios. Soltei um grito fraco. Abri os olhos, mas na mesma hora aquele mesmo lenço caiu sobre eles, como se ela quisesse me proteger do sol. Um segundo depois ela se foi. Não ouvi nada a não ser o som de passos se retirando com rapidez. Eu estava sozinho...

Eu puxei o lenço dela e o beijei, fora de mim em êxtase; por alguns momentos eu fiquei quase frenético. Mal conseguindo respirar, apoiando os cotovelos na grama, olhei inconscientemente para as encostas ao redor, cobertas de milharais, para o rio que fluía e serpenteava ao longe, até onde os olhos podiam ver, entre colinas revigoradas e vilarejos que brilhavam como borrões por toda a distância iluminada pelo sol – paras as florestas azul-escuras pouco visíveis, que pareciam fumegar na beirada do céu, e uma quietude agradável inspirada pela paz triunfante da paisagem trouxe calma ao meu coração atormentado. Sentia-me mais à vontade e respirei mais livremente, mas toda a minha alma estava cheia de um desejo doce e mudo, como se um véu tivesse sido tirado dos meus olhos, como se fosse a antecipação de alguma coisa.

Meu coração assustado, tremendo de expectativa, tateava com timidez e alegria alguma conjectura e, de repente, meu peito arfou, começou a doer como se alguma coisa o tivesse perfurado, e lágrimas doces jorraram dos meus olhos. Escondi o rosto nas mãos, e tremendo com uma folha, entreguei-me à primeira consciência e revelação do meu coração, ao primeiro vislumbre vago da minha natureza. Minha infância terminava naquele momento.

※

Quando voltei para casa, duas horas depois, não encontrei a senhora M. Por alguma razão repentina ela havia partido para Moscou com o marido. Nunca mais a vi.

Sr. Prohartchin

No canto mais escuro e humilde do apartamento de Ustinya Fyodorovna vivia Semyon Ivanovitch Prohartchin, um homem idoso, bem-intencionado e que não bebia. Como o sr. Prohartchin não era de um alto cargo no trabalho e ganhava um salário estritamente proporcional à sua capacidade oficial, Ustinya Fyodorovna não podia receber mais de cinco rublos por mês por sua hospedagem. Algumas pessoas diziam que ela tinha suas razões para aceitá-lo como inquilino; mas, seja como for, apesar de todos os seus detratores, o sr. Prohartchin tornou-se o seu favorito, em um sentido nobre e virtuoso, é claro. Deve ser observado que Ustinya Fyodorovna, uma mulher respeitável, que tinha uma preferência especial por carne e por café e achava difícil manter o jejum, alugava quartos para vários outros hóspedes que pagavam o dobro de Semyon Ivanovitch, ainda que não fossem inquilinos silenciosos, pelo contrário, todos eles eram "zombadores maldosos" de suas maneiras femininas e de sua impotência desamparada, e por isso estavam em um nível muito baixo na sua escala de opinião, de modo que, se não fosse o aluguel que pagavam, ela não teria se preocupado em deixá-los ficar, muito menos em vê-los em seu imóvel. Semyon Ivanovitch tinha se tornado o seu favorito desde o dia em que um funcionário aposentado, ou, talvez falando mais corretamente, dispensado, e com uma fraqueza por bebidas fortes, foi levado para o seu último lugar de descanso em Volkovo. Embora esse senhor tivesse apenas um olho, tendo perdido o outro, de acordo com suas palavras, em razão de seu comportamento corajoso; e uma perna quebrada da mesma maneira, devido à sua bravura, ainda assim ele tinha conseguido receber todo o sentimento de gentileza que Ustinya Fyodorovna era capaz de dar, e aproveitou ao máximo, e teria continuado a viver por anos como seu companheiro e bajulador se ele não tivesse finalmente bebido até a morte da maneira mais lamentável possível. Tudo isso acontecera em Peski, onde Ustinya Fyodorovna tinha apenas três inquilinos, dos quais, quando ela se mudou para um novo apartamento e estabeleceu uma escala maior, que permitia cerca de uma dúzia de novos hóspedes, o sr. Prohartchin foi o único que permaneceu.

Se o sr. Prohartchin tinha certos defeitos incorrigíveis, ou se seus companheiros eram, todos eles, culpados, a questão era que desde o início ocorreram desentendimentos de ambos os lados. Devemos observar aqui que todos os novos hóspedes de Ustinya Fyodorovna, sem exceção, se davam bem como irmãos; alguns deles trabalhavam na mesma repartição; alternando-se, cada um deles perdia todo seu dinheiro para os outros jogando *faro*, preferência e *bixe*; eles gostavam, em alguns momentos, de aproveitar em grupos o que chamavam de instantes efervescentes da vida; gostavam também, às vezes, de discutir assuntos altivos e, embora no final as coisas não passassem sem uma discussão, quando todos os preconceitos eram banidos do grupo, a harmonia geral era restaurada. Os mais notáveis entre os inquilinos eram Mark Ivanovitch, um homem inteligente e instruído; Oplevaniev; Prepolovenko, que também era uma pessoa boa e modesta; havia um certo Zinovy Prokofyevitch, cujo objetivo de vida era fazer parte da sociedade aristocrática; Okeanov, um escriturário, que, em seu tempo, quase roubou a posição de favorito de Semyon Ivanovitch; um outro escriturário chamado Sudbin; o plebeu Kantarev e muitos outros também. Mas para todas essas pessoas, Semyon Ivanovitch não era, por assim dizer, um deles.

Ninguém lhe desejava mal, é claro, pois todos tinham, desde o início, feito justiça a Prohartchin, e tinham decidido, nas palavras de Mark Ivanovitch, que ele, Prohartchin, era um colega bom e inofensivo, embora não fosse um homem com muita experiência, era digno de confiança, e não um bajulador, que tinha, é claro, seus defeitos; mas se ele, às vezes, era infeliz, isso se devia à sua falta de imaginação e nada mais. Além disso, o sr. Prohartchin, apesar de privado de imaginação, não seria capaz de causar uma impressão favorável com sua aparência ou suas maneiras (nas quais os zombadores gostam de se concentrar), mas ainda assim sua imagem não colocava as pessoas contra ele. Mark Ivanovitch, sendo uma pessoa inteligente, assumiu formalmente a defesa de Semyon Ivanovitch, e declarou em uma linguagem bastante feliz e rebuscada que Prohartchin era um senhor idoso e respeitável, que tinha há muito tempo passado da idade do romance. Então, se Semyon Ivanovitch não sabia como lidar com as pessoas, a culpa era inteiramente dele.

A primeira coisa que notaram foi a inconfundível parcimônia e mesquinhez de Semyon Ivanovitch. Isso foi observado e percebido rapidamente, pois Semyon Ivanovitch nunca emprestava para ninguém sua chaleira, nem mesmo por um minuto; e isso era ainda mais injusto porque ele quase não tomava chá, mas quando queria bebia, em geral, uma decocção agradável de flores silvestres e certas ervas medicinais, das quais tinha um estoque considerável. Suas refeições também eram muito diferentes das dos outros inquilinos. Ele nunca se permitiu, por exemplo, comer todo o jantar, fornecido diariamente por Ustinya Fyodorovna para os outros hóspedes. O jantar custava meio rublo; Semyon Ivanovitch pagava apenas 25 copeques e nunca excedia esse valor, e assim tomava um prato de sopa com torta ou comia uma porção de carne; na maioria das vezes, ele não tomava nem a sopa nem comia a carne, mas comia com moderação pão branco com cebola, coalhada, pepino salgado ou algo semelhante, o que era muito mais barato, e ele só se voltava ao jantar de meio rublo quando já não aguentava mais...

Aqui o biógrafo confessa que nada o induziria a aludir a detalhes tão realistas e baixos, até mesmo chocantes e ofensivos para alguns amantes do estilo heroico, se esses detalhes não guardassem uma peculiaridade, uma característica, do herói desta história; pois o sr. Prohartchin não era de modo algum tão pobre a ponto de ser incapaz de ter refeições regulares e suficientes, apesar de algumas vezes ter fingido que sim. Mas ele agia como agia apesar do descrédito e do preconceito das pessoas, simplesmente para satisfazer seus estranhos caprichos, e por frugalidade e cuidado excessivo: tudo isso, no entanto, ficará muito mais claro conforme seguimos. Mas nós teremos o cuidado de não aborrecer o leitor com a descrição de todos os caprichos de Semyon Ivanovitch, e iremos omitir, por exemplo, a curiosa e muito divertida descrição de seu traje; e, na verdade, se não fosse a própria referência de Ustinya Fyodorovna, dificilmente teríamos comentaríamos sobre o fato de Semyon Ivanovitch nunca ter mandado lavar sua roupa de baixo, ou se mandou, foram tão raras as vezes que poderíamos esquecer completamente a existência das roupas íntimas de Semyon Ivanovitch. No testemunho da senhoria consta que "Semyon Ivanovitch, abençoada seja sua alma, pobre criatura, por vinte anos esteve escondido em seu canto, sem ligar para o que os outros pensavam, e durante todos os dias de sua vida na terra foi um estranho às meias, lenços e coisas assim" e, além disso, Ustinya Fyodorovna tinha visto com os próprios olhos, graças a decrepitude do biombo, que o pobre homem, às vezes, não tinha nada com o que cobrir a pele nua.

Tais foram os rumores que circularam após a morte de Semyon Ivanovitch. Mas em sua vida (e esta foi uma das ocasiões mais frequentes de discórdia), ele não podia suportar que qualquer pessoa, mesmo alguém que lhe fosse amigável, enfiasse o nariz enxerido sem ser convidado em seu canto, mesmo através de uma abertura no biombo decrépito. Ele era um homem taciturno, difícil de lidar e propenso a problemas de saúde. Não gostava que as pessoas lhe dessem conselhos, não gostava de pessoas convencidas, e se alguém zombasse dele ou lhe desse conselhos não requisitados, a pessoa se encrencaria com ele, passaria vergonha, e ele liquidaria a conversa: "Você, menino, é um tolo, não é ninguém para dar conselhos, por isso cuide da sua vida. É melhor contar as costuras das próprias meias, senhor!"

Semyon Ivanovitch era um homem simples e nunca era formal ao se dirigir a alguém. Ele também não suportava quando alguém que conhecia seus pequenos hábitos começava, por puro de prazer, a importuná-lo com perguntas, como o que ele tinha em seu pequeno baú. Semyon Ivanovitch tinha um pequeno baú. Ficava debaixo de sua cama, e era protegido como a menina dos seus olhos; e embora todos soubessem que não havia nada nele, exceto trapos velhos, dois ou três pares de botas danificadas e todo tipo de lixo, ainda assim o sr. Prohartchin valorizava muito sua propriedade, e eles até o ouviam expressar insatisfação com seu cadeado velho, mas ainda seguro, e dizer que compraria um novo, de um padrão especial alemão com uma mola secreta e vários mecanismos complicados. Quando, em uma ocasião, Zinovy Prokofyevitch, levado pela imprudência da juventude, expressou a ideia muito grosseira e indecente de que Semyon Ivanovitch provavelmente escondia e guardava algo em seu baú para deixar aos seus descendentes, todos os que estavam por perto ficaram estupefatos com os efeitos extraordinários do gracejo de Zinovy Prokofyevitch. De início, o sr. Prohartchin não conseguiu encontrar respostas adequadas para uma ideia tão grosseira e vulgar. Por um bom tempo, as palavras saíram de sua boca de forma quase incoerente, e só depois de algum tempo eles se deram conta que Semyon Ivanovitch estava censurando Zinovy Prokofyevitch por alguma ação desprezível do passado; em seguida eles perceberam que Semyon Ivanovitch estava prevendo que Zinovy Prokofyevitch nunca entraria para a alta sociedade e que o alfaiate a quem ele devia dinheiro por seus ternos o espancaria, com certeza o espancaria, porque o pateta não o pagava havia tempos; e finalmente disse: "Você, seu moleque", acrescentou Semyon Ivanovitch, "você quer entrar para os hussardos, mas não irá, já lhe digo, fará papel de tolo. E lhe digo mais, seu sem-vergonha, quando seus superiores souberem disso, eles o levarão e farão de você um escriturário, e então será o fim disso tudo. Está ouvindo, menino?" E então Semyon Ivanovitch se acalmou, mas depois de deitar-se por cinco horas, e para o espanto intenso de todos, ele parecia ter chegado a uma decisão, e começou subitamente a censurar e maltratar o jovem mais uma vez, de início para si mesmo e depois dirigindo-se a Zinovy Prokofyevitch. Mas a questão não terminou aí, e à noite, quando Mark Ivanovitch e Prepolovenko fizeram chá e convidaram Okeanov para beber com eles, Semyon Ivanovitch levantou-se de sua cama, juntou-se a eles de propósito, pagando seus quinze ou 20 copeques e sob o pretexto de um súbito desejo por uma xícara de chá começou, por um longo tempo, a entrar no assunto de que ele era um homem pobre, nada além disso, e que um homem pobre como ele não tinha nada para guardar. O sr. Prohartchin confessou, na ocasião, que era um homem pobre simplesmente porque o assunto tinha surgido; que anteontem tinha a intenção de pedir emprestado um rublo àquele insolente companheiro, mas que agora não pegaria emprestado por medo do sem-vergonha se gabar, que essa era a verdade, e que seu salário era tão baixo que não se podia comprar o suficiente para comer, e que ele, um homem pobre, como vocês veem, enviava para sua cunhada em Tver 5 rublos todo mês, que se ele não mandasse 5 rublos todo mês ela morreria, e se sua cunhada, que dependia dele, já estivesse morta, ele, Semyon Ivanovitch, teria comprado um terno novo há muito tempo. E assim, Semyon Ivanovitch continuou a falar por muito tempo sobre ser um homem pobre, sobre sua cunhada e sobre rublos, e continuava repetindo a mesma coisa várias vezes para impressionar sua plateia até ficar confuso como de costume e retomar o silêncio. Apenas três dias depois, quando todos haviam se esquecido dele, e ninguém pensava em atacá-lo, ele acrescentou algo para encerrar a discussão, que quando Zinovy Prokofyevitch entrasse para os hussardos, o insolente colega teria sua perna amputada na guerra e, em seguida, viria com uma perna de madeira e diria: "Semyon Ivanovitch, querido amigo, me dê algo para comer!", e então, Semyon Ivanovitch não lhe daria nada para comer, e não olharia para o insolente colega; assim seria, e ele apenas tiraria o melhor proveito disso.

Tudo isso pareceu muito curioso e, ao mesmo tempo, terrivelmente divertido. Sem refletir muito, todos os inquilinos se reuniram para uma investigação mais aprofundada, e apenas por curiosidade decidiram fazer uma investida final em Semyon Ivanovitch, em massa. E como o sr. Prohartchin também tinha, até pouco tempo atrás – isto é, desde que começara a viver no mesmo apartamento que eles – começado a gostar muito de descobrir tudo sobre os outros e fazer perguntas indiscretas, provavelmente por razões particulares, as relações entre os partidos opostos surgiram sem qualquer preparação ou esforço de ambos os lados, como se por acaso e por si só. Para se relacionar, Semyon Ivanovitch sempre tinha sua manobra particular, que às vezes podia ser dissimulada e ingênua, da qual o leitor já tem conhecimento. Ele saía de sua cama na hora do chá, e se visse os outros reunidos em um grupo, aproximava-se como uma pessoa quieta, sensível e amigável, entregava seus 20 copeques, como tinha o hábito de fazer, e anunciava que desejava se juntar a eles. Então, os jovens piscavam uns para os outros, e indicando assim que estavam em uma aliança contra Semyon Ivanovitch, começavam a conversar, de início apropriadamente e com decoro. Em seguida, um dos mais sagazes do grupo começaria, sem propósito algum, a contar notícias que consistiam, na maioria das vezes, de detalhes totalmente falsos e inacreditáveis. Ele diria, por exemplo, que alguém tinha escutado Sua Excelência dizer a Demid Vassilyevitch naquele dia que, em sua opinião, funcionários casados eram mais confiáveis do que os solteiros e mais adequados a receber uma promoção; pois eram estáveis e desenvolviam suas habilidades com o casamento, e que, portanto, ele – ou seja, o orador – a fim de se aperfeiçoar e ser mais apto a uma promoção, estava fazendo o máximo para se casar o mais rápido possível com certa Fevronya Prokofyevna. Ou então diria que mais de uma vez haviam comentado sobre certos colegas, dizendo que eles eram totalmente desprovidos de traquejos sociais e de boas maneiras e, por isso, eram incapazes de agradar às moças da alta sociedade, e que, portanto, para erradicar esses defeitos seria adequado deduzir parte dos seus salários, e com a soma obtida, alugar um salão, onde poderiam aprender a dançar, adquirir traços de cavalheirismo e boas maneiras, cortesia, respeito por seus superiores, força de vontade, um coração bom e grato e várias outras qualidades aprazíveis. Poderia ainda dizer que estavam organizando para que alguns dos funcionários, a começar pelos mais velhos, passassem por um exame de todos os tipos de assuntos para aumentarem o seu nível de cultura, e, desse modo, ele acrescentava, todo o tipo de coisas que viria à tona, e certos senhores teriam de botar suas cartas na mesa – em suma, milhares de rumores absurdos semelhantes a estes foram discutidos. Para manter as histórias, todos fingiam acreditar nelas ao mesmo tempo, mostravam interesse, faziam perguntas, pensavam sozinhos; e alguns deles, assumindo um ar de desânimo, começavam a balançar a cabeça e a pedir conselhos a todos, perguntando o que deveriam fazer se fossem submetidos a isso? Não é preciso dizer que um homem muito menos crédulo e simples de coração do que o sr. Prohartchin teria ficado intrigado e se deixaria levar por um rumor tão unanimemente acreditado. Além disso, até onde se sabe, é seguro concluir que Semyon Ivanovitch era extremamente estúpido e lento para compreender qualquer ideia nova e incomum, e quando ouvia alguma ideia nova, tinha sempre que, por assim dizer, mastigar e digerir primeiro, para descobrir o significado, e então enfrentá-la com perplexidade, para, talvez, enfim domá-la de um modo especial e peculiar a si mesmo... Desta forma, qualidades curiosas e até então inesperadas começaram a mostrar-se em Semyon Ivanovitch. Seguiram-se conversas e fofocas e, de maneiras desonestas, tudo isso finalmente chegou ao escritório, com acréscimos. O que aumentou o furor foi o fato de o sr. Prohartchin, que tinha exatamente a mesma aparência desde os tempos imemoriais, trazer, de repente e sem nenhuma razão, um semblante muito diferente. Seu rosto estava inquieto; os olhos tímidos carregavam uma expressão assustada e bastante desconfiada. Ele passou a andar de mansinho, ouvindo atento a tudo, e como toque final de suas novas características, desenvolveu uma paixão por investigar a verdade. O seu amor pela verdade o levou a tal ponto que ele se arriscou, em duas ocasiões, a indagar o próprio Demid Vassilyevitch a respeito da credibilidade dos estranhos rumores que lhe chegavam todos os dias as dezenas, e se não dizemos nada sobre as consequências dessa ação de Semyon Ivanovitch, é apenas por uma consideração delicada pela sua reputação. Foi dessa forma que as pessoas passaram a considerá-lo um misantropo, apesar das boas maneiras. Em seguida, começaram a descobrir que havia muitas coisas que eram fantásticas a respeito dele, e nisso eles não estavam totalmente errados, pois observaram em mais de uma ocasião que Semyon Ivanovitch esquecia-se completamente de si, e sentado com a boca aberta e uma caneta no ar, como se estivesse congelado ou petrificado, parecia mais um vestígio de um ser racional do que um ser racional em si. Às vezes, acontecia de algum cavalheiro inocente, ao flagrar de repente seus olhos perdidos, sem brilho e questionadores, ficar assustado e tremer-se todo, e com isso, inserir de imediato em algum documento importante um borrão ou alguma palavra inadequada. A impropriedade do comportamento de Semyon Ivanovitch envergonhava e incomodava todas as pessoas bem-educadas. Pelo menos ninguém poderia ter qualquer dúvida da excentricidade da mente de Semyon Ivanovitch, quando em uma bela manhã um rumor havia se espalhado por todo o escritório: de que o próprio sr. Prohartchin havia assustado Demid Vassilyevitch, pois ao encontrá-lo no corredor, Semyon Ivanovitch tinha se comportado de modo tão estranho e peculiar que forçara seu superior a bater em retirada. As notícias sobre o comportamento de Semyon Ivanovitch alcançaram-no, finalmente. Ao saber disso, ele se levantou na hora, caminhou com cuidado entre cadeiras e mesas, chegou à porta de entrada, apanhou seu sobretudo com as mãos, vestiu-o e desapareceu por um tempo indefinido. Se ele foi levado a isso por preocupação ou por outro impulso não podemos dizer, mas nenhum vestígio dele foi visto por um tempo, nem em casa, nem no escritório... Não vamos atribuir o destino de Semyon Ivanovitch simplesmente à sua excentricidade, mas ainda assim, devemos informar ao leitor que o nosso herói era um homem muito reservado, pouco habituado à sociedade, e tinha, até conhecer os novos hóspedes, vivido em completa e ininterrupta solidão, e que se distinguia por sua tranquilidade e até mesmo por certo caráter misterioso; pois ele havia passado todo o tempo em que vivera em Peski, deitado em sua cama atrás do biombo, sem conversar ou ter qualquer tipo de relação com ninguém. Dois de seus mais antigos colegas inquilinos viviam exatamente como ele: também eram, de alguma forma, pessoas misteriosas e viviam havia quinze anos atrás dos seus biombos. As horas e os dias felizes e inertes se arrastavam, um após o outro, em uma estagnação patriarcal, e como tudo ao redor deles seguia seu curso da mesma maneira alegre, nem Semyon Ivanovitch nem Ustinya Fyodorovna lembravam-se exatamente quando o destino os unira.

"Podem ser dez anos, podem ser vinte anos, podem ser até vinte e cinco anos no total", ela diria às vezes aos novos inquilinos, "desde que ele chegou até mim, meu pobre homem, que seu coração seja abençoado!" Portanto, é muito natural que o herói de nossa história, tão pouco habituado à sociedade, tenha ficado desagradavelmente surpreso quando, um ano antes, ele, um homem respeitável e modesto, de repente se viu no meio daquele grupo barulhento e escandaloso, que consistia em uma dúzia de rapazes, entre companheiros de trabalho e novos colegas de casa.

O desaparecimento de Semyon Ivanovitch causou grande agitação nos alojamentos. Uma das razões era o fato de ele ser o favorito; outra, que seu passaporte, em poder da senhoria, parecia ter sido acidentalmente extraviado. Ustinya Fyodorovna se esgoelava, como sempre fazia em todas as ocasiões críticas. Ela passou dois dias maltratando e repreendendo os outros moradores. Lamentava que eles haviam afugentado seu inquilino como uma galinha, e que todas aquelas brincadeiras maldosas o haviam arruinado; no terceiro dia, ela enviou todos eles para caçarem o fugitivo e trazê-lo de volta a qualquer custo, vivo ou morto. No final da tarde, Sudbin voltou com a notícia de que pistas haviam sido encontradas, que tinha visto o fugitivo no Mercado Tolkutchy e em outros lugares, o seguira de perto, mas não se atrevera a falar com ele; tinha estado perto dele em uma multidão que observava uma casa em chamas na Crooked Lane. Meia hora depois, Okeanov e Kantarev chegaram e confirmaram a história de Sudbin, palavra por palavra; eles também se mantiveram por perto e seguiram-no, ficando a não mais de dez passos dele, mas também não arriscaram uma conversa; ambos observaram que Semyon Ivanovitch andava com um pedinte embriagado. Por fim, os outros inquilinos se reuniram e, depois de ouvirem com atenção, concluíram que Prohartchin não poderia estar longe e que não tardaria a retornar, mas todos disseram que sabiam de antemão que ele estava andando com o pedinte embriagado. Esse pedinte era um homem terrível, insolente e bajulador, e parecia evidente que ele havia persuadido Semyon Ivanovitch de alguma forma. Ele tinha aparecido apenas uma semana antes do desaparecimento de Semyon Ivanovitch, na companhia de Remnev, e passou um tempo no apartamento contando-lhes que tinha sofrido por causa da justiça, que anteriormente estava a serviço nas províncias e que um inspetor os punira, que ele e seus associados haviam sofrido por uma boa causa, que tinha vindo para São Petersburgo e caído aos pés de Porfiry Grigoryevitch e que havia sido colocado, por interesse, em um departamento, mas que por uma perseguição cruel do destino também tinha sido dispensado de lá, e que depois, por conta de uma reorganização, a própria repartição deixou de existir; e que ele não fora incluído na nova equipe de escriturários devido tanto à incapacidade para o trabalho oficial quanto à capacidade para outras atividades, completamente irrelevantes – tudo isso misturado à sua paixão pela justiça e, é claro, às artimanhas de seus inimigos. Depois de terminar sua história, durante a qual o sr. Zimoveykin havia beijado mais de uma vez a face barbuda e rabugenta de seu amigo Remnev, ele se curvou a todos na sala, sem se esquecer de Avdotya, a empregada, chamou-os de seus benfeitores e explicou que ele era um homem indigno, incômodo, vil, insolente e estúpido, e que boas pessoas não deveriam puni-lo por sua situação lamentável e por sua simplicidade.

Depois de implorar por proteção, o sr. Zimoveykin mostrou um lado mais animado, ficou mais alegre, beijou as mãos de Ustinya Fyodorovna, apesar dos modestos protestos de que suas mãos eram ásperas e diferentes das de uma senhora; e à noite prometeu mostrar ao grupo seu talento em uma notável dança a caráter. Mas no dia seguinte sua visita terminou em um lamentável desfecho. Seja porque a dança teve caráter demais, ou porque ele tinha, de alguma forma, nas palavras da própria Ustinya Fyodorovna, "a insultado e a tratado mal, embora ela tivesse relações amigáveis com o próprio Yaroslav Ilyitch, e se quisesse poderia ter se tornado a esposa de um oficial há tempos", Zimoveykin teve de voltar para casa no dia seguinte. Ele foi embora, voltou, foi outra vez expulso com desonra, e então imbuiu-se na boa vontade de Semyon Ivanovitch, roubou-lhe incidentalmente suas novas calças e agora parecia que transviava Semyon Ivanovitch de seu caminho.

Assim que a senhoria soube que Semyon Ivanovitch estava vivo e bem, e que não havia necessidade de procurar seu passaporte, ela imediatamente deixou de sofrer e ficou aliviada. Enquanto isso, alguns dos inquilinos decidiram dar ao fugitivo uma recepção triunfal; eles quebraram a tranca e afastaram o biombo da cama do sr. Prohartchin, bagunçaram um pouco a cama, pegaram o famoso baú, o posicionaram ao pé da cama e sobre ela colocaram a cunhada, isto é, uma boneca feita com um antigo lenço, um chapéu e uma manta da senhoria, a imitação tão perfeita da cunhada que poderia ser confundida com ela. Ao terminarem o trabalho, esperaram pelo retorno de Semyon Ivanovitch para lhe dizer que sua cunhada havia chegado do interior e que estava atrás do biombo, a pobre criatura! Mas eles esperaram e esperaram...

Enquanto esperavam, Mark Ivanovitch já havia apostado e perdido metade do salário do mês para Prepolovenko e Kantarev; o nariz de Okeanov já estava vermelho e inchado por ter jogado alguns jogos de cartas; a empregada Avdotya dormira quase o tempo todo e por duas vezes esteve ao ponto de levantar para buscar madeira e acender o fogo, e Zinovy Prokofyevitch, que continuava a sair para ver se Semyon Ivanovitch estava chegando, estava ensopado da cabeça aos pés, mas não havia sinal de ninguém ainda, nem Semyon Ivanovitch nem do pedinte embriagado. Por fim, todos foram a cama, deixando a cunhada atrás do biombo, pronta para qualquer emergência; e só às 4 da manhã ouviu-se uma batida no portão, tão forte que compensou os inquilinos por todos os problemas desgastantes pelos quais tinham passado. Era ele, ele mesmo, Semyon Ivanovitch, o sr. Prohartchin, mas em tal condição que todos ficaram consternados e ninguém se lembrou da cunhada. O homem perdido estava inconsciente. Ele foi trazido, ou melhor, carregado por um cocheiro noturno ensopado e esfarrapado. À pergunta da senhoria sobre onde aquele pobre homem tinha ficado tão grogue, o cocheiro respondeu: "Ora, ele não está bêbado e não bebeu uma gota, posso dizer com certeza, mas aparentemente, uma fraqueza se abateu sobre ele, ou algum tipo de crise, ou talvez tenha sido derrubado com uma pancada".

Eles começaram a examiná-lo, apoiando o culpado no fogão para ter mais comodidade, e viram que realmente não era um caso de embriaguez, nem de agressão, mas alguma coisa estava errada, pois Semyon Ivanovitch não podia proferir uma palavra, parecia contrair-se em uma espécie de convulsão, e apenas piscava, fixando seus olhos espantados, primeiro em um e depois em outro dos espectadores, que vestiam seus trajes de dormir. Em seguida começaram a questionar o cocheiro, perguntando onde ele o havia buscado. "Ora, com uns sujeitos em Kolomna", respondeu. "Não são exatamente da nobreza, mas são homens alegres e animados; então ele estava assim quando o entregaram para mim; se brigaram ou se ele estava em uma espécie de crise, só Deus sabe, mas eles eram cavalheiros gentis e alegres."

Semyon Ivanovitch foi erguido, colocado sobre os ombros de dois ou três homens robustos, e carregado para a cama. Quando Semyon Ivanovitch, ao ser colocado na cama, sentiu a cunhada e apoiou os pés em seu sagrado baú, passou a gritar a plenos pulmões, então agachou-se sobre os calcanhares e, tremendo e sacudindo-se todo, tentou com as mãos e o corpo cobrir o máximo de espaço que podia em sua cama, enquanto encarava com um olhar trêmulo, mas resoluto os presentes; ele parecia dizer que preferia morrer a dar até mesmo um centésimo de seus pobres pertences a alguém...

Semyon Ivanovitch ficou deitado por dois ou três dias, protegido pelo biombo, e assim, isolado de todo o mundo e de todas as suas vãs ansiedades. Na manhã seguinte, como esperado, todos já tinham se esquecido dele; o tempo, entretanto, passou voando como de costume, hora após hora e dia após dia. A cabeça pesada e febril do doente estava mergulhada entre o sono e delírio; mas ele permaneceu deitado em silêncio, sem resmungar ou reclamar, ao contrário, se manteve imóvel e quieto e se controlou, ficando colado na cama, assim como a lebre se mantém abaixada na terra quando ouve o caçador. Às vezes, uma quietude deprimente prevalecia no apartamento, um sinal de que os inquilinos tinham todos ido para o trabalho, e Semyon Ivanovitch, ao acordar, podia aliviar a sua depressão ouvindo a agitação na cozinha, onde a senhoria estava ocupada; ou os passos regulares dos chinelos de Avdotya enquanto ela, suspirando e gemendo, limpava, esfregava e polia todos os quartos do apartamento. Horas inteiras se passavam dessa forma, sonolentas, lânguidas, adormecidas, cansativas, como a água que pinga com um som regular na pia da cozinha. Por fim, os inquilinos chegariam, um por um ou em grupos, e Semyon Ivanovitch convenientemente os ouviria insultar o tempo, dizer que estavam famintos, fazer barulho, fumar, brigar e fazer as pazes, jogar cartas, e bater as xícaras enquanto se preparavam para tomar chá. Semyon Ivanovitch fez um esforço mecânico para se levantar e se juntar a eles, como era costume de fazer durante o chá; mas ele imediatamente caía outra vez na sonolência, e sonhava que estava sentado há muito tempo na mesa do chá, bebendo com eles e conversando, e que Zinovy Prokofyevitch já tinha aproveitado a oportunidade para introduzir na conversa um esquema relativo a cunhadas e a relação moral delas com várias pessoas dignas. Nesse ponto, Semyon Ivanovitch estava com pressa de se defender e responder. Mas a fórmula poderosa proferida por todas as bocas – "observou-se mais de uma vez" – ceifou todas as suas objeções, e Semyon Ivanovitch não podia fazer nada melhor do que começar a sonhar de novo que hoje era o primeiro dia do mês e que ele estava recebendo seu salário na repartição.

Ao desenrolar as notas na escada, ele olhou ao redor rapidamente e apressou-se o máximo que podia para subtrair metade do péssimo pagamento que havia recebido e guardá-lo em suas botas. Em seguida, ali mesmo, na escada, sem perceber que na verdade estava em sua cama dormindo, decidiu entregar à senhoria o que devia pela comida e alojamento, comprar algumas coisas necessárias e mostrar a todos que se interessassem, por acaso e não com intenção, que parte do seu salário tinha sido deduzido e agora não tinha mais nada para enviar à cunhada; e então, falou com compaixão de sua cunhada, disse muitas coisas sobre ela no dia seguinte e no outro dia, e dez dias depois disse, de forma casual, algo sobre sua pobreza, para que seus companheiros não se esquecessem. Ao fazer isso, percebeu que Andrey Efimovitch, aquele homenzinho careca e sempre quieto que se sentava na repartição a três salas de onde Semyon Ivanovitch trabalhava e que nunca havia lhe dirigido a palavra em vinte anos, também estava em pé na escada contando seus rublos, e balançando a cabeça lhe disse: "Grana! Se não tem grana, não tem mingau", acrescentou com severidade enquanto descia a escada, e quando estava já na porta, completou: "E eu tenho sete filhos, senhor". Então, o homenzinho careca, também sem perceber que agia como um fantasma e não como uma realidade substancial, ergueu a mão a uns 75 centímetros do chão e agitando-a na vertical, murmurou que o mais velho estava indo para a escola; em seguida, encarando Semyon Ivanovitch com indignação, como se fosse culpa do sr. Prohartchin ele ser pai de sete, puxou até a altura dos olhos o chapéu e espanando o sobretudo, virou-se para a esquerda e desapareceu. Semyon Ivanovitch ficou bastante assustado, e embora estivesse plenamente convencido da própria inocência em relação à acumulação desagradável de sete filhos sob um mesmo teto, ainda assim parecia que, de fato, ninguém mais era culpado a não ser Semyon Ivanovitch. Em pânico, ele saiu correndo, pois lhe parecia que o cavalheiro careca havia se virado, o perseguia e pretendia revistá-lo para lhe tomar todo o salário, insistindo no incontestável número sete, e negando qualquer possível reivindicação a respeito de uma cunhada por parte de Semyon Ivanovitch. Prohartchin correu cada vez mais, tentando respirar. Ao seu lado um imenso número de pessoas também corria, e todas elas estavam com dinheiro tilintando dentro dos bolsos de seus minúsculos casacos; por fim todos corriam, o som de carros de bombeiros soava e massas de pessoas o carregaram nos ombros até a mesma casa em chamas que ele havia visto na última vez em que esteve na companhia do pedinte embriagado. O pedinte – vulgo sr. Zimoveykin – também estava lá, ele se encontrou com Semyon Ivanovitch, fez um escândalo, pegou-o pelo braço e o conduziu até a parte mais lotada da multidão. Assim como na realidade, tudo ao redor deles era o barulho e o alvoroço de uma imensa multidão, que inundava todo o dique do rio Fontanka entre as duas pontes, assim como as ruas e vielas nos arredores; como antes, Semyon Ivanovitch, junto do pedinte, foi carregado para trás de uma cerca, onde foram esmagados como insetos em um enorme quintal cheio de espectadores que se reuniam das ruas, do Mercado Tolkutchy e de todas as casas, tavernas e restaurantes em volta. Semyon Ivanovitch viu tudo isso e sentiu-se exatamente como na época; no turbilhão da febre e do delírio, todo o tipo de gente estranha começou a surgir diante dele. Ele se lembrou de alguns. Um deles era um cavalheiro que havia impressionado a todos, um homem de dois metros de altura, com bigodes enormes, que ficara atrás de Semyon Ivanovitch durante o incêndio e havia lhe encorajado pelas costas, quando nosso herói sentiu uma espécie de êxtase e bateu o pé como se pretendesse aplaudir o trabalho nobre dos bombeiros, que ele conseguia ver com muita clareza devido a sua elevada posição. O outro era o rapaz robusto de quem nosso herói tinha recebido um empurrão até chegar na outra cerca, quando se dispôs a escalá-la, possivelmente para salvar alguém. Ele teve também o vislumbre do idoso com cara de doente, em um velho roupão vincado, amarrado na cintura, que tinha aparecido antes do incêndio em uma pequena loja para comprar açúcar e tabaco para seu inquilino, e que agora, com uma jarra de leite e uma caneca em mãos, abria caminho pela multidão até a casa em que sua esposa e filha queimavam junto com treze rublos e meio no canto sob a cama. Mas quem mais se destacou foi a pobre mulher pecadora com quem ele havia sonhado mais de uma vez enquanto esteve doente – ela estava diante dele como antes, usando sapatos de cortiça e trapos deploráveis, com uma bengala e uma cesta de vime nas costas. Ela gritava mais alto do que os bombeiros ou a multidão, agitando a bengala e os braços, dizendo que seus filhos a haviam expulsado e que tinha perdido dois centavos por conta disso. Os filhos e os centavos, os centavos e os filhos, misturavam-se em uma confusão totalmente incompreensível, da qual todos se retiraram confusos, após esforços em vão para compreendê-la. Mas a mulher não desistiria, continuou chorando, gritando e balançando os braços, sem prestar atenção ao incêndio ao qual tinha sido levada pela multidão, nas pessoas ao seu redor, no infortúnio de estranhos, ou até mesmo nas centelhas e brasas vermelhas que começavam a cair como chuva sobre as pessoas em pé. Por fim, o sr. Prohartchin teve a impressão de que uma sensação de terror se apoderava dele, pois percebeu claramente que aquilo não era, por assim dizer, um acidente, e que ele não sairia ileso daquilo. E, de fato, sobre uma pilha de lenha perto dele estava um camponês, vestindo um avental surrado que lhe ficava frouxo, com o cabelo e a barba chamuscados, que começou a incitar as pessoas contra Semyon Ivanovitch. A multidão aproximou-se mais e mais, o camponês gritou, e espumando pela boca de horror, o sr. Prohartchin de repente se deu conta de que o camponês era um cocheiro que ele havia enganado cinco anos antes de uma maneira muito desumana, fugindo, sem pagar, por um portão lateral e correndo como se estivesse descalço sobre um chão em brasa. Desesperado, o sr. Prohartchin tentou falar, gritar, mas sua voz falhou. Sentia que a multidão enfurecida o envolvia como uma cobra colorida, estrangulando-o, esmagando-o. Ele fez um esforço incrível e acordou. Então viu que estava em chamas, que todo o seu quarto estava em chamas, que o biombo queimava, que todo o apartamento estava pegando fogo, junto com Ustinya Fyodorovna e seus inquilinos, que sua cama queimava, seu travesseiro, sua manta, seu baú e, por último, seu precioso colchão. Semyon Ivanovitch levantou-se, agarrou o colchão e correu arrastando-o atrás de si. Mas no quarto da senhoria para onde, independentemente do decoro, nosso herói correu como estava, descalço e de camisa, ele foi agarrado, segurado e carregado de volta com sucesso para trás do biombo, que, aliás, não estava em chamas – parecia que na verdade era a cabeça de Semyon Ivanovitch que estava pegando fogo –, e então foi colocado de volta na cama. Assim como um marionetista esfarrapado, com a barba por fazer e mal-humorado bota de volta em sua caixa de viagem a marionete que estava perturbando e batendo em todos os outros fantoches, vendendo sua alma ao diabo e que, por fim, encerra sua existência, até sua próxima apresentação, na mesma caixa que o diabo, os negros, o Pierrot, a Mademoiselle Katerina com seu afortunado amante, o capitão.

Todos, velhos e jovens, imediatamente cercaram Semyon Ivanovitch, reunindo-se ao redor da cama e encarando o inválido com olhos cheios de expectativas. Enquanto isso, ele havia voltado a si, mas por vergonha ou algum outro sentimento, começou a puxar a manta sobre si mesmo, desejando esconder-se da atenção de seus solidários companheiros. Finalmente, Mark Ivanovitch foi o primeiro a quebrar o silêncio, e como um homem sensato começou a dizer de maneira muito amigável que Semyon Ivanovitch deveria manter a calma, que era uma pena e uma lástima estar doente, apenas crianças se comportavam assim, que ele deveria melhorar e voltar ao trabalho. Mark Ivanovitch terminou com uma piadinha, dizendo que nenhum salário regular tinha sido fixado para inválidos ainda, e que sabendo como os critérios seriam muito baixos no trabalho, de acordo com seu raciocínio, sua vocação ou sua condição não prometiam vantagens grandes ou substanciais. Na verdade, era evidente que todos estavam interessados genuinamente no destino de Semyon Ivanovitch e lhe eram solidários. Mas com grosseria incompreensível, Semyon Ivanovich teimou em ficar na cama em silêncio, e puxou a manta cada vez mais sobre a sua cabeça. Mark Ivanovitch, no entanto, não seria contrariado, e, reprimindo seus sentimentos, disse algo muito doce para Semyon Ivanovitch outra vez, sabendo que era assim que deveria tratar um homem doente. Mas Semyon Ivanovitch não se sentia assim: pelo contrário, murmurou algo entre dentes com um ar muito desconfiado, e de repente começou a olhar de esguelha da direita para a esquerda com hostilidade, como se quisesse reduzir os colegas a cinzas. Não adiantava deixar que parasse por aí. Mark Ivanovitch perdeu a paciência, e, vendo que o homem estava ofendido e completamente exasperado e tinha decido ser obstinado, disse-lhe de maneira direta, sem abrandar ou suavizar nada, que já estava na hora de levantar, que não adiantava ficar deitado ali, que gritar dia e noite sobre casas em chamas, cunhadas, pedintes embriagados, cadeados, baús e sabe-se lá mais o que, era estúpido, inadequado e degradante, pois se Semyon Ivanovitch não queria dormir, ele não deveria atrapalhar as outras pessoas; e por favor, que ele se lembrasse disso.

O discurso teve efeito, pois Semyon Ivanovitch, virando-se imediatamente para aquele que falava, articulou com firmeza, embora com uma voz rouca:

– Segure sua língua, seu arrogantezinho! Seu conversa-fiada, boca suja! Está me ouvindo, seu almofadinha? Você é um príncipe, é? Você entende o que eu digo?

Ouvindo tais insultos, Mark Ivanovitch se enfureceu, mas lembrando-se de que lidava com um homem doente, dominou seu ressentimento com magnanimidade e tentou envergonhá-lo com seu humor, mas isso também não durou, pois Semyon Ivanovitch não aceitaria brincadeiras, por mais que Mark Ivanovitch escrevesse poesias. E então houve dois minutos de silêncio; por fim, recuperando-se de seu assombro, Mark Ivanovitch, sem rodeios e de forma clara, em uma linguagem bem escolhida, mas com firmeza, declarou que Semyon Ivanovitch deveria entender que estava entre cavalheiros, e "você deve entender, senhor, como se comportar entre cavalheiros".

Mark Ivanovitch podia, às vezes, falar com eficácia e gostava de impressionar seus ouvintes, mas, provavelmente pelo hábito de anos de silêncio, Semyon Ivanovitch falava e agia de forma brusca, e, além disso, quando começava uma longa frase, conforme ia se aprofundando nela, cada palavra parecia levar a outra palavra, e esta levava a uma terceira, esta terceira a uma quarta e assim por diante, de modo que sua boca parecia transbordar; então começava a gaguejar e as palavras aglomeradas começavam a voar em uma desordem pitoresca. Era por isso que Semyon Ivanovitch, que era um homem inteligente, às vezes dizia bobagens terríveis.

– Você está mentindo – disse – Idiota, pândego! Você vai querer, vai implorar, seu preguiçoso, seu... seu vagabundo. Engole essa, poeta!

– Ora, ainda está delirando, Semyon Ivanovitch?

— Te digo uma coisa – respondeu Semyon Ivanovitch – tolos deliram, bêbados deliram, cães deliram, mas um homem sábio age de forma sensata. Eu te digo, não conhece o próprio trabalho, seu vagabundo, seu cavalheiro educado, seu livro erudito! Veja, você vai pegar fogo e não vai reparar que sua cabeça está queimando. O que pensa disso?

— Ora... quer dizer... A que você se refere quando diz "queimar minha cabeça", Semyon Ivanovitch?

Mark Ivanovitch não disse mais nada, pois todos viam claramente que Semyon Ivanovitch ainda não tinha voltado a si, estava delirante.

Mas a senhoria não resistiu e comentou nesse momento que a casa na Crooked Lane havia pegado fogo por conta de uma mulher careca; havia uma mulher careca morando lá que tinha acendido uma vela e incendiado o depósito, mas que nada aconteceria na casa dela, e ficaria tudo bem no apartamento.

— Olha aqui, Semyon Ivanovitch – gritou Zinovy Prokofyevitch, perdendo a paciência e interrompendo a senhoria – seu antiquado, seu cretino, tolo, por acaso estão fazendo piadas com você sobre sua cunhada ou exames de dança? É isso? É isso que você pensa?

— Olha aqui você – respondeu nosso herói, sentando-se na cama e fazendo um último esforço em um paroxismo de fúria com seus companheiros. – Quem é o tolo? Você que é, um cão é um tolo, meu cavalheiro brincalhão. Mas não farei piadas para agradá-lo, senhor; está ouvindo, seu sem-vergonha? Não sou seu servo, senhor.

Semyon Ivanovitch teria dito algo mais, mas ele caiu de volta na cama impotente. Os companheiros ficaram de boca aberta, perplexos, pois agora sabiam o que estava errado com Semyon Ivanovitch e não sabiam como começar. De repente a porta da cozinha rangeu e se abriu, e o pedinte embriagado, vulgo sr. Zimoveykin, enfiou a cabeça por ali, com timidez, e farejou o lugar com cautela, como sempre fazia. Parecia que o estavam esperando, todos acenaram para ele de uma vez para que ele se aproximasse, e Zimoveykin, muito encantado, com a maior prontidão e rapidez abriu caminho até a cabeceira de Semyon Ivanovitch.

Era evidente que Zimoveykin passara a noite toda em vigília, fazendo grandes esforços de algum tipo. O lado direito de seu rosto mostrava um curativo; as pálpebras inchadas estavam molhadas devido às lágrimas, o casaco e as roupas estavam rasgados, enquanto o lado esquerdo da vestimenta fora manchado com algo extremamente nojento, talvez lama de uma poça. Sob o braço carregava o violino de alguém, que levava para vender em algum lugar. Aparentemente, não haviam se enganado em convocá-lo para ajudá-los, pois vendo a situação, ele se dirigiu ao infrator de imediato, e com o ar de um homem que sabe do que se trata e sente que tem ali uma vantagem disse:

— No que você está pensando? Levante-se, Senka. O que está fazendo, um sujeito esperto como você? Seja sensato ou eu lhe tiro daí se você for teimoso. Não seja teimoso!

Esse discurso breve, mas energético surpreendeu a todos; e ficaram ainda mais surpresos quando perceberam que Semyon Ivanovitch, ao ouvir tudo isso e ver a pessoa diante dele, ficou tão perturbado, confuso e consternado que mal pode resmungar entre os dentes um protesto inevitável:

— Vá embora, seu canalha – disse – Você é uma criatura desprezível, é um ladrão! Está ouvindo? Está entendendo? Você é um grande grã-fino, meu bom cavalheiro, um belo grã-fino.

— Não, meu caro – Zimoveykin respondeu enfaticamente, mantendo sua presença de espírito – está errado nisso, seu espertinho, seu completo Prohartchin – Zimoveykin continuou, parodiando Semyon Ivanovitch e olhando ao redor com alegria – Não seja teimoso! Comporte-se, Senka, comporte-se, ou vou lhe entregar, contarei a eles sobre tudo, meu rapaz, entendeu?

Aparentemente Semyon Ivanovitch entendeu, pois se assustou quando ouviu a conclusão do discurso, e começou a olhar rapidamente ao redor com um ar de total desespero.

Satisfeito com o efeito, o sr. Zimoveykin teria continuado, mas Mark Ivanovitch conteve o seu zelo, e esperando até que Semyon Ivanovitch estivesse quieto e quase calmo de novo, começou a frisar para o inquieto inválido de forma prolongada que "nutrir ideias como as que ele agora tinha na cabeça era, em primeiro lugar, inútil e, em segundo lugar, não só é inútil, mas prejudicial; e, na verdade, não apenas prejudicial como certamente imoral; e a causa de tudo isso era que Semyon Ivanovitch não fora apenas um mau exemplo, mas os fazia cair em tentação".

Todos esperavam resultados satisfatórios desse discurso. Além disso, a essa altura, Semyon Ivanovitch estava muito quieto e respondia de maneira comedida. Uma discussão silenciosa seguiu-se. Dirigiram-se a ele amigavelmente, perguntando-lhe do que é que tinha tanto medo. Semyon Ivanovitch respondeu, mas suas respostas eram irrelevantes. Eles lhe responderam, e o contrário também ocorreu.

Houve mais uma ou duas observações de ambos os lados e então todos entraram na discussão, pois, de repente, um assunto tão estranho e surpreendente surgiu que eles não sabiam como se expressar. Os argumentos, por fim, levaram à impaciência, a impaciência levou à gritaria, e a gritaria às lágrimas; e Mark Ivanovitch foi embora espumando pela boca e declarando que nunca havia conhecido uma pessoa tão cabeça-dura.

Oplevaniev cuspiu de nojo, Okeanov estava com medo, Zinovy Prokofyevitch ficou choroso, e Ustinya Fyodorovna berrava, gemendo que seu inquilino os estava deixando e tinha perdido a cabeça, que ele iria morrer, pobre homem, sem passaporte e sem dizer a ninguém, enquanto ela seria uma mulher solitária e abandonada e seria jogada de um lado para o outro. Na verdade, todos perceberam claramente que a semente que eles tinham semeado tinha se multiplicado por cem, que o solo era fértil demais, e que em sua companhia, Semyon Ivanovitch tinha conseguido sobrecarregar sua inteligência completamente e da maneira mais irrevogável possível. Todos cessaram a conversa, pois notaram que Semyon Ivanovitch estava assustado, e eles, por sua vez, também ficaram.

– Do quê? – exclamou Mark Ivanovitch – Do que é que você tem medo? Por que enlouqueceu? Quem está pensando em você, meu caro senhor? Tem o direito de estar com medo? Quem é você? O que pensa que é? Nada, senhor. Um grande nada, senhor, é o que você é. Está fazendo um alarde por conta do quê? Uma mulher foi atropelada na rua, isso significa que você será atropelado? Um bêbado não cuidou dos bolsos, mas por isso você precisa cortar os seus bolsos fora? Uma casa pegou fogo, então sua cabeça deve ser queimada, é? É isso mesmo, senhor, é isso?

– Seu... seu... seu estúpido – murmurou Semyon Ivanovitch – se cortassem o seu nariz, você o comeria com pão sem nem perceber.

– Posso ser um almofadinha – gritou Mark Ivanovitch –, posso ser um completo almofadinha, mas não tenho de passar por um exame para me casar ou para aprender a dançar, minhas bases são firmes, senhor. Ora, meu bom homem, não tem espaço suficiente? O chão está cedendo sob os seus pés, ou o quê?

– Bem, eles não irão lhe perguntar, irão? Fecharão e será o fim.

– O fim? É isso que está acontecendo? Qual sua ideia agora, hein?
– Ora, eles expulsaram o pedinte embriagado.
– Sim, mas veja, ele era um bêbado, e você é um homem, e eu também.
– Sim, sou um homem. Num dia está tudo bem e no outro, acabou-se.
– Acabou-se! Mas o quer dizer com isso?
– Ora, a repartição! A repar...a repartição!
– Sim, abençoado, mas é claro que a repartição é desejada e necessária.
– É desejada, você diz; é desejada hoje e amanhã, mas depois de amanhã não será mais. Você sabe o que aconteceu?
– Ora, mas lhe pagarão o salário do ano, você é como São Tomé, tem de ver para acreditar, seu homem de pouca fé. Eles o colocarão em outro emprego por conta da sua idade.
– Salário? Mas e se eu tiver gastado meu salário? Se ladrões vieram roubar meu dinheiro? E eu tenho uma cunhada, sabia? Uma cunhada! Seu turrão.
– Uma cunhada! Você é um homem...
– Sim, eu sou. Sou um homem. Mas você é um cavalheiro instruído e um tolo, ouviu? Seu turrão, um completo turrão! É isso que você é! Não estou falando de suas piadas, mas há alguns empregos que, de repente, são extintos. E Demid, está escutando, Demid Vassilyevitch disse que o lugar será extinto.
– Ah, abençoado seja você, com seu Demid! É um pecador, você sabe...
– Num piscar de olhos você ficará sem cargo, e então terá de fazer o melhor possível.
– Ora, você está delirando, ou perdeu a cabeça! Diga-nos com clareza, o que você fez? Assuma se tiver feito algo de errado! Não adianta ficar com vergonha! Você está louco, meu bom homem, hein?
– Ele está louco! Enlouqueceu! – todos gritaram, e torceram as mãos em desespero, enquanto a senhoria jogava os braços ao redor de Mark Ivanovitch com medo de que ele pudesse despedaçar Semyon Ivanovitch.
– Você é um pagão, uma alma pagã, sábio homem! – Zimoveykin suplicou-lhe – Senka, você não é um homem de se ofender, é um homem educado e agradável. Você é simples, é bom, está me ouvindo? Tudo por conta da sua bondade. Eu sou um rufião, um tolo, um pedinte, mas as

boas pessoas não me abandonaram, não tema; você vê como eles me tratam com respeito, eu os agradeço e à senhoria. Veja, eu me curvo a eles, veja, veja, estou pagando o que lhe devo, senhoria! Nesse momento Zimoveykin curvou-se com uma dignidade pedante fazendo uma reverência até o chão.

Depois disso, Semyon Ivanovitch queria continuar falando, mas desta vez eles não permitiram. Todos intervieram e começaram a lhe suplicar, garantir e confortar, e assim conseguiram fazer com que Semyon Ivanovitch se envergonhasse. Finalmente, com uma voz fraca, ele pediu licença para se explicar.

— Muito bem, então – disse –, sou agradável, sou quieto, sou bom, fiel e devoto; até meu último fio de cabelo, vocês sabem... está ouvindo, seu arrogante, seu grã-fino... é verdade que o trabalho continua, mas veja, eu sou pobre. Mas e se o tomaram de mim? Ouviu, grã-fino? Cale a boca e tente entender! Eles o tomarão e isso é tudo... o trabalho está lá, e então não está mais, entende? E implorarei pelo meu pão, ouviu?

— Senka – Zimoveykin bradou freneticamente, silenciando o burburinho geral com sua voz. – Você é insubordinado! Vou denunciá-lo! O que está dizendo? Quem é você? Um rebelde, seu tolo? Um homem briguento e estúpido, eles mandariam embora sem pestanejar. Mas quem pensa que é?

— Bem, é isso.

— O quê?

— Bem, aí está.

— Como assim?

— Ora, eu sou livre, ele é livre, e então tem você, que mente e pensa...

— O quê?

— E se disserem que sou insubordinado?

— In-su-bor-di-na-do? Senka, seu insubordinado!

— Pare – chorou o sr. Prohartchin, balançando a mão para interromper o crescente alvoroço – não foi isso o que eu quis dizer. Tente entender, apenas tente entender, seu tolo. Sou um cumpridor da lei. Eu cumpro a lei hoje, cumpro amanhã e então, do nada, eles me demitem e me chamam de insubordinado.

— O que você está dizendo? – Mark Ivanovich trovejou por fim, saltando da cadeira na qual se sentara para descansar e correndo para a cama em um frenesi de vexação e fúria. – Como assim? Seu tolo! Você não tem nada para chamar de seu. Acha que é a única pessoa no mundo? Acha que ele foi feito apenas para você? Pensa que é Napoleão? O que pensa que é? Quem é você? Você é um Napoleão, é? Diga-me, é um Napoleão?

Mas o sr. Prohartchin não respondeu essa pergunta. Não porque ele foi tomado pela vergonha de ser um Napoleão, e porque tinha medo de assumir tal responsabilidade; não, ele era incapaz de continuar brigando ou de dizer qualquer outra coisa. Sua doença tornara-se uma crise. Pequenas lágrimas jorraram de repente de seus olhos brilhantes, febris e cinzentos. Ele enterrou a cabeça que ardia nas mãos ossudas, gastas pela doença, sentou-se na cama, e, chorando, começou a dizer que ele era muito pobre, que era um homem simples e sem sorte, que era tolo e ignorante; ele implorou que os colegas o perdoassem, cuidassem dele, o protegessem, que lhe dessem comida e bebida, que não o deixassem na miséria, e sabe-se lá o que mais Semyon Ivanovitch disse. Ao proferir esse apelo, ele olhou ao redor com um terror feroz, como se esperasse que o teto caísse ou que o chão cedesse. Todos sentiram o coração amolecer, de pena, ao olharem para o pobre sujeito. A senhoria, chorando e se lamentando como uma camponesa por sua condição miserável, deitou o inválido de volta na cama com as próprias mãos.

Mark Ivanovich, notando a inutilidade de evocar a memória de Napoleão, teve uma recaída e, lembrando-se de ser bondoso, foi ajudá-la. Os outros, a fim de ajudarem, sugeriram um chá de framboesa, dizendo que ele sempre fazia bem e que o inválido gostaria muito; mas Zimoveykin contradisse todos eles, dizendo que não havia nada melhor do que uma boa dose de camomila ou algo do tipo. Quanto a Zinovy Prokofyevitch, por ter um bom coração, ele chorava e derramava lágrimas de remorso por ter assustado Semyon Ivanovitch com todos os tipos de absurdos, e absorvendo as últimas palavras do inválido de que ele era muito pobre e precisava de ajuda, começou a arrecadar uma doação para ele, que naquele momento restrita aos inquilinos da pensão. Todos eles suspiravam e se lamentavam, sentiam pena e tristeza, e ainda assim se perguntavam como um homem podia estar tão apavorado. E do que ele tinha medo? Faria sentido se ele ocupasse um bom cargo, tivesse uma esposa, vários filhos; teria; seria perdoável se ele estivesse sendo levado diante de uma corte por uma outra acusação, mas ele era um homem totalmente insignificante, com nada além de um baú e um cadeado alemão; estivera deitado por mais de vinte anos atrás do biombo, sem dizer nada, sem saber nada do mundo ou de suas preocupações, poupando seus centavos e agora, com uma palavra frívola e inútil o homem havia perdido a cabeça, e estava completamente apavorado com a ideia de que poderia passar por maus bocados. E nunca lhe ocorrera que todos ali passavam por maus bocados!

– Se ele pudesse levar isso em consideração – disse Okeanov –, que todos nós temos problemas, então o sujeito teria mantido a cabeça no lugar, teria desistido de suas palhaçadas e teria aguentado tudo, de uma forma ou de outra.

Durante todo o dia não se falou de outra coisa a não ser Semyon Ivanovitch. Iam até ele, o questionavam, tentavam confortá-lo, mas à noite ele já tinha superado isso. O pobre coitado ficou febril e começou a delirar. Ficou inconsciente, de modo que eles quase pensaram em buscar um médico; todos os inquilinos concordaram e se comprometeram a zelar por Semyon Ivanovitch e se revezar em confortá-lo durante a noite, e se alguma coisa acontecesse deveriam acordar todos os outros imediatamente. Com o objetivo de se manterem acordados, passaram a jogar cartas, deixando ao lado do inválido seu amigo, o pedinte embriagado, que passara o dia todo no apartamento e pedira para permanecer à noite também. Como o jogo não valia dinheiro e não era interessante, logo ficaram entediados. Eles desistiram do jogo, entraram em uma discussão, em seguida começaram a falar alto e fazer barulho, então se dispersaram para seus quartos, continuaram por muito tempo gritando e discutindo, e como todos de repente ficaram mal-humorados e não se importavam mais em permanecer acordados, foram dormir. Logo, o apartamento estava tão silencioso quanto uma adega vazia, e era tão parecido com uma porque estava terrivelmente frio. O último a dormir foi Okeanov.

– E foi entre o dormir e o acordar – disse ele mais tarde – que eu pensei ter visto, pouco antes do amanhecer, dois homens conversando perto de mim. Okeanov disse que reconheceu Zimoveykin, e que Zimoveykin começou a acordar seu velho amigo Remnev ao lado dele, que ambos cochicharam por um bom tempo; depois, Zimoveykin foi embora e ele o ouviu tentando destrancar a porta da cozinha. A chave, afirmou a senhoria, estava sob seu travesseiro e desapareceu naquela noite. Finalmente – Okeanov testemunhou – ele julgou tê-los ouvido ir até o doente atrás do biombo e acender uma vela, "e não sei nada além disso", disse ele, "eu caí no sono, e acordei" como todo mundo, quando todos no apartamento pularam de suas camas ao ouvir, atrás do biombo, o som de um grito que teria despertado os mortos, e muitos tiveram a impressão de que a vela se apagou naquele momento. Começou um grande tumulto e o coração de todos parou; eles correram desordenados em direção ao grito, mas na hora houve uma briga com berros, xingamentos e agressões. Acenderam a luz e viram que Zimoveykin e Remnev brigavam, que estavam xingando e agredindo um ao outro, e quando acenderam as luzes, um deles gritou: "não sou eu, é esse ladrão", e o outro que era Zimoveykin estava gritando: "Não me toque, não fiz nada! Faço um juramento a qualquer momento!" Mal pareciam seres humanos; mas, num primeiro momento, não lhes deram atenção, pois o doente não estava mais no lugar em que estivera antes atrás dos biombos. Eles imediatamente separaram os combatentes arrastando-os para longe, e viram que o sr. Prohartchin estava deitado debaixo da cama; completamente inconsciente, ele arrastara a colcha e almofada com ele, de modo que não havia nada sobre a cama a não ser o velho colchão nu e engordurado (ele nunca tinha lençóis). Puxaram Semyon Ivanovitch para fora, o posicionaram sobre o colchão, mas logo perceberam que não precisavam se dar ao trabalho, que ele estava completamente acabado; seus braços estavam rígidos e ele parecia estar quebrado. Ficaram sobre ele, que ainda se tremia todo e fazia um esforço para mexer os braços, não conseguia pronunciar uma palavra, mas piscava os olhos como dizem que as cabeças fazem quando ainda estão quentes e sangrando, após terem sido cortadas pelo carrasco.

Por fim, o corpo foi ficando cada vez mais rígido e as últimas convulsões fracas cessaram. O sr. Prohartchin tinha partido com as suas boas ações e seus pecados.

Se Semyon Ivanovitch tinha se assustado com alguma coisa, se tinha sonhado, como Remnev defendeu depois, ou se havia alguma outra maldade, ninguém sabia; tudo o que pode ser dito é que, se o chefe do departamento tivesse aparecido naquele momento no apartamento e anunciado que Semyon Ivanovitch fora demitido por rebeldia, insubordinação ou embriaguez; se uma mulher maltrapilha entrasse pela porta dizendo ser a cunhada de Semyon Ivanovitch; ou se Semyon Ivanovitch tivesse recebido duzentos rublos como uma recompensa; ou se a casa estivesse pegando fogo e a cabeça dele estivesse em chamas de verdade, ele provavelmente não teria movido um dedo diante de tais eventualidades. Enquanto o primeiro assombro passava, enquanto todos os presentes recobravam suas falas e fervilhavam de emoção, gritando e se apressando em fazer conjecturas e suposições; enquanto Ustinya Fyodorovna puxava o baú debaixo da cama e vasculhava agitada embaixo do colchão e até mesmo nas botas de Semyon Ivanovitch; enquanto eles questionavam Remnev e Zimoveykin, Okeanov, que até então tinha sido o mais silencioso, mais humilde e menos original dos inquilinos, subitamente ganhou presença de espírito e exibiu todos os seus talentos latentes ao pegar seu chapéu e fugir do apartamento sob a proteção do tumulto geral. E justamente quando os horrores da desordem e da anarquia alcançaram o seu auge no agitado apartamento, até então tranquilo, a porta se abriu e, de repente, despencou como neve sobre suas cabeças um sujeito de aparência distinta, com um rosto severo e descontente, atrás dele Yaroslav Ilyitch, e depois dele seus subordinados e funcionários, cujo dever é estar presente em tais ocasiões, e por trás de todos eles, muito envergonhado, o sr. Okeanov. O sujeito severo de aparência distinta caminhou diretamente até Semyon Ivanovitch, examinou-o, fez uma careta irônica, deu de ombros e anunciou o que todos já sabiam: o homem estava morto, e apenas acrescentou que a mesma coisa havia acontecido um dia ou dois antes com um cavalheiro muito importante, que morrera durante o sono. Então o sujeito distinto, mas descontente, afastou-se dizendo que o haviam incomodado sem razão alguma, e foi embora. Seu lugar foi rapidamente preenchido (enquanto Remnev e Zimoveykin eram entregues à custódia dos devidos funcionários) por Yaroslav Ilyitch, que questionou alguém, tomou posse do baú, que a senhoria já estava tentando abrir, colocou as botas de volta, observando que estavam cheias de buracos e por isso não serviam mais, pediu que o travesseiro fosse colocado de volta, chamou Okeanov e lhe pediu a chave do baú, que foi encontrada no bolso do pedinte embriagado, e solenemente, na presença dos oficiais, destrancou os bens de Semyon Ivanovitch. Tudo foi exposto: dois trapos, um par de meias, meio lenço, um chapéu velho, vários botões, algumas solas velhas e a parte superior de um par de botas, ou seja, todo tipo de quinquilharias, restos, entulhos e lixo que cheiravam a coisa velha. A única coisa de valor era o cadeado alemão. Eles chamaram Okeanov e o interrogaram duramente, mas

Okeanov estava pronto para fazer um juramento. Pediram pelo travesseiro e o examinaram; estava completamente sujo, mas em outros aspectos era como qualquer outro travesseiro. Eles atacaram o colchão e estavam prestes a levantá-lo, parando para pensar por um momento, quando de repente, e de forma inesperada, algo pesado caiu no chão fazendo barulho. Eles se inclinaram e viram no chão um bolo de papel que continha uma dúzia de rublos.

– Ahá! – disse Yaroslav Ilyitch, apontando para uma fenda no colchão da qual saíam fios e enchimento. Examinaram a fenda e descobriram que havia sido feita com uma faca e tinha quarenta e cinco centímetros de comprimento; eles enfiaram as mãos no buraco e puxaram de lá uma faca de cozinha, provavelmente colocada lá dentro com pressa depois que o colchão fora cortado. Antes que Yaroslav Ilyitch tivesse tempo de puxar a faca pela fenda e dizer "ahá!" de novo, outro bolo de dinheiro caiu, e depois dele caíram duas moedas de 50 copeques, uma de 25, em seguida alguns outros trocados, e por fim, uma antiquada e sólida moeda de 5 copeques; tudo isso foi apreendido. A essa altura, perceberam que não seria errado cortar o colchão inteiro com tesouras. Eles pediram por tesouras.

Enquanto isso, a vela que queimava iluminou uma cena que teria sido extremamente curiosa aos espectadores. Cerca de uma dúzia de inquilinos se agrupavam em volta da cama vestindo os mais pitorescos trajes, todos descabelados, com a barba por fazer, sujos, sonolentos, assim como tinham ido se deitar. Alguns estavam bem pálidos, outros tinham gotas de suor sobre as sobrancelhas, uns tremiam, enquanto outros pareciam febris. A senhoria, totalmente estupefata, estava de pé em silêncio, com as mãos cruzadas esperando pela boa vontade de Yaroslav Ilyitch. Por cima do fogão, no alto, as cabeças da Avdotya, a empregada, e do gato favorito da senhoria, olharam para baixo com uma curiosidade assustada. O biombo destruído e quebrado jazia no chão, o baú aberto expunha seu conteúdo pouco atrativo, a manta e o travesseiro estavam jogados, cobertos com o enchimento do colchão e sobre a mesa de madeira de três pernas brilhava o montante de prata e outras moedas em constante crescimento. Apenas Semyon Ivanovitch preservara sua compostura, deitado tranquilamente na cama, parecendo não ter nenhum presságio de sua ruína. Quando as tesouras apareceram e o assistente de Yaroslav Ilyitch, desejando ser prestativo, balançou o colchão com impaciência para soltá-lo das costas de seu dono, Semyon Ivanovitch com sua habitual civilidade deu-lhe um pouco de espaço, rolando de lado e ficando de costas para os inspetores; então, na segunda sacudida, virou-se de bruços, cedendo ainda mais espaço, e como ainda faltava a última ripa da cama, ele de repente mergulhou de cabeça no chão, deixando a vista apenas as duas pernas ossudas e azuis, que ficaram para cima como dois galhos de uma árvore carbonizada. Como era a segunda vez naquele dia que o sr. Prohartchin enfiava a cabeça debaixo da cama, o movimento levantou suspeitas imediatamente, e alguns dos inquilinos, liderados por Zinovy Prokofyevitch, arrastaram-se para baixo dela com a intenção de verificar se havia algo escondido ali também. Mas eles bateram suas cabeças em vão, e quando Yaroslav Ilyitch gritou com eles, ordenando-lhes que tirassem logo Semyon Ivanovitch daquela posição desagradável, dois dos mais racionais agarraram cada um uma perna, arrastando o inesperado capitalista para a luz do dia e o deitaram na cama. Enquanto isso, os fios e tufos voavam, o montante de prata crescia, e, meu Deus, havia muita prata! Nobres rublos prateados, moedas robustas e sólidas de um rublo e meio, bonitas moedas de 50 copeques, moedas plebeias de 25, de 20 copeques, até mesmo as velhas e poucos promissoras moedas de 10 e 5 copeques – todas enroladas em pedaços de papel de uma maneira muito metódica e sistemática; havia outras preciosidades, duas fichas, um *napoleón d'or* e uma moeda rara e antiga, mas desconhecida. Alguns dos rublos eram dos mais antigos, eram moedas apagadas e lascadas da era elizabetana, kreutzers alemães, moedas de Pedro, de Catarina; havia, por exemplo, antigas moedas de 15 copeques, agora muito raras, com furos para serem usadas como brincos, todas muito desgastadas, mas com o número necessário de furos, havia até cobre, mas todo manchado de verde. Encontraram uma nota de 10 rublos, mas apenas uma. Por fim, quando a dissecação terminou e o colchão foi chacoalhado mais de uma vez sem fazer som algum, eles empilharam o dinheiro sobre a mesa e puseram-se a contá-lo. À primeira vista, era possível se enganar e achar que a quantia era de um milhão, já que o montante era enorme. Mas não era um milhão, embora a soma fosse considerável – exatamente 2.497,50 rublos – de modo que se a doação de Zinovy Prokofyevitch tivesse começado no dia anterior haveria, talvez, 2.500 rublos. Eles pegaram o dinheiro, selaram o baú do homem morto, ouviram as reclamações da senhoria e a informaram quando e onde ela deveria apresentar as informações sobre a pequena quantia que o homem lhe devia. Um recibo foi coletado da pessoa adequada. Nesse momento, insinuaram a existência de uma cunhada, mas convencidos, de certo modo, de que a cunhada era apenas um mito, ou seja, o produto da imaginação defeituosa de Semyon Ivanovitch, pela qual fora censurado muitas vezes, eles abandonaram a ideia, acreditando que ela seria inútil, prejudicial e desfavorável ao bom nome do sr. Prohartchin, e então se encerrou o assunto.

Quando o choque inicial passou, quando os inquilinos se recuperaram e perceberam o tipo de pessoa que seu falecido companheiro tinha sido, a conversa cessou, ficaram em silêncio e começaram a olhar uns para os outros com desconfiança. Alguns levaram o comportamento de Semyon Ivanovitch para o lado pessoal e até mesmo se sentiram ofendidos por ele. Que fortuna! Então o homem tinha economizado assim! Sem perder sua compostura, Mark Ivanovitch começou a explicar por que Semyon Ivanovitch tinha ficado repentinamente apavorado; mas eles não o escutaram. Zinovy Prokofyevitch ficou muito pensativo, Okeanov bebeu um pouco, os outros pareciam muito cabisbaixos, enquanto um homem chamado Kantarev, com um nariz que lembrava o bico de um pardal, deixou o apartamento naquela noite, depois de encaixotar e embalar todas as suas caixas e malas, explicando com frieza para os curiosos que os tempos eram difíceis e que o valor pago ali estava além dos seus recursos. A senhoria chorou sem parar, lamentando por Semyon Ivanovitch e o amaldiçoava por ter tirado vantagem de seu estado solitário e desamparado. Perguntaram a Mark Ivanovitch porque é que o morto não levara seu dinheiro para o banco.

– Ele era muito simples, minha querida, não tinha tanta imaginação – respondeu Mark Ivanovitch.

– Sim, e você também é muito simples, minha boa senhora – Okeanov observou. – Por vinte anos o homem se manteve fechado aqui neste apartamento, e foi derrubado por um empurrãozinho, enquanto você cozinhava sopa de repolho e não tinha tempo de notar isso. Ah, minha boa senhora!

– Ah, pobrezinho – a senhoria continuou – qual a necessidade de um banco! Se tivesse trazido seu montante até mim e me dissese: "Pegue, Ustinyushka, pobrezinha, aqui está tudo o que tenho, fique com isso e me hospede apesar do meu desamparo, enquanto eu estiver na terra", então, por este santo ícone, eu lhe daria comida, bebida, cuidaria dele. Ah, o pecador! Ah, o enganador! Ele me enganou, ele me traiu, uma pobre mulher solitária!

Voltaram para perto da cama do morto. Agora Semyon Ivanovitch estava deitado corretamente, vestia seu melhor terno, embora, na verdade, fosse o único que tinha, e escondia o queixo rígido por trás de uma gravata que estava amarrada de forma estranha, estava limpo, de cabelos penteados, embora não muito bem barbeado, pois não havia navalha no apartamento; a única, que pertencera a Zinovy Prokofyevitch, tinha perdido o corte um ano atrás e havia sido vendida com muito lucro no Mercado Tolkutchy; os outros costumavam ir ao barbeiro.

Mas eles ainda não tinham tido tempo de limpar a bagunça. O biombo quebrado estava como antes, e expondo a reclusão de Semyon Ivanovitch, parecia um emblema do fato de que a morte arranca o véu de todos os nossos segredos, nossos artifícios desonestos e intrigas. O enchimento do colchão se amontoava. O quarto todo, de repente tão silencioso, poderia muito bem ser comparado por um poeta ao ninho arruinado de uma andorinha, derrubado e destruído pela tempestade, os filhotes e a mãe mortos, e sua pequena cama de penugem, penas e folhagens espalhada ao redor deles. Semyon Ivanovitch, no entanto, parecia mais um velho pardal convencido e desonesto. Agora estava muito quieto, parecia se esconder, como se não fosse culpado, como se não tivesse nada a ver com as trapaças e mentiras descaradas, inescrupulosas e inapropriadas com as quais enganou todas aquelas pessoas boas. Agora não dava ouvidos aos soluços e gemidos de sua senhoria enlutada e ferida. Pelo contrário, como um capitalista cauteloso e insensível, ansioso para não gastar nem um minuto de ociosidade mesmo no caixão, ele parecia estar envolvido em algum cálculo especulativo. Havia um olhar de profunda reflexão em seu rosto, e seus lábios se contraíram expressando um ar significativo, do qual não se suspeitara que Semyon Ivanovitch fosse capaz durante sua vida. Ele parecia, por assim dizer, ter se tornado mais astuto, e apertava maliciosamente o olho direito. Semyon Ivanovitch parecia querer dizer alguma coisa, comunicar e explicar algo muito importante e sem perder tempo, porque as coisas eram complicadas e não havia um minuto a perder... E parecia que eles podiam ouvi-lo:

"O que é isto? Deixe disso, ouviu, sua mulher estúpida? Não fique choramingando! Vá para a cama e durma, minha querida, está me ouvindo?

Estou morto, não precisar fazer um alvoroço agora. De que adianta fazer isso? É bom ficar deitado aqui... embora não seja isso o que eu quero dizer, ouviu? Você é uma boa mulher, realmente uma boa mulher. Entenda, eu estou morto agora, mas veja, e se – quer dizer, talvez não seja possível – digo, e se eu não estiver morto, e se eu me levantar, está ouvindo? O que aconteceria então?"

Impressão e acabamento
Gráfica Oceano